U0045985

GOBOOKS
& SITAK
GROUP©

戲非戲238

河神

天下霸唱　作

高寶書版集團

目錄

第一章　水上警察隊

九河下梢天津衛，兩道浮橋三道關；
南門外叫海光寺，北門外是北大關；
南門裡是教軍場，鼓樓炮臺造中間；
三個垛子四尊炮，黃牌電車去海關。

這個順口溜，是說舊時天津城的風物。民國那時候，南有上海灘，北有天津衛，乃是最繁華的所在。河神的故事，大部分發生在天津。首先得跟您講明了，我可不敢保證全都是真人真事，畢竟年代久遠，耳聞口傳罷了。我一說您一聽，信則有不信則無，不必深究。

上歲數的人們，提到天津經常說是「天津衛」，天津衛的「衛」當什麼講？明朝那時候燕王掃北，明成祖朱棣在天津設衛，跟當時的孝陵衛一樣屬於軍事單位，是駐兵的地方。大明皇帝把從安徽老家帶過來的子弟兵駐防於天津，負責拱衛京師，所以管這地方叫天津衛。到了清朝末年，天津已是九國租借，城市空前繁榮，三教九流聚集，魚龍混雜，奇聞異事層出不窮。

天津城北依燕山，東臨渤海，上有白洋淀，下有渤海灣，地處九河下稍，實際上主要是五條河道，每年都會有不少人淹死在河裡。打前清那陣子開始，成立了一支撈屍隊，專門負責打撈河中的浮屍。進入民國以後，撈屍隊歸入警察部門，命名為「五河水上警察隊」。

舊社會的警察局等同於衙門口，起初的撈屍隊不是水警，屬於自發性質的民間組織，個頂個是游泳健將。由於河中的浮屍腐爛發臭，會污染河水，看著也是可怕，因此城裡的民眾們有錢出錢有力出力，請水性好的人把浮屍打撈出來。但是做這行當，光憑水性好還不成，膽量也要夠大，必須壓得住邪祟。

各條河道中每年少說淹死上百人，主要是夏季游野泳溺亡，以及落水輕生之人，還有些來歷不明從上游漂過來的浮屍，俗稱「河漂子」，也有慘遭肢解，扔到河中毀屍滅跡的凶案遇害者。這橫死、屈死的人多了，免不了鬧鬼，不管現在怎麼看這種事，反正老時年間的人們，對鬼神之事非常迷信。凡是從河中打撈上來的浮屍，通常是送到義莊存放，有人負責看屍守夜，直至最後抬到墳地埋葬，從頭到尾全是撈屍隊的人負責。這些人，除了水性好、膽量大，也有自己的一套法子，能夠驅鬼除邪，否則做不了這份差事。

當然這些個舊皇曆，全是以前的迷信之說，民國以來，撈屍隊變成了「五河水上警察隊」。不過老百姓仍習慣稱他們為撈屍隊，也叫巡河隊，直到解放之後，才改為水上公安這個部門。咱們這本書裡提到的「河神」，單指一人，此人姓郭名得友，在家裡排行第二，郭二爺水性好得出奇，冬天河面凍住了，刨了冰窟窿就能潛下去。他的兩眼珠子倍兒亮，猛一看好賽畫中的人物，他在五河水上警察隊當差，整天跟河漂子打交道，幾十年間破過無數駭人聽聞的奇案，也救過許許多多落水之人的性命，生平經歷極富傳奇色彩。天津人喜歡給人起綽號，叫起來上口、好記，也好聽，老時年間的人們提起郭師傅，都說他是「河神」，倒不是龍王爺之類供在廟裡的神明。

「河神」的故事全是聽老輩兒人講的故事，「鬼水怪談」只是其中最精彩的部分，內容很離奇，情節是一環套著一環，聽著特別勾人腮幫子，比評書還過癮！

咱們閑言少敘，開頭先從「橋下水怪」說起。

第二章 閘橋底下的水怪

一

那是在一九四九年前，民國某年春節前後，撈屍隊帶頭的老師傅因故身亡。郭師傅是土生土長的本地人，人頭兒熟，地面兒也熟，由他在撈屍隊挑了大樑。當時隊裡總共也沒幾個人，全指望這份差事混口飯吃。這些人算不上正式的警察，擱現在跟臨時工的性質差不多，每月賺不了幾塊錢，收入甚至不如街面兒上的臭腳巡，平時還得找別的活兒養家糊口。咱們說「橋下水怪」這件事情，是發生在轉過年來的夏天。

事發地點在閘橋附近，以往所說的閘橋，是指三岔河口附近的一道水閘。閘旁還有座大橋，建造於清朝末年，可以過人過車。實際上閘是閘、橋是橋，大閘和大橋是兩碼事兒，只不過挨得很近，人們習慣合起來叫「閘橋」。

當時天熱得好似下火，閘橋河沿兒上整日裡車水馬龍，人來人往，做買做賣的很多。天津衛是聚寶盆，養活窮人也養活富人。富人多了，賊偷就多。現今往往把賊和偷混為一談，在舊社會卻有不小分別。偷一般是指在街上掏人錢包的勾當，到店鋪裡順手牽羊也算偷。賊這個行當同樣分為好幾種：有鑽天兒的飛賊，竄房越脊，走千家過百戶，擰門撬鎖，竊取財物，更有入地的土賊，挖墳掘墓，專門在死人身上發財，另外又有一路水賊。既然是水賊，可想而知離不開水。

西頭住了個水賊，這人沒大號，有個小名叫魚四兒，不是什麼了不起的大賊。拿天津衛老話來說是鳥屁一個，不值一提，可還有句老話——「鳥屁成精，氣死老鷹」，魚四兒就有點那個意思，本事不大貪心不小。他也沒別的手藝，只會編「絕戶網」。

咱得先說說什麼叫絕戶網，通常在河上打魚，都是撐開一張網，圍著網有圈竹篦子，伸到河裡沉一會兒，然後抬上來，這樣從河中撈出魚蝦，有時候能撈出魚來，有時候撈不出來，撈一網水草、淤泥、河底的破鞋也是常事。魚四兒編的這種絕戶網，是河有多寬網有多寬，整個攔在河中，用竹竿子打樁，漁網纏著竹竿子繞上好幾層，形成一個用網牆圍成的迷宮，外邊僅留一道口子。魚從上游過來，到網前就給攔住了。河裡的魚哪識得厲害，只顧順著網牆往口子裡游，進去就讓重重漁網困住了，好像進了迷魂陣，怎麼繞也出不來。而且這漁網的網眼格外細密，再小的魚也鑽不過去，所以叫絕戶網。這招太狠了，河裡的魚有一條是一條，不過來則可，只要過來，全得讓這張「迷魂絕戶網」給兜進去。

魚四兒每天夜裡偷著設網，天不亮再把網撤掉。早上出攤兒，叫賣晚上打到的魚，各種各樣的河魚、河蝦大小不一，裝到木盆、木桶裡吆喝出去。官面兒上不讓用絕戶網打魚，河裡平時還要行船，纏到網牆上也容易出事。魚四兒怕讓人逮著，總得換地方。這一天雲陰月暗，他天黑之後到閘橋底下插網，忙活完了已是半夜，一個人在橋上蹲著抽菸。

此時有個拉車的，剛送完客人收車回來，正好打橋上過。這個拉車的認識魚四兒，兩人是多年的街坊，好心告訴他：「閘橋底下水深，夜裡經常有人在橋底下看見水怪，那兩眼跟兩盞小燈似的。據說前些年還有個女的在這兒投河，至今沒撈到屍首，平時游泳的人們都不敢上這兒來，你可小心著點兒。」

魚四兒啐道：「別你媽嚇唬四爺，四爺撈了這麼多年的魚，也沒瞧見這條河裡有什麼出奇的東西，真要是撈個女屍上來，四爺就把這死人抱回家當媳婦兒，不圖有用圖熱鬧唄！」那拉車的借著說話走過來，找魚四兒對個火抽菸，兩人在橋上有一句沒一句地聊了起來。

魚四兒問：「你今天抽的是哪門子風，怎麼這麼晚才收車？不怕你媳婦兒在家偷漢子？」

拉車的一臉得意：「今天拉了個好活兒，給錢多，就是道兒有點遠，這剛完事兒。」

魚四兒不信：「嘛玩意兒就錢多？你個臭拉膠皮的見過錢嗎？」

拉車的也罵：「吹你媽個牛，就好像你見過似的，接著撈你的魚吧！」

說話要走，魚四兒也想回去睡一覺，到後半夜再來撤網。這時候忽聽河面上有動靜，好像有人搖晃那些撐著網的竹竿。兩人好奇，起身往橋下看，橋底下的河面上黑漆漆一片，只看見插在河裡的竹竿不停晃動。魚四兒大喜，準是兜著大傢伙了，掙扎起來能把整個網攪得直晃，想來這東西小不了。

民國初年，曾有人在三岔河口逮著過磨盤大的河鱉。魚四兒就尋思：「有可能是河裡的大鱉，聽聞鱉頭裡有顆肉疙瘩，把這東西挖出來泡水，然後再用這個水洗眼，有明目之效，瞎子洗過眼都能看見東西。該著四爺時來運轉，今兒個可你媽發財了。」想到這兒，他趕緊讓拉車的跟著幫把手，兩人在橋上起網。此時夜色正深，把漁網整個提到大橋上，看不清那裡面兜著什麼，反正是挺大的一團，瞅那輪廓既不是魚也不是鱉，似乎有胳膊有腿，散發著一股死魚的氣味，臭不可聞。

拉車的膽小，到這時候有點害怕了，跟魚四兒說：「四哥，你先忙活著啊，我媳婦兒還在家留著門等我回去呢，時辰不早了，我可得先走一步……」嘴裡說著話，扭頭拔腿要跑。魚四兒賊膽包天，伸手拽住拉車的，看那洋車前頭掛著一盞馬燈，他一把摘下來，說道：「走哪兒去？先借你的馬燈照照，我得瞧瞧我從河裡撈出來的這是什麼東西。」

拉車的本不想借，奈何魚四兒手快，只好一同去看。兩個人走到近前，挑著馬燈察看被絕戶網纏住的東西，但網子編造得太密，不解開根本看不見裡頭有什麼。魚四兒也不敢把網子整個解開，扯開條縫兒往裡看，一看看到了，嚇得他叫了聲：「哎喲我的媽媽娘呀，是個死孩子！」

二

魚四兒在三岔河口下絕戶網，深更半夜撈出個死孩子，這小孩不大，身上黑乎乎的，看上去簡直跟長毛的猴子相似，可把拉車的那位嚇壞了，這不就是海河裡的水猴子嗎？

據說海河裡有水猴子，這種怪物長得像小孩，渾身是毛，屁股後頭有尾巴，偶爾也上岸，怕見光亮。在水裡頭力氣很大，拽住人腳脖子就不撒手，好多游泳的人都是這麼淹死的。

別看說得有鼻子有眼，可是我一直不信，我覺得海河裡不可能有水猴子，要是真有這種東西，生物史就該重寫了。後來我聽水上公安的師傅講了一些情況，才知道此事並不是憑空胡說。海河裡真有猴子，可跟傳聞裡的不一樣。常言道「無風不起浪」，究其根由，到底是怎麼一回事呢？

話說也是在解放前，確實有人在海河裡發現了一個怪物的屍體，那死屍和小孩體形相近，有胳膊有腿，渾身是毛，屁股後頭拖著條尾巴，看上去分明是隻猴子。眾所周知，河裡不可能有猴子，老百姓們以訛傳訛，都管這怪物叫水猴子，說是淹死在河裡的小孩所變。一傳十，十傳百，把水猴子的事越說越邪乎，甚至有報紙刊發了照片，讓人想不信都不行了。

其實從海河裡撈出來的死屍，是猴子沒錯，但僅僅是一隻普通的猴子，並非什麼水猴子。之前有耍猴的江湖藝人途經此地，牽著幾隻活猴賣藝掙錢，其中一隻猴子不知吃錯了什麼東西，一命嗚呼了。那年頭人死了都有扔到荒郊野地亂葬崗餵狗的，死了個猴子，當然不可能起墳立碑。這位跑江湖耍猴的藝人也是缺德，圖省事兒，把死猴子扔到了河裡，過了兩天，死猴子屍體被人在海河中撈了出來，目擊者們免不了大驚小怪一場，哪想得到是這麼個由來，以至於引出許多關於水怪的謠傳。官面兒上雖然闢了謠，奈何民智不開，人們仍是願意相信海河裡有水猴子出沒。

拉車的這麼一提醒，魚四兒也想起水猴子的傳聞了，兩個人怕上心來，馬燈都不要了，黑燈瞎火連滾帶爬地往家逃。跑到半路撞上夜巡隊的警察，讓巡警當成賊偷抓了，要不是為非作歹的賊人，大半夜的跑什麼？巡警先是把這兩人一頓胖揍，然後逼問他們在哪兒作的案？魚四兒哭爹叫娘連聲求饒，把自己在三岔河口下網逮到隻水猴子的事說了一遍，有拉車的可以做證。

巡警問明情況，帶他們兩個人回到橋上核實，此時天色濛濛亮了，借著天光看出漁網兜上來的東西，不是水猴子，而是一個死孩子，只不過纏了不少水草淤泥。魚四兒一開始沒看錯，讓拉車的在旁邊一咋呼，腦子裡全蒙了。黑天半夜的也看不清楚，誤以為遇到了水猴子，膽都嚇破了。

等到天亮，人們看清楚這個死孩子，估計是讓河底下的水草纏住了沒浮上來，屍身已長出深綠色的河苔，面目難辨，僅具輪廓，散發著腥臭難聞的氣味，也不知為什麼還沒腐爛。警察判斷不是魚四兒和拉車的殺人害命，落下口供，草草備個案，訛了幾個錢，看沒什麼油水就把這兩人放了。海河裡的浮屍太多，很多死漂兒無人認領，死孩子有的是，有生不下來的，也有生下來養不活的。像這種事，從來是民不舉、官不究，下邊無人報案，上邊樂得糊塗。由於是在河裡打撈出來的死屍，按慣例要交給巡河隊處置，官面兒上的人找來巡河隊郭師傅，讓他把小孩的屍身拿草蓆捲了，兩頭用麻繩紮上，抬回義莊處置。這一抬回去不要緊，可就要鬧鬼了。

三

依照當地風俗，水死不可土葬，溺水而亡屬於橫死，不是善終，一定得燒煉成灰，骨灰裝進罈子裡才能下葬。也不能立刻就燒，按規矩要在義莊停放幾天，萬一有主家前來報案認領，還需要辨別死者的身份。不過夏季天熱，死屍的臭味太大，誰都受不了，這規矩也就形同虛設了。

義莊相當於現今的殯儀館，巡河隊使用的義莊叫河龍廟義莊，地方在西門外，位置相對來說比較偏僻。廟裡一度供著龍王爺的泥胎塑像，蟒袍金面，龍首人身，民間稱其為龍五爺，是掌管江河之水的廣濟龍王，在各路龍王中排在第五，故此人稱龍五爺。薊縣盤山掛月峰上有座雲罩寺，那是廣濟龍王的主廟，受過皇封，香火極盛，傳說眾多。河龍王是民間保佑風調雨順的神明，而西門外這座廣濟龍王廟，還有一段關於旱魃屍的民間傳說。

郭師傅曾聽他的師傅說過這件事，早在幾百年前，還沒有天津衛的時候，此地發生過一場百年不遇的大旱，莊稼人在土裡刨食兒，怕只怕老天爺不下雨。那次旱災可了不得，連著九九八十一天沒下半滴雨，田地都拔裂了，莊稼枯萎，旱得樹木冒煙、石頭出火，周圍村莊的村民們愁得沒辦法，只好請位風水先生來看。風水先生聽說了經過，不用看也知道準是哪座老墳中的殭屍成了旱魃，又趕過來實地觀望。一看之下，不由得大驚失色，此處妖氣之重，當真是前所未見，可不是旱魃那麼簡單。古屍已經變成了屍魔，沒有人降得住了。

村民們為了求條活路，只好蓋起一座廟祭拜旱魔大仙，還被迫準備了童男童女活祭。童男童女是抓鬮選出來的，趕上哪家的孩子哪家便認倒楣。村裡有個常年吃齋念佛的老太太，她孫女不幸被選中去做活祭，老太太捨不得這小孫女，但也無可奈何，一個人在屋裡拜佛求神，哭得眼都快瞎了。夜裡忽然做了個夢，有個自稱老五的人找上門來，讓老太太勸告村民們不要用童男童女祭祀旱魔大仙，明天準有一場大雷雨，那就是他來擒此屍魔。無奈孤掌難鳴，所以有兩件事情相求，一是要村民們敲鑼打鼓以助威勢；二是那旱魔斬不得，因為這屍魔身上的血能傳瘟疫，斬屍會使這方圓百里之內人畜無存，唯有用村頭水井中的井繩捆住它。那條繩子綁在轆轤上打水，不知用了多少年多少代了，卻不見有半分磨損，始終跟新的一樣，可見其非比尋常之處。村民們務必提前把井繩解下來，以便讓老五拿寶繩縛屍。說完，這個自稱老五的人就不見了。

老太太自夢中醒來，把這件事告知其餘村民，大夥半信半疑，猶豫再三，還是按照老太太說的做了。轉過天來忽然響起一聲炸雷，事先毫無徵兆，震得房屋亂抖，地面搖顫，緊跟著狂風怒吼，大雨傾盆。有膽大的村民往屋外偷看，就見遮天的黑雲中，有一條十幾丈長的白龍，龍身捲住了一個全身紅毛、頭上生角的怪物，那怪物兩眼如同兩盞紅燈籠。村民們趕緊敲鑼打鼓吶喊助威，天昏地暗。足足過了一個時辰，旱魔大仙終於被井繩捆得結結實實，讓一道天雷打進了村頭乾涸的井中，隨即地動山搖，枯井崩塌填死。村民們恍然醒悟，老五非是常人，是廣濟龍王爺顯聖，於是在井上造了河龍廟鎮住旱魔，代代燒香膜拜，供奉不絕。

河龍廟有這麼一段來歷，屬於民間傳說。民國之後就斷了香火，龍五爺泥像尚存，別的建築全沒了，僅剩一座大殿，周圍已經蓋房子住上了居民，一九二三年改建成義莊。巡河隊打撈出來的浮屍，大多往這座義莊裡放。郭師傅的師傅懂些道術，經常替人操持白事，會看墳地和陰陽宅，還紮得一手好紙活兒。平時師徒兩個就住這座破廟裡，前殿隔了兩間小屋做紙活兒鋪，後殿當作義莊。老師傅去世之後，留下郭二爺一個人在此居住，撈屍守夜的收入不多，他除了到巡河隊當差，回來還要在河龍廟義莊隔壁紮紙活兒，郭師傅手藝極好，紙人紙馬經他的手做出來，如同活的一般。

當天在三岔河口撈出一個小孩的死屍，郭師傅同往常那樣，把死屍帶回義莊，天一黑就出事了。

四

咱們現在提起這件事，說不準究竟是哪天了，大致在陰曆六月二十八前後。民間說陰曆六月二十八，是禿尾巴老李回家給老娘哭墳的日子，相傳以前有個姓李的婦人生下一條小黑蛇，關門的時候把蛇尾巴夾斷了，這條小黑蛇本是河中黑龍投胎，也就是人們說的禿尾巴老李。這婦人死後黑龍也走了，每到陰曆六月二十八前後，禿尾巴老李總要回來給老娘哭墳。這幾天準是陰雨連綿，當天沒下雨，那天色卻也陰沉沉的，到義莊的時候已經快掌燈了。

那幾天義莊裡沒有別的死屍，郭師傅用車把小孩的屍身推進後屋，這後屋以前是河龍廟的大殿的後半截。屍身放在石臺上，草蓆子沒解開，他先把油燈點上，隨後在小孩頭旁燒了兩炷香。按照迷信的說法，餓鬼聞見香火可以充饑，給死人點香等於讓鬼吃飯。他可憐這小孩橫死，燒香時特意多燒了一炷。

把死人的事忙活完了，該到前屋給活人做飯了。人們將郭師傅稱為郭二爺，老天津衛講究官二爺，遇上不認識的一概稱呼二爺或二哥，除非是認識，知道行幾，那就按二爺、三爺、四爺相稱。郭師傅不是官二爺，實打實地排行第二。他本家大哥也住這屋，這話聽著讓人得慌，剛說完郭師傅一個人住在義莊，屋裡怎麼突然冒出位大哥來？死的活的？

原來郭師傅的兄長是個泥娃娃，這叫娃娃大哥。舊社會有種拴娃娃的風俗，如果兩口子結婚之後很長時間沒孩子，可以到天后宮媽祖廟裡許願求子，天后娘娘的神壇上有很多泥塑娃娃，全開過光，相貌各不相同，有的伶俐活潑，有的憨態可掬。求子的夫妻交夠了香火錢，相中哪個泥娃娃，便拿紅繩拴上帶回家，把這泥胎當成自己的孩子來養，往後兩口子有了孩子，家中這泥娃娃就是老大，生下來的孩子是老二，故將泥娃娃稱為娃娃大哥。每隔幾年還要洗娃娃，那是請泥塑藝人給泥娃娃換衣服，容貌也要隨著年齡往大處改，甚至得給娃娃大哥娶媳婦，也就是再請個女子形態的泥娃娃進家，跟娃娃大哥擺到一塊，湊成一對，因為家裡的孩子行二，如果大哥還沒娶，二弟卻提前成親，顯得不合規矩。

如今是沒人信了，在舊社會，這裡邊的講頭太多了。由於泥塑的娃娃大哥常年接觸人間煙火氣息，也不免鬧出些個靈異，老輩兒人經常喜歡講這類故事，比如某家養的娃娃大哥半夜活過來偷喝秫米粥。

郭師傅上邊有這麼一位娃娃大哥，家裡爹娘走得早，從小拿這泥娃娃當作親大哥，每天進屋都說「大哥我回來了」。吃飯時也不忘給娃娃大哥擺雙筷子，白天有什麼不痛快，或是遇上什麼難處，甭管好事壞事，回到家總要跟大哥念叨念叨。這天一如往常，對著泥娃娃吃完飯。天色幾乎黑透了，又是個悶熱無雨的夜晚，他收拾好碗筷轉身一看，猛然發現桌子上的娃娃大哥不見了。

五

郭師傅那時候是年輕膽大，秉性仁義正直，天生一副熱心腸，不做虧心事不怕鬼上門，否則怎敢一個人住在義莊旁邊？要說當時真是邪行，娃娃大哥分明是擺在飯桌上，吃完飯收拾碗筷，晚飯後還想紮幾件紙活兒，剛這麼一扭臉兒的工夫，桌子上就空了。別看郭師傅天天跟這娃娃大哥說話，那只不過是解悶兒而已，難道這泥娃娃成精了不成？

他尋思娃娃大哥好本來端端地擺在桌子上，終不能說沒就沒了。仔細一看屋門關得好好的，不可能跑外頭去，那就在屋裡四處找吧。都翻遍了也沒影兒，無意中一抬頭，發現這泥娃娃趴在立櫃上，臉朝下一動不動。

郭師傅心裡這個納悶兒，以前從沒出過這種怪事，就算這東西真的成精作怪，跑立櫃頂上去做什麼？他自己寬慰自己，許不是記錯了，再不然是看花眼了。話雖這麼說，也沒法不犯嘀咕，這叫皮褲套棉褲，必定有緣故。

一時想不明白，仍將娃娃大哥放到屋中高處沒動，心說「你願意在上面待著就待著吧」，然後點上燈燭，到旁邊的義莊前後巡視。天氣又悶又熱，晚上義莊裡那股屍臭越來越重，捏著鼻子都擋不住。

他又一尋思，不能等天亮了，天氣太熱，該連夜把這小孩的屍身燒掉，可那死屍裹在草蓆子裡，濕漉漉的還淌著水，燒也沒法燒。義莊裡有煉人盒，那是個人形輪廓的銅盒子，以前是廟裡的東西，死屍放進盒中焚燒，不可能完全燒成灰燼，燒成焦炭裝進骨灰罈裡就行。帶著水的死屍卻燒不了，所以要點個火盆，先將屍身烘乾。郭師傅準備好了火盆，取出火柴要點火，剛把一根火柴劃著了，門外刮進來一陣陰風，手裡這根火柴頓時滅了，接著再點，卻怎麼也點不著了。

火柴一根接一根地劃，沒一根劃得著火，好像這盒火柴都受了潮，手上也濕乎乎全是水。屋子外頭陰著天沒下雨，可就覺得潮氣特別大，牆壁上出現了一片片被水浸泡的痕跡，眼瞅著往上走，牆裡似乎隨時都會滲出水來。緊接著陰風四起，這風也沒個準方向，一會兒西風，一會兒南風，好像圍著河龍廟義莊打轉。

郭師傅毛骨悚然，身上一陣陣的起雞皮疙瘩，從心裡往外的冷。火盆是別想點了，暗說：「莫不是要鬧鬼了？」

老師傅當年留下一幅關帝像，繪的是「關公夜觀春秋」，畫中的關公頭戴夫子盔，身披鸚鵡綠的戰袍，一手捧著春秋，一手捋著五縷長髯，目射神光，當真是威風凜凜。關公身旁點著一支蠟燭，兩旁一邊是關平捧著大印，另一邊是周倉扛舉青龍偃月大刀。周倉、關平分左右侍立，關公背後還有一匹赤兔馬，四蹄生風，躍躍欲奔，簡直畫活了。這張關帝圖一直掛在義莊裡，畫像正對著大門，據說關帝圖可以鎮宅辟邪。河龍廟改為義莊的年頭不短了，從來沒有發生過鬼怪作祟一類的事。

郭師傅抬頭看見那幅關帝像，在屋裡掛得好好的，心想：「按說我沒做過半件欺心的事，孤魂野鬼不該上門找尋我，有辟邪的關帝像掛在牆上，真有鬼也不敢進這屋，見怪不怪，其怪自敗。」迷信不迷信姑且兩說著，反正這個念頭一出來，心裡頭就踏實多了，不耐煩多想，在電燈底下一邊糊製紙人紙馬，一邊哼兩句小曲兒給自己解悶兒。

由打掌燈時分，直到五更天亮，坐在河龍廟義莊裡等了一夜。聽到遠處雞都叫了，郭師傅心裡一塊石頭落了地，再看牆上的水浸痕跡十分明顯，足有一人多高，屋裡的被褥和衣服全受了潮，連那幅畫像都模糊了，可惜了這幅關帝像。

這時他恍然明白過來，娃娃大哥自己躲到立櫃頂上，是因為泥塑的東西怕受潮，可又沒下雨，屋裡怎麼會這麼潮濕？難道昨天晚上有河裡的水鬼找上門來了，水鬼想進這屋，礙著有關帝像進不來，問題是哪來的鬼？

六

郭師傅腦子轉得快，坐在屋子裡琢磨這件事，越想越感到不對，多半跟這小孩的死屍有關，大早起來顧不上吃飯，急匆匆出了門。到城中找來幾個巡河隊的人幫忙，在三岔河口那座大橋底下摸排。他認定河裡還有東西，跟誰說誰也不信，但是撈屍隊這些人全聽郭師傅的。幾個人分別握著長杆往河底下探，一尺一尺的在深水中劃拉，倘若是河底下有什麼異物，憑手感就能知道，從天亮開始，摸排到中午時分，發現河底下沉著一具女屍，可是誰也撈不上來，死人好像在河底下生了根。

這時候是白天，周圍有些看熱鬧的社會閒散人員，老百姓一看河底下撈出女屍了，爭著圍過來看，你一言我一語的在邊上議論。以往海河裡經常撈出死屍，死者以男子居多，大部分是游野泳淹死的。女人很少下河游泳，女人游泳在舊社會不成體統，所以海河中的女屍不多，但也不是絕對沒有。河裡一旦出現女屍，往往是兇殺拋屍或投河自殺。這種事傳得特別快，不一會兒的工夫，河邊的人群就擠滿了。後邊個兒矮看不見的，急得跳腳蹦高，真有爬上房頂看的。天津衛老少爺們兒最愛看熱鬧，走半道遇上熱鬧，家裡縱有天大的急事，他也得先看夠了再回家。

巡河隊有幾個人下了水，橋上還有人用繩鉤拖拽，費了好半天的勁，總算把三岔河口這具女屍撈出水面。包括郭師傅在內，所有的人都感到奇怪，河底的女屍怎麼會如此沉重？巡河隊把女屍打撈上來，仔細這麼一看，屍身上長滿了河苔，剝也剝不掉，全部與屍身長為了一體。深綠色河苔覆蓋下的皮肉堅硬如鐵，死屍枯僵，面目難辨，看上去極是可怖，更可怕的是，女屍被五花大綁，牛筋索子纏麻繩打了死結，浸過水越勒越緊，解都解不開，背上捆著一個奇形怪狀的大鐵坨子，所以沉在河底沒有浮上水面。巡河隊也把鐵塊一同撈了出來。

圍觀人群親眼目睹了整個撈屍的經過，凡是看見這女屍模樣的人，沒有一個不怕的，那樣子根本看不出是死人了，簡直是個渾身長著綠毛的怪物。這件事滿城轟傳，家家戶戶燒香、貼符求祥瑞，城裡的善主大戶買賣商家，紛紛湊錢請僧人到橋上來念經。

舊社會人們的迷信觀念很深，認為浸死鬼每年都要找替身，往往把河裡淹死人的事情歸結於這種原因，以至於說水鬼永遠被困在生前淹死的地方。浮屍則有所不同，因為不知道是在哪兒淹死的，必須請僧人來念往生咒，超度這個水鬼，否則今後這橋底下還要有人送命。

郭師傅身為五河水警，看到當天的情形，心知肚明是樁凶案，而且是雙屍案。數年前有母子兩個遇害沉屍河底，直到水賊下絕戶網，才無意中帶出了小孩的屍身。昨天半夜屋子裡返潮，說不定就是河中的水鬼找上門要孩子，不過這種陰魂不散的事無法證實，也不知是不是僧人念誦的往生咒管用了，使河裡的亡魂得以超度。反正三岔河口沒再鬧過鬼，這一大一小兩個死屍的案子官面兒上無人過問，一度成為懸案。

七

一九四九年前，天津衛的幾條河，加上一些髒水窪子、臭水坑，每年淹死兩、三百人都是少的。死者大多數係溺水身亡，十成裡只有一成是凶案，這一成裡能破的案子，不超過十分之三，說實話這也不算低了。三岔河口沉屍案轟動全城，誰破了這案子誰就能升官發財。可有經驗的人都知道，這案子沒法破，主要是這兩具死屍在河底下的年頭不少了，但屍身沒有朽壞，也沒讓魚啃噬。死人在河底下變成了殭屍，道理上無法解釋，要按迷信的說法，或許是死得太冤，而衣服和鞋子早在河底淤泥中浸爛了，識別不出身份，又沒有主家認領。那年月兵荒馬亂，人命如同草芥，活人的事兒都顧不過來，破不了的命案更是多得數不清。因此官面兒上沒人理會，備個案就不管了。

巡河水警通常不參與破案，按說也不該多想，可這件懸案，就像那女屍身上綁的鐵坨子一樣，沉重得壓在郭師傅胸口，始終移不開放不下。他誰都沒告訴，一個人去橋下燒了幾張紙錢，往後郭師傅終於挖出這個案子，引出一段「惡狗村捉拿連化青」，到時候還有更邪行的事，您先記著這個話頭，咱們後文書還得接著說。

先說當時在三岔河口發現女屍，圍觀的人們都說郭師傅神了，怎麼能事先知道河底下有女屍，必然是有觀風望氣的本事，簡直是河神啊。前清時歷任巡河隊的老師傅，往往被百姓們送個「河神」的綽號，大夥從此就傳開了，也管郭師傅叫「河神」。一提起來都說是「河神郭得友」，群眾的嘴，賽過廣播、報紙，傳得那叫一個快。

郭師傅聽到別人稱自己為河神，立刻出了身冷汗，想起師傅生前再三叮囑：「將來誰管你叫河神你都別答應，不然準出要命的事。」然而為什麼不能叫河神，師傅好像沒提過，他記起這番話，挨個兒告訴那些熟人，可不敢這麼稱呼。

至於那個泥娃娃塑像，仍和以往一樣擺在屋裡看家。一九四九年全國解放之後，破除封建迷信，這一類東西，大多落得打破砸爛的下場，郭師傅家的娃娃大哥，也在那個時候莫名其妙的不知去向了，這次丟了可就再沒找回來。不過郭師傅倒不怎麼擔心，他認為自己家中這位娃娃大哥有靈性，準是又躲出去避難了。

第三章　魏家墳鏡子陣

一

三岔河口沉屍案的前一年，鬧過一場大水，按以往的經驗，頭一年澇，轉過年來容易大旱。因此發現河底沉屍那一年的夏天，雨水特別少，天氣酷熱，下河游泳的人比往年多出幾倍，接連淹死了幾個游野泳的，幾乎全是不知深淺的半大小孩。雖說黃泉路上沒老少，可看著也真讓人心疼，自打撈出一具沉在河底的女屍，傳得滿城皆知，到海河裡游泳的人一下子少了許多。

沉屍案出在陰曆六月二十八前後，是禿尾巴老李哭墳的日子。之後半個多月，海河裡只淹死了兩個人，全都是不知情的外地人，按說河裡淹死的人少，巡河隊應該高興才是，可拿的錢也少了。以往撈屍的時候，都有慈善會給份錢，沒活兒的時候則沒有這份犒勞。

郭師傅光棍一條，家裡只有一位不吃不喝的娃娃大哥，此外沒什麼親戚，但他時常幫襯更窮的街坊四鄰和兄弟朋友，手頭從來沒富餘過，眼看家裡米缸見底兒了，日子越過越緊，不得不到處找外活兒，幫人家操持白事紮些紙人紙馬，賺幾個錢糊口。他在巡河隊裡有個小師弟，姓丁叫丁卯。這小夥子十分幹練，機警伶俐，尤其能在外面張羅事兒。有一天，兩人找了個大活兒，城南婁家莊死了一位財主老太爺，當地的豪紳，人家家大業大，這場白事要風光大辦。首先是請城裡最好的裱糊匠，您要問裱糊匠是幹什麼活兒的？說白了就是紮紙活兒的，以前那房屋頂棚裡面這層全是紙糊的，這也算是一門手藝，一般人家自己糊不了，非找裱糊匠來糊頂棚不可，糊的時候還要念叨幾句「家宅平安、財氣進屋」之類的吉祥話兒。做這行當還得會紮紙人、紙馬、紙宅子，凡是辦白事時燒給死人的紙活兒，只要是主家說得出來的東西，手巧的匠人全能給糊出來。

巡河隊的老師傅有這門手藝，郭師傅和丁卯兩人扎扎實實地學過，手藝也是不錯。到了弔喪的時候，府宅正屋裡擺下靈堂，孝子賢孫跪在靈前守著，不斷有親戚朋友過來弔唁，走馬燈似的絡繹不絕。舊社會大戶人家白事辦得特別隆重，門口左右高搭素牌坊兩座，上面有橫匾，一邊寫著「淒風」，另一邊對著「冷月」，門前還有座更大的紙牌坊，上寫「當大事」三字，下列紙人紙馬，長棚內是一班吹鼓手。來奔喪弔孝的人那叫一個多，得有兩個迎來送往的「信馬」。哥兒倆紮完紙活兒，還得去給人家當「信馬」。

什麼叫「信馬」？現在說信馬，可能沒幾個人知道了，早年間才有這樣的風俗，大戶人家闊氣，住好幾進的大院套，那叫深宅大院。按當時的規矩，弔喪時要安排兩個小廝，讓兩小廝一個站在大門裡，一個站在二門外，身穿圓領青布衫，腰裡紮上紅腰帶，下身是紅布褲子，腳踩薄底快靴，身背大蟒鞭一條，一個頭上戴紅帽，一個頭上戴黑帽。有客人進了大門，戴紅帽的引路喝道，舉手投足跟臺上唱戲的似的，把來客帶到二門，換了戴黑帽的引至拜臺，再由執事指引對靈位行禮磕頭。這一個紅帽、一個黑帽的兩個小廝，並稱「信馬」。其實辦喪事，沒有信馬也沒問題，但是越有錢的人家越在乎排場，不安排信馬總覺得少幾分氣派，提前沒想到，臨時想找，又沒有合適的人，便讓這兩裱糊匠去做。還真沒有比這二位更合適的了，規矩不用教，全懂，那架勢又好。二人裝模作樣喝道引路，跟著忙活一場，除了拿份應得的賞錢，每天混上一頓好飯菜，四碟八碗自不必說，還能順帶喝兩吹燒刀子。郭師傅和丁卯得了這份差事，賽過升天一般美。

二

老時年間，天津衛大戶人家辦白事，講究出大殯，出殯之前首先是弔喪送路，同樣有各種迷信風俗。出殯當天，更要用棺材抬著死人遊四門，在一大早的哭喪聲中，杠夫們抬著大棺材離家，這叫起靈，頭裡是開道打幡的，外加吹鼓手，還有念經的和尚、老道，孝子賢孫們披麻戴孝在後頭跟著，大隊人馬浩浩蕩蕩，要在街上繞行很大一圈，最後把棺材抬到墳地裡埋下。出殯下葬的整個過程當中，要有兩個撒紙錢的人。您別看撒紙錢簡單，那也是功夫，裡邊的門道兒可不少，沒兩下子還真做不了。

按照舊例兒，棺材離家起靈之時先撒一陣紙錢，這是打發那些個「外祟」，比如孤魂野鬼之類，給點錢遠遠地打發走，不讓它們在後面跟隨。出殯這一路，途經十字路口、過河、拐彎、過橋，一律要撒紙錢，這是路錢，擔心有鬼纏繞著迷了路。會撒紙錢的人，抓起一把紙錢拋出去，首先是扔得高，出手呈弧線形，其次是多而不散，落下來紛紛揚揚好似天女散花，散而不亂，圍觀看熱鬧的都跟著喊好，當時這也算是一景兒了。

郭師傅和丁卯經常摻和白事，出殯那天別的活兒全結了，他們倆又幫著撒紙錢，前後忙活了三天，裱糊、信馬、撒紙錢，總共拿了三份賞錢，還有額外的犒勞，這就是給有錢有勢的大戶人家辦白事的好處。一年到頭頂多趕上個三五回。跟送葬的隊伍出殯到墳地，埋了棺材回到城中，當天下午還有頓大席。到現在也是這種風俗，不管紅事白事，必須擺酒席，最後一天格外豐盛，按照老例兒得是傳統的八大碗。

下午主家開出席來，果然是最講究的八大碗。八大碗具體有哪八個菜，根據檔次不一樣，也是各有各的分別，但肯定有八個熱菜。這家做的八大碗在天津衛也算是頭份了，四清蒸、四紅燴，雞鴨魚肉，海參、干貝、大蝦，一樣一大碗，流水的席面，敞開了隨便吃。

操持喪事的這些吹鼓手、杠夫、和尚、老道，以及管家下人，全在門前大棚裡吃喝。郭師傅和丁卯平時在巡河隊當差，吃不上什麼好東西，見天兒窩頭白菜，那些老天津衛的人，又特別講究吃。天津衛有句俗話說得好，「當當吃海貨，不算不會過」。所謂海貨，在天津指的是「海蟹、對蝦、黃花魚」這幾種海鮮，從前這一年到頭，只有從清明到立夏期間，才有海貨上市，每年趁著季節吃上幾頓，錯過就得等明年了。再怎麼窮的人，等到海貨上來的時候，把身上穿的衣服脫下來，拿到當鋪裡當掉，換幾個錢買二斤海貨回家解饞。這樣的人家，在天津衛不算不會過日子。

他們倆有時候替人家操持白事兒，逮住機會混吃混喝，偶爾也能解解饞，但還是覺得缺嘴。丁卯年輕沒出息，一看菜好，忍不住多喝了幾碗，眼花耳熱之餘，嘴上就沒把門兒的了，也不管認識不認識，逮誰跟誰胡吹亂侃，舌頭都短了半截。他跟旁邊一個胖和尚說：「咱倆得走一個啊，不為別的，就為了咱倆關係不一般，我的妻侄兒是你表弟，你表弟的姑媽是我媳婦兒。」

胖和尚也沒少喝，讓丁卯給繞蒙了，認不出這位撒紙錢的是誰，問道：「阿彌陀佛，施主究竟是貧僧的什麼人呢？」

三

丁卯笑道：「我是你親爹唄。」

那胖和尚怒道：「我那個缺了八輩兒德的親爹，早讓黃土埋了，你算哪根兒蔥啊？」郭師傅同樣沒少喝，好在意識還算清醒，聽丁卯在那說胡話八道佔出家人的便宜，趕緊勸阻，免得鬧出事兒來丟人現眼。

這位胖和尚，本名李大愣，法號順口叫圓通。現在一提這名號，知道的是法號，不知道還以為是送快遞的。他也不是省油的燈，屬於來路不明混進廟裡的酒肉和尚。天津衛這地方市面兒繁榮，養下一些不務正業的社會閒散人員，各個好逸惡勞。家裡要房沒房，要地沒地，全部家當只有一套衣服，這種人再怎麼窮，也有套像模像樣的衣服，穿著出門叫開逛，也叫逛衣，全指這身行頭招搖撞騙，家裡失火他不怕，如果摔進水溝髒了衣服，可心疼得不得了。比如這位李大愣，有件僧袍袈裟，剃了個光頭，刮得亮，腦袋頂上點幾個香疤，遇上白事出殯，他就冒充和尚去給人家念經，討兩個錢混一頓吃喝。

李大愣同樣喝得臉紅脖子粗，正待跟丁卯分個高低，一看旁邊勸架的這個人眼熟，說道：「哎喲，這不是河神郭二爺嗎？」趕忙站起身來，抱拳行禮。郭師傅心想這是什麼和尚，穿著僧袍胡吃海喝，居然還抱拳行禮，可能也是個混白事會的。當即還禮，跟胖和尚李大愣隨口聊了幾句。

周圍那些人一聽是巡河隊的郭師傅，紛紛過來敬酒，這叫「人的名，樹的影」。前些天三岔河口撈出一具女屍，女屍身上長滿了深綠色的河苔，五花大綁捆在生鐵坨子上，沉到河底不知多少年了。這件事在城裡傳得沸沸揚揚，婦孺皆知，在座之人都說河神郭師傅有本事，不愧是保佑地方平安的「河神」。

郭師傅往常人緣就好，他說話詼諧風趣，走到哪兒都能招攏一群人聽他說話，可他最怕別人提「河神」兩字。聞言連連搖手，不敢當此稱呼，看此刻天色不早，吃飽喝足，該拿的犒勞也拿了，跟同席的人們應酬幾句，帶著師弟丁卯起身告辭，從婁家莊往城西他們住的地方走。這趟可不近，兩人酒後走這條夜路，黑燈瞎火的走錯了道，不知不覺走到一大片瓦房當中的馬路上，此地叫魏家瓦房，又叫魏家墳，是城南最邪行的地方。

四

清末以來，城區的規模擴得很大，馬路兩旁大多裝有線杆電燈，貧民區雖然沒有現在這麼亮，但完全能看清路。大片大片的平房，被馬路、胡同分割得支離破碎，除了老城裡那一塊地方坐北朝南，天津衛周圍的民宅和馬路，沒有東西南北這麼一說。馬路和胡同全是斜的，不認識路的人進來，如同走進迷宮。

外地人到北京打聽道兒，想去哪兒，怎麼走，北京人指路很簡單，往北往南，讓問路的人一聽就能明白。這和北京城的格局有關，四九城的建築物全是坐北朝南，有幾條斜街也不多。天津衛正相反，您要問路，可別跟天津人說東西南北，沒幾個人分得清，一般東西走向為道，南北走向為路，橫道豎路。比如一說某某路，從地名上看，應當是一條南北向的馬路，但這個方向並不準確，舊天津衛的道路賽過蜘蛛網，這跟河流分佈以及各國劃分租借地有關。民國年間城南還沒有那麼多高樓大廈，電燈路燈也少，好在沒幾條死胡同，你穿街過巷，只要不把大致方向搞錯了，也不至於迷路。

郭師傅和丁卯這頓酒，從下午喝到天黑才回家，兩個人腳底下沒根，一步三晃，只好在半路停下來醒酒。等到明白過來的時候，發現自己坐在路邊，大馬路上黑燈瞎火，除了他們倆一個人也沒有，周圍有很多平房，房屋高低錯落，路旁有電線杆子也有樹，路燈全都不亮。看起來像是在城裡，但附近一片死寂，成片的平房全是空屋，附近隱隱約約有股死屍身上的臭味。

這麼一大片平房，全部斷了電，所有的房屋和路燈都不亮，天上只有朦朧的月光，那些房屋樹木和電線杆子，在月影下顯出黑的輪廓。聽不到夏蟲兒的鳴叫之聲，反倒有股不知來源的臭味，好像是屍臭，不過這是在城裡，悶熱的三伏天，普通民宅裡不可能放死人放到發臭。兩人好不容易清醒過來，仔細打量這條馬路和周圍的房屋，覺得眼熟，一看路牌想起來了，這地方叫魏家瓦房。老話管繞遠叫「走冤枉道兒」，哥兒倆心說咱這冤枉道兒走的，居然轉到魏家瓦房來了。

如今魏家瓦房是南門外的一大片民宅，介於郊區和城區之間。早個二、三十年，地名還叫魏家樓或魏家墳，本來是一大塊墳地，那年頭墳地多並不奇怪，城裡死人城外埋，村裡死人村外埋，所以老話說「哪處黃土不埋人」，活人周圍住的全是死人。當初圍著老城一圈，埋死人的墳地是東一片西一片，到處皆有。清朝末年漕運鹽運發達，天津城面積不斷擴張，那時候蓋的很多房屋，以前幾乎都是墳地。

說到魏家瓦房魏家樓，起先叫作魏家墳，變成居民區之後，人們避諱提墳，一說在哪兒住，住魏家墳，那不成鬼了？於是改稱魏家樓。實際上根本沒有這座樓，因此後來改叫魏家瓦房，那時候上點歲數的人一提起魏家墳，想到的往往是「吊死鬼」。

五

要說埋著吊死鬼的魏家墳，年代還不是太過久遠。清朝末年的時候，天津衛當地有一戶姓魏的人家，以賣炊餅為生，家道小康，一家三個兄弟，老大年少夭折，很早就死了，剩下二哥和三哥對半平分了家產。二哥繼承祖業，挑個擔子沿街叫賣蒸食，蒸食就是饅頭炊餅之類的麵食，早年間叫蒸食。三哥心高志大，不願意再做蒸食這份營生，選擇到金鋪當學徒，跟掌櫃學著打金銀首飾。木匠、瓦匠學三年也就學會了，打金銀首飾至少學六年，還要給掌櫃白做三年。那個年代沒有學費，學成手藝幫三年工，算是報答恩師。三哥當學徒當了十年，學會了滿腹生意經，也把手藝學到家了，自己出來開了個小首飾鋪，憑著貨真價實，誠信可靠，手藝又好，精益求精，逐漸把買賣做大了，錢是越賺越多，幾年之後擴充成了賣首飾的金樓。二哥那份買賣做得同樣不錯，娶個媳婦兒特別賢慧，兩口子自做自賣，起早貪黑存下點辛苦錢，先是在街上賃了半間門臉兒房，後來也把生意做起來了，除了祖傳的炊餅饅頭，還開始賣各種糕點麵食，店面也增加到前後三間，實在忙活不過來了，又僱了個小徒弟，讓小徒弟在前頭當夥計賣貨，二哥兩口子在後頭做。跟三哥的首飾金樓相鄰，彼此相互照應，日子過得越來越好。

誰承想好景不長，到庚子年八國聯軍打破大沽口殺進北京城，天津衛首當其衝遭了殃。亂兵在街上四處劫掠，各大店鋪盡遭洗劫。三哥的首飾金樓讓亂兵搶了一空，店面燒成了一片廢墟，從此倒閉，再沒緩起來，三哥夫妻倆一時心窄想不開，雙雙在屋子裡上了吊，說白了這夫妻倆沒得善終，是對吊死鬼。二哥那間點心鋪，當天也遭亂兵洗劫，好在是糕點食品，沒折大本兒，兩口子四處借貸，東拼西湊，總算湊足了一筆本錢，再次裝修了鋪面房，還可以接著做生意。後來又把買賣做大了，有錢了買房子置地，有身份不能叫二哥得稱二爺了。魏二爺發跡之後，時常想起三弟兩口子上吊，死得太屈了。

親哥們兒親弟兄，那是打斷骨頭連著筋，有道是兄弟如手足，妻子如衣服，衣服破了可以補上，手足斷了沒法再續。人活一輩子，身邊不能沒個近人，爹娘只能陪你前半輩子，妻子和兒女頂多陪你後半輩子，唯有親生兄弟，從小到老跟你一輩子，因此叫手足之情。

魏家二爺一想起自己的兄弟，忍不住就要流淚，先後多次請來高僧念經超度亡魂，又在城外買了塊風水好的墳地，把老三夫妻的棺槨，以及魏家故去的祖先長輩，全部遷到這塊墳地裡重新安葬。墳地乃家族之基，後代乃家族之根。有根基才有福祿，魏二爺買下這塊墳地，自是希望家門平安、生意興隆。那年頭大戶人家的墳地，屬於私有性質，這片墳地就叫魏家墳，墳前有祠堂叫魏家祠，墳地內松柏合抱，古木參天，一年到頭霧氣繚繞，隱隱傳出蛇嘶狐鳴。整塊地東西長近兩里，南北寬近三里，挺大的一片，林木非常茂密，西南邊地勢很低，與南窪連成一片，是一眼望不到頭的茫茫大澤。事先找專門看陰陽宅的張半仙看過風水，張半仙替魏二爺相中這塊墳地，認為風水絕佳，哪知此地古怪甚多。

六

魏家墳方圓數里盡是古樹，蒼松偃柏，林子裡躲著不少狐狸、黃狼、刺蝟、惡獾之屬，常有邪祟出沒。拿張半仙這個神棍的話來講，全因此地頗有靈氣，如若是風水不好的所在，也不會有這些有道行的東西，結果魏家二爺的生意傳到兒子那輩，惹了一場大官司，賠得傾家蕩產，又趕上疫情，到頭來家破人亡成了絕戶。魏家墳從此荒廢，變成了沒有主家的亂墳。民國之後，隨著城區面積擴大，魏家墳蓋起了大片瓦房，地名變成了魏家樓，過了些年又改名魏家瓦房，以前那些蒼松古樹和墳頭墓碑早都沒了，不過人們仍習慣稱這地方叫魏家墳。

郭師傅和丁卯認出這是魏家瓦房，也聽過當年此地埋著吊死鬼，對這裡說不上有多熟，只是以前來過幾次，估摸自己喝多之後走錯了路，不知不覺轉到此處。此地居住者大多是平民百姓，胡同馬路像蜘蛛網，去年發大水把這一大片瓦房全淹了，如今只有個別廢屋中還住著一些無家可歸的乞丐和拾荒者，多數則是危樓空屋，雖然也算城裡，但是斷電斷水，遲遲沒被拆除。

郭師傅不敢讓別人稱呼他河神，不提還好，一提河神準倒楣。當初老師傅說得沒錯，他沒法不信這份邪。人要走起背字兒來，喝口涼水也能把牙塞著，魏家瓦房跟他們家是兩個方向，深更半夜的怎麼走到這地方來了？郭師傅想著趕緊回家，跟丁卯找準了方向，順著馬路往前走。他們以為出了魏家瓦房這段路就好走了，可周圍那些馬路胡同全是斜的，東撞一頭西撞一頭，走來走去淨兜圈子了，哥兒倆這下是洋鬼子看京戲——傻了眼。

丁卯說：「哥哥，魏家瓦房真邪行，咱倆走了這麼半天，按說早該走到外頭的大馬路上了，可怎麼還沒走出去，冤魂纏腿不成？」

郭師傅說：「兄弟，深更半夜的千萬別胡說，眼下別看這些屋子全空了，以前可也是住人的地方，哪來的鬼？」

丁卯說：「怎麼是胡說，魏家墳埋著兩吊死鬼，這件事兒可不是我編的，城裡城外誰不知道。」

郭師傅說：「魏家墳埋吊死鬼那會兒還有大清國，現今是什麼年月了？如若有塊墳地就鬧鬼，往後活人可沒地方住了。況且人怕鬼三分，鬼怕人七分，咱哥兒倆行得正做得端，這輩子沒做過讓人在身後戳脊樑骨的勾當，別說魏家瓦房沒鬼，有鬼也是它躲著咱們走。」

丁卯在撈屍隊混飯吃，倒不怕那些不乾淨的東西，他說：「哥哥，我說話你別不信，如果魏家瓦房沒有鬼，房頂上那些東西是什麼？」

酷暑時節悶熱悶熱的夜晚，待著不動都能出身汗，可郭師傅聽完這句話，卻覺得脊樑根直冒涼氣，心裡更是不解，問道：「兄弟，大半夜的說這些你不嫌得慌，房上都是瓦片啊，還能有什麼東西？」

丁卯說：「不信你自己抬頭往上瞧瞧。」

七

郭師傅聽丁卯說房上有東西，他就抬頭往上看，沒瞧見屋頂有鬼，但借著月光依稀看到，鋪著瓦片的房屋簷脊上掛著幾面鏡子，旁邊那家也有，還不是一家兩家，這片平房，十家裡頭有八家在屋頂掛鏡子。各家各戶居民搬走之後，這些鏡子也沒取下來，仍舊在屋頂簷脊上掛著。住戶們不可能吃飽了撐的，無緣無故在房上擺鏡子陣。

丁卯說：「哥哥，瞧見沒有，誰們家過日子會在屋頂上掛鏡子？魏家樓以前是片埋死人的亂墳，這地方沒鬼才怪，早知道白天出殯的時候留點紙錢在身上了。據說遇上孤魂野鬼纏人腿，撒兩把紙錢把它們打發走便沒事了。」

郭師傅曾在城裡看過見兩戶家人爭執，險些鬧出人命，起因是其中一家在屋頂上掛鏡子，說是由於對面那家房子蓋得不好，屋頂簷脊斜對著他們家大門，把家裡的風水給破了，所以在屋頂掛鏡子，要將這陣邪氣擋回去。兩家人為此事可沒少打架，但魏家瓦房這麼一大片屋子，家家戶戶都在房頂上擺鏡子陣，這種怪事還真沒見過，甚至連聽都沒聽過。他發現房上這些鏡子，全都用鐵絲綁在房頂，多年沒有擦拭，鏡子上落滿了灰。那些鏡子也不是銅鏡，是很普通的一些鏡子，有的齊整有的殘缺。看這情形，即便不是用來鎮壓邪祟，也是種風水佈局。

郭師傅對丁卯說：「鏡子陣無非辟邪，或是助風水、添形勢，有這種佈置就更不可能鬧鬼了，況且直到去年發大水之後，魏家瓦房這一帶才沒什麼人住，之前可沒聽說這裡出過什麼邪門兒的怪事。我看咱哥兒倆就別疑神疑鬼的胡猜了，要信這些東西，往後還怎麼吃撈屍隊這碗飯？」

丁卯認為郭師傅的這番話也是說在理兒上了，魏家瓦房屋頂上擺的鏡子陣，或許只是種風水陣，但還有個怪異不明的情況，打剛才就聞到魏家樓這片平房裡有股屍臭，會不會有盜賊殺人害命，死屍扔到了沒人居住的空屋裡，天熱腐爛發臭了，半夜路過這的人迷路走不出去，是有冤魂攔擋。

郭師傅想了想，說道：「眼見為實，咱先過去瞧瞧再說。」他們這兩人真是膽大，循著這股臭味找過去，就看見路旁有一個白乎乎的東西倒在牆下，離得越近越覺得臭不可聞，而且走近了看，發現這東西居然還會動。

八

這片平房沒有路燈，兩人看不清路邊的東西是什麼，聞著有死屍的臭味，離遠了看就是白乎乎的一團，走近一瞧似乎在動，再往近處走不得不捏住鼻子，那氣味太臭了，又走近兩步，走到伸手就能摸著的地方，俯身看這東西，這才看清楚是爬滿了白蛆的腐屍。二人一看這可太噁心了，天熱死屍身上長蛆了，忍不住想吐，趕緊用手按住了嘴，因為捨不得八大碗那四紅燴四清蒸，一年到頭吃不著兩三回，吐出來太可惜，硬生生忍住沒吐。先前一直聞到的臭味，全是從路邊這個東西散發的屍臭，不過並不是死人，也不知是哪種動物的屍體，由大小輪廓上看，有可能是條野狗，估計過不了幾天就爛沒了。這也沒什麼可看的，但就在不遠的地方，又看見兩隻死貓。

人死在路邊那叫倒臥，也叫路倒屍，如果是在城裡，不管有沒有主家，總歸有好心行善的人幫忙收屍掩埋，誰都不管官面兒上也會派人收斂。貓狗之類的動物死在路邊，有收垃圾的撿，魏家墳這片空屋破平房，可能也是快拆了沒人住，死貓死狗橫屍路邊無人理會，任其腐爛發臭，這種事不算奇怪。

郭師傅和丁卯看明白是怎麼回事，也不再胡思亂想了，這時候天上的雲層移開，月光明亮，把房屋馬路照得格外清晰。他們一看順著這條馬路一直往前走，拐個彎就能走出魏家瓦房，這麼條道怎麼繞了這麼半天走不出去？

兩人尋思大概是喝多了，酒勁兒沒過，心裡還犯著迷糊，加上雲埋月鏡，路邊又沒有燈，也難免走轉了向，現在趁著月明趕緊走。哥兒倆想到這兒拔腿便行，走著走著，郭師傅覺得好像有個東西跟過來了，跟著他們倆往前走，轉頭往後看，什麼也沒有，心想：「自己今兒個這是怎麼了，為何總是疑神疑鬼？」

郭師傅心裡頭七上八下不安穩，不知不覺已經走到路口了，走到這兒就算出了魏家瓦房，可還是感覺身後有東西跟著，後脖子冷颼颼的。這時他看見月光照在地上，除了他和丁卯的影子，後頭還有個很小的黑影，丁卯也瞧見了，兩人吃了一驚。再轉頭往身後看，只見一個比貓大比狗小的東西，毛茸茸尾巴挺長，「嗖」的一下突然從郭師傅背後躥出來，一溜煙似的順著牆根逃去，轉眼間就沒影了。

兩人立在當場，看得目瞪口呆，根本不明白究竟發生了什麼，後來他們找了個特別懂這些事的人，把這天半夜在魏家瓦房迷路，路邊看到死貓死狗，屋頂上有鏡子陣的經過，怎麼來怎麼去，從頭到尾詳細說了一遍。聽人家講，魏家瓦房以前就多狐獾精怪，當年那片墳地成為民宅之後也不太平，居民們不得安寧，經風水先生給指點，各家各戶都在屋頂簷角上掛鏡子。這鏡子不是亂掛，擺成了陣法，那些有靈性的東西進了這片平房，往往會迷失方向走不出去，直至困死在裡頭，經常能看到死貓死狗。魏家瓦房的住戶，在發大水的那年淹死了不少人，據說就是擺了這陰損的鏡子陣，遭了報應。

大水退去之後，魏家瓦房留下大片的空屋，平時不論白天黑夜，誰打這兒過都沒出過事，可能是郭師傅那陣子總被人稱為「河神」，倒楣事接連不斷。人在陽氣重的時候，孤魂野鬼都不敢近前，如若是氣運衰落，必定是災星當頭印堂發黑，陽氣也隨之減弱。當時那片平房裡可能困著一隻狸貓或狐狸一類的東西，牠看郭師傅和丁卯身上陽氣弱，用障眼法迷住這兩個人，跟在後頭逃出了魏家瓦房。還有另外一種可能，這野狸被困在魏家瓦房出不去，是牠劫數到了該著一死，躲在河神郭師傅身邊才得以避過此劫。

九

究竟是不是這麼回事，倒也難說，郭師傅當時想不明白，過去也就過去了。直到解放之後，六〇年代了，有一天半夜，他騎著一輛老式自行車下班回家，那時已經立秋了，秋風蕭瑟，天氣一天涼似一天，又是深更半夜，路上幾乎看不見行人。

當天白天他在海河打撈浮屍，忙活了一整天，水米沒沾牙，餓得前心貼後背，想著趕緊回家吃口熱乎飯。當他騎到一條沿河的路上，這輛老式自行車突然蹬不動了，好像有東西在後邊拽著他的車，不讓他往前去。

郭師傅只好停下車，扭頭往後看，只見車後有個毛茸茸的東西，在馬路上跑過去，轉眼就看不到了，不知道是哪來的狸貓，瞅著也像狸貓，路上太黑，看不出究竟是個什麼。此時從後頭來了個騎自行車的年輕人，身上穿著工廠裡的勞動服，車後夾著飯盒，瞧這樣子是工廠裡下夜班的工人。這個年輕工人蹬著自行車蹬得飛快，從郭師傅身邊經過，帶起一陣風，徑直往前頭去了。

郭師傅心說：「這毛頭小夥子，騎這麼快趕著投胎去啊？」他看看自己這輛自行車沒事，又蹬得動了，便蹬上車繼續走。忽聽前頭「撲通」一聲響，抬眼一看嚇了一跳。原來那騎車很快的年輕工人，竟然把自行車騎進了河裡，那河邊都有半米多高的牆沿，這人騎得太快，撞在牆沿上整個人折著跟頭翻到河裡，大頭朝下，腦袋陷進了淤泥裡。

人命關天，豈同小可？郭師傅不敢怠慢，連衣服都顧不上脫，扔下車就跳進陰冷的河水中，拼命把這個年輕工人拖到岸邊，此人的鼻子、耳朵嘴裡全塞滿了淤泥，臉色鐵青，剛拖上來已經沒呼吸了，估計再稍遲半分鐘，這個人就沒救了，也真是命大碰上郭師傅，換旁人遇上這種情況，即使想救人都來不及。

郭師傅把這年輕工人救過來送去醫院，情況穩定之後問他是怎麼回事，這麼寬的馬路，怎麼偏把自行車往河裡騎，是不是下夜班太睏了？騎著自行車打起了瞌睡？這可太危險了。年輕工人說騎到這兒根本沒看見有河，他當時看得清清楚楚，那邊分明是路，也不知怎麼搞的，騎著車過去竟一頭掉到了河裡。

醫院裡的大夫和護士聽到這些話，都以為這小子嚇蒙了，路旁燈光明亮，又不是夜盲，怎麼可能把河看成路？誰知過了幾天，還是這地方，又有個下夜班的工人，騎著自行車一頭撞進了河裡，這次路上可沒人看見，到天亮才發現河面上露出兩隻腳，一隻腳上有鞋，另一隻腳上沒鞋，動也不動。等到從河裡拽上來時，早沒救了。

有一些話當時誰都不敢說出來，但人們心裡清楚，沒準是這地方有水鬼拿替身，把過路的人往河裡引。那天夜裡要不是郭師傅的自行車突然蹬不動了，掉在河裡淹死的人就是他。他本事再大，水性再好，一頭陷進河泥中也別想活命，另外郭師傅自行車蹬不動的時候，恍惚看到有個黑影在身後跑過去，或許是他當年在魏家墳中救出的小東西，又回來報恩來了。

第四章　老龍頭火車站奇案

一

言歸正傳，再接著說「三岔河口沉屍案」，那個年代世道太亂，破不了的案子多得數不清，但引起轟動受到人們關注的大案，官面兒上至少會有個交代。五河水警隊從河裡打撈出的死屍不計其數，可算得上大案的並不多。據郭師傅講，他當水上公安幾十年，真正驚動全城讓街頭巷尾都跟著議論、惹得人心不安的案子，這麼多年只有兩起，頭一個是「海河浮屍案」，再一個就是「三岔河口沉屍案」。當然還有些大案怪案也許更驚悚，但是沒有傳開，外界知道的人比較少。

說到這順便提一下「海河浮屍案」，當年這件「海河浮屍案」，曾被列為民國十大懸案之一，所謂民國十大懸案，是指從一九一一年辛亥革命滿清王朝倒臺，直到一九四九年新中國成立，這些年裡發生的十件大案，各個震驚全國，無一例外都沒有破獲，到最後全變成了懸案。成為懸案的因素很多，這裡邊當然有官匪勾結、互相包庇，但也有幾件案子，真是解不開的無頭公案。

咱要一個案子說一遍，這十大懸案合起來也夠一部書了，不過除了「海河浮屍案」之外，其餘那些案子跟「河神」關係不大，所以說不了那麼詳細。十大懸案當中有兩件發生在天津，一是東陵國寶失蹤案，軍閥孫殿英夜盜清東陵，將慈禧、乾隆陪葬的珍寶席捲一空，但是到後來有大部分珍寶下落不明，相傳是孫殿英把珍寶藏在了天津睦南道二零號洋房地下室中，後來那幢房屋幾易其主，據說房子裡有兩層地下室，可始終沒人找得到第二層地下室的入口，成了一樁懸案。

再者便是「海河浮屍案」，要說海河裡每年淹死的人太多了，那年月僅是逃難餓死的人就多了去了，河中三天兩頭有浮屍死漂出現。然而海河裡出現的浮屍，之所以能被歸為民國十大懸案，與失蹤的東陵陪葬珍寶相提並論，其中又怎能沒有其駭人聽聞之處？

「海河浮屍案」有前後兩件，頭一件出在清朝末年，這個案子是有結果的。十大懸案裡提到的案子與此無關，可經過差不多。當時海河裡突然出現了幾十具浮屍，大白天從上游順著河往下漂進城裡，浮屍接二連三，撈都撈不過來，滿城皆驚，人山人海的過來圍觀。謠言四起，有說是土匪殺人，有說是河妖作怪，要是一兩具浮屍也就罷了，同時出現這麼多浮屍，必定是不祥之兆。官府出面收斂這些浮屍，數了數共有四十五具，還不算那些漏過去沒撈上來的。找仵作勘驗屍首，幾乎都已腐爛多時，沒有一個是淹死的，這一來更奇怪了，誰吃飽了撐的，把墳裡的死人挖出來扔到河裡，總不會是死人自己從墳裡爬出來，跳進河裡游野泳？

另外這些死屍裡頭，沒有一個女子，全是男屍，也沒有小孩，其餘各個年齡段的均有，面目大都辨認不出了，好在這案子線索比較多。首先屍骸上的衣服還在，可以依此核對死者的身份；其次上游沒人看見這麼多浮屍，好像從水裡冒出來漂進城中。有了大致的方位，官府便派公差到那一帶尋訪，沒多久案子告破。原來有個大菸館，抽鴉片菸的地方，老闆黑了心，低價進了一批變質的鴉片菸讓人抽，晚上過來抽大菸的主顧，躺下抽幾口就起不來了，嘴裡吐著白沫死在了大菸館裡。這些主顧大多是偷著來的，家裡沒人知道，老闆心知惹了大禍，讓夥計在河邊的橋墩子底下，挖出一個大坑，連夜把死人埋進去，萬沒料到，過了些天，海河上游突然下大雨漲水，沖開了埋死人的浮土，那些死屍都讓大水沖進了城。大菸館的老闆和夥計全被問成死罪，押赴市曹開刀問斬，清朝末年那件轟傳一時的「海河浮屍案」就此告破。

再說第二件「海河浮屍案」，那是至今沒破的懸案。事情發生在一九三六年，和上次的情形差不多，海河裡突然出現了大量浮屍，這次多達幾百具，也都是男屍，以青壯年居多，看模樣像全是鄉下人，而且全被反綁雙手，沒有本地人，身份無從查對，這案子當時也不是不能查，只是不敢往下查了。

二

當時天津衛海光寺是日本駐軍的兵營，有人就說河裡這些浮屍，是日本鬼子從山東抓來修兵營的勞工，完工後為了保守營盤工事的祕密，用麻繩將勞工們逐個勒死，再把屍體扔到海光寺兵營下的坑洞裡，上頭用混凝土封蓋，以為神不知鬼不覺，不料那個大洞與排水的暗渠相接，下大雨的時候積水從地下往海河裡灌，幾百具死屍被地下水從坑洞沖進了河道。

那陣子日軍發動侵華戰爭在即，山雨欲來風滿樓，這麼大的案子到頭來不了了之，多年以來沒有定論，成了民國十大懸案中死人最多的一個案子。後來出現浮屍的這段河總是無緣無故淹死人，慈善會還特意請來大悲禪院的高僧超度。大悲禪院建於清朝初年，後殿供奉的大悲菩薩，是尊多臂觀音。傳說菩薩手目之數，多至八萬四千，造像高八尺，有二十四臂，三十六目，金光四迸，此外兩側配殿分別供有羅漢像、地藏菩薩像，前殿有彌勒佛像以及韋陀菩薩像，均為建寺之初的古像。但與那尊多臂觀音相比，顯然處於居從地位，所以寺廟名為大悲院，香火最盛，民國年間，甚至供養過唐僧玄奘法師的長生骨，廟中高僧雲集。海河浮屍案發生之後，慈善總會請來大悲院裡的高僧，連做三天法事超度那些亡魂，至於這法事管不管用，咱們也是不得而知。

海河浮屍案出在一九三六年，當時郭師傅還在巡河隊跟著他師傅當學徒，河道讓幾百具浮屍堵塞的情形確實觸目驚心，但整個案子的經過，他也不太清楚。咱說的這件「三岔河口沉屍案」，則是他親歷親見，其中有很多令人難以置信的離奇之處，那真是到死也忘不了，在閘橋下發現一大一小兩具長滿綠苔的死屍，僅僅是一個開頭，往後是越說越嚇人。

河旱的那一年，淹死的人比往年少得多，郭師傅也沒想到三岔河口沉屍案不算完。那兩具屍體全燒了，骨灰埋到厲壇寺。老天津衛廟多觀多庵多，教堂也多，厲壇寺位於厲壇寺胡同，寺中供奉地藏王菩薩，專門度化惡鬼，骨灰罈子埋到那裡，算是安穩了。本以為這件事就這麼過去了，誰成想還沒完，還有後話。

三

話頭挖回來，接著說郭師傅和丁卯二人，給辦喪事的主家紮紙活兒，賺幾個錢貼補家用。這天傍晚，哥兒倆正在義莊裡糊紙人，李大愣突然上門拜訪，帶來一大包點心，是大戶人家給廟裡送的蜜供，也就是拜神祭祖之後留下的供品。人家本家只吃「供尖兒」，供品通常擺放成寶塔形，瓜果點心一樣一盤，不能混著放，上邊和下邊的東西一樣，但是擺在頂上的供品叫「供尖兒」。按早年間的說法，吃供尖兒能添福，剩下的供品就無所謂了。剩下的供品都會分給寺廟庵觀的出家人，在地方上這算是積德行善的事，當天下午有人給了胖和尚一包蜜供，這是種像江米條一樣的點心，一根根搭成寶塔形狀，搭好之後澆上蜜糖，專門用於供奉神佛。

郭師傅和丁卯晌午就沒開火，正好就拿這包蜜供充饑。丁卯拿起一根放到嘴中一嘗，裡頭還帶著棗泥兒餡料，挑起大拇指稱讚道：「太講究了，衝這味道也錯不了，準是祥德齋的蜜供啊。王寶水鋪浮金魚兒，祥德齋的點心吃棗泥兒，祥德齋這麼多點心裡，最好吃的還是有棗泥兒餡料的。」

郭師傅說：「你真是賣燒餅不帶乾糧——吃貨啊，才一口就嘗出來了，這確實是祥德齋的點心。」

李大愣說：「兩位哥哥都是行家啊，吃塊點心還有這麼多講究，我今天算是長見識了，善哉善哉。」

丁卯說：「你平時冒充和尚去大戶人家做法事，也沒少往肚子裡劃拉上供的點心果子，可你光吃不走腦子，當然不清楚這裡邊的講究了。你知道這蜜供是怎麼個來歷嗎？我告訴你，早年間給祥德齋做蜜供點心的那位師傅，據說是魯班的傳人，手藝非同小可，人家用蜜糖做的供品，形狀像寶塔，底兒大頂小，是一根壓一根搭起來的。盤子多大，底兒多大，有窗有洞，裡外透亮，最後又用熬好的蜜糖整個沾嚴實，做好以後，無論是放在灰裡、土裡，丁點兒不沾，如同琥珀色的玻璃瓷器一般。這位師傅做蜜供，做時誰也不讓看，做完扭頭就走，許多人連他住哪兒都不知道，所以說來歷不一般，做的點心叫絕品。現在咱吃的蜜供，就是這家後人傳下來的手藝。」

郭師傅道：「要照這麼說，哪家點心鋪還沒有一兩樣絕品？一品香的月餅、四遠香的粽子、永源齋的家常烙、順香居的太師餅，哪個沒有來頭，把手指頭掰沒了怕也數不完。」

丁卯說：「師哥，你說的這些點心鋪子，也都是有一兩樣絕品的，可終歸不如人家祥德齋樣樣皆是絕品。祥德齋的點心我不用吃，閉上眼拿鼻子一聞，擱到嘴唇上一抿，就能分辨出是不是祥德齋的東西。你就拿最簡單的糟子糕來說，別看用料簡單，哪家都能做，人家祥德齋用的東西卻和別家不同。雞蛋要用河北大于的雞蛋，油用葦油李的板兒油，糖是有名的潮白糖，麵粉統統用精粉，像是老牌兒的天官、綠寶，都是常買常用，沒有好料絕不做糟子糕，那東西還有得比嗎？」

李大愣說：「大半夜的咱說點別的不行嗎？今天還沒正經吃過飯，說真格的，我今天過來尋訪兩位哥哥，是打算跟二位說說那個全身綠毛的女屍。」

四

郭師傅就知道這個李大愣是屬貔貅的，向來是只進不出，平白無故怎會拿這麼好的點心上義莊來，果然不是扯閒篇兒來的，有說詞。

李大愣道：「有說詞，有說詞，沒說詞我就不過來了，有說詞才過來。」

丁卯說：「好歹是拎著點心匣子登門，比空手套白狼的多少強點兒，不過我還真沒想到，李大愣你竟認識三岔河口的女屍，那女人生前是你相好？」

李大愣說：「小哥哥咱別逗啊，我可膽小。你看這天都黑了，吃多少點心也不當飯不是，不如讓兄弟我做東，請請你們二位。」

丁卯說：「那敢情好，打算請我們吃什麼？」

李大愣說：「我也講究啊，咱們這有句老話，春吃海蟹，夏吃河蟹，冬吃紫蟹，吃過紫蟹，百菜無味，請兩位哥哥當然是吃頂好的紫蟹，可不是季節沒地方吃去。要不咱去澄瀛樓飯莊，我請兩位吃炸晃蝦、溜蝦段、清炒蝦仁、芙蓉全蟹、乾燒鯽魚、軟溜魚扇、官燒目魚、烹炸刀魚、清蒸桂魚、罾蹦鯉魚、白崩魚丁、高麗銀魚，怎麼樣？」

郭師傅和丁卯齊道：「講究，上等的魚蝦宴。」

李大愣說：「講究是講究，問題咱不是沒錢嗎，等改天有錢了，一定請二位去澄瀛樓，我看咱哥兒仨還是吃燒餅、喝羊湯去算了，有件大事要跟兩位說說，咱喝著羊湯說怎麼樣？」

郭師傅和丁卯很是好奇，想不出李大愣要說什麼事，也是饞這碗羊湯，當即跟他去了。三個人來到西市大街一個賣羊湯的小吃鋪，地方十分僻靜，食客也少，坐下來要了四碗羊湯、一摞燒餅，又切了一大盤水爆肚。時值酷暑，在這個季節喝羊湯的人不多，但巡河隊的人經常下到河溝子裡跟死屍打交道，身上陰濕之氣極重，喝碗熱騰騰的羊湯可以補氣，往碗裡多放辣椒，喝完出身透汗，可比吃什麼都強。

賣羊湯的地方離西大寺不遠，大寺是指清真寺。天津衛有東南西北四座大清真寺，周圍居住的回民很多，老話說「回民兩把刀，一把賣切糕，一把賣羊肉」，可見做的羊雜碎羊湯很是地道。郭師傅等人經常來的這家食鋪，門臉房處在街角，店主兒子平時推車在鬧市販賣，家裡這間鋪子只是作坊，不是熟客也找不到這裡。三個人坐定了喝羊湯，郭師傅跟李大愣說：「咱有話就直說吧，三岔河口的女屍怎麼了？」

李大愣說：「二位哥哥，你們在五河水上警察隊當差，河底沉屍也是經由你們打撈出來的，我這不就想問問兩位，這案子有結果嗎？」

郭師傅說：「既然吃了你和尚的燒餅羊湯，讓你問起來我們也不能不說。當時很多人圍觀，百姓們看見那具女屍滿身綠苔，這死屍五花大綁背著鐵坨子沉在河底，渾身長滿了綠苔，也不知怎麼就變成這樣了，可嚇壞了不少人。官面兒上怕民心不安，當天便把死屍送到化人場裡燒掉，骨灰埋到厲壇寺，就是這麼個結果。你要問這女屍的身份，那可沒法查了，據我看那鐵坨子在河裡鏽蝕的程度，只怕幾百年也是有的。就算牽扯人命，到今時今日也查不出什麼結果了，查出來也沒用不是，因此官面上沒再追究。」

李大愣駭異地說道：「噢，原來那死屍沉在河底這麼多年了……」

郭師傅問李大愣：「你怎麼想起打聽三岔河口的女屍？」

五

李大愣說：「哥哥，你有所不知，此事一兩句話交代不清，聽我給你從頭說說……」他不是挖著根兒說，咱們卻要把話交代清楚了。論起天津衛最有錢的大財東，一共有八戶，合稱八大家。八大家裡首屈一指的要屬石家，有個石家大院保留至今，那是好大一片古宅院套，青磚碧瓦，雕樑畫棟，氣派非凡，戲樓佛堂一應俱全，曾是石家老宅。石家祖上有良田萬頃，得了個綽號喚作「石萬頃」。城裡還有好多買賣，錢多得數也數不完。關於石家最初是怎麼發財的，在當地流傳著幾種傳說：

其一是明末清初，闖王李自成打進北京城，逼得崇禎皇帝吊死煤山，有個宮女帶著宮裡的一件珍寶「如意夜光燈」，從京城逃到這裡，夜裡到石家投宿，看主人忠厚質樸，委身下嫁給了姓石的這戶人家，那盞「如意夜光燈」是皇宮大內的無價之寶，石家娶了位財神奶奶，一下子發了橫財，陡然暴富。

另有一說，清朝乾隆年間出了個大貪官和珅，聚斂的錢財堆積如山。富可敵國，到和珅被抄家問罪的時候，和珅府上的一個小妾，趁亂逃到石家，這小妾當年很受和珅寵愛，身上帶了好幾件珍寶，為了避難，嫁給了石家，石家祖上從此發跡。

這些傳說大致差不多，總而言之，言而總之，全是說石家祖上走運，娶了有錢的媳婦兒，好比是把一座金山請進了門，錢多的幾代人也使不盡用不完。祖上留下一條遺訓，有了錢不能為富不仁，石家世代積德行善，夏開粥廠，冬賒棉衣。十幾年前，石家有位小姐和一個唱戲的小白臉私通，二人有了私情，搞大了肚子。婊子無情，戲子無義，這話一點兒不假。那唱戲的一看這小姐有了身孕，怕惹麻煩，而且老家有老婆有孩子，連夜就跟外地戲班子跑了，剩下這小姐挺著個大肚子，也沒臉繼續在家待著了，收拾細軟離家出走，石老爺派人找了這麼多年，至今沒有下落。

這三岔河口沉屍案一出可不要緊，有人就說石家小姐讓戲子搞大了肚子，有辱門風，石家表面上說小姐離家出走了，實則不然，是把大著肚子臨盆在即的小姐綁著鐵坨子沉到河裡了，這叫一屍兩命。石家小姐死得冤，冤情不泯，死屍又被巡河隊的人打撈出來，石家財大勢大，把官面兒上打點到了，所以沒人追查。自古道是人言可畏，說好事沒人信，說壞事沒人不信，傳來傳去添油加醋，那些話簡直不堪入耳，石家一向以忠厚仁善之道傳家，哪受得了這個。

郭師傅和丁卯一聽原來是這麼回事：「石家的家事怎樣我們不清楚，但三岔河口沉屍案年頭要早得多，不見得與石家小姐有關。」

李大愣道：「誰說不是呢，可這流言四起，恰似傷人的暗箭。三岔河口沉屍案一日沒有結果，一日堵不上造謠生事這幫人的嘴。」

當時官面兒根本不理會這案子，況且官吏們只會趁機盤剝敲詐要好處，沒幾個真能辦事兒的人，石家老爺也信不過這些狗腿子，人家只信得過河神郭得友，死屍又是郭師傅找到的，因此想請郭師傅查個水落石出。石家常年齋僧，凡是和尚到那兒化緣，準是好吃好喝地招待，臨走還給幾個香火錢，李大愣經常冒充僧人去那兒混吃喝。前兩天聽石家老爺念叨起這件事，李大愣臉皮厚，自稱跟巡河隊的郭師傅是結拜兄弟，從中間當個中人，替石老爺請郭師傅幫忙，郭師傅衝他李大愣的面子準答應。石老爺大喜，承諾事成之後，必有一番重謝。

郭師傅聽李大愣說了經過，感覺有些為難，五河水上警察隊只負責撈河漂子，一向不參與破案，何況那具女屍已經燒成骨灰埋到地下了，應該出在前清的事，一點線索沒有，如今還怎麼查？但郭師傅素聞石家修橋鋪路多行善舉，不忍讓石老爺背這惡名，有心要幫這個忙，苦於不知從何處著手。

丁卯說：「哥哥，這是好事，把三岔河口沉屍案查個結果出來，一來告慰死者在天之靈，二來還石家一個善名，咱不僅有份賞錢，還可以傳名積德。」李大愣跟丁卯一通竄叨，勸得郭師傅動了心，便答應留意尋訪。雖然說事在人為，但到最後成與不成，卻要看老天爺的臉色。三個人喝著羊湯，商量怎麼做這件事，起碼要查明這個女屍的身份，又是因何緣故被捆綁在鐵坨子上沉在河底。說來說去，沒個頭緒，這就不是著急的事兒，只能找個時間，到五河水上警察隊的庫房裡，仔細看看跟女屍捆在一起的生鐵坨子，那是僅有的一條線索。

喝完羊湯李大愣就回家去了，郭師傅和丁卯也是閑著沒事，溜達回河龍廟義莊。還沒進屋就有人找來了，可出大事兒了，讓他們倆趕緊過去看看。原來海河邊的老龍頭火車站六號門鬥腳行，死了不少人，還有更邪的，聽說有人見到了河中的走屍。

六

此事說起來稀奇古怪，那個老龍頭火車站，是現在的天津東站，火車站位置緊鄰海河，從風水上說這位置是龍頭。以前此地沒有火車站，住著不少莊戶人家，共有季家樓和火神廟等七個村子。清朝末年外國人開始在這兒修鐵道、建貨場，最初稱為老龍頭火車站，後來也叫老站。那一帶曾是俄國租借，袁世凱帶兵駐防天津，部隊要坐火車到老龍頭，俄國人不幹了，說「這是我們俄國租借地，不是你們的地盤，你袁世凱的隊伍從這兒下車可以，槍支武裝必須解除」，袁世凱窩火帶憋氣，他惹不起俄國大鼻子，又咽不下這口氣，一賭氣乾脆另外造了一處北站，不用東站了。

雖然有了北站，可老龍頭火車站的位置好，至今仍是主站。天津這地方是海運、漕運、水陸碼頭的重要交通樞紐，平時停靠火車堆積貨物的場地叫東貨場，那個年代從老龍頭火車站運出的煤炭，僅一年就有上百萬噸，還不算別的各種貨物，您就可以想想老站的貨場有多大。老龍頭火車站的東貨場有圍牆，沒圍牆夜裡容易丟東西，東貨場圍牆上開了八個大鐵門用於進出，依次有編號，由北向南分別是從一號到八號，周圍住的人家幾乎全是腳夫搬運工。拿老話說，搬運工吃的是腳行這碗飯，腳行按八個鐵門分成八夥人，人數多的上千，少的也有兩三百，逐漸形成了行業壟斷，外人不許插手，可都知道這是塊肥肉，誰看著不眼紅，憑什麼你吃不讓別人吃？

如若說起腳行，在天津衛可是由來已久，九河下稍作為南來北往的交通要道，從宋金時期開始有海運、鹽運、漕運，明成祖遷都北京，在天津設衛，河運是保證朝廷運輸的命脈。比如北倉南倉，那是朝廷的儲備糧庫。蘆臺產鹽，清朝以來鹽商多，鹽陀橋是當年鹽運的據點，所以幾百年來做買賣從商的多，駐軍也多。庚子年賠款割地，外國列強逼著滿清朝廷，將天津衛的城牆城樓拆除，就是不讓你有防禦能力，此後劃分了九國租借，交通運輸更是進入了規模空前的鼎盛時期，搬運東西裝貨卸貨全需要人力。這就是腳行，在三百六十行裡，腳行是一大行業。

有行業就有規矩，尤其是這種發展了幾百年的傳統行業，行規簡直大過了王法。起先由縣衙給四面城劃定地界，指定專人應差，別看搬東西這活兒吃苦受累甚至要命，還不是誰想幹誰就能幹，俗稱「官腳行」，清末又出現了由混混兒無賴地頭蛇把持的「私腳行」。

外國列強建造老龍頭火車站，拆平了河邊的七個村子，那時拆遷給不了多少錢，官府也不給他們保障性住房。當地老百姓沒了家，官逼民反，有人開始聚眾鬧事，趴鐵軌攔火車，官府一看拿這幫釘子戶沒轍了，被迫答應這七個村子的人成立私腳行，老龍頭火車站東貨場的活兒，全交給這七個村腳行來做，由官府發給龍票，龍票等於是官方授權的證書或執照，這才把事態壓下去。東貨場從一號到八號，總共有八個大鐵門，七村腳行一個村佔據一個大鐵門，剩下一個也不能分成七份，只好分給外來的腳行。各自鐵門裡有什麼活兒幹什麼活兒，有活兒幹活兒，沒活兒挨餓，這等於分好了地盤，互相之間不准越界，越界便視為搶飯碗，逮著可以往死了打，哪怕鬧出人命，官府也不會追究。

外來的腳行為了到東貨場搶活兒幹，經常跟老站這八股腳行發生械鬥，八號門的腳行之間相互也有爭鬥。舊社會爭腳行打出人命，簡直是家常便飯，這次爭腳行，雙方死傷了上百人，當天打完了兩撥腳行清點人數，算上橫屍就地的死者，數來數去對不上人數，怎麼數都多出一個。

爭腳行死了人可不出奇，老百姓只要有口飯吃餓不死，再苦再累，不逼到絕路上他不會造反，敢造反的人全是走投無路實在活不下去了。古往今來，莫不如此，腳行屬於社會最底層。在東貨場幹搬運的這些人，一個鉤子一個墊肩一身破棉襖，便是全部家當，沒有多餘的工具。每天要扛四五百斤的木箱，在一丈多高的跳板上彎著腰來回走，稍不小心摔下來非死即殘，汗珠子掉地上摔八瓣兒，白天累死累活，晚上睡覺有間窩棚住就不錯了，鋪著地，蓋著天，頭底下枕塊磚。吃飯吃的是橡子麵雜合麵，吃糠咽菜，一天兩頓只管七成飽，可當時天災人禍不斷，各地逃饑荒的難民全往城裡湧，就這種不是人幹的活兒，還有的是人爭破了頭搶著幹。

有一種地痞流氓專門吃腳行，這種吃腳行的無賴叫把頭，他們世代相傳，平時也不幹活兒，平地摳餅，抄手拿傭，坐等著分錢。腳行採取當日分帳，幹完活兒就結錢，這筆錢一多半得給這些把頭，等於是交保護費，由把頭們保障這塊地盤，不讓外來的幫派勢力侵入。把頭給腳行定了許多狠毒的行規，一股腳行相當於一個幫派，不守規矩驅逐出去的人，別的腳行也不許收留，更不准私自攬活兒，爭腳行說白了就是爭奪搬運地盤。

這次爭地盤的兩股腳行，一股是六號門裡的火神廟，另一股是山東來的鉤子幫。火神廟是還沒造老龍頭火車站那時候當地的一個村名，村民們打清朝末年就在東貨場六號門做搬運，有世代相傳的龍票，別看龍票是前清的玩意兒，卻證明火神廟幫祖輩兒起便吃六號門這碗飯，搶這塊地盤跟搶人家祖墳差不多。山東鉤子幫是外來的一大勢力，以逃難過來的難民為主，也全都是父兄子弟。這些人非常抱團兒，打架不要命，受幾個混混兒無賴的挑撥，來六號門搶地盤爭腳行。

怎麼搶呢？起初無非是尋釁挑事，人家火神廟的經常爭腳行，對這種情況習以為常。既然來爭，那就按規矩辦，兩邊的把頭讓勞工們抽死籤，抽到誰誰就上，雙方是一個對一個，定好了日子，當晚各帶數百人，來到東貨場六號門的河邊空地會面。

這天晚上月光明亮，按照老規矩，鉤子幫先出來一個，自己往自己肚子上捅一刀，劃開肚皮，拽出白花花的肚腸子給對方看。火神廟那邊一看，可以啊，也派出來一個，要比對方那個人還狠，上去拿菜刀把自己胳膊砍下來一條，血如泉湧毫不在乎，還拎著剛砍下來的胳膊，親自擺到鉤子幫那夥人的面前：「送各位一份見面禮。」

鉤子幫不能示弱，因為稍一含糊，往後別想在這地方混了，也得接著派人。雙方各出狠招，你砍胳膊、我卸大腿，到後來乾脆支上一口滾沸的油鍋，等熱油煮開了，投進去一枚銅錢，火神廟派出一個人，光著膀子伸出胳膊往滾油鍋裡撈銅錢，即使動作再快，撈出銅錢之後那條胳膊也炸熟了，照樣面不改色。鉤子幫也出來一個腳夫，站到熱油鍋跟前正琢磨呢，要怎麼做才能不輸給火神廟，鉤子幫的大把頭便在後頭飛起一腳，把這名腳夫踹進了滾開的油鍋。

火神廟腳行一瞧鉤子幫有種，敢往油鍋裡扔活人！既然劃下道兒來了，雙方就比著往油鍋裡扔活人。那活人下到油鍋裡，冒股黑煙這人就沒了，到鍋裡撈只能撈出些殘餘的油渣，那也不帶眨眼的。比來比去，誰比不過誰就輸了，輸的那方就要把地盤讓出來，或者讓對方插上一股。

比到最後分不出高低，想不出比活人下油鍋更狠的招兒了，文比不分高低，接下來是武比。一個對一個鬥狠是文比，兩撥人抄傢伙群毆是武比。火神廟腳行都使地牛和斧頭，鉤子幫則用拉貨箱的鐵鉤和棍子，兩撥人在河邊打在一處，拼個你死我活，直打得血肉橫飛，死傷了一百多人，地上倒下二十來具屍體，傷的缺胳膊斷腿，一個個都跟血葫蘆相似。

鬧得這麼厲害，官面兒上也是睜一隻眼閉一隻眼，因為貨場碼頭的腳行之爭，從前清以來官府就默許了，不管死傷多少人，雙方腳行自行承擔。後來山東鉤子幫扛不住了，停下械鬥，答應不再插手東貨場六號門，火神廟這邊一看對方服了，也不死纏爛打，死傷各安天命，過後絕不尋仇，還要掏錢給鉤子幫買藥治傷，以及安葬死者。

兩撥人住手不打了，裹傷的裹傷，收拾死屍的收拾死屍，一點人數對不上，地上應該有二十二具死屍，數來數去是二十三個。那死人大多滿臉鮮血面目全非，天色也晚了，大片烏雲遮蔽了明月，雲陰月暗，辨認不出誰是誰，但活人有數，地上的死屍怎麼數都多一個。

火神廟把頭對鉤子幫把頭說：「貴幫沒數錯吧，是不是剛才跳油鍋裡的多算了一位？」

鉤子幫把頭說不能夠，跳油鍋裡讓熱油炸沒了的人，你我雙方各有兩人，這還算得錯嗎？可地上多出來的死人究竟是誰？

東貨場在老龍頭火車站旁邊，貨場臨著海河，大鐵門一關，外人絕對進不來，多出來的一個死人，肯定是雙方腳行的人，兩撥卻都說沒這麼個人。點上馬燈、火把，抹去死屍臉上血跡逐個辨認，發現地上多出來的那具死屍誰都沒見過，這死人是個男子，黑衣、黑褲、黑棉鞋，衣服硬得像銅錢，指甲猶如鐵鉤，滿身河底的淤泥，濕漉漉的都是水，好像剛從河裡出來。

八

火神廟腳行有個小夥子，戰戰兢兢地告訴把頭，天黑後雙方鬥得正激烈，混亂中他看見有個人從河裡走出來，月光朦朧也看不清楚是誰，還以為是哪個腳夫被人打進河裡，自己又跑上來了。此時一看，從河裡爬出來的人，竟是這個「河漂子」。

這淹死在河裡的人自己走上來，豈不是變成行屍了？腳行的人們全嚇呆了，之前爭腳行鬥得白刀子進去紅刀子出來，連眉頭都不皺上一皺，但舊社會的人迷信，看見河中出來行屍，都嚇得不知所措。還是火神廟腳行的一位老把頭有見識，據他說當初修老龍頭火車站，鏟平了海河邊好多墳頭，先把棺材從墳裡刨出來，準備遷去別的墳地掩埋，有些棺材當天沒來得及遷走，暫時放在河邊野地裡。轉天去搬取的時候，有一口棺材空了，看棺材蓋子是從裡面頂開的，棺中死屍不知去向。有人說是變成殭屍跑進河裡去了，也有人說是盜賊開棺毀屍，因為是沒主家的墳棺，當時無人往下追究，就這麼不了了之了，說不定這河漂子正是墳中死人變成了行屍。遷墳時跑進河裡躲了起來，剛才被腳行爭鬥的血腥氣吸引，從河裡爬上來了。之前有月光，借著月光的陰氣它就能動，這會兒烏雲遮月，行屍才倒下不能動了，河漂子沒法燒，趕緊叫人去通知巡河隊。

腳行忙著派人去找五河水上警察隊，剩下的搬走死傷之人，誰也不敢動那個多出來的河漂子，又擔心等會兒月亮出來，這河漂子突然起來，那還不把人嚇死？商量來商量去怎麼辦呢？老把頭把祖上的龍票取出來，拿塊磚壓到那死屍臉上。這大清龍票有官府壓印，以前認為這種東西可以鎮邪，壓在臉上這個死人就不能動了，火神廟腳行留下兩個守屍的腳夫，其餘的人都撤了。留下的兩個人，守著地上的死屍，眼看天上的烏雲散開，月光又照下來了，不由得怕上心頭。

這兩個腳夫提心吊膽，不敢離近了，站到遠處守住，看河邊有條小蛇，抓過來壓在石頭底下，兩人用樹枝逗弄那蛇解悶兒。兩人還互相說用不著怕，好歹有龍票官印按在河漂子臉上，能出什麼事？

說是這麼說，卻不放心，他們心裡想不看，可是忍不住，往橫躺在地的死人身上這麼一看，兩人同時一拍大腿：「大事不好！」

原來忘了一件要命的事，這死屍身上全是泥水，龍票是一張黃紙，上頭壓著朱砂官印，那紙可不能見水，放在死屍臉上沒多久，已經讓水浸透了，上面的官印全模糊了。龍票是老龍頭火車站六號門火神廟腳行祖傳之物，沒這龍票在腳行裡立足都不硬氣，這可要了命了。兩個腳夫急忙扔下蛇，跑過去把濕透的龍票揭下來，但那龍票年代久遠，濕透之後不成形，一揭就爛了，兩人心裡正叫著苦，就看仰面躺在地上的死屍睜開眼了。

朦朧的月光照到那死人臉上，讓人一看就是心中一寒，兩個腳夫驚得魂飛魄散，口中叫聲「我的個親娘姥姥啊」，兩人是掉頭就跑，耳聽那行屍在後面追上來，這兩位都嚇懵了，哪敢再往身後看。

東貨場六號門另一側緊鄰鐵道，兩腳夫在前頭跑，行屍在後頭追，追到鐵道上正趕上過火車，也是這兩個腳行的人命大不該死，駛過來一輛裝煤的火輪車，把那個死屍碾到了鐵軌上。等巡河隊的郭師傅和丁卯趕來，鐵軌上的死屍腦袋都被碾沒了。

聽腳行的人說了經過，郭師傅也不敢信，畢竟這是一面之詞。你怎麼知道不是兩撥腳行的人械鬥，誤傷了外人，故意用河中行屍遮掩事實，但這些不歸巡河隊管，應該找警察來處理。這次火神廟腳行同山東鉤子幫相爭，死傷那麼多人，在以往的腳行爭鬥中也不多見，警局為此抓了一大批人。郭師傅看山東鉤子幫無以為生，在運河碼頭上替這些人找了活兒幹，火神廟和鉤子幫兩股腳行深感其德，當時他看見河邊有條小蛇讓石頭壓住了，是那種不咬人的小草蛇，也是一時好心，把石頭搬開，放這小蛇逃走。然而鐵軌上碾掉腦袋的行屍，又到底怎麼一回事？

這說法可多了，河裡殭屍跑上來，是傳得最多的說法。還有一說，是有凶徒打悶棍作案，打倒了一個外地老鄉，本想拋屍河中滅跡，不料想死屍怎麼也沉不下去，恰好看到東貨場鬥腳行，便把死屍拖進來充數。結果兩撥腳行一點人數，地上躺的多出來一個。那人還沒徹底咽氣，躺一陣子緩過來，以為是那兩腳夫害他，追上去要去找這兩人拼命，結果被進站的火車撞死了。這是比較靠譜的說法，不過也沒得到官面兒上證實，後來這消息不脛而走，在民間傳來傳去，許多人都信以為真了，各個說得好似親眼所見一般，解放前老龍頭火車站鬧殭屍的傳言，正是由此而來。

第五章　吳老顯菜園奇遇

一

河神郭得友，一輩子最怕別人提他這綽號，無非在巡河隊撈河漂子憑著出苦力掙碗飯吃，自問何德何能敢稱「河神」？

起初想不通，後來想明白了。自古有神聖賢能之分，身負一技之長有真本事，這樣的人可以算是能人，賢人不能單有本事，須是德才兼備，說白了可以輔佐君王治國安邦平天下，聖人則是沒挑兒的完人，這個人超凡絕倫才能成聖。文聖孔子，武聖關羽，那就近乎於神了，吃五穀雜糧的人被稱為河神，這得損多少壽，折多大福？

丁卯經常勸郭師傅：「師哥你想太多了，無非是個綽號罷了，別的不說，《水滸傳》裡那些好漢，綽號帶神的也有三五位，人家怎麼沒事？」

郭師傅說：「什麼叫沒事？水滸一百單八將有幾個得了好結果？再說人家是天罡地煞下界，死了回去接著當星君，我一個巡河隊撈浮屍的，怕是上輩子沒積德才做這行當。你要想讓你哥哥我多活幾年，咱就別提『河神』這兩字。」

郭師傅嘴上是這麼說，脾氣秉性可改不了，見不得不平之事，見了必管。在三岔河口發現沉屍以來，「河神」這名號算是叫開了，他正是從這兒開始走楣運的。老龍頭火車站鬧殭屍之後，李大愣又來催郭師傅，問三岔河口沉屍案的線索，他是惦記著石財主許下的那份錢。郭師傅心裡也放不下這件事兒，便帶著他和丁卯到巡河隊的庫房裡看那個鐵坨子，剝去鏽蝕，發現這生鐵坨子上刻著幾行古字。三人看了半天，一個字也不認識，另外這生鐵坨子輪廓怪異，瞅著像一個圓腦袋長身子的動物，可在河底年頭多了，鏽苔斑駁，認不出是個什麼東西。

郭師傅尋思這東西怕是一件鎮河的古物，老輩兒人裡或許有誰認識，如今只能去找那位賣藥糖的老頭問問。

提到這位賣藥糖的老頭，人稱吳老顯，論輩分郭師傅要管他叫一聲師叔。此人腿腳不好，走路需要架拐，常年在城西北角樓下的城隍廟擺攤，以賣藥糖為生。

咱先說說這藥糖是什麼，藥糖可不能當藥吃，那是舊社會的一種零食，現在賣這種東西的已經很少了。所謂藥糖，一般是在熬好的砂糖中加入各種藥材，比如砂仁、豆蔻、薄荷、鮮薑等，再切成小塊，脖子上挎個玻璃匣子沿街叫賣。誰要幾塊，就拿竹夾子從玻璃匣中取出包好了遞給人家。

早年間賣藥糖的人大多有一手絕活兒，每個人又不一樣，各有各的本事。賣藥糖時要施展絕活兒吸引主顧來買，沒這本事只憑賣藥糖連西北風也喝不上，當年有這麼幾位賣藥糖的師傅，堪稱一絕。頭一位叫蹁馬李，李師傅會玩車技，開賣之前口講指畫，內容隨口現編，唱幾句通俗易懂的戲文典故，往往是信口開河漫無邊際。然後表演自行車絕技，別看他挺大個草包肚子，動作卻真是乾淨利索，什麼張飛蹁馬、金雞獨立、八步趕蟾、蹬裡藏身，這些全都不在話下。他還能在車上拿大頂翻跟頭，以此聚攏過往行人，等看熱鬧的人聚多了他再開始做買賣，邊吆喝邊賣，聲音通透悠揚，聽著像三伏天吃塊冰鎮西瓜那麼舒暢，吆喝起來一套一套的。比如：「香桃那個蜜桃，沙果葡萄，金橘那個青果，清痰去火，橘子還有蜜柑，山藥仁丹，蘋果還有香蕉，杏仁茶膏，櫻桃鳳梨煙臺梨，酸梅那個紅果薄荷涼糖，吃嘛有嘛。」

蹁馬李是一位，另一位是叫王大哈，走街串巷。賣藥糖有身行頭，打扮得猶如士紳名流，頭戴舊禮帽，身穿破洋服，腳踩一雙開了嘴的破皮鞋，鼻樑上架一副缺條腿兒的金絲邊眼鏡，缺腿兒那邊用繩子套到耳朵上，吆喝叫賣聲打嘟嚕，含混不清，到處裝瘋賣傻，從沒有人見他笑過，車上掛個鐵籠子，裡面裝著兩隻小松鼠，能按人的指揮做各種動作。王大哈不管走到哪兒，身後總跟一群小孩起鬨看熱鬧，屬他的茶膏糖賣得好。

再說這位吳老顯，腿腳不好走不了路，每天坐在西北角城隍廟前，支起一口熬糖的鐵鍋，幾張長條桌上擺滿了各種中草藥，當場熬製，一邊熬湯配藥，一邊講解每味藥糖的功效，往往是口若懸河漫無邊際，還說當年黎元洪大總統最愛吃他的藥糖，每個月都要買幾十塊錢的。要不然他就說《三俠劍》，這套書裡的主要人物有三個俠客、三個劍客，合稱三俠劍，講的是大清康熙年間，以南京水西門外十三省鏢局的昆侖俠勝英為首的英雄義士，捉拿各個山川海島洞窟的綠林盜賊，這套書說得那叫一個熱鬧。吳老顯腿沒壞的時候會功夫，對江湖上的事瞭若指掌，所以說這類短打的評書說得最好，連說帶講還拿手比畫，聽起來格外引人入勝。每當說到熱鬧的地方，便打住不說，開始叫賣他的藥糖，那些聽故事的人們聽上癮了，等不及了要聽個下回分解，紛紛掏錢來買，什麼時候藥糖賣得差不多了，他才接著往下講。郭師傅要打聽綠毛女屍的線索，找誰打聽是個問題，思前想後，如若整個天津衛只有一個人知道，這個人也該是吳老顯。

二

當天郭師傅帶著兩個兄弟，把鐵坨子上的字照葫蘆畫瓢描下來，拿到西北角城隍廟，請吳老顯看看，能不能認出這是什麼東西。李大愣很是不解，吳老顯不過是個賣藥糖的，能知道這種事？郭師傅說：「我師叔辦案的時候還沒你這一號呢，等見了面你就知道了。」三個人找到吳老顯，郭師傅口稱師叔，「今天您也別做買賣了，咱找個地方喝二兩，我們哥兒幾個有些事想跟您請教請教。」

吳老顯說：「那敢情好，你師叔我正饞酒呢！」說完話，讓丁卯幫忙把糖鍋收了，就近找了個吃涮肉的小館子。還不是吃飯的時候，店裡沒什麼人，四個人揀屋裡牆角落座，招呼夥計支起炭爐，端個大砂鍋架上，毛肚、百葉、肉片、青菜各拿幾盤，打了兩壺冷酒，天越熱越要吃涮肉，吃完出身透汗泡澡堂子。那年頭涮羊肉不是好東西，不入席，就是簡單省事。郭師傅這些人也沒什麼錢，平時只來這種便宜的涮肉小館。

郭師傅對吳老顯說：「師叔您還不認識，這胖和尚是在南市混的李大愣，也算我和丁卯的兄弟。」

李大愣趕緊給吳老顯滿上一杯酒，說道：「郭爺、丁爺是我兩位哥哥，我也跟著他們叫您師叔了，往後您有什麼地方用得著我，儘管言語一聲。」

丁卯說：「李大愣你別狗掀簾子光拿嘴對付，一會兒吃完飯你把帳結了，比說什麼都強。」

吳老顯說：「行了，咱爺兒幾個還有什麼可見外的，直說吧，我一看你們來就知道是什麼事兒，是不是衝著三岔河口沉屍案來的？」

李大愣說：「哎喲，敢情師叔您未卜先知，除了賣藥糖還會算卦，怪不得二哥要來請教您。」

吳老顯乾笑兩聲說：「三岔河口沉屍案街知巷聞，我天天在外頭擺攤賣藥糖，能沒聽說嗎？」

丁卯挑起大拇指說：「師叔，您還是那麼英明。」

吳老顯擺擺手：「不行了，腿不行，人也老了，身子一天不如一天，怕是沒幾年好活了。咱言歸正傳，別扯閒篇兒了，你們真是為了三岔河口沉屍案來的？」

郭師傅把整件事情詳詳細細地給吳老顯說了一遍，請吳老顯看看那鐵坨子上的字跡。

吳老顯看得兩眼直勾勾的，半晌才回過神來，告訴那哥仨兒：「這鐵坨子是隻鐵虎，鑄在上面的字應該是——鐵能治水，蛟龍遠藏，唯金克木，永鎮此邦。海河經常發大水鬧洪災，相傳蛟龍怕鐵，官府就造了鐵鑄的九牛二虎一隻雞，作為鎮河之物，有的埋在地下，有的沉到河中填了河眼，這尊鐵虎是其中一個。」

丁卯說：「那可崴泥了，我們就擔心這鐵坨子是鎮河的東西，從河底下取出來會招災惹禍。」

李大愣奇道：「三岔河口那具女屍是河妖？」

郭師傅看吳老顯臉色不對，像是想起了什麼事，讓那兩兄弟別插嘴，請師叔給說說到底是怎麼個因由。

吳老顯兩杯酒下肚，給這哥兒仨說了段驚心動魄的往事。

三岔河口底下本來沒有女屍，那河底下應該只有那尊鐵虎。這九牛二虎一隻雞鎮風水也是早年間的傳說，那還是在前清嘉靖年間，填上河眼該發大水仍發大水，後來各處河眼地眼具體位置逐漸失傳，也沒什麼人信這種事兒了。當年官府剿滅魔古道，有本記載妖法邪術的奇書流落民間，害死了不少人，三岔河口沉屍案很可能跟這件事有關。

說起來這是十多年前的事了，那時候吳老顯的腿還沒壞，他以前當過鏢師練過武，清末就是公門中的捕頭，到了民國初年，捕快改稱踩訪隊，踩是跟蹤追擊，訪是指打探消息，相當於警察部門的便衣偵緝隊。舊社會叫俗了叫踩訪隊，專管捉拿賊匪兇犯。有天半夜，他追查一個案子，在菜園裡碰到了一個妖怪。

三

吳老顯遇到妖怪的菜園不在別處，就在李公祠後面。天津衛有片古建築叫李公祠，蓋得好賽王府一般，是北洋軍閥李純李督軍的家廟，占地將近百畝，氣勢宏偉，古香古色，直到今時今日，大體上依然保存完好。整個宅邸坐北朝南，正門外有石獅華表，還有石牌坊、石人石馬。進了大門先是花園，然後是頭道院，依次有前中後三座殿，東西兩邊配殿相襯，三座大殿巍峨壯觀，從內到外雕樑畫棟，金碧輝煌。府內還有浮雕著玉龍奪珠的戲臺，四周回廊相通，透著王宮內院的氣派。解放後，李公祠改成工人文化宮了，後來又成了舊書市場，這幾年也不是免費開放了，進去參觀還需要買門票。列位，這座李公祠裡頭可有一怪，我要不說您注意不到，我一說您準覺得奇怪。

怪就怪在李公祠裡的佈局一反常規，別的宅院府邸，花園一律在後頭，皇帝住的皇宮也是如此，唯獨李公祠這套大宅院，花園設在一進門。進前門要先穿過花園才能去別的地方，天底下再沒第二家是這樣的，所以這地方風水不好。李純李督軍到頭得了個橫死的下場，不能說跟這座府邸的格局沒有任何關係。

民國初年，民間流傳著兩句話「南方窮一省，北國富兩家」，軍閥李純就是北國兩家的其中一家。他當了好幾年督軍，那財可發大了。俗話說錢多燒身，錢多得不知道怎麼花了，燒得他難受，一時心血來潮想起了自己的祖宗，決定大興土木蓋家廟，花了幾十萬現大洋，從北京買下了前清的整座莊王府，拆了之後原樣搬到天津衛，木料、琉璃瓦全是最好的，按照王府格局蓋他李家的家廟。當時有錢的財主流行買王府，買完先不住，而是拆了重蓋，因為早幾年有人拆豫王府的時候，拆出好多百餘年前埋下的金銀，別人瞅著眼紅，誰不想發橫財，所以買下王府即使不拆，也要大動大翻。

李督軍為了造家廟祠堂，真是下了大本錢，也是請先生提前看好了風水格局，花園自然是在後頭，沒承想蓋到一半出事了。有人背後議論，說李家祠堂蓋得像宮殿，這位督軍是不是有什麼大野心？李督軍這才注意到祠堂蓋得超出規格了，前中後三座殿，周圍有護祠河，後頭還有個花園，真跟皇宮似的，可也不能拆了，那錢不都白花了？有人就給他出個主意，把花園挪到前邊來，這不就避嫌了，李督軍只好照辦，卻忽略了李公祠形勢逆反，犯了風水上的大忌諱。

家廟祠堂蓋好之後不久，他便在督軍府遭手下開槍射殺身亡，時年四十六歲。真相眾說紛紜，至今沒有定論，據說是李督軍苦於沒有子嗣，多納妻妾，做夢都想生兒子。其中一個姨太太為了爭寵，暗中買通了一個馬弁，偷著跟這馬弁睡覺，想借個種懷上孩子，然後冒充李督軍的血肉，母憑子貴，她也能跟著得寵。不料一天夜裡，這位姨太太正和馬弁幽會，李督軍突然從外地回來，撞破了姦情，馬弁心慌之餘，掏搶打死了李督軍，對外隱瞞實情，只說是猝死。要真是這樣，也算應了陽宅風水格局逆反的凶兆，以至於出了以下犯上的災禍。

李家衰敗之後，李公祠也跟著荒廢了，當時連打更的人都沒有，祠堂後面本是大片菜園，有些老鄉在這兒種菜，那時同樣荒了。人們都說這地方風水不好，秋天讓那冷風一刮，枯枝蒿草沙沙作響，不時傳出癩蛤蟆和蟋蟀的叫聲，附近的人們大白天也不敢上這邊來。

四

當時城裡城外總丟小孩，丟了便找不回來，一開始傳言是有拍花子的拐子，踩訪隊的人到處蹲堵。城裡查得嚴，自此太平無事，城外一些村莊又開始丟小孩，鄉下人少，來個外人就容易引人注意。經過走訪，逐漸得知丟孩子的地方，都有村民看見過一個來路不明的婦人。這婦人蒙著藍布頭巾看不到臉，身上穿的衣服長袍大袖，於是踩訪隊撒開網找這個人，雖然人手不夠，但對付一個拍花子偷小孩的婦人，一兩個人已綽綽有餘。吳老顯也是大意了，有天他自己一個人到附近村莊蹲點兒。

白天村民們大多下地幹活，秋高氣爽，田野裡粗壯的高粱，頂著大紅帽子。鄉下有這麼句話，三春不如一秋忙，收莊稼的時候農活最忙，往常幹完活兒就睡覺。農村人睡覺都早，白天幹完農活，回家吃了飯，天一擦黑就睡覺，一是累了一天，二是節省燈油。

這天的情況卻不一樣，村裡幾家地主出錢請來戲班，在村頭搭了檯子唱戲，因為那時田地多的大戶人家，一到秋天，自家的農活忙不過來，必須臨時僱些幫工，管吃管喝給份錢。農活兒非常辛苦，出的是大力，忙活完了之後，幾家僱人的主家往往會掏錢請戲班子，來村裡演幾齣戲犒勞幫工，村民們也跟著沾光，附近村的人全跑過來看。上演的戲碼主要以打戲居多，文戲光聽老生哼哼唧唧在那兒唱，村民們不喜歡看，也看不懂，男女老幼全都愛看武戲，因為打得熱鬧，看著過癮。當天演的戲碼是「鍾馗嫁妹」。

別看是鄉下戲班，最拿手的就是唱這齣兒，行頭也不簡單，連人帶馬二十多位。旌旗、鑼鼓、傘扇轎子，一應俱全，鍾馗赤面紅鬚，鐘妹秀麗花俏，送親的小鬼兒們奇形怪狀，演起來真叫一個熱鬧。從日暮演到掌燈方散，村民們天黑看戲，睡的也晚。吳老顯當天沒訪到什麼線索，傍晚混在村民裡看戲湊熱鬧。鄉下地方，晚上沒人打更值夜，村頭的戲散場之後，大約是二更天不到三更，一輪皓月當空，村子裡一片寂靜。

吳老顯看戲看得出神，竟然忘了時辰，戲散時不知不覺都二更天了，也沒法回城了，就在村裡借宿了一夜。第二天又鬧肚子，耽擱了半天，下午趕著回城，一路奔著南門走。人煙漸漸稠密，路旁有賣菜賣蒸餅的，沿途有稀稀落落的行人，有負擔的也有推車的。時候可不早了，日頭將要落山，這天要黑還沒黑，他走著走著，感覺腹中饑餓，肚子是不疼了，可還沒顧得上吃東西，摸出錢來買了幾個熱蒸餅。當地說蒸餅要說成蒸餅兒，白麵裹著豆沙餡兒，放在籠屜上蒸熟，在路邊現蒸現賣。吳老顯買了幾個想充饑，付過錢拿到手裡，邊吃邊往家走，剛咬了一口，就看路上走過來一個婦人，身穿粗布衣衫，寬袍大袖，腦袋上戴著頭巾，粗布大頭巾整個裹住腦袋，在下頜打了個結。舊社會的婦道人家，穿成這樣並不奇怪，那婦人低著頭看不見臉，走得十分匆忙，跟吳老顯擦肩而過。

吳老顯那雙眼可不是吃素的，一看這婦人的身形，與傳言中那個拍花子的人販子頗為相似，心裡先是一怔，就這麼一愣神的工夫，那婦人從身邊走過去了。他扭頭從背後看了幾眼，卻不敢直接過去將那婦人揪住，他好歹是踩訪隊的頭兒，萬一誤認錯了，被當作調戲婦道人家，那就叫「滿口排牙辨不明，渾身是嘴講不清」，跳進黃河也洗不乾淨了。

他為人處世一向謹慎沉穩，沒把握的事向來不做。暗自思量，不如先從後頭跟著這婦人，看看她往哪兒走到哪去。打定了主意，暗地裡在後尾隨，發現這婦人進了城，專揀沒人的小胡同走。

五

此時天色已黑，金烏西沉，月亮升起來了，吳老顯心中更加疑惑，跟著那婦人東拐西繞。眼看走到了李公祠後的菜園子，這地方根本沒人住，一個婦人天黑之後到荒廢的菜園子裡做什麼？吳老顯心說這也是陰差陽錯，要不是在村中看戲轉天又鬧肚子耽擱到這時候才回，還真遇不上這個人，不管這婦人是不是拍花子偷小孩的拐子，我先攔住她問問再說。

吳老顯想到這兒，加快腳步追到那婦人身後，想招呼一聲讓對方停下來，只要這婦人轉過臉來，就能看到她到底長什麼樣了。誰知那婦人走在前頭，離著不到三五步遠，突然就不見了。

吳老顯心中一凜，忽覺身後有股陰風，趕緊掉轉身形，就看那婦人正站在他身後。天上雖然有月光，但那婦人在頭巾下的臉，卻仍是黑乎乎的，好像根本沒有一樣，只能感覺到那張臉上的雙眼，放出兩道凶光，同時伸出兩隻長滿了毛的大手，一把掐住了吳老顯的脖子。

吳老顯吃了一驚，看對方這兩隻手皮膚粗糙、指爪鋒利，先前被寬大的衣袖擋住看不見什麼樣，直到伸出來才發現，這根本就不是人手。

那時候的吳老顯少言寡語，話不多，能耐可不含糊，得過通背拳的傳授，功夫底子很深，總是不聲不響地辦大事。一路跟蹤到李公祠的菜園裡，發現這婦人竟是一個他從來沒見過的東西，也不知是什麼怪物。那婦人兩隻大手跟兩把鐵鉗相似，猝然抓住吳老顯的脖子往死裡掐，同時嘴裡發出夜貓子般的怪叫。

吳老顯大吃一驚，但臨危不亂，腳底下使出連環鴛鴦腿，踢到那婦人身上，將她從面前蹬開，自己也借力退出幾步。這個身穿舊袍頭巾裹臉的婦人，不等吳老顯站穩腳步，帶著一陣怪風又撲到近前，在月下的荒菜園中，身形詭異，直如一縷黑煙。

吳老顯看出對方是要置自己於死地，手下也不容情了。一伸手把插在背後的大菸袋鍋子拽了出來，這菸袋鍋子前頭是個很沉的大銅疙瘩，平時抽菸葉子，遇上危急還可以用來防身，當即掄圓了狠狠打去。

那婦人伸過來的手爪，讓吳老顯的菸袋鍋子打個正著，「嗷」的一聲慘叫，連忙縮手。吳老顯的菸袋鍋子卻沒停下，不管青紅皂白三七二十一，只顧兜頭亂打。那婦人見勢不好，返身要逃，但轉身的一瞬間，頭頂重重挨了吳老顯一下，頓時鮮血飛濺，步履踉蹌歪斜，跌跌撞撞地拼命逃竄。吳老顯哪容這婦人脫身，在後面緊追不捨。

李公祠後面的這一大片菜園，好多年前還有人在這裡種瓜種菜，後來水流改道，菜園子就此荒廢了。田壟間長滿了雜草，月夜之下，荒煙衰草，滿目蕭條淒涼的景象。

如果這個婦人頭頂沒挨那一記菸袋鍋子，早就甩開了吳老顯，奈何傷勢不輕，只在荒蕪已久的菜園子裡逃出幾步，已被吳老顯從後面趕上，一把扯掉了頭巾，露出一直遮著的臉孔。月光底下看得分明，這張臉竟比一般人長了一半，不僅臉長，嘴也大得出奇。

六

吳老顯心裡雖有防備，當時也不禁嚇得冷汗直冒。那張怪臉上全是鮮血，在月光底下更顯得詭異駭人，那鼻子那眼倒也和人一樣，可臉形太長，像驢又像馬，嘴裡是白森森的獠牙。這東西被追得走投無路，張開兩條全是毛的長臂返身回撲，吳老顯借著月光看出了牠的面目，竟是隻人立行走的老馬猴。馬猴是民間的說法，舊社會大人嚇唬小孩，總提這東西，說再不聽話，就讓老馬猴抓走吃了。實際上，這是近似山魈或是山猿的靈長類，下半截臉奇長無比，在猿猴中也屬罕見。

吳老顯萬沒想到，這馬猴已通人性，能夠披上衣服、裹上頭巾，扮成個婦人模樣在路上行走，心中又驚又奇，稍一愣神的工夫，那馬猴撲到面前了，吳老顯躲閃不及，身上被抓出了幾條口子，皮開肉綻鮮血淋漓，菸袋鍋子掉在地上，急切間赤手空拳跟那猴妖撕扯到一處，不承想身後有口枯井，吳老顯一腳踏空，立時跌了下去。

菜園子荒廢之後，這枯井的井口被亂草擋住，吳老顯只盯著那個猴妖，沒留意菜園子裡還有枯井，而這猴妖一直將枯井作為牠的藏身之所，竟是有意將吳老顯引來，要把這個人推到枯井裡摔死。

吳老顯掉下枯井，兩手可沒撒開，那猴妖也是掙脫不開，雙方你揪著我，我抓著你，翻著跟頭一同摔向井底。面臨生死關頭，吳老顯不得不豁出性命相拼，以往多少年來五更爬半夜練就的苦功，這時候發揮了作用，半空中使一個雲裡翻身，在下落的同時將那馬猴按到了身下，剛轉過身就落到井底了，「啪」的一聲悶響，摔得骨頭碎裂，血肉橫飛。

枯井乾了多年，石壁溜光，半點水也沒有，馬猴是大頭朝下落向井底，當場把腦袋撞進了腔子。吳老顯落在馬猴的屍體上，勉強撿回條命，腿骨卻摔碎了，疼得昏死過去。等他醒轉過來，眼前漆黑無光，身上剛好帶了火摺子，摸黑晃亮了，一看這井底下除了那猴妖的死屍，還死了一個老頭。剛才這個老頭的腦袋，跟從井上掉落的猴妖腦袋撞在一處，當場撞開了花，腦漿子流了一地。

枯井底下還有不少小孩的骸骨，估計城裡城外丟小孩的案子，全是這一人一猴所為，吳老顯從那老頭的死屍身上搜出一本破破爛爛的古書，井底下黑燈瞎火，他也沒有細看，順手揣到懷裡，忍著腿骨碎裂的疼痛，兩手交替爬上枯井找人相助。出去翻開這本書一看，裡面盡是古怪無比的妖法邪術，封面上沒有字，只畫著一朵白色的蓮花。吳老顯知道當年白蓮教起兵造反，官府嚴拿各地會妖術邪法的人，那時此地出過魔古道，假借天書之名留下一卷記載妖術的奇書，魔古道被官府剿滅之後，這本奇書落在民間，讓一個耍猴的江湖藝人意外找到。這耍猴的以前就常做拐賣人口、偷墳挖墓的勾當，驅使一隻老馬猴到處偷拐小孩，偷來之後販賣到外地，他把沒賣出去的孩子，或是收為徒弟，或是掐死在枯井之中，然後埋屍菜園。案子雖然破了，吳老顯的腿也廢了，從此沒法再吃公門飯，便在西北角城隍廟前擺個攤子賣藥糖度日，當時這丟小孩的案子算是破了。

郭師傅和丁卯知道吳老顯做過捕頭，還當過踩訪隊的頭兒，這輩子破過無數大案，可也是直到這會兒，才聽他說起在李公祠菜園遇妖的事情，原來師叔兩條腿是那時候廢的。

李大愣更是聽得心服口服外帶佩服，連連給吳老顯倒酒：「師叔，那本記載魔古道妖法的奇書後來落到誰手裡了？」

丁卯說：「此等妖術邪法留下也是禍害，師叔當時您就該將它一把火燒了。」

吳老顯說：「是該燒了，要是當初給燒了，我也就不用再跟你們念叨了。」

七

當年吳老顯菜園子除妖，從枯井爬出去，斷腿疼得他額頭上直冒冷汗。李公祠廢棄那些年很荒涼，招呼了半天也沒有人過來，他想起懷裡還有本書，是從井底那個死屍身上找到的，掏出來在月光底下翻看了兩眼。一看全是旁門左道的邪術，他忍住不敢再看了，擔心看進去著了魔管不住自己。

此時聽牆上蒿草窸窸窣窣作響，吳老顯定睛觀瞧，只見月下有個乞丐模樣的少年，也就是十六、七歲，正趴在李公祠的後牆上，探頭探腦地往菜園中張望。這小乞丐多半是無家可歸，晚上就翻牆住到李公祠的空宅裡，聽到動靜探出頭來觀望。

吳老顯對那小乞丐說：「你別害怕，我是踩訪隊的辦差官，掉到菜園枯井裡把腿摔斷了，你快去找人來幫我一把。」

那小乞丐聞言從後牆上躍下來，小心翼翼走到吳老顯近前。吳老顯借著月光看到那小乞丐的模樣，長得倒是眉清目秀，可清秀中透著股賊氣，而且面有異相。額前一字眉，兩條眉毛連著長，目生雙瞳，一般人是一隻眼裡一個瞳仁，此人卻是一隻眼中有兩個瞳仁，兩眼四瞳，幾千萬人裡也不見得有一個這樣的。按相法上說這種人有奇運，但又有一說，單眉重瞳，是短命小鬼相。

吳老顯見這小乞丐一臉邪氣，想起那本奇書還握在手裡，他趴在地上站不起來，下意識地把書挪到身子底下壓住。這一來卻引起了那個小乞丐的注意。這小子兩個眼珠子滴溜溜一轉，說道：「老師傅，你那是什麼寶物，還要藏著掖著怕讓人看到？」

吳老顯說：「哪有什麼，只是一本破書，你快到李公祠前頭的大街上叫些人來幫忙，我自有好處與你。」

那小乞丐說：「咳，我當是什麼，原來是本破書，看你傷得不輕，趴在荒菜園子裡小心讓蛇咬了，我先扶你坐起來再去找人。」

吳老顯心想也是，剛才太多心了，這一個無家可歸的小乞丐，只怕是字也識不了幾個，我何必擔心他看見這本書。

這時那小丐把兩隻髒手在自己身上抹了抹，彎腰作勢要扶，突然一腳踢向吳老顯的斷腿。吳老顯重傷之餘不及防備，讓那小乞丐踢中了斷腿，疼得眼前一黑，發覺懷裡那本書讓對方搶了去，心說：「不好，終日打雁卻被雁啄了眼！」

吳老顯兩條腿都斷了，一步走不了，斷腿上又挨了一腳，疼得幾欲暈厥，可他畢竟是公門老手，一輩子抓過無數的盜寇，經驗豐富，總留著後手。眼看那小乞丐腿腳輕快，一閃身逃到了三五步開外，立即抖手擲出一條套索，這是前清捕盜差官傳下的套法，一套一個準，繩索抖出去立時將那小乞丐攔腰套住，吳老顯手腕子往後一用力，立時把對方拽了個跟頭，也是看對方年紀小，所以手下留情了，沒讓繩套勒住對方脖頸，可只要他不撒手，那小乞丐插上雙翅也跑不掉。

不想這小乞丐摔倒在地一聲不吭，忽然抓起一團物事，對準吳老顯劈頭蓋臉地扔了過來，驚聲叫道：「有蛇！」吳老顯讓他嚇了一跳，急忙抬手撥開來物，恍惚間以為真是條蛇，掉在地上才看清是對方勒褲子用的破草繩。就這麼一分神的瞬息之間，那小乞丐早已拖著套索，飛似的跑遠了。

八

事後踩訪隊查出來，枯井中這個耍猴的，還有別的徒弟，經過搜捕抓住幾個，審明案由全部斃了。據那幾個徒弟交代，耍猴的在破廟裡得了奇書，按照旁門左道的養屍術，找準地方打撈出鎮河的鐵坨子，拐來一個有身孕的女子壓到河底。據說河裡的沉屍能把地氣吸盡，等將來這地方鬧旱災發大水，耍猴的再自稱得道高人，當著人們的面兒把女屍從河中找出來，用這種迷信的辦法聚斂錢財。至於耍猴的具體害死了多少人，那具女屍又沉在什麼地方，讓官府抓住的那幾個徒弟也交代不清。

直到巡河隊發現三岔河口沉屍案，街頭巷尾轟傳此事，吳老顯在街上擺攤兒賣藥糖，一聽說這件事，他就覺得跟當年那個耍猴的有關。今天郭師傅哥兒仨過來當面一說，可以斷定無疑了，而當年在李公祠菜園搶走奇書的小乞丐，是那個耍猴老頭收的小徒弟，名叫連化青，沉屍填河的所在，僅有耍猴的師傅和他這小徒弟連化青知道。

當年官府派人接連搜捕了幾個月，這個叫連化青的小乞丐卻蹤跡全無，也不知躲到什麼地方去了，案子至今沒銷。吳老顯腿傷難癒，改行賣了藥糖，他在踩訪隊巡河隊的幾個兄弟還有惦記著捉拿連化青，可凡是查出些線索的人，一個個全都死得不明不白，後來就不敢再找這個人了，甚至有人說連化青是河妖，誰動他誰倒楣。轉眼過去那麼多年，吳老顯以為要把這件事兒帶進棺材裡去了，沒想到今天在涮肉館喝多了，話趕話全講了出來。

吳老顯知道不說則可，一旦說出來，郭師傅和丁卯這哥兒倆準去找連化青，勸也是白勸，只好再三囑咐道：「連化青必定是改名換姓，躲在城中某個地方。此人心眼兒極多，如今恐怕更不得了，比起他那跑江湖耍猴賣藝出身的師傅強過百倍，你們今後萬一遇上連化青，千萬不可粗心大意。」

丁卯有一事不解，問道：「師叔，要換了我是頂著案子的連化青，得了這本奇書，我一定遠走高飛再不回來，怎麼就斷定這個人還在附近？」

吳老顯說：「一來天津衛是塊寶地，周圍總共有十二件鎮河的寶物，地氣極盛。他那些旁門左道的手段離開這裡不得施展；二來去到人生地不熟的地方，也容易露出行蹤，不像咱這地方是水陸碼頭，南來北往的行人眾多。我看連化青狡猾萬分，他自認為躲到他熟悉的鬧市當中，反而不會被人找到。」

郭師傅和丁卯聽完，暗暗打定主意：「連化青如若躲在天津衛，哪怕是掘地三尺，想方設法也要把此人挖出來。」常言道「好狗看三鄰，好漢護三村」，他們有這份擔當，可只因起了這個念頭，後面才有「惡狗村捉妖」，早些年說起此事，可謂無人不知無人不曉，太離奇了。為什麼說連化青是河妖？究竟是不是人？往下看您就知道了。

第六章　鐵盒冤魂

一

說是要捉拿河妖連化青，可不知道上哪兒找去，吳老顯那是黃土快沒脖子的上歲數人，根本幫不上什麼忙。官面兒上也沒人肯查這麼多年以前的舊案，郭師傅和丁卯只能自己想辦法。

李大愣要跟著幫忙，他是無利不早起，聽吳老顯說了十幾年前李公祠菜園的遭遇，得知三岔河口沉屍案的年頭，跟石家大小姐出走失蹤的時間對得上，十有八九是同一個人。不抓住連化青這件案子不算完，為了石老爺許下的那份賞錢他也得玩命，要不然拿不著錢。

郭師傅心想李大愣雖然是個混飯吃的，可常在街上混跡，屬耗子的，到處亂鑽，沒他打聽不著的事，到外邊拿耳朵一摸，有什麼風吹草動都能知道，多他這一個幫手也不錯，便應允了。從此開始暗中尋訪，萬事開頭難，哪怕只找到一點線索，順藤摸瓜也許就能抓住連化青。可是積年舊案，哪有那麼好破，真如同海底撈針。

打聽來打聽去，得知這個連化青生在陳塘莊，離城並不算遠，郭師傅和丁卯找一天不當差的日子，兩個人前往陳塘莊尋找線索。陳塘莊就是傳說中托塔天王李靖父子鎮守的陳塘關，古時候關下就是大海，後來退海還地，變成了陳塘莊，解放前還有鎮海廟和哪吒廟。郭師傅和丁卯到地方四處打聽，一提連化青，當地真有不少人知道。姓連的也曾是當地大戶人家，但那一家子早死絕了。

但是連家滿門是怎麼死的，連化青又為何要給那個耍猴的當徒弟，以及後來的去向，整個陳塘莊也沒幾個人能說得清楚，怎麼說的都有，很多人是道聽塗說，沒法把那些話當真。二人打聽了一天，沒得著什麼結果，傍晚想走的時候，突然陰雲四合，下起了綿綿細雨。

前些天一直悶熱無雨，旱到一定程度就該澇了。那年月兵荒馬亂，老天爺也不給好臉兒。兩人又乏又餓，一看這雨下得黏黏糊糊，天也黑了，只好到附近一座土地廟裡避雨，雨住了還可以趕回去過夜，雨不住那就得天亮再走了。這座土地廟年久破敗，灰土蛛網遍佈，冷颼颼八下子漏風，裡面還住著個要飯的。廟中黑燈瞎火，加上這要飯的蓬頭垢面臉比灶王爺還黑，根本看不清長什麼樣。

要飯的看見有兩個人進了土地廟，趕忙端起個破碗央求：「二位爺行行好，您行行好，給口吃的……」郭師傅和丁卯當天也沒顧得上吃飯，身邊揣了幾個燒餅當乾糧，看這要飯的也是可憐，便給了他一個燒餅。要飯的接過去縮在牆角狼吞虎嚥。

丁卯說：「哥哥，別讓這要飯的傳咱倆一身跳蚤，離他遠點兒。」可這土地廟只是四面破牆架個屋頂，地方並不大，還到處漏雨，兩人只好攏了攏地上的乾草，在對面的牆角坐下，一邊啃著燒餅充饑，一邊說起白天在陳塘莊打聽到的消息。

那要飯的也是個多嘴之人，聽這兩人提起連化青，忙說：「二位爺可是想問河妖連化青的事？不瞞二位，小人我可知道不少，兩位爺再賞幾個燒餅，我把我知道的全告訴你們。」

郭師傅和丁卯以為這要飯的無非是想多要個燒餅，便說「我們出來一天也沒吃東西，只帶了這幾個燒餅，都給你我們哥兒倆就得挨餓，頂天兒了再給你一個」，說完又扔給那要飯的一個燒餅，要飯的千恩萬謝，說道：「這陳塘莊不知道河妖連化青的人不多，真知道底細的卻沒幾個，可我就是一個，因為我當年跟連化青一同要過飯。您兩位要是不嫌小人嘴碎，且聽小人給您念叨念叨……」

二

細雨如愁的夜晚，這要飯的在土地廟裡，給郭師傅和丁卯說起了連化青的出身來歷。連化青隨的是母姓，當年陳塘莊有家大戶人家姓連，家境很富裕，當家的員外膝下有兩個兒子一個女兒。這女兒叫秋娘，到了該出閣的年紀，許配給東各莊一戶人家，那家也是大戶。舊時婚俗的講究太多了，比如拜堂成親之後的三天，夫妻之間要儘量少說話，話多壽短，第四天新媳婦兒可以回娘家。這回門兒究竟是哪天回，講究也不一樣，第四天回家是回四，第六天回是回六，回四夫妻兩人來去都要見著日頭，天黑了不能在娘家看見燈光，看見娘家燈死他鄉，很不吉利。

那時候有的是這種老例兒，尤其是大戶人家，對這套迷信的婚俗看得很重。想成親首先要有父母之命、媒妁之言，之前男女雙方誰也不認識誰，好比是隔山買老牛，全憑說媒的一張嘴兩邊說。到女方家說男方怎麼怎麼好，家裡有多少多少錢，到男方家說女的怎麼賢慧、怎麼漂亮，說得雙方家裡長輩認可了，這還不能定親，因為接下來是過帖兒。

以前說遞帖子，就是遞名帖，說合親事過帖兒也近似交換名帖，不過那帖子上除了姓名還有生辰八字，兩家各自請算命先生來批。那年頭沒有星座這麼一說，主要看屬相，屬牛還是屬馬，是不是犯剋，有的屬相不能相配，諸如白馬犯青牛，天龍沖地兔，白天生的和夜裡生的犯沖，屬蛇配屬鼠叫蛇鼠一窩，屬龍配屬虎主龍爭虎鬥，虎配羊也不好，那叫羊入虎口。這些都犯忌諱，屬相對上了再看生辰，由算命先生根據哪月哪天哪時哪刻，推算出是什麼命，命分五行，金木水火土，水剋火、火剋金、金剋木，也有一大堆名堂，全對上了都沒問題，然後才能定親。

親事訂下來，接著就是選挑個好日子。兩家送聘禮過嫁妝，如果是有錢的大戶人家，辦這兩件事也要擺酒席請賓朋，炫耀財勢，廣收聘禮，過門兒成親的日子要選雙雙日，六月六八月八，越吉利越好，事先三媒六證大賓保都要請齊了。那時候也有結婚證，稱為龍鳳帖，三媒六證全都得寫上姓名，證明這門親事合理合法。陳塘莊連家有錢，這些老例兒全不能免，婚事大操大辦，成親前一天要亮轎，只把空轎子抬到男方家門口，不僅是擺闊氣，也是為了驅邪，把邪氣全沖掉，免得將邪祟帶進家門。

亮轎這天要抬一乘空花轎，最高規格是八個人抬的八抬大轎，鑼鼓班子吹吹打打，馬隊開道，旗羅傘蓋跟隨，一路上旗幟招展、鑼鼓喧天，把成親的過程整個演習一遍。掌燈時分轎子抬到門前，門口早已挑起幾串大燈籠，照如白晝，安排童子轉轎驅邪，八個童子頭戴太子盔身披大紅袍，手提六角貴子燈，繞著轎子轉圈，正轉五圈，反轉四圈，一圈不能多，一圈不能少。據說童子眼淨，轎子裡要有不乾淨的東西，轉轎子的小孩中準有人哭。

轉完轎子這八個童子由全乎人領著，離開男方家大門，直奔女方家裡。全乎人也叫喜娘，都是女人來做，喜娘必須上有父母公婆，下有子女兒孫，一個不缺，一個不少，如此才算全合。找全乎人同樣是為了圖個吉利，由她帶領八個童子，一行人到女方家裡，按老例兒女方家應該提前開門迎接，並且在炕上擺把椅子，椅子上是假新娘，也就是一個大撣瓶。以前家家戶戶都有，筒子形狀，直上直下沒有瓶肩，瓶裡插根掃房用的雞毛撣子，上頭頂上新娘戴的鳳冠，瓶身圍罩霞帔，椅子下邊齊齊整整放一雙龍鳳繡花鞋。

解放後這些迷信婚俗基本上全破除了，現在聽這事兒都覺得瘆人。炕上放椅子，椅子上給撣瓶穿上鳳冠霞帔，當成個人似的在那兒坐著，可以前確實有這種風俗病，而且這裡邊全有講兒。撣瓶的瓶與平安的平同音，雞毛撣子的雞和吉祥如意同音，其實就是牽強附會硬往上安，主要是為了帶童子進屋，上炕繞著椅子轉幾圈。這時天都黑了，要是屋裡有鬼，這八個小孩裡就會有人被嚇哭，所以成親之前的一天，最忌諱童子進屋就哭。

童子哭未必是看到了什麼嚇人的東西，誰不知道小孩的臉是說變就變，這種事還有個準嗎，但這太讓人堵心了，大人們總是千方百計地去哄，連家亮轎那天，全乎人兒帶著童子轉完轎，剛要奔連家來，還沒等抬腿，忽起一陣大風，飛沙走石，兩家人也是大意了，以為不差這一節，當天沒帶童子進宅轉屋。

第二天是完婚的黃道吉日，新媳婦兒上轎過門兒，這一路上到男方家門口，還有不少驅邪的婚俗。以前的人們迷信，那是真講究這些，就怕娶進來的是個喪門星，也不知是趕巧了還是怎麼回事，連家秋娘出嫁，頭天亮轎沒有童子轉屋，成親那天進門之前還要開門，邁火盆。邁火盆的風俗較為普遍，有些地方寡婦再嫁，進屋之前要邁火盆。點上一盆炭火，從上頭邁過去，這是擔心亡夫的鬼魂跟著進家，還有些地方去墳地之後要邁火盆，也是恐有孤魂野鬼跟回來。連家秋娘成親這天，夫家門口也擺了個火盆，銅盆裡頭象徵性地放點炭火，寓意進門後日子過得紅火，可是等到全乎人扶著新媳婦兒往屋裡走，卻不知撞了哪門子邪，說什麼也邁不過這個火盆。

三

連秋娘過門兒那天，夫家門口擺個火盆，橫豎是邁不過去。老天津衛成親是在掌燈之後，這點跟外地不同，外地娶媳婦兒大多是白天，這邊把轎子抬到夫家門前，一般都是天黑掌燈的時候。大門前挑燈籠照著，其中有很多迷信的說頭，也是從早上開始準備，新媳婦坐在童子轉過的那把椅子上，讓全乎人給梳妝盤頭，但是您別忘了，前一天童子沒來連家轉椅子。

據說那天早上天一亮，秋娘按老例兒坐到椅子上，請來全乎人梳盤頭。女子沒出嫁之前梳辮子，出嫁了要把頭髮盤起來，盤好頭開臉兒，擦胭脂抹粉剪齊眉穗兒。梳洗打扮完畢，金銀首飾全戴上，頭頂鳳冠身穿霞帔，腿上穿綠綢子彩褲，新人穿紅掛綠，取紅官綠娘子的意思，拿霞帔罩住了，綠褲子不能露出來讓人看見。等忙活完這一通，還要哭著喊著不出門，表示捨不得嫁出去離開父母雙親，再上轎抬到夫家，就是掌燈時分了。

有錢的大戶人家嫁閨女，帶的東西也多。專門有人跟著轎子送秋娘過門兒，抱著梳頭匣子、首飾盒子，有的抱著大公雞、有的拿著銅盆、有的拿著瓷瓶，總之是各種各樣的陪送之物，讓秋娘上轎。這娶親的花轎也是八抬大轎，內外兩層大轎套小轎，當中是個轎芯，大轎不進院，小轎不進房。小轎抬到閨房門口，新人進去抬出院子，放進大轎抬上出發，一路上鑼鼓鞭炮不在話下。

夫家那邊也是一早準備，由另一位全乎人給新郎官梳洗打扮，身穿大紅龍袍，繡著海水江涯的圖案，胸前十字紅花，腳蹬厚底朝靴，頭頂雙翅雙插畫的軟盔，古代皇榜登科的狀元怎麼打扮他怎麼打扮。因為成親是人生大事，在舊社會叫小登科。拜天地的喜堂當中懸掛和合二仙圖，還要供上福祿壽喜三星以及月下老人的神像，桌案上一對金蠟分列左右，上插大紅喜燭，中間放香爐，後頭擺糧斗，糧斗內紅高粱堆得冒尖兒，拿三枝射天箭插在糧堆上，旁邊再放一對大撣瓶，架起一張彎弓，這也是鎮宅保平安的意思。

轎子送到門口，夫家這邊不出來迎接，反而先把大門關上。這些舊婚俗的規矩講究實在太多，繁文縟節，乾餑餑——例兒多，正因為太多了，很少有哪家都做齊全了。另外根據各家情況不同也會有所調整，按老例兒轎子抬到門口，夫家大門拿門插官兒插上推不開，新人要在外頭叫婆婆開門，這就算改口承認自己是婆婆家的人了。婆婆出來把門插官兒也就是門閂取下來，扭頭趕緊進屋，先不能見兒媳婦的面兒。隨後是新郎官出來，拿起弓對準轎子連射三箭，意為三箭及第，再避邪氣，地上鋪好紅氈，才請新娘落轎，在全乎人的扶持下邁火盆進正堂，要全按規矩辦。應該是這麼個過程，叫開了門，新郎官挽弓搭箭，對著花轎射了三箭，沒一箭射中。

此事原本怪不得新郎官，那時候早沒人會射箭了，弓都拉不開，無非拿起弓箭擺個樣子，射完轎子放好火盆，請新人邁過火盆進正堂，把邪氣擋在門外，但新娘子是到火盆跟前，怎麼也邁不過去。這可太不吉利了，全乎人在旁邊急得直跺腳，不住催促新娘子：「小姑奶奶妳倒是抬腿邁步啊！」邊催邊在後頭使勁推，結果新娘踩到盆邊竟把火盆踏翻了。

新娘自己也奇怪是怎麼回事兒，感覺有人抱著自己的腿，掀開霞帔一看，迎親送親看熱鬧的人全傻了，霞帔底下躲著個面目清秀的小孩，三、四歲的年紀，一眉橫生，目有雙瞳，抱著秋娘的兩條腿不放，難怪邁不開步，可誰都沒見過這個孩子，小孩不言不語，也問不出是從哪兒跑來的。

四

夫家一看不幹了，首先新人過門踩翻火盆，這是帶著邪氣進宅，況且還有個來路不明的孩子，準是秋娘在家與人私通生了個野種，豈肯善罷甘休，說出天來這門親事也得退了，當時就鬧翻了，沒辦法又把轎子原樣抬了回去。

連家當家的聽說這事也氣壞了，看起來是明擺著的事，秋娘一個沒出嫁的大姑娘，身邊突然多出個孩子，必然是跟人有了私情，懷上身孕把孩子生下來了。大宅大門裡這種事並不是沒有，此乃家門不幸，辱沒祖宗，往後出門再也抬不起頭了，得讓人在背後戳斷了脊樑骨。當家的氣得口吐鮮血，秋娘也是個烈性女子，一時間羞憤難當，就在爹娘和兩個哥哥面前，一腦袋撞到黃花梨木桌角上死在家中。

秋娘父母傷心女兒慘死，後悔怎麼就沒攔一把，這孩子究竟是半路跑來的，還是秋娘偷著生下來的，至此誰也說不清了，但連家總覺得是自家骨肉，捨不得趕出去，就當自己家裡人撫養，取名叫連化青。也不許家人再提此事，卻擋不住外頭流言四起，因為這孩子會水，就有很多人說當年秋娘出門探親搭乘渡船過永定河，渡船翻了落進永定河裡，滿船的人全死了，只她一個脫險，回家就懷上了身孕，肯定是河妖撞生投胎。掉在永定河裡大難不死確有其事，至於河妖投胎，反正是一個人一個說法，說的還都不到家。

以前女子的衣服寬袍大袖，連家又是深宅大院，懷上孩子深居簡出不易讓人察覺，最後兩個月推脫身子不適在房中休養，生下孩子都沒人知道。秋娘大概把小孩托給別人收養，誰承想過門兒成親那天，孩子又跑來抱住秋娘的腿不讓進門，逼得秋娘在家自殺，看來這河妖就是個勾死鬼。

反正是各種流言謠傳，連家也是家醜不便外揚，對這些事絕口不提，關起門來過日子。可越是遮掩，外頭的謠言越多。過了十來年，連家當家的老兩口先後故去，家中兩個兄弟爭奪家產，趁機把連化青趕出家門，哥兒倆根本就不認這孩子，也不想養他這白吃飯的，最好餓死在野地荒郊，或是讓狼撕狗擄了去，落得乾淨。從此連化青流落街頭，每天在破廟窯洞裡安身，依靠乞討偷竊度日，隨後在一個月黑風高的夜晚，連家失火，風借火勢，火助風威，這場大火把連家偌大的宅院燒成一片焦土，連男帶女大人小孩燒死一十七口，一個也沒逃出來。聽說那天夜裡有人看見一個小乞丐，偷偷摸摸把前後院門從外面反鎖上了。

連化青的出身來歷，說起來實在是撲朔迷離，人人皆有的生辰八字他都沒有，陳塘莊的人們都離得他遠遠的，嫌他晦氣。他要飯乞討只能去城裡，過夜再回來。為了活下來，偷雞摸狗什麼都幹。有一天，在土地廟裡碰上另外兩個小要飯的，跟他年歲相仿，也都是十來歲的半大小孩，連化青見此二人，立時起了歹意。

五

連化青對兩個小要飯的說：「二位，咱都是沒家沒業孤苦一人，不如學桃園結義拜個把兄弟，相互間之也好有個照應。」

這兩小乞丐一聽很是高興，說道：「太好了，正愁身邊沒個近人。」

三個人當即結拜，沒錢買香，撮土為爐，插上幾根草當成香，對著土地爺的面叩頭，結拜了兄弟。

連化青歲數比這兩個小乞丐大一兩歲，當了大哥，對兩小孩說道：「以後咱就是兄弟了，有福同享，有難同當，老言古語說的好——有父從父，無父從兄，你們倆沒爹沒娘，往後可得聽我這當哥哥的話。」

兩個小要飯的齊聲答應：「大哥說的是，從今往後你就是兄長了，我們全聽你這當大哥的。」

從這兒起，連化青就不出去要飯了，整天在破廟裡睡覺，讓那兩小的出去沿街乞討，討回來不管乾的稀的，每次都是他先吃。那兩小乞丐尋思，怎麼說連化青也是大哥，我們討來東西讓他吃也是理所當然，可你總不能天天如此，心裡雖然有些不滿，嘴上卻不便多說。

這一年，恰好趕上荒年，莊稼大多旱死，餓死了不少人，要飯都沒處要去。這兩小要飯的躺在破廟裡快餓死了，連化青只好自己出去尋活路，也不知他從哪兒找來一點白飯，上頭堆著菜，菜裡還有塊肉，飯菜不多，一個人大口吃兩三口就能吃光，他把瓦罐拎到土地廟裡生了堆火，要將冷飯煮熱了再吃。

兩個小要飯的聞見肉香，急忙爬起來說道：「還是兄長有本事，一出去就找著吃的東西了，咱們有這口飯吃，就餓不死了。」連化青說：「兄弟們，這是我豁出命從城裡飯莊偷來的，不承想讓人撞見，為此挨了一頓棍棒，你們在廟裡躺著睡大覺，好意思吃我拿命換來的東西？」

兩小要飯的說：「大哥你何出此言，今天我二人餓得走不動了才沒出門，平時還不都是我們討來飯給你吃？」

連化青說道：「今時不同往日，遇上這種罕有的大饑荒，人命還不如狗，我有這口吃的沒準就能活過去，分給你們倆我也活不了，你們可別怪為兄薄情寡義，要怪就怪自己命不好。為兄我吃了這罐子飯菜把命保住，絕忘不了你們哥兒倆的好處，往後如能有個升騰，三節兩供我拿好酒好飯祭祀你們，你們倆就安心死了吧。」

六

陳塘莊還流傳著一個說法，說是連化青還在連家大宅裡住的時候，曾有個算命先生經過陳塘莊，找這算命先生算過命的人都說準，連家老爺把算命先生請過來，讓他給連化青這孩子看相。那算命先生見了連化青，看這孩子縱紋灌頂，目生雙瞳，只說他是短命相，別的話人家死活不說，寧可把招牌砸了也不給這孩子算命。陳塘莊的人們說起這件事，都說算命先生看出這小孩是河妖投胎，故此不敢明言。

不枉人們這麼褒貶，別看連化青模樣長得不錯，心腸卻是真狠，他不僅不給他這兩結拜的兄弟飯吃，還說什麼你們兩窮命鬼活在世上也是受罪，與其活受罪倒不如死了舒服，說這話時他連眼皮子都沒抬，只顧添加瓦罐下的火頭，跟平時閒話嘮家常沒什麼兩樣。說明他根本沒拿這兩兄弟當回事兒，好像那只是兩條快餓死的野狗，以往說什麼同患難共富貴，無非是讓這兩小要飯的替他出去乞討。

兩個小乞丐的心都寒透了，暗罵：「好你個連化青，我們倆瞎了眼才認你當大哥，怪不得人們都說你是河妖變的，磕過頭拜過把子的兄弟你都這麼對待，簡直是披著人皮的活鬼！」

連化青看出這兩小子直勾勾盯著瓦罐裡的飯菜，說不給他們就敢搶，畢竟是雙拳難敵四手，何況人急了拼命，真要廝打起來只怕不好對付，便說：「兩位兄弟，為兄我剛才說的也是玩笑話，咱都是磕過頭的把兄弟，哥哥我好意思讓你們在一旁看著我吃獨食嗎？」

兩個小丐聞言頗感意外，抹著眼淚說道：「大哥你仁義，兄弟們錯怪你了。」連化青說：「仁義歸仁義，飯菜就這一份，先前我也說過了，一個人吃能活命，三個人分著吃全得死，不如咱各自說段數來寶，看誰說得最窮、最可憐，這口飯就歸誰吃。」

兩個小丐說：「行啊，這叫各安天命，你是兄長你先說。」

連化青心想：「兩個半大的孩子，能說得過我嗎？我說一段堵上你們的嘴，然後再吃飯，你們倆就等著餓死吧。」

當年要飯的都會說數來寶，也叫念窮歌，打著牛骨板觸景生情臨時編詞。這可難不住連化青，只聽他開口數道：「家在破廟住，草簾當被褥，頭枕一塊磚，身披爛麻布，三年沒吃葷，今天才見肉。」說完話，他伸出手要去抓瓦罐裡的飯菜。

其中一個小乞丐攔住說：「哥哥慢著，你說的不算窮，你聽聽兄弟我的：我是沒有容身處，爛草當被褥，頭枕半塊磚，常年露著肉，頓頓喝涼水，今天才見飯。」這小子比連化青說得窮多了，頭一次見著米飯，說完也是伸手要取那瓦罐中的飯菜。

另一個小乞丐擋下：「大哥、二哥說的都不算窮，再聽聽我這個：我是沒有立腳處，頭枕胳膊肘，常年光屁股，藍天當被褥，生下就挨餓，只等這口飯。兩位哥哥肯定是窮不過我，當兄弟的不好意思了，我先吃點兒……」

此時瓦罐架在火上已久，熱乎乎的飯菜香氣升騰，這小乞丐餓得眼都綠了，過去就想吃瓦罐裡的飯菜，先前那小乞丐不答應了，也過去搶奪。兩人還理論，一個說：「三弟你胡說八道，生下來就挨餓怎麼可能活到現在？」另一個說：「二哥哥你喝了十幾年涼水都能活到現在，我為什麼不能一生下來就挨餓？」

兩人正在那兒爭論不休，連化青不聲不響地摸到一塊大磚頭，抄在手裡，照這兩小乞丐後腦用力拍下去，一下撂倒一個。可憐兩個小要飯的，還沒明白過來是怎麼回事兒，便已橫屍就地，連化青罵了聲死狗，扔下手中磚頭，搬開兩具死屍，隨後從火堆上拎下瓦罐，吹開撲面的熱氣，抓起飯菜往自己嘴裡塞。忽聽一個陰森森的聲音說道：「好狠啊，為了爭一口剩飯，你就敢下黑手害死自己的結拜兄弟，不怕遭報應嗎？」

七

連化青猛一抬頭，只見廟門外探進一個腦袋，是個臉上有道疤的瘦老頭，單看長相也讓人感到心中一寒，身後還跟著一隻大馬猴，看樣子是位跑江湖耍猴賣把式的藝人。連化青心裡也不免有些吃驚，卻故作鎮定地說道：「他們兩小要飯的耗子動刀——窩裡反，為了爭口剩飯，致使二人互鬥身亡，與我何干？」耍猴的算是逮著理了，嘿嘿冷笑兩聲，說道：「行啊，瞪眼說瞎話。」連化青說：「你一個耍猴的多管哪門子閒事，在此憑空誣人清白，是想訛人不成？」耍猴的說：「我不訛你，只想請你去河裡尋一件東西。」

原來這耍猴的途經荒山，無意中得到一本魔古道奇書，那些旁門左道的伎倆，並沒有長生不死出神入化的法門，僅是些招魂走屍的邪法，其中也有不少陰陽陣法。他這個耍猴賣把式的江湖藝人，文化程度有限，也沒什麼野心，只想借此聚斂錢財。識出天津衛的風水形勢，知道三岔河口有鎮河的鐵物，河底下能養屍，如果把活人淹死在河眼裡，死後怨恨之氣不散，等過些年鬧水災旱災的時候再撈出來，那死人會變得全身生滿了河苔，像長毛的殭屍一樣，誰看見都得害怕，可只有這耍猴的知道是怎麼回事兒，到時便自稱身懷異術的高人，施展神通降服此處的屍怪，要在此建廟造塔永鎮河眼以保平安，上至達官顯貴，下至販夫走卒，這些個善男信女們，還不都得捐錢？

那時就能趁機發筆橫財，無奈這耍猴的不會水，尋思要找個水賊為徒，當他的左膀右臂。聽說了河妖連化青的事，關上關下頂屬此人水性好，便一路找過來，正撞見連化青跟兩個小丐爭奪一口飯菜，從後拿磚頭打死兩條人命，又跟沒事人一樣坐在破廟裡吃飯。耍猴的一看這孩子真厲害，能殺結拜的兄弟當然也能殺恩師，但眼下用得上這小子，只好花言巧語，對連化青許下承諾：「你要是願意給我當徒弟，今後有吃有喝，為師還會傳授你通聖之法。往後安身立命，誰也不敢欺負你。」連化青走投無路，聽完這耍猴的老頭一番話，不由得動了心，當場磕頭拜了師，在廟後歪脖子樹下挖坑，埋好兩個小要飯的死屍，然後跟著耍猴的進了城。後來那耍猴的惡貫滿盈遭了天譴，橫死在李公祠菜園枯井。連化青僥倖逃脫，但有案底在身，也不敢在城中輕易露面。你們若想拿他，有個金頭蜈蚣……

八

郭師傅和丁卯白天在陳塘莊走訪，打聽出幾件有關河妖連化青的舊事，可都沒這要飯的說得詳盡，不止詳盡，說是歷歷如繪也不為過。二人心想這乞丐聲稱當年跟連化青一起要過飯，因此知道底細。不過按此人所言，當初在土地廟要飯的兩個小乞丐，早就讓連化青下黑手用磚頭打死了。此刻他們忽然意識到：「莫不是破土地廟裡的死鬼在訴說冤屈？」

郭師傅想到這裡，心中頓時一驚，開口問那要飯的：「你是怎麼知道得如此清楚？你到底是何人？」話剛說出口還沒落地，忽然感到身上一冷，他和丁卯恍然似從夢中醒轉，聽到遠處傳來雞鳴報曉的聲音，揉揉眼看破廟外風雨已住，天光微亮，不知不覺打起瞌睡，竟已過了一夜。兩人起身去看坐在牆角的乞丐，卻哪裡有人，只有土地爺的泥像斜倒在牆邊。

不知是當年的屈死鬼訴說冤情，還是廟裡土地公顯靈，或許夜裡是有個要飯的在說話，天亮就走了。二人又驚又疑，後幾句話都沒聽清楚，只好先把土地爺泥像扶正，撥去蒿草泥塵，插燭也似拜了幾拜。

丁卯對郭師傅說道：「半夜聽那要飯的所言，連化青曾在土地廟後的歪脖子樹下埋屍，也不知道是否真有此事。」二人起身到廟後一看，還真有一棵歪脖子枯樹，下過雨後土地鬆軟。兩人到村裡借來傢伙，在枯樹底下挖了一陣，不久泥土下就露出一個生鏽的大鐵盒子，裡頭裝著兩具枯骨。

鐵盒是以前土地廟裡燒香用的香盒，民間傳說鐵器能辟邪鎮鬼，連化青大概是擔心那兩小要飯的冤魂纏腿，所以把死屍放進鐵盒裡。看得出當年事出匆忙，埋得並不算深。二人對連化青的所作所為咬牙切齒，當著土地爺的泥像起誓：「天公有眼，不管連化青躲在什麼地方，豁出我們這兩條命不要，定將此人抓回來繩之以法。」

事後這兩具枯骨被送到義莊，也經過了立案的程式，不過世道正亂，警察局眼前的大案要案都破不過來，一看這兩小要飯的已經死了十幾年了，此等積年的舊案誰去理會，立了案也就不再過問了。但郭師傅等人則是鐵了心要捉拿河妖連化青，到處尋訪此人的蹤跡，身邊那些朋友全用上了，除了五河水上警察隊，包括火神廟和山東鉤子幫腳行的人們也都跟著幫忙，再加上李大愣認識的那些販夫走卒、地痞無賴，這張網撒開了，城裡城外幾乎到處都是眼線。因此說當差辦案首先一個必須人頭兒熟，但凡有些風吹草動都能知道。就這麼折騰，竟尋不到半點蛛絲馬跡。

但是合該連化青氣數將盡，鬼神都不容他。也是無巧無不巧，那天發生了一件很偶然的事，終於讓巡河隊發現了「金頭蜈蚣」，這才引出「陰陽河遇險，惡狗村捉妖」。

第七章　荷花池下的棺材

一

話分兩頭，有一天大胖子李大愣去趕白事會，某戶有錢人家出大殯發喪，他冒充僧人去念經超度，蹭一頓吃喝討幾個賞錢，臨走的時候順手牽羊，偷了個蛐蛐兒罐子，尋思回去逮隻蛐蛐兒放裡面養著，拿回來一看罐子底，頓時兩眼發光。

只見那蛐蛐兒罐子底下，落著三河劉的款兒，可把李大愣高興壞了。因為那個年代非常講究這個，尤其是清朝末年，提籠架鳥，捧名角鬥蟋蟀，在八旗子弟王公貴族當中蔚然成風。想當年滿清八旗鐵甲進關，橫掃天下，剛開國時候的女真人生活在深山老林中，山林之中野獸多人煙少，那些女真人漁獵為生。按史書上記載，人如龍，馬如虎，上山如猿，下水如獺，能騎善射，悍勇絕倫，這麼厲害的民族，打進關內坐了天下，也是東征西討開疆拓土。可到了清末，這些八旗子弟，把祖宗的本事全部還回去了，連兔子都不會射，成天只顧吃喝玩樂，愣把大清朝給玩垮了。玩的東西五花八門，鬥蟋蟀僅是其中一項。頂頭的蛐蛐兒抵得過白銀萬兩，名蟲必須配名器，有好蛐蛐兒沒好罐子也讓人笑話，罐子又是傳輩兒的東西，反而比蛐蛐兒更值錢，頂有名的罐子叫三河劉，是三河一位劉姓師傅做的。劉師傅手藝高超，他做的蛐蛐兒罐子在京津兩地備受追捧，留到民國以後，變成了很值錢的珍品。

其實三河劉的真罐子底下不落款，帶款兒的全是仿製，唯恐別人不知道是三河劉，李大愣不懂這套，他以為撿到寶了，拿去找買主。有多大臉，現多大眼，讓人家好一通奚落，破罐子一文不值，氣得李大愣把罐子摔在當街，碎片恰好崩到了路人的額頭，劃了個口子滿臉是血，那位還是個惹不起的主兒，賠給人家不少錢才算完事。這些天走背字兒，急等著錢用，他找郭師傅去借，可郭師傅和丁卯忙於追查連化青的下落，只出不進，身上也瓢了底，仨人無奈，實在是閑不起了，被迫去幫短兒賺幾個錢應急。

幫短兒說白了就是打短工，北運河邊上總聚著一群人，大多是泥瓦匠，哪家用人就到這兒來僱幫短兒的，工錢是一天一結。當天李善人花園的荷花池清淤，要僱七、八個人挖泥，也不用你會什麼手藝，有膀子力氣吃苦耐勞不怕髒就行，工錢按天結算，一天一塊錢，還管兩頓飯，那些泥瓦木匠仗著有門手藝，又嫌天氣悶熱，不願意幹這種出苦力的活兒，那哥兒仨急等著用錢，既然有活兒也就不多挑了，況且給的錢真不算少了，在老龍頭火車站貨場上扛一整天大包也就是這麼多錢。扛大包那活兒能把人累死，相比到李善人公園荷花池挖泥這份事情，可要輕鬆多了。仨人興高采烈，以為撿了便宜，當天就跟著雇主去挖淤泥，沒想到從荷花池下挖出一口棺材。

二

冰窖胡同李善人造的花園，始建於清朝末年鴉片戰爭前後，由本地一位姓李的大鹽商斥資興建，命名為「榮園」。清朝鹽商有的是錢，蓋的園子很奢華，仿著蘇州園林的格局來建，民國中後期已經是半對外開放的公園了，解放後正式改為人民公園。公園門口是毛澤東親筆提的字，園中有片很大的水塘，長滿了荷花，四周點綴的假山寶塔、亭臺樓閣，樹木繁盛，每到盛夏的夜晚，滿塘荷花綻放，涼風送爽，月夜下蛙鳴陣陣，風景宜人，是個乘涼消暑的絕佳去處。據說當年李善人花園剛建成之後，家裡財路不順，曾請風水先生來看，風水先生說這花園的形勢妨主，因為池塘的形狀如同奔馬，奔馬沖財，改風水要動兩個地方，一是池塘邊多種樹，樹多就把馬攔住了無法奔跑；二是馬腿一帶的池塘面積擴大，李家依照風水先生所說，在花園裡多植樹木，擴大荷花池的水面，還在園中起了一座藏經閣作為鎮物，後來幾易其主，變成了隨便進出的公園。面積不大，南北長三里，東西寬兩里，公園內景致不錯，尤以夏季觀賞荷花著稱，可就在這片荷花池的邊緣，有塊地方總是積滿了淤泥，荷花無緣無故枯萎。

園方只好僱人來清理淤泥，郭師傅和他的兩個兄弟在內，一共找來七個幫短兒的，每人發了把鐵鍬，先把那些枯死的荷花拔下來，然後挖出淤泥，裝到小車裡推走。這份錢可不好掙，烈日暴曬，淤泥惡臭，頂著三伏天的毒日頭挖淤泥，渾身的臭汗臭泥，好在錢給的不算少，一天兩頓飯，饅頭和綠豆稀飯管夠。挖到第二天晌午，荷花池子被挖成了一個凹坑，坑底露出一些塌碎的古磚，扒開混著臭泥的殘磚，下面露出漆黑的棺材蓋子，幹活兒的人們一看這下面有古墓啊，消息傳出去，引來不少人看熱鬧。滿池淤泥，這些人只能站到遠處看，郭師傅就發現圍著荷花池看熱鬧的，可不光是人，還引出來了一些很奇怪的東西。

圍觀的人一個個伸脖子瞪眼，全盯著荷花池爛泥下挖出的棺材，沒人注意還有別的東西跟他們一塊看，郭師傅可在旁邊看了個滿眼，心裡很是納悶兒。

光天化日底下，沒人覺得害怕。有人說挖出古墓這種事要報官，園方管事的也沒主張，覺得荷花池下有古墓，理應挖出來移走，要不往後誰還敢上李善人花園來，可不管怎麼說，也得先把棺材挖出來再作理會。那些幹活兒的很興奮，起鬨說清淤泥挖出棺材，裡頭肯定有值錢的玩意兒，誰拿走就是誰的，當即接著挖泥，李大愣和丁卯也想動手，挖出來好東西可以分一份。

郭師傅說：「我看這情形不太對，接下來可能要出事兒，咱別跟著挖了，不信你們往荷花池裡瞧瞧，那是什麼東西？」

原來不知從什麼時候開始，荷花池附近聚集了十幾隻遍體碧綠的小青蛙，還陸續有青蛙從荷花池裡出來，連蹦帶跳湊到一處。那些青蛙是越聚越多，蛙頭全朝著一個方向，齊刷刷對準從泥坑裡露出來的棺材，群蛙不聲不響怒容可掬。李善人花園裡的水塘面積不小，種滿了荷花，青蛙很常見，但從泥坑裡挖出口棺材，人們來看熱鬧無可厚非，大群青蛙聚在旁邊可就反常了。看青蛙的樣子如臨大敵，不知挖出這具棺材是吉是凶。

三

郭師傅感到事情有異，讓李大愣和丁卯別跟那幾個短工再挖下去了，其餘四個短工卻認為青蛙之類的活物兒太常見了，哪兒沒有啊，李善人花園那麼大片的荷花池，沒有青蛙才怪呢。大白天挖出口棺材還怕詐屍不成，現在看著不動手的人，等會兒看見棺材裡有好東西可別眼饞，四個人貪念一起，誰都勸不住了。周圍那些看熱鬧的人也跟著攛掇，恨不得趕緊把棺材挖出來看個究竟。

從來是利動人心，四個幹活兒的短工，一輩子都沒像現在這麼賣過力，就見他們四個人赤著膀子挖掘淤泥，酷暑時節烈日當頭，汗如雨下也顧不上擦，順著棺材的輪廓往四周挖下去。這四個人粗手笨腳，只會使用蠻力。挖了半天那棺材才露出半截，荷花池淤泥底下的古墓，有個很窄的墓室，上面起墳，下面有石磚砌成的墓室，看結構像是清朝早期的墓穴，到如今兩百來年也算是老墳了。估計早年間李善人在這裡造花園，墳頭被鏟平了，僅存的墓室被荷花池淤泥覆蓋。常年受到泥水侵蝕，墓磚塌陷，棺木也讓水浸得糟爛了，這口棺木的形狀東高西低，方位是頭朝東腳朝西，棺身還有漆金花紋沒掉淨，抹去淤泥能看出是水紋托著蝶蛾飛舞的圖案，棺木上有水紋，說明其中安放的是女子。

李大愣說：「這麼多青蛙，許不是想吃這棺木上金漆彩繪的大蛾子？」郭師傅說：「淨胡扯，棺身的漆彩怎麼能吃？」丁卯說：「棺木上根本也不是飛蛾，那是蝴蝶。」三人在旁你一言我一語的低聲議論。這時看熱鬧的那群人裡來了個小張半仙，念過幾本陰陽經，懂得觀望些個風雲氣候。他家祖傳就是看風水的，從他祖父那輩兒起就號稱張半仙，到他這是第六代風水先生。此人歲數也不大，二十來歲還不到三十歲，他今天聽說李善人公園挖出古墓，特地過來瞧熱鬧，認出巡河隊的這些人，告訴郭師傅和丁卯：「這棺材上的金漆不是飛蛾也不是蝴蝶，似蝶似蛾，介於兩者之間，這叫青蚨。相傳南方有這種飛蟲，古時也將青蚨比作金錢，畫成圖案一見發財，可能棺材裡的女子，生前是南方人，棺木上有青蚨水紋圖案是給子孫後代留財之意。」

郭師傅說：「原來如此，青蚨我可聽說過，這種飛蟲分為子母，母不離子，子不離母，把母蟲和子蟲的血分別塗抹在銅錢上，賣東西時拿子錢給人家，半夜裡子錢必定會飛回母錢所在的地方，所以子母錢永遠用不盡。」李大愣喜道：「還有這等好事？我看咱也去逮些青蚨，把血塗在錢上，往後再也不會因為錢不夠用發愁了。」郭師傅說：「這不定是哪個想錢想瘋了的主兒自己琢磨出來的，豈能當真？」他又問張半仙：「小張先生，你看泥坑裡挖出這口棺材，怎麼會引來這麼多青蛙？牠們把這棺木上的彩繪當成能吃的飛蛾了？」張半仙搖頭道：「我瞅著不像，青蛙怎麼會識得棺材上畫的是青蚨還是飛蛾。」

說話這工夫，那四個幫短兒的已經把棺材挖得五面見天。怎麼叫五面見天，棺材蓋是一面，四周兩短兩長是四面棺材梆子，這五面都露出來了，只剩棺底還在泥裡。荷花池塘中的青蛙也聚了數十隻，大大小小看得人頭皮子發麻。開始還有人拿石頭丟過去，群蛙被趕得散開，不久又聚起來，列陣般排開，整整齊齊蹲在地上，一個個瞪目鼓腮，滿臉怒容，對著坑底的棺木動也不動，好像臨陣以待似的。至此，圍觀的人們皆有不祥之感，好心勸那幾個幫短兒的別再挖了，指不定那棺材裡有什麼東西呢。

四

那四個幫短兒的也是見財起意，到這地步什麼話也聽不進去，看挖泥挖得差不多了，便拿鐵鍬撬動棺蓋。那棺蓋甚是厚實，這些人也不知道要先拔去棺蓋上的長釘，接連撬了幾下撬不動，但棺木底端被泥水浸爛了，棺底已朽出了大窟窿，只不過泥水擋住了看不見。這四個粗手笨腳的漢子在上頭使勁撬棺蓋，竟把蓮花底給摳掉了，四周兩短兩長的棺材梆子，死人躺在其中，頭頂祥雲腳踩蓮花，腳底對著的棺木有金漆蓮花圖案，頭頂心對著的部分是祥雲圖案。四個幫短兒的用力過猛，棺木的蓮花底本來也有窟窿，當時就掉了一大塊，從裡面露出兩隻穿著繡花鞋的三寸金蓮。舊社會女人要裹小腳，尖尖細細，可死人的腳，雖然穿著繡鞋裹著錦被，仍讓人一看就覺得硬邦邦的，要多不舒服有多不舒服。周圍那些人踮起腳瞪著眼去看棺木中女屍的兩隻腳，一時間鴉雀無聲。

棺木中露出的錦被繡鞋，讓泥水浸得變質，顏色發烏，但鞋上還嵌有金絲和珍珠，讓日頭一照熠熠生輝。有個幫短兒的看直了眼，他哪還顧得了什麼眾目睽睽，伸出手去拽那兩隻嵌珠的繡鞋，可就覺得棺中女屍那雙小腳在動。

李善人公園找短工清理荷花池淤泥，不承想挖出一口兩百年前的棺木，其中一個幫短兒的仗著是白天，壯起膽子伸出手，剛摸到那雙筍尖般的繡鞋，棺中女屍的兩隻腳忽然一動，嚇得他急忙縮手，跌坐在泥坑中掙扎不起。另外三個幫短兒的跟他是同鄉，一起出來找活兒幹，趕緊過去扶起來，但怎麼扶也扶不起來，這人被當場嚇癱了。

以前有人惡作劇，夜裡扮鬼嚇人，把人嚇得坐在地上半天起不來，要拿迷信的話說，這是在一瞬之間嚇掉了魂兒，魂魄再回來就不是原來的位置了，有時候緩幾天還能恢復，有時候癱一輩子再也治不好了。這個幫短兒的就是嚇得腿一軟坐在地，兩條腿都沒知覺了，嘴裡一句話也說不出。他那三個同鄉把他抬到泥坑外邊，交給郭師傅等人扶著，他們要接著下去扒棺中女屍的繡鞋。

那些看熱鬧的都站在坑邊，荷花池邊緣清淤挖出個大泥坑，下面全是惡臭的淤泥，誰也不想往裡走。有人眼尖，瞧見棺底露出的兩隻小腳好像動了一下，勸剩下這三個幫短兒的別再去了，怕是要詐屍。那三個人哪裡肯聽，李善人公園管事過來的也攔不住他們，換作深更半夜，沒準不敢去，晌晴白日有什麼好怕？

從來說「貧困」二字不分家，窮能困人，人窮了志短，沒錢這人就被束縛住了，街上好吃好喝好東西應有盡有，沒錢只能乾看著。半夜做夢受用一番，睜開眼還是出苦力啃窩頭，過日子處處都要用錢，沒錢便受窘困。這些幫短兒的窮怕了，沒瞧見棺中女屍的模樣，只看到露出來的那雙小腳，穿著鑲金邊掐金線的繡鞋，鞋上嵌著幾個米粒兒般的小珍珠，裹著的錦被和褲子變質發黑了，也就繡鞋上的金線和珍珠還值幾個錢。這三個幫短兒的看在眼裡心中動火，走到棺木近前雖然不由自主的害怕，那也壓不住貪念，一步一步湊過去，哆哆嗦嗦地去拽女屍小腳上那雙繡鞋。

這時郭師傅在泥坑邊扶著先前嚇壞的那位，聽此人嘴裡一個勁兒在念叨著什麼，郭師傅和丁卯兩人聽他似乎在說那女屍會動，二人有些詫異。在巡河隊撈河漂子這麼些年，可沒親眼看見死人白天能動，前些天老龍頭火車站貨場雖然出過殭屍撲人的事，卻是聽旁人說的，無憑可查，無據可考，是真是假難以辨別。即便是真有其事，也是出在黑天半夜的時候，這人死如燈滅，荷花池下的棺木中這女屍，死了兩百餘年，況且白天陽氣最盛，說這死屍光天化日之下能動，他們是無論如何也不會信，但今天這件事很反常，看那群青蛙如臨大敵般圍著棺材，其中必有古怪。

五

郭師傅一錯神的工夫，那三個幫短兒的已經伸出手了，忽聽那棺木中咕噥咕噥一陣怪響，把這哥兒仨嚇得臉都白了。埋在荷花池淤泥下的棺材裡怎麼會有動靜？難不成這女屍真的會動？別看鄉下人沒念過書，大字不識幾個，鬼狐精怪的傳說可聽多了，剛才眼裡只盯著這雙金絲纏珠的繡鞋，此刻把以前聽過那些山村墳地中的鬼怪屍妖，種種可驚可駭之事全想了起來。

這三人以為棺中女屍要爬出來了，不禁腿肚子轉筋，後悔起了貪心，想掉頭逃開，兩條腿卻灌了鉛似的挪不動。此時就見從棺木蓮花底中冒出一股黃煙，其中竟有咿呀作響的怪聲。站在泥坑邊看熱鬧的人們離得老遠都聞到了屍臭，兩眼辣得流淚，坑底那三個幫短兒的站在近前，讓這股濃煙般的黃霧一撞，三根木樁子般撲倒在地。

郭師傅之前就感覺到事情不對，看那三個幫短兒的讓棺中黃霧嗆倒了，轉瞬間那股黃煙又縮進棺木，他急忙蒙上口鼻，帶著丁卯和李大愣趁此機會救人，一人拖一個，就像拖死狗似的將那三個人拖到坑邊。再看這三人都閉著眼，臉色鐵青，好像是讓屍氣嗆著了，再遲上片刻命就沒了。這一來周圍的人們全驚了，趕緊給這三個幫短兒的捶後背揉前胸。

與此同時，從荷花池跳進泥坑裡的那些青蛙，突然對著棺木鼓腮齊鳴，棺底窟窿裡也不斷發出咕噥咕噥的怪叫，隨即從棺材蓮花底下探出兩個奇形怪狀的腦袋，外皮疙裡疙瘩，竟是兩隻大得出奇的鬼頭蟾蜍。這兩個一公一母，背上五彩紋鮮豔奪目，咕噥幾聲就張開大嘴，腹中咿呀作響，分別吐出一道如煙如霧的黃氣。

眾人這才明白，荷花池下的墓磚塌陷，棺材在泥水中早已糟朽，有隻鬼頭蟾蜍從棺板窟窿中爬了進去，竟把古墓棺材當成了洞穴。鬼王蟾蜍很喜歡躲在陰冷潮濕的泥穴中棲身，身上五彩紋越鮮豔毒性越猛，這隻蟾蜍像是受不住群蛙鼓噪，被迫從棺材裡爬出來噴吐黃霧，那些青蛙也不敢過於逼近，雙方好像勢不兩立，在原地僵持了一陣，兩隻鬼頭蟾蜍吐出的黃霧逐漸減少，背上錦繡斑斕的彩紋轉為暗淡。

這時荷花池中躍出一隻青蛙，大出其餘青蛙兩倍，牠蹲在地上，足有常人伸開的手掌那麼大，儼然有王者之姿。牠伸出前肢與那兩隻鬼頭蟾蜍相搏，雙方勢均力敵難分高下，圍觀的人們紛紛撿起石塊，對準鬼頭蟾蜍投擲，那兩隻鬼頭蟾蜍幾乎吐盡了毒霧，無奈落荒而逃，剛到泥坑邊緣，就讓人抄起鐵拍成了兩堆肉餅，還有人連稱可惜，蟾蜍背上有酥，活著取下酥來，再掏出五臟六腑，放太陽底下曬乾了，這蟾酥和蟾皮都是很值錢的東西，可以入藥。再看那些青蛙，相繼躍回荷花池，頃刻間散佈水塘，就此不見蹤影。後來還有人在李善人公園的藏經閣旁邊，建造了一座蛙仙廟，供奉青蛙神，不過規模不大，沒什麼香火，解放後被拆除，改成人民公園後水面經過重整，可不管怎麼收拾，卻再也長不出以前那麼多荷花了。

六、

再說當時，不知是誰報了官，官廳的人這時候到了，郭師傅等人拿錢散了工，跟著看熱鬧的人群離開公園。事後聽說這口棺材被遷到別處去了，外頭又傳河神郭得友在荷花池救了幾條人命的事，那倒不在話下，只說當時領了錢往外走。哥兒仨商量著先去洗澡堂子泡個澡，好好搓搓身上的臭泥。出了李善人公園的大門，恰好跟張半仙同路，走到路口遇見一個推小車賣荷蘭水的。

荷蘭水其實就是最原始的汽水，薄荷粉加蔗糖兌涼開水，也有人往裡面放蘇打粉，是種極其簡單的清涼飲料。咱也不知道最早是不是由荷蘭人發明的，反正傳到咱這兒叫俗了，就叫荷蘭水兒。清朝末年天津衛開始有賣的，到民國後期早已經有正經的汽水出售了，國內國外產的都有，可一般老百姓喝不起，仍習慣賣民間自己兌的荷蘭水，喝完是容易鬧肚子，早年間還喝死過人，好處是價格很低，比大碗涼茶還便宜，淡綠色的汽水放在荷花大瓷盆裡，拿冰塊鎮上，看著就那麼舒服。三伏天喝上一杯，清涼止渴，生津解暑，那也是一大享受。眾人在李善人公園荷花池頂著日頭站了大半天，曬得身上流油。酷熱難當，郭師傅就請張半仙和他兩個兄弟，站到街邊喝兩杯荷蘭水，邊喝邊同張半仙議論荷花池群蛙鬥蟾蜍的事。郭師傅說：「這李善人公園我來過多少回了，真沒想到這荷花池底下還有口棺材。」

張半仙說：「這地方有棺材並不奇怪，從我爺爺那輩兒就知道了，他老人家早看出李善人公園形勢不俗。」

丁卯笑道：「半仙是風水世家出身，我們在半仙面前說這些，是聖人門前背《百家姓》，有點不知道天外有天了。」

李大愣不信小張半仙，說道：「什麼天外有天，我看張半仙是賣布的不預備剪子——扯，李善人公園荷花池下的棺材裡都住進去蛤蟆了，也能算風水寶地？」

小張半仙說：「真不是胡扯，咱這話都是有本兒的。」

李大愣說：「謔，還有本兒呢？那你可得給我們好好說說，到底有什麼本兒？」

怎麼叫「有本兒」？這也是給說白了。比方你說了什麼話，如果是有根有據，引的是哪本書哪本經，論的是哪段典故，你能把根據找出來，這叫「有本兒」。說話沒本兒屬於胡扯。

小張半仙說：「抬槓是不是？我張家祖傳三代看風水斷陰陽，泰山不是堆的，牛皮不是吹的，要沒點真玩意兒，我安敢在列位仁兄面前滋出這丈二的尿去？告訴你李善人公園兩旁河岔子多，形勢渾然天成，猶如百足長蟲，頭圓身長尾細，按本兒說這是金尾蜈蚣形。一頭一尾兩個穴，能埋在穴中的人非富即貴，但這兩個穴陰氣也重，容易招引妖邪到古墳中棲身，先前在那兒挖泥開棺出了什麼事，你們也瞧見了不是？」

郭師傅冷不丁聽到這句話，恰似晴空裡聞聲霹靂，剛喝到嘴裡的荷蘭水噴了張半仙一臉，忙問道：「你剛說李善人公園荷花池下邊……是什麼什麼穴？」

小張半仙以為郭師傅剛才沒聽清楚，那也不至於有這麼大反應啊。他擦著臉，又把那句話重複了一遍，李善人花園這個墳是「金尾蜈蚣穴」。

七

前些時候，郭師傅和丁卯到陳塘莊尋訪連化青的蹤跡，雨夜天黑住到破土地廟中，偶然得一怪夢，聽說連化青在什麼金頭蜈蚣的腦袋裡，當時只顧著吃驚，還以為自己聽錯了，什麼蜈蚣這麼大，能讓一個大活人在牠頭中容身？這時聽小張半仙一說才知道，陰陽風水中金尾蜈蚣形這麼個形勢，那沒準就有金頭蜈蚣穴。看來捉拿河妖連化青，很可能要著落在這個金尾蜈蚣形上。

大馬路上不是講話之所，郭師傅說：「咱平時各忙各的，也難得見上一回，見一回就有好多話想說，不如讓我們哥兒仨做東，請小張先生去澡堂子泡澡喝茶，趁這機會好好敘談敘談。」張半仙大喜，嘴裡還說：「這年頭活得都不容易，平白無故怎麼好意思讓哥兒幾個破費……」假意客氣幾句，半推半就地跟著去了。

老南市有家天興池，屬於那個年代的大眾浴池，當街兩層樓，門口掛有前清時留下的老匾，一層是霧氣騰騰的澡池，二層設有老式的隔斷廂座。堂子客們洗舒服了，還會在澡池子裡高喊幾嗓子，澡堂中拔罐、刮痧、修腳、搓背之類的服務一應俱全，價錢很便宜。你捨得花錢洗單間也行，不少人花上幾毛錢在這兒一泡就是一天，洗完澡下棋、打牌、閒聊。所以說浴池不僅是洗澡的地方，還是個特殊的社交場所。來此泡澡的堂子客們目標單一，身份模糊，進浴池都是為洗澡而來，但表示身份的衣服全得脫掉。如果想私下裡談些事，到大眾浴池是再合適不過了。

郭師傅帶著丁卯等人進了天興池，先到蓮蓬頭底下沖去滿身污泥，又去熱水池子裡泡得紅光滿面，再沖個清爽，上二樓接住夥計迎面拋來的熱毛巾擦乾身體，裹著浴巾往角落裡找張木榻一靠，真是渾身酥軟。當天也是累了，朦朦朧朧進入夢鄉，一覺醒來不知身在何處，等睡足了讓跑堂的夥計給沏壺高末。高末，說簡單點就是高級茶葉的渣子，喝不起那名貴茶葉，只能喝茶葉鋪裡賣完好茶葉剩的底子，混起來拿熱水一沖，別有一股濃郁的茶香。澡堂裡還賣「生梨、青蘿蔔、青橄欖、蓮子」等清熱祛火爽口的小食品，郭師傅要了幾盤沙窩蘿蔔和一包三炮臺高檔紙菸，不斷請張半仙喝茶抽菸吃蘿蔔。

張半仙說：「無功不受祿，今天幾位爺怎麼又是請我泡澡又是請我喝茶，是不是有什麼事兒啊？提前說一句，借錢我可沒有，這兩年世道不好，看風水相陰陽宅這碗飯是越來越不好吃了。不怕幾位兄弟笑話，我都半年多沒下過館子了，頓頓在家吃糠咽菜，雜合麵兒也捨不得敞開吃。」

郭師傅說：「千萬別多心，踏實住了在這歇著，咱都是窮光棍，誰還不知道誰，要借錢我們也不找你。」

張半仙一聽說不是借錢，立刻放心了，搖頭晃腦地說道：「古人講的好，銅臭足乃困人。這年月上無道，下無法，讓張某這樣的人物懷才不遇。然而懷才不遇者，又豈止張某一人乎？」

李大愣說：「你別拽文行不行，我們這全是粗人，聽不懂這套詞兒，你說的這是什麼意思？」

張半仙說：「我是說啊，你們哥兒仨跟我一樣，也夠窮的，窮歸窮，可全是有本事的人。郭爺和丁爺我不提了，咱們都認識多少年了，就拿你李大愣李爺來說，咱今天頭一次見，我一看就覺得李爺你是一俠肝義膽的壯士，是朋友可讓千金，話不投機爭寸草，見文王恭謙有禮，遇桀紂干戈齊揚，你就是這麼一條直來直去眼裡不揉沙子的好漢。」

李大愣咧嘴笑道：「還是你這半仙有眼光，你知道街面兒上那些人是怎麼說我？他們卻不說我俠義仁厚，那幫雜八地居然說我是把不是東西放小車上——忒他媽不是東西了。」

郭師傅對李大愣說：「行了兄弟，你就別謙虛了，趕緊再給半仙切個蘿蔔，叫夥計把那壺高末換成香片。」

李大愣切蘿蔔倒茶遞給張半仙：「半仙你來這個，等我招呼夥計泡一大壺香片，蘿蔔就熱茶，氣得郎中滿地爬。」

張半仙說：「好嘛，高末改香片了？郭爺你找我必定是有事兒，你不把話說明白了，我可不敢再吃你的蘿蔔、喝你的茶了。」

郭師傅說：「得了，我也不跟你兜圈子了，我們哥兒仨請你來洗澡喝茶，無非是想跟你請教請教金尾蜈蚣穴是怎麼個說詞？」

張半仙為難地說：「這個……這個……剛才不是都跟列位說過了，再讓我多說可不方便了。祖宗給立下的規矩，這東西傳男不傳女，傳內不傳外，我們一家子人全指著這個吃飯啊！」

郭師傅說：「那些規矩我們都懂，你放心我們不是想搶你的飯碗，只是為了捉拿河妖連化青。」隨即把整個緣由講了一遍，懇請張半仙務必指點一二。

張半仙說道：「郭爺，你問到我是看得起我，我再拿你一把可顯得我太不識抬舉了。我今天乾脆交個實底，怎麼說呢，金頭蜈蚣和金尾蜈蚣本是一回事，是一條蜈蚣的一頭一尾，待我把其中的奧妙告知列位。」

八

張半仙連比畫帶講，他說天津衛的地勢北高南低，南邊有大片窪地，那片窪地像個聚寶盆，所以南富北窮。很多年前有條大河注入南窪湖，水枯之後形成了這片窪地，以前的河道變成了土溝。自清末以來，城區不斷向南郊擴建，蓋了很多房屋，鋪馬路立電杆，那條幾十里長的土溝子幾乎全被填住了。但在風水上說，這條枯河溝子的形勢還在，風水形勢上叫金尾蜈蚣形，猶如一條搖頭擺尾正要爬進聚寶盆裡的大蜈蚣。其首銜金，可助正財，其尾掛金，能勾偏財，蜈蚣尾在李善人公園荷花池下，至於這條金尾蜈蚣的蜈蚣頭不在別處，在城南魏家墳。當年張半仙的爺爺老半仙，替魏家二爺選了一塊墳地，那塊墳地就是「金頭蜈蚣穴」。

千百年以前，南窪是片湖沼，地氣深厚，所以那地方樹木茂盛，跟附近荒涼的鹽鹼地全然不同。金頭蜈蚣的形勢雖絕，卻有一點看走眼了，怎料到這蜈蚣讓一塊大石碑給壓住了。金尾蜈蚣的風水全讓這塊石碑給拿光了，吉穴變凶穴，這也是很久之後才被人發現。

十九世紀初，人口迅速膨脹，魏家墳逐漸變成了大片瓦房民居的魏家瓦房，那塊地方始終不太平。街道馬路佈局錯綜複雜，風水形勢就更不好了，經常有黃狼、惡獾、山貓、土狗之類的東西出沒，居者不得安寧，於是家家戶戶在屋頂掛鏡子擺陣，那一帶不時能看見死貓、死狗和死狐狸。別說哪條河發洪水，只要是下雨下大了，魏家瓦房那片屋子都得淹一半，如今房屋半毀，大多數都是空屋危房，只等著推平了重蓋，可偏趕上這些年時局動邉，誰還顧得上拆魏家墳那片破房子？

過了魏家墳再往南是南郊，越走越荒涼，往北去是往城裡走，那塊大石碑在魏家墳西北方位，下邊有贔屭馱負，民間稱此石碑為馱龍鎮河碑，到底是不是，無從知曉，反正都這麼傳。那石碑很高大，幾個人摞起來也夠不到頂，離得老遠就能瞧見，是老年間擋煞氣護城用的古物，這麼多年修路蓋房子都說要挪走一直沒動。這金尾蜈蚣頭朝南尾朝北，呈現出來的勢態，原是想往聚寶盆裡爬，卻讓這石碑給釘住了，只要這塊石碑還在，蜈蚣脖子壓在石碑底下動不了。所以，石碑附近定是列位要找的金頭蜈蚣穴。

那三個人大眼瞪小眼的聽著，等的就是張半仙這句話，做夢也想不到連化青躲在魏家墳。既然知道了地點隨時可以過去拿人，別看沒跟連化青照過面，這個人臉上的特徵可太明顯了，目生重瞳，找兩眼四目的人準不會錯。

陳塘莊鐵盒藏屍案和三岔河口沉屍案，僅是這兩個案子就夠槍斃連化青好幾回了，但五河水上警察隊不管抓人，況且捉姦要雙，捉賊要贓，你說連化青身上到底背了多少條人命，哪來的真憑實據，必須捉起來審訊落下口供才算，此外郭師傅還想到一件事，連化青哪兒都不去，偏躲在魏家墳石碑附近，那地方本身就邪行，可見這個人一定是有所圖謀。到那裡仔細看看，哪怕拿不到人，能找到一些相關線索也好。

張半仙說道：「你們三位要去魏家墳捉妖，本是替天行道為民除害的舉動，按說我不該阻攔，可我不得不說句不中聽的，如今那金頭蜈蚣的形勢，已經變成了名副其實的凶穴。這些年那座大石碑更是聚了不少煞氣，現在那形勢簡直是一條張開大嘴的蜈蚣精，專門要吃活人，來一個吃一個，來兩個吃一雙。今天看郭爺印堂發黑正走背字兒，因此是不去則可，一旦去了，準死不可，我絕非信口雌黃，咱這話也是有本兒的。」

哥兒仨不信，認為張半仙又在故弄玄虛，這些看風水算命的專會危言聳聽，不這樣摟不來錢。告訴他不用多費口舌，事成之後石財主給的犒賞必定有你一份，捉拿河妖連化青的頭功是張半仙你的，到時我們擺一桌謝你，四冷葷六熱炒八大大碗公，外帶一個鍋子，最起碼也是這樣。

張半仙說：「哥兒幾個拿我當什麼人了，我不是嚇唬你們，郭爺要去魏家墳鎮河碑，那是必死無疑，三天過後你要是還活著沒死，我張半仙下半輩子再也不吃陰陽風水這碗飯了。列位，我話都說到這個地步了，你們還非去不可嗎？」

他們哥兒仨聽出張半仙也是一番好意，可還是覺得這話說重了，生死有命，哪是由人說了算的？張半仙無奈，別看郭爺平時挺好說話，脾氣可是真倔。屬牛的人都這樣，只要他認準了的事兒，誰勸也不管用，何況旁邊還有個李大愣不住攛掇，李大愣這號人貪字當頭，滿腦子只想結了三岔河口沉屍案邀功請賞，根本聽不進別人的話。張半仙該說的全說了，明知攔也攔不住，索性不再言語了，心想：「說不說在我，去不去在你郭得友，是要死還是要活，你自己掂量著辦。」

郭師傅等人打定主意，要去魏家墳捉拿河妖連化青，但知道魏家墳那地方邪得厲害。當天白天在李善人公園挖荷花池挖出古墓，下午從澡堂裡出來時天色已晚，沒敢直接去魏家墳，辭別了張半仙，轉天早上起了個大早，天濛濛亮的時候，三人在南門外會合，動身前往魏家墳鎮河碑。

那位說了，張半仙的話到底準不準？您問得好，我告訴您，魏家墳金頭蜈蚣穴的風水形勢變了，以前欲爬進聚寶盆的金錢蜈蚣已經死了，變成了一隻張著大嘴要吃人的蜈蚣，郭師傅正走背字兒，本身倒著楣，去魏家墳真是去送死。

您看到後邊就知道了，張半仙說的話是真準，可河神的故事一直講到解放後五六十年代，要是郭師傅這會兒死了，哪裡還有後話？因此這是個扣兒。說書說扣兒，扣兒就是懸念，咱這扣子就扣在這兒了，來個下回分解。

第八章　十字路口的凶宅

一

人們都說李大愣是虎相，大腦袋，肉鼻子，銅鈴似的一對圓眼，像隻老虎。丁卯是龍相，小夥子精明幹練，身子板兒鞭實，走路呼呼帶風，拿起腿跑上二十里地，停下腳步氣不長出面不改色。這一龍一虎要輔佐著河神郭得友，什麼話讓人傳多了，都免不了添油加醋和過份誇大，可也說明這哥兒仨當年總在一塊，到魏家墳捉拿河妖連化青，少了誰也不行。

金尾蜈蚣這條風水脈，是老年間的枯河溝子，一頭在李善人公園，一頭在魏家墳。近百年來，枯河溝子早已不復存在，只有會看風水的先生才能從中看出形勢。郭師傅帶著丁卯和李大愣，根據張半仙的指點，到城南魏家墳路口石碑周圍找尋連化青的下落。一早起來，天熱得好像下火，穿著鞋走在馬路上都覺得燙腳，眼前灰黃一片，地下是霧，天上是雲，濃雲薄霧，天地間灰濛濛、黃騰騰地連成了一片，一群接一群的大蜻蜓擦著地皮亂飛。似乎是要下大雨的兆頭，他們仨到城根底下碰頭，看街上行人稀少。像這種要下大雨的日子，人們很少出門，尤其是賣苦力的窮人，天熱幹活兒累，滿身出汗，心裡有火，汗毛孔全張著，讓大雨淋到，激這一下，至少半個月高燒不退。你一天不幹活兒，全家大人孩子就一天沒嚼穀，十天半個月可歇不起，況且生病吃不起藥，只能在家硬扛著，扛過去也得落下病根。如若病得厲害，說不定當天就一命嗚呼，一領草蓆子裹起來，埋到亂墳崗去餵野狗，家裡幹活兒掙錢的頂樑柱一死，這一家人便也散了。

郭師傅他們三個人全是光棍，也不做苦力，倒不在乎這個，眼見天色不好，心裡猶豫了一下，還是決定去魏家墳。捉到連化青就能審出三岔河口沉屍案的詳情，不管那具女屍是不是當年離家出走的石家小姐，都要給石家一個交代，此事該當儘早了結。用丁卯的話來說，拿住連化青，不僅傳名積德，還有一份犒賞。他們也是把事情想得簡單了，先在城根兒底下吃了套煎餅果子，然後直奔魏家墳。

魏家墳臨近南窪，通著電道，電道就是馬路，以前東北、天津、北平有這種叫法，聽著很怪，好好的馬路不叫馬路，怎麼叫電道？道路通著電，人走到上面還不得過電？在以前那個年代，老百姓對電的理解，只有一個字——快，電報、電車、電話，凡是跟電有關的速度都快。電道是鋪好的柏油馬路，走車走人快捷穩當，所以人們就管馬路叫電道。往南走不到窪地，是兩條電道縱橫交叉的大十字路口，老天津衛都知道這路口鬧鬼，邪行得厲害。

若從正上方俯瞰，十字路東南是魏家墳那片平房瓦屋，魏家墳改成魏家瓦房以來，住戶全是貧民百姓，去年一場大水，這片房屋塌了不少，砸死了七八口人，住在魏家瓦房的人們全當了難民，然後便沒什麼人住了，不通水電，等著拆除。跟魏家瓦房隔著一條大馬路，十字路口的西南方向，是座菸草工廠，有名的哈德門香菸廠。民國初年，英美菸公司忽悠農民種美國菸，種子和種植技術免費提供，手把手地教你怎麼種，種好了菸草公司高價收購，還有比這好的事嗎？說得簡直是天花亂墜，總之如何如何之好，掰開揉碎告訴大夥：「種莊稼只是維持個溫飽，想發財你就得種菸草。」鄉下農民有很多人上當，要了菸籽回去種，只種還不行，收了菸葉必須烘乾，這成本可也不小。菸農們四處借貸，自己買來炭，把菸葉烘好了，到日子送至英美菸公司，才發現收購價格不及付出成本的十分之一，不賣給菸草公司又沒別的地方收，鄉下人以種地為生。全家人一整年都指望這份收入過活，不料比預期的價格差了十倍，這就叫逼死人不償命啊。以往趕上收菸的時候，經常看菸草廠門口掛著死屍，那些人實在沒活路了，只好在路邊拿麻繩上吊。

那幾年為此而死的人著實不少，有傳言說魏家瓦房下埋著吊死鬼，吊死鬼要拿替身，所以這路口經常有人上吊，不知道是否可信，總之這條路含恨屈死的孤魂野鬼很多，也是風水不好，時不時的出事。

二

後來菸草廠搬到了河東大王莊，魏家瓦房旁邊菸草廠的這塊地跟著荒了。臨著馬路的幾座樓，曾經是菸草廠的辦公樓和宿舍樓，後來幾次易主，居著皆不得安寧，空樓荒廢至今。過了魏家墳和菸草廠往南，屬於南窪，有大片的蘆葦蕩子，再遠處全是莊稼地。

十字路口的橫道以北，也有些偏僻，先是一大片臭水泥潭，再往北離城區漸近，住家和民房就逐漸多了。十字路口當中那塊大石碑，據說是用來擋住南窪的煞氣，同時把魏家墳和菸草廠的死鬼全擋住了，並且也拿盡了金尾蜈蚣的風水。這石碑的年頭可不短了，不知道是哪朝哪代所留，底下馱碑的石獸，腦袋斷掉了只剩半截，碑文模糊不可辨認，碑文的內容也早已失傳。修路的時候想動，怎知一動這石碑就變天，這個活兒誰都不敢幹了，推來推去。這麼多年一直沒動，不當不正的留在十字路口，過往都要繞著它走，不知道的還以為這是塊紀念碑。

郭師傅他們三個人，平時很少到這邊來，但大路都認識，別鑽進魏家墳那蜘蛛網般的小胡同便好說。到十字路口的時候快中午了，灰濛濛的天徹底陰了下來，他們在路邊看看四周，馬路上並非沒有行人，畢竟是白天，三三兩兩有過往的路人，大多是些菜販子，天不亮趕著大車從郊區進城，到早市上把成筐的豆角、蘿蔔論斤吆喝出去，不到晌午就基本賣完了。此時開始陸續往家走，路口靠近菸草廠那邊有個餛飩挑兒，擔挑子賣餛飩的是個老頭，帶個八、九歲的小女孩，大概是爺孫兩個，老頭拿扁擔挑個小爐，到路邊擺幾張小板凳，賣餛飩和燒餅，那些賣完菜往家走的鄉民，如果當天收入不錯，路過這兒往往會喝碗餛飩墊補一口。看樣子爺孫倆這副餛飩挑專做這些人的生意，擺的是常攤兒，可當天要下大雨了，買賣不好，攤子上沒有吃餛飩的主顧，平時白天這路邊也有幾個做小買賣的。石碑南邊人少，好在沒有巡警來管，不過收的都很早，天黑之後可沒人敢來。

哥兒仨在路口附近轉了一圈，不知道是不是心理作用，這麼悶熱的天氣，往石碑南邊一走，竟覺得有些陰森。魏家墳這邊的平房大多空著，有的房子上了鎖，有的連鎖都沒有，因為四壁空空，沒有怕偷的東西，石碑跟前也看過了，拿腳踩了個遍，下面全是實地，其次就是石碑西南角菸草廠的水泥樓。這時到飯點肚子也餓了，看路旁的餛飩挑，便過去喝碗餛飩吃幾個燒餅當午飯。賣餛飩的那個老頭，身材高大，下頜留著發黃的鬍鬚，收拾得利利索索，可總是沉著個臉，見來了主顧，欠身起來招呼，那也看不見半點笑容。老頭讓小女孩給這三個人拿板凳，這小女孩長得乖巧，手腳勤快挺招人喜歡，很奇怪的是，這爺孫兩個臉色發白，冰冷蒼白中又帶著些高深，讓人覺得有幾分可怕。

三

哥兒仨坐下，郭師傅問賣餛飩的老頭說：「老爺子，餛飩怎麼賣？」賣餛飩的老頭說：「餛飩現包現煮，兩個大子兒一碗。」李大愣問：「餛飩湯要錢嗎？」老頭說：「湯不要錢，可你得買了餛飩才能喝湯。」郭師傅說：「勞駕，您給我們來三碗餛飩十個燒餅。」老頭答應一聲，燒沸鍋裡的水，準備往裡頭下餛飩。餛飩全是那小女孩現包的，小女孩手底下很熟練，餛飩包得飛快。郭師傅問賣餛飩的老頭：「是您孫女？」老頭一邊忙活一邊答話：「啊，我孫女，從小爹媽沒了，這些年我們爺倆就擺這麼個餛飩挑子為生。」郭師傅點點頭：「孩子可憐，看著也懂事，給您幫了不少的忙吧？」老頭說：「可不，平時就我一個人還真忙不過來……」說話這麼會兒工夫，那餛飩也包好了，放到滾開的湯鍋裡一汆就得了。老頭把餛飩從鍋裡撈出來，一碗一碗地盛好了，點幾滴香油，放點香菜蔥花，分別遞給這哥兒仨。他說：「趁熱吃吧，眼瞅著要變天了，等吃完了餛飩，你們快回去，我們爺倆也要收挑子了，萬一犯了天氣，可不是鬧著玩的。」

郭師傅他們不在乎下雨，又沒幹體力活兒，不怕讓大雨淋了，如果遇上暴雨或是雹子，周圍還有這麼多空房破屋可以躲避，因此沒拿老頭的話當回事兒。李大愣充明白說：「瞧著吧，這場大雨不憋到天快黑的時候下不起來。」賣餛飩的老頭搖頭說：「先起了灰霧，什麼時候來天氣可說不準。聽我的，吃碗餛飩趕快回家去避一避。」丁卯聽賣餛飩老頭話裡話外的意思不對，問道：「怪了，您怎麼知道我們不是在這兒住的？」賣餛飩的老頭說：「你們要在這兒住才真是怪了，這是人住的地方嗎？」丁卯說：「這麼多房子，不是人住的還是鬼住的？」賣餛飩老頭說：「後生，我在這路口賣了這麼多年餛飩，這地方住著什麼我可比你清楚多了，反正你們準不是住在這附近。你們快吃餛飩吧，趁熱，放涼了不好吃了。」

哥兒仨一想也是，別跟這賣餛飩的抬槓，這老頭的餛飩挑子常年擺在路口，看我們面生，所以知道我們不是在附近住的人。想到這兒，不再亂琢磨了，聞著餛飩可真香，肚子早打鼓兒了，端起碗吹吹熱氣，拿勺往嘴裡送，送到嘴裡一嘗，三個人立時呆住了，這是什麼餛飩？

四

餛飩這東西誰都吃過，最便宜的要屬街邊餛飩挑子，以前也叫湯餅挑子，清湯寡水，餛飩餡兒小得幾乎找不著，兩三個大子兒一碗。稍好些的在早點鋪子裡賣，城裡城外隨處可見，再高檔的是飯莊裡做的餛飩，有錢人吃完酒席，再來上這麼一碗小餛飩，當成飯後的點心，那種餛飩的麵皮和餡兒料就比較講究了，做麵皮的麵粉裡加雞蛋，餡兒料三鮮蝦仁草菇之類的都有。

郭師傅他們窮是窮，缺錢可不缺嘴，經常給人家幫襯白事混吃喝，可這輩子沒吃過這麼好吃的餛飩，一吃全驚了，想不到路邊這麼個不起眼的餛飩挑子。這餡兒這麵皮兒，還有這口湯，簡直沒挑兒了，仔細看餛飩本身沒有出奇的地方，估計是老湯，賣湯食的要是能有一鍋祖傳的老湯，那味道可就不一般了。三個人心裡這麼想，嘴上光顧著吃，險些連自己舌頭也給嚼了，頃刻間餛飩下肚吃了個碗底朝天。

眼看著黑雲壓頂，天色變得更暗了，馬路上的行人們不由自主地加快了腳步，賣餛飩的老頭帶著孫女，也已經收拾東西要回去了，可他們哥兒沒吃夠，死活要再買幾碗餛飩吃，老頭很為難，看意思是怕遇上大雨，想趕緊回家，奈何這三個人非要吃，走不起身，不得不停在路邊給他們燒湯煮餛飩。郭師傅說：「您這老湯餛飩的味道這麼好，為什麼不去城裡賣？」賣餛飩老頭說：「城裡人多，地面兒上管得嚴，咱餛飩挑子是小買賣，插不進去，不得以才到魏家墳路口擺攤。這地方偏僻，主顧本來就不多，不敢不用心啊。」郭師傅說：

「噢，那您在這條路上擺餛飩挑子的時間可不短了？」賣餛飩老頭忙著燒湯鍋，頭也不抬地應了一句：「有些年頭了，你呀，別多問了，再吃一碗餛飩趕緊家走，我這是為你好。」

郭師傅心想不能不問，難得碰上這麼一位，這老頭在魏家墳路邊擺餛飩挑子好多年了，對這一帶很熟悉，我們大老遠跑到這兒，可不是為了吃碗餛飩。他覺得魏家墳菸草廠靠近十字路口的那棟樓房，是石碑附近最容易藏人的地方，乾脆跟賣餛飩老頭打聽打聽，可開口總要有個因由。他沒話找話地問：「您住哪兒啊？」賣餛飩老頭往路口北邊指了一下，只說了兩個字：「不遠。」

郭師傅心說：「這話簡直跟沒說一樣，不遠是多遠？」又問：「怎麼不到馬路對面租間平房，在路邊擺餛飩挑子可近多了。」賣餛飩老頭說：「不敢住，魏家墳這片平房以前住戶是不少，可聽說南窪風水一直不好，因為老年間是塊墳地，去年發大水淹過一回，從那開始就沒什麼人住了。」

此時那個小女孩把剩下的麵皮和餡兒料全包了餛飩，剩下這點東西不多，卻也包出了四五碗餛飩。賣餛飩老頭說：「是多是少就這些了，本來想留著我們爺倆自己吃的，既然都包出來了，就算你們三碗的錢，吃完了趕緊家走吧。」郭師傅說：「謝您了，再跟您打聽一件事，魏家墳馬路對面的菸草廠，也就是路口西南角這座水泥樓，如今還住著人嗎？」

賣餛飩老頭聞言臉色稍變，說道：「沒住著什麼人，那是處鬧鬼的凶宅。」

郭師傅他們三個人，一上午把石碑周圍轉遍了，唯有這座水泥樓還沒進去過，馬路西面是廢棄的菸草廠，路邊有幾座破敗的水泥樓，當年是工廠的宿舍。離石碑最近那座樓蓋得最好，二層樓帶地下室的老式建築，曾是英美菸草公司的分部。外簷是大塊蘑菇石牆面，透著份厚重與沉穩的氣勢，比魏家墳貧民百姓住的平房瓦屋要堅固氣派多了，但門窗緊閉，屋頂長出了蒿草，顯然有很段時間無人居住了。聽賣餛飩老頭說這樓裡鬧鬼，說話時的模樣語氣也不像有意嚇唬人，郭師傅借機問賣餛飩老頭：「鬼樓？裡面沒住人？」

賣餛飩老頭說：「據說這棟樓不乾淨，下邊有老墳，轉了好幾次主家，哪家也住不安穩，都說鬧鬼。頭二年，樓房讓一位廟會的會首買下了，全家五口，連過日子帶做生意，這位會首暗中做些見不得光的買賣，否則不會住到這麼偏僻的地方來。後來全家五口莫名其妙地死在樓裡，此處不是鬼樓凶宅是什麼？打那開始真沒人敢住了，你們啊，也別不信邪。」

這麼會兒工夫，小女孩把餛飩全包好了，老頭那邊的湯鍋早煮開了。餛飩跟餃子差不多，但煮起來非常快，水餃皮厚，要煮三沉三浮才能出鍋，餛飩下到熱湯鍋裡就熟。老頭還和剛才一樣，撈到碗裡盛好了，加上佐料老湯，遞給那三個人。郭師傅接這碗餛飩的時候，碰到了老頭的手，那隻手居然是冷冰冰的，簡直像死人手。

五

這麼悶熱的天氣，端著熱餛飩碗，手怎麼會如此冰冷？郭師傅在巡河隊撈河漂子，印象中再怎麼酷熱的天，從河裡打撈出來的浮屍，身上也是冷的，死人沒有熱乎氣兒。一碰著賣餛飩老頭的手，不免想到了那些死屍，心裡不由自主一陣哆嗦。雖然天色陰沉，可怎麼說也是白天，大白天的不會有死人在路邊賣餛飩，不可能有那種事。

郭師傅心裡疑神疑鬼，端著餛飩不敢吃。他那兩兄弟可不管這套，餓死鬼投胎似的端著碗吃餛飩，還是那麼好的味道，三口兩口這一碗餛飩就下了肚，再來幾碗也吃得下去。賣餛飩老頭看郭師傅發呆不動，催他趁熱快吃。丁卯在旁聽了，想起個笑話，就給李大愣說了：說以前有個鄉下老頭，家住在非常偏遠的山溝子裡，出門除了山就是山，交通不便，去趟縣城都跟出國差不多。老頭活了一把年紀，第一次到省城親戚家串門，親戚招待他吃元宵。老頭一嘗這東西太好吃了，世世代代住在窮鄉僻壤，做夢也沒吃過這東西，問親戚這叫什麼？親戚不知道這位連元宵也沒見過，加上他嘴裡正吃著半個湯圓，說話含混不清，沒聽懂問的什麼話，就說：「您哪，趁熱趁熱，趁熱吃啊。」老頭聽這話，以為元宵叫「趁熱」，回鄉下之後一直饞這口兒，有一次犯饞蟲，饞得不行了，眼看出氣多進氣少，臨死就想再吃一次「趁熱」，他兒子為人至孝，看爹饞得快死了，便翻山越嶺，到縣城給老頭買「趁熱」，找誰打聽都說不知道這是什麼東西，那上哪兒問去？正著急的工夫，街上有個賣餃子的在那兒吆喝：「剛出鍋啊，趁熱趁熱。」兒子一聽還真有這東西，趕緊過去買了一盆，拿回家給老頭吃，老頭得知兒子把趁熱買回來了，身上的病立刻就好了一半，可一看不對啊，怎麼變樣了，他盯著餃子不住打量，好半天才憋出一句話：「趁熱啊趁熱，兩年沒見，你長犄角哩。」

李大愣和賣餛飩的小女孩聽完了都笑了，賣餛飩老頭仍板著臉，也不理會丁卯說什麼，好像根本就沒聽到，只是催促郭師傅快吃。

郭師傅心裡邊覺得不大對勁兒，偷眼去看賣餛飩老頭和小女孩，這爺孫倆的臉色是那麼白，身上是那麼冷，簡直像沒有活氣兒的死屍一樣，可手中這碗餛飩是真香，聞著聞著忍不住了，把心一橫，反正剛才已經吃了一碗，再吃一碗又能怎樣？當下端起碗，連餛飩帶湯，幾口吃個精光，那餛飩就像自己長了腿兒似的往肚子裡跑，他吃完一抹嘴，順手把空碗還給小女孩。

那老頭見郭師傅把餛飩都吃了，讓孫女兒收拾好餛飩挑子和板凳碗筷，又對郭師傅說道：「別惦記那棟鬧鬼的樓房了，那裡頭什麼也沒有，眼瞅著要變天，趕緊回家避一避吧，現在走還不晚，別等到想走走不了的時候再後悔。」說完話，老頭把餛飩挑子挑上肩，小女孩在旁邊扶著他，一老一小兩人往石碑下邊走去，走得匆匆忙忙，轉眼就不見了，如同憑空消失了一樣。

郭師傅一愣神，心想：「聽這話裡話外的意思，老頭好像知道我們要到那棟樓裡去，一個在路邊賣餛飩的老頭怎麼會知道我們想幹什麼？」等他回過神，抬眼再看的時候，馬路上已經沒人了，只有一尊馱碑的無頭石獸立在路口。

六

郭師傅發覺賣餛飩的老頭和小女孩太奇怪了，心說這兩人怎麼知道我們要進那棟樓？那樓裡當真一個人也沒有？聽這老頭是好心勸他趕緊走，好像知道準要出事似的，這賣餛飩的老頭究竟是什麼來路？看這對爺孫的臉色像死人，總急著要走，而且一轉眼就沒了，大白天的會有死鬼在馬路上賣餛飩嗎？

他站在馬路邊上思前想後，把幾件事結合到一塊，總算悟出這麼點兒意思。

丁卯問郭師傅：「哥哥你沒事兒吧，怎麼好端端兩眼發直，眼眉自己往一塊湊？」

李大愣說：「準是聽賣餛飩老頭說樓裡有鬼，正尋思這件事兒唄。其實有什麼好想的，依我看是福不是禍，是禍躲不過，咱今兒個就是今兒個了。」

郭師傅回過神來，說道：「沒錯，今兒個就是今兒個了，不入虎穴焉得虎子，非到這樓裡看看不可。」

李大愣說：「甭聽賣餛飩的老頭嚇唬人，世上哪有什麼凶宅，李爺我是放屁能崩出個坑兒的人，就這麼厲害，我能怕他們這些糊弄鬼的話嗎？」他是深信白天不會見鬼，才敢說這番話，一來不吹白不吹，二來也唯恐郭師傅和丁卯膽小，臨時改主意不去找連化青了，快到手的賞錢無論如何不能打了水漂兒。

其實郭師傅不怕這個，他在五河水上警察隊當差，尋河隊雖說不管破案，但見的聽的多了，比如這種一家子好好在屋裡住著，突然全家失蹤，也沒人看見他們出屋，就在屋裡下落不明了，像是被凶宅裡的鬼給帶走了。這事兒聽著邪乎，卻並不是沒有，以前確實有過這樣的案子。

聽說那是清朝末年，天津衛還沒通鐵路的時候，北運河邊上有家人，一家三口住大雜院裡，兩口子帶個七八歲的兒子，家境貧窮。白天男的拉地排子賣苦力，女的在家縫補漿洗，小孩則出去拾煤核兒。煤核兒不是大多數人想像中的煤渣，以前窮人冬天買不起煤，只好讓小孩撿人家燒剩下的煤核兒。孩子沒錢上不了學，每天穿著補丁摞補丁的破棉襖，背個籮筐，手拿一根鐵棍，撿那些沒有完全燒盡燃透的煤球，用鐵棍把上面的煤渣打去，留下裡頭還可以燒的，這叫煤核兒，放在籮筐裡帶回去。小孩也撿不了多少，一天天積少成多，到天寒地凍的時候，家裡燒這點煤核兒取暖。那個年月，窮人家的孩子沒有童年時光這麼一說，註定生下來就是受罪的命。小孩到了稍微懂事兒的年齡，就得幫著家裡幹活了，偶爾逮個蛐蛐兒捕到隻蟬，自己捨不得玩，必是賣給有錢人家的少爺，換幾個小錢交給爹娘，知道爹娘累死累活不容易。全家有口吃的，從來是先緊著當爹的吃，如果吃的東西不夠，女人和孩子就得餓著，因為當爹的白天要出去幹活兒，沒有這個勞力，全家只能乾瞪眼餓死。有一天小孩撿完煤核兒回來，到河邊看人撈魚，孩子膽小，總聽水鬼拽人的故事，不敢下河玩，老實巴交在河邊看撈魚的，看人家撈出來的魚就饞得流口水，想吃熬魚了。那撈魚的有一網打出一條怪魚，這魚長得奇醜無比，嘴裡居然有牙，看著挺嚇人，在河裡打這麼多年的魚，沒見過這種魚，連那些看熱鬧的人在內，誰也叫不出名。

有人說這是從海裡游過來的魚，未必能吃，勸他放了。撈魚的想賣這條魚，卻沒人願意要，扔回河裡又覺得可惜，一看這小孩蹲在旁邊流口水，就說孩子饞了吧，拿回家讓你娘給你熬著吃。孩子高高興興地把魚拿回家，當娘的一看很高興，家裡太窮，逢年過節也不一定吃得上魚，哪還嫌棄魚長得不好，長成什麼樣那也是魚啊，當即把這條魚開膛破肚收拾了，東家借點醬油，西家借點鹽，熬了一鍋魚，聞著可真鮮。魚剛熬好當爹的回家了，一看有魚也樂壞了，家裡什麼東西都先讓他這位幹活兒的吃，娘兒倆在旁邊看著，等他吃剩下的。當爹的心裡不好受，不忍心讓孩子看嘴，非讓娘兒倆跟著一塊吃。住大雜院瞞不住任何事，誰家吃什麼飯甚至說了什麼話，同院鄰居沒有不知道的。鄰居們全知道這一家三口在屋裡吃熬魚，可從這天開始，再也沒見這家人出過那間屋子。

一天兩天還好說，三天四天那屋裡仍是一點動靜沒有，街坊四鄰們就不放心了，過去叫門沒人應聲，那門也沒關，巴掌大的小破屋，推開門那屋裡有什麼東西，一眼全看到了，屋裡根本沒人，只有撲鼻的血腥氣。這可把大夥嚇著了，馬上有人去報官，官府派人到現場勘驗，屋裡東西都擺得好好的，桌上還剩半條魚，這一家三口卻沒影兒了。那時有經驗的老辦差官明白是怎麼回事，一看這魚是化骨魚，吃了之後會讓人血肉毛髮化為膿血，河裡撈上來的這條魚，是名副其實的化骨魚，這也是當年滿城皆知的一件奇案，稱為「熬魚化屍案」。

所以郭師傅知道，天下之大，無奇不有，並不一定任何怪事都與鬼神相關，他將此事說給丁卯和李大愣聽，讓他倆不用疑神疑鬼。三個人說完話，抬腿往路邊那棟樓房走過去，此時打下一道閃電，跟著有悶雷之聲滾滾而來，那棟樓有個破窗，後面原本很黑，電光閃過之際，他們都看到破窗裡有張模糊不清的臉，看不清是什麼人，那兩隻眼跟嘴都跟黑洞似的，再想仔細看就看不清了。

七

郭師傅暗暗吃驚，心想：「不說這樓裡沒人住嗎？如果當真沒有人住，豈不是大白天看見鬼了？」

不過越是如此，越說明這樓房裡有些古怪，這哥兒仨也是膽壯心直，終歸是邪不勝正，況且為了捉拿連化青，他們每人都帶了傢伙，不揣懷裡，而是插在裹腿中，舊時男子出門必打裹腿，因為以前褲角大，不拿布帶子勒上，出門等於掃馬路，打上裹腿走道兒利索，短斧倒插在裹腿中，檀木把柄在下，斧刃貼著褲子露出半截。這種檀木柄短斧，想當初是地痞混混兒專用的兇器，別瞧砍柴嫌短，拔出來剁人，那可是一點都不含糊。

三個人鼻子裡能聞到雨腥味兒，眼看這天氣要來了，要躲雨也得去那空樓房裡躲，不再多想，抬腿邁步過去。鑲銅的樓門上原本貼有封條，風吹雨淋早脫落了，兒臂粗的門環上扣著一把大鐵鎖，也生滿了鏽蝕，樓窗戶是豎起來的窄長方形，大多數用木條釘死了。門口這種笨鎖並不難撬，奈何鎖頭已經鏽死了，只好拿傢伙撬開銅環，費了半天勁才撬斷。門軸上也長了鏽，用力一推就發出嘎吱吱怪響。推開一道門縫，先是刺鼻的黴味，裡面黑咕隆咚很陰森，感覺不像樓房，卻似個深山古洞。

李大愣的膽量，遠沒有他平時吹噓的大，往樓裡一看是真怵頭，立刻使出裝傻充愣的本事，說道：「二位兄長，我去門口替你們把風得了，裡頭萬一出點兒什麼事，咱好有個接應。」他剛想往外走，炸雷一聲，黃豆大的雨點加著雹子就落下來了，雨下得天都亮了，老話說「亮一亮，下一丈」，這場大雨來勢不小，到晚上都不見得停。李大愣道：「得了，算我沒說。」

郭師傅和丁卯見外頭下起了大雨，想不進來都不行了，告訴李大愣不要聲張，不過三個人白天出來，都沒想到要帶手電筒。這地方斷水斷電，樓內有電燈也不能照明，沒法子只能掏出抽菸用的火柴，劃著了一根，借著些許微弱的光亮看東西。哥兒仨怕讓過路的人當成賊，那是有口也說不清了，進了樓房顧不上看眼前有什麼，一個接一個閃身進來，趕緊把大門給掩上。外面風雨之聲頓時變小了，彷彿隔得很遠，首先一個感覺，樓房裡可夠潮的，那也難怪，去年曾讓大水淹過，尋思樓房裡沒準有水月燈電石燈之類的東西，找出來照個亮，總好過用火柴照明，看這座樓房的結構，與普通的公館相似，地面積了厚厚的一層灰。

進了樓門先是玄關，裡頭還有二門，三個人劃了根火柴照明，摸索著往裡走。郭師傅說：「我覺得那賣餛飩老頭的話不假，這棟樓裡真沒人住，地上的灰塵積了一層，要是屋裡有人走動，絕不會這樣。」李大愣說：「不對呀，既然樓房裡沒有人，咱剛才隔著窗戶看見的那張臉是誰？」丁卯眼尖，他說：「我看那張臉上好像長著黑毛，可不是人臉。」

這句話一說，哥兒仨腦門子上都冒出了冷汗，揪著個心，推開玄關裡側的二門，進了房廳。在門口找到一盞水月燈，也叫馬燈，裡頭放煤油，點起來照亮了四周。看屋中無非是些擺設傢俱，迎面掛著一大幅油畫，占了不到半面牆。畫中是這家主人五口的肖像，當中一個留著八字鬍的中年商人，身邊是位太太，顯然是他老婆，兩口子慈眉善目的很富態，身邊站著三個子女，兩個姑娘十五、六歲，一個男孩十歲出頭，想必是家中的少爺小姐。這當年的全家福，如今卻變成了凶宅中的遺像。三個人為了捉拿連化青，人家說什麼他們都不信，那賣餛飩的老頭和小女孩是什麼來路？怎麼就知道這樓裡準沒有活人？河神郭得友進了凶宅是死是活？到底會遇上什麼東西？說到這兒，扣子可大了，別說您著急，連我都急了，可咱還是得下回分解。

第九章 樓梯上是誰

一

魏家墳路口這棟樓，最後一位主家是廟會的會首，咱得先說說，廟會會首是做什麼的。有道是「趕集上會做買賣」，趕大集趕廟會，全都是一回事。舊社會有大批跑江湖謀生的人，別看這幫人哪兒也不挨哪兒，各有各的營生，但在社會中自成一體，能把這些人聚集到一處的是會首。會首必須是黑白兩道都能吃得開，他看哪裡開廟會有塊空地，先掏錢包下來，請人紮好一排排的席棚，然後把那些江湖上賣藝擺攤兒的人全聚來，什麼賣膏藥的、算卦的、拿大頂的、耍狗熊的、賣把式的、賣針頭線腦兒的、說評書的、說相聲的、唱大鼓的、拉洋片的、練雜技的，總之跑江湖的這些人，全到會首包下的場子裡做買賣。等到做完買賣，每人都得給會首一些錢，會首賺的是這份錢，為了能把廟會辦熱鬧了，會首一般還要請高蹺隊和戲班子。住在這棟樓裡的會首，自己也帶高蹺隊，那些高蹺行頭裝束之類的物什，平時都存放到他家裡。

郭師傅他們三個人，看了看屋中擺設，也不過是桌椅、鏡子、床鋪、大撣瓶，和普通的人家沒什麼兩樣，只不過所有的東西上都蒙著層灰，屋子裡還有發大水那年淹過的痕跡，看不見有人，充斥著無法形容的詭異氣息。

李大愣覺得頭皮子一陣陣發麻，只好在口中哼哼幾句荒腔走板的戲文給自己壯膽：「黑臉兒的好漢屬李逵，三國倒有個莽張飛，手使鋼鞭黑敬德，包文正坐殿讓過誰？」這兩句唱詞兒，全是演武鎮宅的典故，民間俗傳，在凶宅唱武戲，可以驅除妖邪。您別說，唱這兩句還真是壯膽，所以郭師傅也沒攔他，他接著哼唱：「白臉兒的好漢屬羅成，景陽岡打虎是武松，南唐報號高君寶，長阪坡下趙子龍。紅臉兒的好漢屬雲長，殺人放火是孟良，手持大刀王君可，趙匡胤千里送京娘。青臉兒的好漢叫朱溫，山西坐殿程咬金，河南霸府單雄信，手提大刀蓋蘇文……」

這三人一步步踏著厚實的樓梯木板，往上走到二樓，就看這層樓有好幾口大木箱，牆邊豎滿了高蹺鑼鼓，木箱子裡裝的都是行頭，此外有不少道具，其中有個臉上帶黑毛的熊頭，是踩高蹺扮相裡的黑熊精。之前他們從破窗往屋裡看，瞧見那張挺嚇人的怪臉，有可能就是這個東西，哥三人緊張了半天，等看清是踩高蹺裝扮的行頭，各自長出了一口氣。

以往廟會或攆會裡表演的高蹺，不僅是站在木製的兩根蹺棍上行走，要邊行走邊表演各種動作，並且裝扮成跑旱船、倒騎驢、傻媽媽、傻兒子，以及民間傳說裡的各路神仙鬼怪，高蹺隊的廟會會首家中有這些東西，也不奇怪。李大愣啐了一口，罵著要去砸那些神頭鬼臉的行頭：「㑚他八輩兒祖宗，差點讓這玩意兒嚇掉了魂，萬一傳揚出去，真能砸了咱哥兒仨的字號。」

郭師傅說：「兄弟別耍老娘們兒脾氣，誰都保不齊有看走眼的時候。」說罷當先到各處查看，可樓上樓下，包括閣樓在內，犄角旮旯都找遍了，灶冷人清，連隻老鼠也見不到，僅有一些偷都沒人偷的東西，看這樓裡確實有兩年沒住過人，只剩地下室沒去看過。三個人心想來都來了，也不差這幾步，商量著先下去瞧瞧再說。他們揭開樓梯下的蓋板，有段木板臺階，望下去發現裡邊很深，冷森森侵人毛骨，四壁用條形青磚砌成，這些青磚表面細膩光潤，帶著老墳裡的陰氣，一看就是古墓裡的墓磚，想不到下邊真有座老墳。

二

當年掏地下室，在樓底下挖出一座老墳，沒人知道挖出過什麼東西，但是青磚砌成的墳坑還在，墳磚很堅固，所以也沒大動，抹上白灰麵，直接當成了存放東西的地下室。

從李善人公園到魏家瓦房路口，在會看風水的人眼中有個形勢，稱為金尾蜈蚣形。李善人公園的荷花池是尾，魏家瓦房路口是頭，如果說這兩個地方，存在有明清兩朝甚至年代更久的古墓，那是半點也不奇怪。可如今只剩個墳窟窿，去年發大水淹了半個多月，牆皮上的白灰麵脫落，四壁墳磚皆已鬆動。

郭師傅心中思量此事，順手摳下一塊磚，拿到眼前看了看。

李大愣問道：「哥哥你拿塊磚頭是想唱哪齣？」

郭師傅說：「我看這是金磚，沒聽過陷魂陣磚打劉金錠嗎？」

李大愣說：「還真沒聽過這齣，有講兒？」

郭師傅說：「當然有講兒，北宋年間有個女將叫劉金錠，曾遇異人授以異術，憑著胯下馬、掌中刀和五行道術，百萬軍中取上將首級如同探囊取物，在兩軍陣前向來沒有敵手。直到敵營請來高人擺下陷魂陣，用三塊金磚打死劉金錠，此女死後屍身百日不腐，也是她有道行，可見不管會什麼邪法妖術的人，都怕挨磚頭，即便不是金磚，這一板磚兒掄到誰腦袋上，誰也是受不了。」

李大愣一聽，也在牆上摳下塊墳磚揣到懷裡，要是在樓裡見到有人，二話不說，先拿這塊墳磚招呼過去。

郭師傅這麼說，是給李大愣壯壯膽子，他摳下牆上的古磚，其實是打算看明白到底是不是老墳裡的磚。要說天津衛這地方確實有古墓，五、六百年的都不算古，年代更久的也有，別看明朝才建衛造城，實際上北宋年間已是河運樞紐。地名中有子牙河、陳塘莊，都是來自武王伐紂時的典故，歷史可以追溯到好幾千年以前。另外天津衛城根底下有很多舊窯廠，是古代燒磚造城的所在，地名大多帶個窯字，比如吳家窯、南頭窯之類，全帶個磚窯的「窯」字。凡是這樣的地方，地勢普遍比較高，因為下面全是窯磚，當初燒壞了用不了的殘磚，一層層堆起來，年復一年，日復一日，久而久之逐漸變成了地面，比別的地方高出一大塊，所以每次發大水都淹不到這些地方。據說風水都不錯，因為下面全是窯磚，沒有墳頭，住著乾淨，住在那兒的居民中還有幾位世代燒窯磚的匠人，祖傳的手藝。郭師傅認識幾個這樣的人，常聽他們說磚頭，年代不同，磚窯裡燒出的窯磚也各有不同。他聽的見的多了，稱得上略通此道，看地下室裡的青磚真是墳磚，而且是古墳中的老磚，陰刻著魚龍紋，絕不是近代之物。

由於年代久遠，地面變動很大，修路架橋蓋房，以及原本的河流改道，使風水形勢發生變化，所以張半仙也看不出以前的風水形勢了，只知道大概是在路口一帶。此時找到幾百年前的老墳，看墳磚用的規格也不同一般，肯定是一座佔據形勢的墳穴，因此可以確定，魏家瓦房路口的金頭蜈蚣穴，十有八九是指這座老墳。

墳洞裡頭空氣不暢，讓人喘不過氣來，手中那盞水月燈忽明忽暗，看此處四壁空空，什麼都沒有，空墳一座。

郭師傅心說：「魏家瓦房根本沒有連化青的蹤影，看來陳塘莊土地廟那個夢是不可盡信，這次可是撲空了，大下雨天鑽了趟墳窟窿，受累吃苦不說，還白耽誤工夫，這叫什麼事兒呢？」

您說怎麼這麼巧，三個人不得結果，剛要轉身出去，突然聽墳洞上邊傳來一陣響動，是有人踩地板發出「咯吱咯吱」的聲音。郭師傅心中一動：「樓裡一直沒人住，墳也是空的，外邊又下這麼大的雨，有誰會進來？」

正詫異間，只見從臺階上骨碌碌滾下一個東西，墳穴中燈光太暗，那東西滾到腳邊了還沒看清是什麼，郭師傅按下燈來一照，不由自主地退了半步。那是血淋淋一顆人頭，滿頭滿臉的血，兀自睜著兩隻眼，仰面朝天瞪著他們三人，眼珠子動來動去，齜牙咧嘴也不知是想咬人，還是有什麼話想說。

三

哥兒仨吃了一驚，大著膽子舉燈往前照，瞧清楚了，一顆大肉腦袋，剛從腔子上砍下來，順著樓梯滾到了墳穴中，人頭臉上扭曲了兩下，轉眼就不動了。

他們心知一定有人在樓裡行兇，立刻伸手拽出檀木斧子，縱身躥上樓梯，到得廳堂之中，一看地上躺著個沒頭的屍身，旁邊坐著個人，臉如死灰一般，另有一個女人，直如一縷黑煙，「嗖」的一下閃進了燈燭照不到的死角，丁卯眼明手快，追過去卻什麼也沒有，見了鬼似的。三個人轉過頭，再看坐在地上那位，不是旁人，是在三岔河口撈出個死孩子的水賊魚四兒，心裡都納悶兒，這個臭賊怎麼跑到魏家墳來了？掉了腦袋那個人是誰？

郭師傅說：「魚四兒，你下絕戶網倒也罷了，今天居然敢行兇害命，這場官司可夠你打的。」

丁卯說：「好個下絕戶網的臭賊，海河裡每年淹死那麼多人，怎麼不讓你淹死，我天天等著撈你。」

李大愣也認識魚四兒，罵道：「你個墳頭插冰棒，缺德冒涼氣的玩意兒，到這偷什麼來了？」

魚四兒正嚇得魂不附體，一看是這三位，哭喪著臉求饒：「三位爺，三位爺，你們全是我親大爺還不行嗎，再借我兩膽我也不敢殺人啊，你瞧我都尿了褲了……」

郭師傅心知魚四兒絕沒有殺人的膽子，先問個清楚再說，問他為什麼到魏家墳，掉了頭的死人是誰，又是誰下的手。郭師傅邊問邊嚇唬他，不說實話就讓丁卯用斧子剁了他。

魚四兒不敢隱瞞，一五一十地交代，原來自打他在老橋下絕戶網，撈出個死孩子，嚇得他不敢再去河邊了，偷雞摸狗地到處混日子，後來跟一個綽號大雞子兒的地痞拜了把兄弟。

常言道「人分三六九等，木有花梨紫檀」，這倆沒一個好鳥，湊在一塊無非搶切糕抓餡兒餅，做不了什麼好事。

老天津衛管雞蛋叫雞子兒，可想而知，大雞子兒這個地痞腦袋溜光，賽過雞蛋那麼亮，為人窮橫，七個不含糊八個不在乎，扎了一身龍，紋了兩膀子花，吃飯從不付錢，誰敢找他要錢，他就跟誰要胳膊根兒，不過專揀軟柿子捏，真正厲害的主兒他也惹不起。

前兩天，大雞子兒和魚四兒在馬路上閒逛，遠遠瞧見一個推獨輪車賣切糕的，攤主是個老實巴交的外地人，看樣子進城不久，他對魚四兒使個眼色，魚四兒屁顛屁顛跑到街邊，裝成沒事人似的蹲著。大雞子兒摸摸自己的光頭，走到賣切糕的近前，也不說話，盯著人家的切糕看。

賣切糕的瞧出這位不好惹，走路橫晃，大禿腦殼子，頭上貼了兩塊膏藥，歪脖子斜瞪眼，太陽穴鼓著，腮幫子努著，渾身的刺青，一看就是地痞，趕忙賠著笑臉問：「您了，想吃切糕？」

大雜子兒吃了槍子炸藥一般，話都是橫著出去的：「廢你媽話，不想吃切糕在這兒看嘛？」

賣切糕的不敢得罪他，忙說：「現做的切糕，江米豆餡兒、黃米小棗，您想吃哪個？來多少？」

大雜子兒也不問價，問哪種切糕黏糊，聽人家說江米就是糯米，江米麵兒的切糕最黏，張口要二斤。

做小買賣的再老實，也沒有不在秤上偷分量的，要不然掙不著錢，可偷誰的分量，也不敢偷這個大禿腦殼的，眼看這位準是找事兒來的。賣切糕的小心招呼著，切下一大塊江米豆餡兒切糕，剛蒸好，豆餡兒還熱乎著，分量高高的二斤三兩還往上，算是二斤，切下來拿荷葉包好了，小心翼翼遞到大雜子兒手中。

大雜子兒接過來，不掏錢，也沒打算掏錢，一手托著切糕，一手揭開荷葉，皺眉道：「我說，這可沒有啊，讓你自己看看，怎麼只有江米沒有豆餡兒？你也好意思要錢？」

賣切糕的心裡叫屈，從車另一側繞過來，說道：「您了再看看，豆餡兒不少了啊……」話沒說完，大雜子兒手中這二斤多黏糊糊、熱騰騰的帶餡兒切糕，全拍在賣切糕的臉上了，順手把賣切糕的秤搶在手中。

賣切糕的再也忍不住了，白吃白拿帶打人，還搶吃飯的傢伙，哪有這麼欺負人的，抹了抹臉上的切糕，上去要拼命，大雜子兒搶完秤桿子，扭頭就跑，賣切糕的從後緊追不捨。一旁的魚四兒看賣切糕的追遠了，上前推起獨輪車，一溜小跑鑽進了胡同。

賣切糕的人沒追上，回來再看連車帶切糕，還有錢匣子，全沒影兒了。

魚四兒跟大雜子兒兩壞種，平時就用這損招偷東西，當天把賣切糕的車推跑了，轉回頭得多少錢，他兩人再分。

這天也是鬼催的，魚四兒慌不擇路，推著獨輪車一路逃進條死胡同，索性把車扔了，掏了錢匣子裡的錢揣到懷裡，賣切糕的能有多少錢，只是一把幾毛幾分的零錢。魚四兒心有不甘，走著走著看胡同中全是門面房，裡頭一家屋門外掛了鎖，屋頂窗戶卻沒關嚴。他是慣偷，拿眼一瞅就知道能進去，趁著沒人，上房撬窗戶溜進去，還沒等下手，忽聽屋外有開鎖的聲響，是主人家回來了。魚四兒暗罵倒楣，他賊膽不小，也有些賊機靈，明白讓人堵在屋裡至少挨一頓胖揍，沒準還得蹲大牢，腦中一轉，閃身躲進了大衣櫃，偷眼窺覷外邊的動靜，打算瞅準機會溜出去，萬萬想不到，天黑之後看見的情形，幾乎把他當場嚇死。

四

人家這屋裡住的小兩口，結婚不到一年，丈夫去外地做生意，把懷有身孕的小媳婦兒一個人留在家，不放心又僱了個僕婦照顧。夏季天熱，屋頂窗戶沒關嚴，當天小媳婦兒帶著僕婦出去遛彎兒，買完菜回來，哪想得到這麼會兒工夫，屋裡進來人了。

僱來伺候小媳婦兒的僕婦叫王嫂，打山東逃難來的，本份可靠，讓她管買菜做飯洗洗刷刷這些事，晚上住在外屋，順便跟這小媳婦兒做個伴兒。二人回到家中，做飯吃飯，小媳婦兒七、八個月的身孕，挺著個肚子，身子發沉，不耐久坐，吃完洗罷上床躺著。王嫂搬把椅子坐在床頭，桌上有個笸籮，她一邊說話替這小媳婦兒解悶兒，一邊做針線活。

魚四兒尋思等到王嫂跟小媳婦兒都上床睡覺，輕手輕腳溜出去，誰也不會發覺，怎知這兩人家長裡短聊到天黑還不睡，可把他給急壞了，站在大衣櫃裡往外看著，兩腿都僵了，要多難受有多難受，心裡那個後悔就別提了，悔不該起了賊心，否則不至於讓人堵在屋裡出不去。這兩婦道人家，他倒不在乎，怕只怕聲張起來，驚動了街坊四鄰，他躲到衣櫃裡一口大氣兒也不敢出，只盼這兩娘們兒趕緊快睡，哪有這麼多閒話可聊？

說話二更天不到三更了，小媳婦兒睏乏了，這才躺下睡覺，王嫂守在燈下，做完手頭的針線活，在裡屋門口搭了個地鋪，因為孕婦行動不便，晚上起夜或是有什麼事，她隨時都能起來，鋪好了也躺下睡覺。魚四兒知道這時候不能出去，因為兩人剛躺下，還沒睡實，苦苦忍著，又等了好一陣子，聽王嫂和小媳婦兒都睡沉了，他揉了揉發麻的膝蓋大腿，剛要推開衣櫃出去，耳聽外屋窗子「吱扭」一聲，響動很小，魚四兒是幹什麼的，專門到別人家偷雞摸狗，他一聽聲音不對，好像有賊在外邊試探著推這窗子，又怕驚醒了屋裡睡覺的人，不敢用力，於是在外邊輕輕地揉這個窗子。魚四兒心中叫苦，暗說倒楣，全讓四爺趕上了，不知是哪路的賊？

王嫂下午回家，做飯時發現窗子沒關嚴，怕進來賊，趕緊關嚴了。魚四兒全看在眼裡，此刻聽窗子外頭那賊推了幾下，一看推不開，立刻上房揭屋瓦，手腳輕得出奇，魚四兒支著耳朵去聽才聽到，屋裡睡覺的二人一點都沒發覺，不一會兒，從屋頂下跳下個黑影，落在地上，就跟掉下片樹葉似的，聲息皆無。

魚四兒心說：「輕功可夠好的，自打槍斃了活狸貓，沒聽說天津衛還有如此厲害的飛賊，這是哪一位？」

他屏住呼吸，睜大了眼，往衣櫃外邊看，可屋裡滅了燈，只能看見個黑的輪廓，挺大的個子，端肩膀縮腦袋，兩條胳膊很長，別的都看不清，躡手躡腳走到床前，盯著睡著的小媳婦兒看。

魚四兒以為是個採花的淫賊，此刻月光從雲層中透出，由屋頂的窟窿照下來，他看見屋裡立著一個人，身上裹得十分嚴實，頭上裹著頭巾，轉過身來，竟是雷公般的一張猴臉，目射邪光，把個魚四兒駭得面如土色，捂住自己的嘴，硬生生忍住一聲驚呼。只見這個一身長毛的老馬猴，打扮得跟個婦人相似，牠行跡詭異，三更半夜從屋頂偷入民宅，解開褲子撅起來，放出一股綠煙。魚四兒躲在衣櫃裡捂著口鼻，還是聞到一股惡臭，嗆得他眼前發黑，幾乎暈死過去。睡在屋裡的兩個人都被嗆昏了，耳邊打雷也醒不轉來。

老馬猴不慌不忙拎起褲子，鬼鬼祟祟地走到床前，伸出毛茸茸的爪子，在那孕婦兩腿間掏來掏去。

魚四兒簡直不敢相信自己的眼了，打死他也想不出這老馬猴意欲何為，那裡能掏出什麼東西，掏鳥兒也沒有啊？

此時就看老馬猴從小媳婦兒兩腿之間，拽出血淋淋的一個胎兒，八九個月的身孕，那胎兒已經成形了，掏出來兩條小腿還在動。

老馬猴捧起胎兒，放在臉邊又挨又蹭，跟得了寶一樣，喜歡得沒邊兒，擺弄一陣，開始張口吸吮，嘬柿子似的，發出「嘖咂嘖咂」的聲響，不一會兒那胎兒皮枯肉乾，一動也不動了。牠又把死胎塞進懷裡，上房蓋好屋瓦，借著夜色去得遠了。屋裡好像什麼都沒發生過，王嫂兀自昏睡不醒，小媳婦兒已在不知不覺中成了死屍。

魚四兒嚇壞了，要不是他偷東西不成，躲在衣櫃中出不去，在月光下看了個真切，誰會知道這小媳婦兒是怎麼死的，那個老馬猴到底是何方的妖怪？他本想報官，但這麼邪行的事一定沒人相信，況且他進人家屋裡是偷東西，這家出了人命，官面兒上還不得拿他頂罪？犯上人命官司，免不了押送小劉莊法場吃顆黑棗，做個屈死之鬼。

魚四兒不敢留在屋裡，悄沒聲地溜出去，逃奔至家。轉過天來，見了大雜子兒，二人當面分完錢。魚四兒說起深夜所見，以為大雜子兒不信，沒想到他也見過那老馬猴。大雜子兒告訴魚四兒，前些時候他在驢市見到個變戲法的，本領齊天了，可以在光天化日、大庭廣眾之下，使出「萬人變鬼」的邪活。

九河下稍是水陸碼頭，商賈雲集、五方雜聚、跑江湖耍把式的多如牛毛。老百姓什麼玩意兒都見過，拿這個「萬人變鬼」的戲法來說，通常是黑天半夜沒月光的時候變，圍觀看熱鬧的站一圈，變戲法的在當中，先交代一番，比如什麼「在家靠父母，出門靠朋友，初來貴寶地，要在列位面前現個醜，有錢的捧個錢場，沒錢的站腳諸位，容我使一個祖傳的把戲」，然後點起根蠟燭，往四下裡一照，所有人的臉都變綠了，一時間鬼氣森森，使觀者皆驚，這個戲法有名目，喚作「萬人變鬼」。

老年間的戲法，也叫障眼法，全是假的，但不能讓人看出假來，要不然準變砸了。當地人這些玩意兒看得太多了，小孩都知道這個戲法是蠟燭有名堂，使用特製的蠟燭，點上賽鬼火，別說照人臉，照碼頭也是發綠。可據說「萬人變鬼」這個戲法，已經失傳了好幾百年，如今跑江湖賣藝變的根本不是古法，古法沒人見過。

大雜子兒在驢市遇上一個變戲法的，驢市是比南窪還遠的一片空地，每月初九，當地有交易騾馬牲口的集市。他上次偷了一頭驢，牽到驢市上販賣，賣完驢得了錢，見有變戲法的便去看熱鬧，挑個理兒敲幾個錢，怎知那變戲法的手段高明，大白天圍著一群人看，能把圍觀之人的影子全變沒，誰都看不出他是怎麼變的，有明白人說，這才是失傳多年的古術「萬人變鬼」。

變戲法的使完一段「萬人變鬼」，團團作揖，拿著銅鑼討賞錢，到驢市趕集販牲口的，不乏土財主，還有口外來的大牲口販子，全是有錢的主兒，大夥讓變戲法的再露一手，如若使得好，真捨得給錢。

變戲法的也是貪錢，使了套更厲害的戲法叫「畫中摘桃」。「萬人變鬼」的古法，至少還有人聽說過，「畫中摘桃」聽也沒聽過，今天圍觀的人們算是開眼了。

只見變戲法的牽來隻老馬猴，又取出一軸古畫，打開讓人們看，畫中有株桃樹，結著一枚飽滿肥大的蟠桃，畫紙古老發黃，等人們看明白了，拿手一招，老馬猴忽然起身，朝著古畫走了過去，眾人眼前一花，場子裡已經沒了老馬猴的蹤影，人們都說奇了，那猴怎麼沒了？再看古畫中多了一隻老馬猴，變戲法的將古畫一抖，老馬猴又出現在當場，正捧著一枚蟠桃大啃大嚼，畫還是那幅畫，畫中桃樹上的蟠桃卻已不見，看熱鬧的人們眼都直了，半天才回過神來，喝彩聲如雷，紛紛掏錢。

大雜子兒擠在人群裡看熱鬧，看得他眼饞不已，想不到變戲法的能賺這麼多錢，一會兒工夫掙了好幾塊錢，那位說幾塊錢還叫多？民國時東西便宜，一塊錢能買四、五十斤一袋的麵粉，夠一家子人吃一個月，大雜子兒打起歪主意，要搶這個變戲法的錢，最好還能逼著此人把戲法的底交出來，學會使他這手段，往後還不是吃香的喝辣的。集市散了之後，他一路跟著變戲法的，跟到魏家墳路口的鬼樓跟前，走在前頭的一人一猴突然沒影了。大雜子兒曾在這一帶住過，他知道魏家墳鬼樓中多有暗室地道，當年那位會首買下這棟鬼樓凶宅，也是因為私底下販運菸土，樓中暗道便於做見不得光的買賣，後來一家五口不明不白死在了樓中，自此無人敢住，一直空著。變戲法的準是從地道進了樓，可變戲法的掙錢不少，為什麼要住凶宅？

六

大雞子兒多了個心眼兒，守在馬路對面的空屋裡盯著，夜裡看見那隻老馬猴出來，穿著人的衣服，行跡鬼鬼祟祟，進城去不知做些什麼。變戲法的每次出外掙錢，都是往南窪走，從不進城，想不到魚四兒意外撞見了那隻老馬猴，兩人當面一說，覺得變戲法的不是好鳥，轉天各自拎了把菜刀，提了盞馬燈，要到樓裡揪住變戲法的，狠敲一筆錢財，再逼他把「萬人變鬼」、「畫中摘桃」的底交出來，大雞子兒平時專耍胳膊根兒，認為那個變戲法的做賊心虛，不敢跟哥兒倆放對，老馬猴再厲害，也不過是個畜生，魚四兒一貫賊膽包天，有混混大雞子兒打頭，自是二話沒有。當天出門，走到半道下起了大雨，二人冒雨進了鬼樓，一進來瞧見老馬猴正蹲在那兒，兩眼盯著揭開板蓋的墳穴，牠見來了外人，立時暴起傷人，大雞子兒菜刀還沒抽出來，就讓老馬猴一把揪下了人頭，魚四兒嚇個半死，坐在地上，以為今天要歸位了，不承想人頭滾進墳穴，郭師傅三人聽到響動，快步上來，猴妖一看對方人多，轉身逃走了。

郭師傅等人聽完魚四兒的話，無不駭異，變戲法的十之八九是連化青，此人曾拜過耍猴的為師，也收了隻老猴跟在身邊，躲在魏家墳不敢進城，外邊大雨滂沱，馬路都讓水淹了，這一人一猴必定還在鬼樓中，當即四下裡搜尋。

李大愣說：「哥哥，你聽魚四兒說的沒有，那個人會使邪活，憑咱們幾個人能拿得住他？」

郭師傅說妖術和戲法沒兩樣，全是障眼法，又叫魘昧之法，聽老輩兒人說，清朝末年天津衛出了位孫仙姑，能夠招妖請神，她點上根蠟燭，鬼神即至，身邊帶兩童子，全是精壯漢子。庚子年八國聯軍殺進來，孫仙姑聲稱要請天兵天將迎敵，帶領兩個三十多歲的童子，持了木劍到城樓上做法，天兵天將沒請下來，她們三個先讓洋人的炮彈崩上了天。其實孫仙姑點的蠟燭叫招妖燭，只是幻人耳目罷了，想來「萬人變鬼、畫中摘桃、五鬼搬屍」等出自魔古道的妖術，也不過如此。

丁卯問道：「『五鬼搬屍』是個什麼妖法？」

郭師傅聽吳老顯提過，「五鬼搬屍」是個魔古道開棺取寶的陣法，那些旁門左道的陣法，自清末以來已逐漸銷聲匿跡，還是那句話，年頭不一樣了，怎麼叫「五鬼搬屍」？五鬼是指五個死人，相傳以前有盜墓賊白天挖開墳土，但使多大勁兒也撬不開棺槨，那是棺中殭屍要躲天雷地火的劫數，遇上這種情況有兩個辦法，一是擺五鬼搬屍陣，二是念開棺咒。如今誰也不會相信這種欺神騙鬼的東西了，那年頭卻真有不少人信。

李大愣放下心來，拎個小雞子似的拎著魚四兒，跟在郭師傅身後，丁卯關死了樓門，四個人到處尋找暗道，發現壁爐裡邊是道門，做得跟磚牆一樣，如果事先不知樓中有暗道，誰也不會想到這兒，推開暗門，裡邊黑洞洞的。

正往裡頭看的時候，那隻老馬猴突然躥了出來，伸出怪爪，一把撓在魚四兒的臉上。魚四兒嚇住了躲不開，半張臉讓牠抓了下來，一聲慘叫撲在地上，兩腿蹬了幾蹬，眼見是不活了。

郭師傅等人吃了一驚，這麼一會兒兩條人命，急忙將檀木柄斧子握在手中，對著老馬猴當頭就剁。

老馬猴奇快無比，躲開斧子，突然撅起來，牠快丁卯更快，抬腿一腳兒在猴屁股上，老馬猴「嗷」一地怪叫一聲，嘴裡吐出血沫子。

李大愣趁勢上前，一斧子剁在猴頭上，不容牠起身，跟著又是幾下，一斧狠似一斧。老馬猴雖然狡獪通靈，終究是個肉身，幾斧子下去，已是血肉模糊，腦漿迸裂，當場斃命。

丁卯踹了一腳死猴，說道：「今天算是有牠一個報應。」

李大愣叫道：「別走了連化青，先進去拿人！」他本以為老馬猴有多厲害，一看原來也架不住斧子剁，那還有什麼怕的，當即提著水月燈，口中連捲帶罵，姐姐妹妹蓮花落全招呼上了，叫罵聲中鑽進了鬼樓暗道。郭師傅怕他有閃失，顧不得多想，撿起魚四兒的馬燈，帶上丁卯跟進去，卻不知裡邊等著他們的，是死在鬼樓中的一家五口。

七

哥兒仨進去一瞧，樓中暗道上下相通，下層讓水淹沒，一層二層是過道，地勢狹窄，三層有間屋子。魏家墳路口這座樓，二層帶個閣樓，從外邊看不出來，唯有通過暗道進出。閣樓中另有暗門通到樓頂，房間裡邊充滿了潮濕腐朽的氣息。進到閣樓之中，提著水月燈四下照看，只見四壁抹著白灰，牆皮都快發黴了，也有鋪蓋衣服，但是除了他們仨，屋中並無一人。三個人以為連化青躲在屋裡，想不到沒有人，挨處搜尋一遍，再沒有別的暗道了，估計連化青已經逃走了。此人何等奸猾，這一次撲個空，再找別的機會怕是不易。李大愣更是頓足起急，到手的賞錢沒了。

丁卯說魏家墳路口的鬼樓，換了好幾任主人，哪戶人家也住不長，幾十年的樓不算很古老，但下邊有墓室改成的地窖，路口吊死過不少人，肯定不乾淨，等閒從此路過都繞著走，樓裡又有暗道，連化青要找地方躲藏，再沒有比魏家墳鬼樓更合適的地方，此時人雖逃了，沒準會留下蛛絲馬跡。

正說著話，三人脊樑根兒突然冒出一陣寒意，轉頭一看，可把他們嚇得不輕，說來也怪，牆上出現了五個黑影，模模糊糊看不出是誰，但確實是有人站在燈前，映到牆上的身影，但屋裡明明沒有這五個人。

丁卯大著膽子，拿手摸到牆壁上，冷冰冰的一堵磚牆，牆面上什麼也沒有，可那五個黑影越來越清晰。

他們三個人提著一盞水月燈，面對這堵牆壁，自己的影子在身後，不知壁上五個黑影從何而來。

郭師傅說：「瞧著有幾分眼熟，好似在哪兒見過……」

丁卯說：「是鬼樓裡一家五口的畫，壁上五個黑影是畫中人的輪廓。」

李大愣：「許不是死在凶宅裡的冤鬼顯魂了？要不平白無故，牆上怎麼出來五個鬼影？」

郭師傅暗覺此事古怪，他想起孫仙姑的招妖燭，說道：「水月燈是鬼樓裡的東西，沒準讓人做過手腳，也可能牆上塗了墨魚汁，平時看不見，在燈下一照便會顯出痕跡。」

李大愣說：「我當是什麼，敢情是嚇唬三歲小孩的伎倆。」

丁卯說：「二哥言之有理，反正打人一拳，防人一腳，咱們在明處，連化青在暗，凡事小心，可別著了人家的道兒。」

郭師傅讓李大愣滅掉那盞燈，只用魚四兒從外邊帶進來的馬燈照明。

李大愣依言滅掉水月燈，哥兒仨借著昏暗的馬燈，抬頭又往牆壁上觀瞧，五個黑影仍在。

丁卯不信那份邪，掄起檀木柄短斧，一斧子剁到牆上，剁出一道斧痕，可是壁上的影子一動不動，越看越真，好像真有五個人站在燈前，猶如活的一般。

三人心中駭懼，屏住氣息，站立在原地瞠目直視，一時不敢妄動。

又等了片刻，不見它異，但夫妻二人加上兩女一兒，在牆壁上的身影更為真切，簡直呼之欲出。

郭師傅發覺牆上黑影跟剛才不一樣了，問丁卯和李大愣，他們倒沒發覺，郭師傅以為自己看錯了。

李大愣心裡發怵，說道：「鬼樓裡不乾淨，我看不行咱先回去，請道天師符帶上，再來不遲。」

說話這麼一會兒，三個人的視線無意中從牆壁上移開，再看牆上一家五口的鬼影不見了。他們忽然間感到陰冷的手掐住了脖頸，用手往頸中一摸，卻什麼也沒有，側頭看去，原來是鬼影不知不覺間繞到了他們身後，掐住了他們映在地上的影子。此時馬燈轉過來，他們的影子卻被那五個鬼按在身前不動。三人無不大驚，惶急之際扔出斧子，哪裡打得到地上的鬼影，只覺掐住脖子的手越來越緊，一口氣也轉不過來，眼看要死在魏家墳鬼樓。

八、

郭師傅命在頃刻，意識到這馬燈也不能點，不知屋中有什麼東西，只要兩眼能看見東西，便中了要命的邪法。他手一鬆，扔掉那盞馬燈，眼前一黑，掐在三個人脖子上的手頓時鬆開了。他們驚魂難定，眼前漆黑一片，呼呼喘著粗氣，虧得急中生智，撿回條命。

此刻郭師傅發覺面前還有個人，要說也怪，剛才點著燈看不見，等到屋裡黑得伸手不見五指，那人趁黑湊到了近前，不知意欲何為。郭師傅感到此人來者不善，黑燈瞎火看不見東西，怎敢容對方近身，可是帶來的斧子扔在地上，捏著雙手沒法應對，一摸摸到揣在懷中的那塊墳磚，握在手中對著那人就拍了下去，一磚拍在那人頭上，打個正著，耳聽對方悶哼了一聲，跌倒在地。

丁卯聽到響動，劃了根火柴，三人眼前一亮，就見地上倒著個男子，手裡握著柄匕首，身穿麻衣，頭戴小帽，套著件黑坎肩，臉頰上有膏藥，看不出是誰，扯下膏藥，見此人有二十來歲，面容英俊，兩條眼眉連在一起，是個罕見的一字眉，不是連化青還能是誰。

原來連化青躲在鬼樓之中，發覺有人進了樓，他自恃有幻人耳目的妖法邪術，其實類似外國的催眠術，老時年間被當成妖法，因此有人進來他也不怕，可也是多行不義，活該他一死。該死活不了，讓郭師傅發現了不能在這屋裡點燈，看得見東西就會見鬼，屋中本有的東西卻看不見了，連化青一看情況不妙，打算趁黑過去一刀一個捅死這三個人，哪知讓郭二爺一磚拍在頭頂，哥兒仨把他從閣樓上拖到樓下，一摸氣息全無，竟被一磚打死了。

按相面的說法，一眉橫生加上目有雙瞳，屬於君臣不配，是短命小鬼的面相，但三人在古墓棺材中見到連化青的死屍，仍感到十分意外。丁卯和李大愣本以為抓住連化青，還要交給官府治罪，按此人犯下的案子，免不了吃一顆黑棗。民國時沒有砍頭，死刑只有槍決，押到西關外的刑場正法，挨槍子兒叫「吃黑棗」。然後哥兒仨邀功請賞，傳出名去立下字號，可沒想到連化青就這麼死了，反正無論是死是活，也該將屍首帶回去，才好有個交代，說話這時候雨勢不減，大水已漫進樓中。

哥兒仨的心都提到了嗓子眼兒，眼看積水越來越深，墳窟窿和一層的死屍，都被大水淹沒，不得不上到二層。往外頭看了一眼，心裡頭又是一沉，只見大雨如注，對面的魏家墳和路口石碑，完全被雨霧所覆蓋，隔著馬路就看不清了，各處積水成渠。以往汛情最嚴重的時候，像這麼大的雨下到半夜，還不至於發洪水，可魏家墳地勢低窪，城裡的積水全往這兒流，頭一年說要拆除那些平房，這邊的幾棟樓也都沒人住了，雖然沒拆，水電可全停了，往日裡的排水溝被堵死了，遇上大雨時別的地方沒事，魏家墳就得讓水淹了。此時積水漫過多半層樓，馬路早已變成了汪洋澤國。

當年有幾片居民區，號稱三級跳坑。三級是三層的意思，由於住房破舊，且房屋不斷沉降，路面不斷加高，頭一層是馬路的地面比胡同的地面高，第二層是胡同的地面比院子的地面高，院子的地面比屋裡的地面高，這是第三層。一層層下來，頂數屋裡最低，雨下得稍微大一些，家家戶戶就得上演那齣水漫金山，全家老少全拿臉盆往屋外舀水，兩、三歲小孩坐到木盆裡頭，在屋裡能浮到水面上當船划，日子過得苦不堪言。住這地方的人們最怕雨季，由於房屋地勢低，屋內潮濕，加上通風條件差，特別到了夏天，趕上天氣悶熱，常常憋得人透不過氣來。當年魏家墳沒拆的時候，那一大片平房則是典型的四級跳坑，因為週邊的地勢比南窪還要高出一塊，故此稱為「四級跳坑」，民間俗稱窮坑，形容住在魏家墳的全是窮苦百姓，能從窮坑裡爬出去那就是發財了。後來整片房屋徹底拆除，填滿了南窪，四級跳坑連同魏家墳的地名，永遠成為了歷史。城裡其餘一些有三級跳坑之稱的居民區，直到二十世紀八〇年代後期還存在，經過幾次大規模房屋改造，才陸續得到改善。

可想而知，當時郭師傅等人帶著連化青的屍首，想走已經沒法走了，馬路上的積水齊腰深，水面幾乎漫過路口馱碑的石獸，好在那水再大，不至於把樓淹了，等大雨稍停，積水會很快退下去，不過估摸著這場雨怎麼也要下到半夜才停。三個人守著連化青的死屍發愁，白天是不在乎，可天黑掌燈之後怎麼辦，誰能保證不出意外？

九

正犯愁的時候，看見遠處有幾艘小艇過來，原來魏家墳那片平房裡，住著一些外地逃難和拾荒的人，人數不多，住得也分散，這些居民都是去年發大水之後住進去的，不知道這地方一下大雨就淹，等水漫上來，再想跑已經來不及了，只好躲到房頂上。城裡有巡河隊的水警，划著小艇到這邊接人，將受了水災的人們送往高地。魏家墳十字路口以北，沒有那麼大的水，他們三個人趕緊招呼，巡河隊的水警認識這三人，到近前接上，一看怎麼還抬著個死人，也顧不上多說，借了一條空艇，把活人死人都接下來，掉頭往石碑方向划去。

馱碑的石獸已讓大水淹沒，水面上的那座古碑，在漫天雨霧中看來，只是個很大的黑影，讓人覺得十分不祥。如今城南窪地沒有河流了，相傳很多年前有條古河，沒人清楚那是什麼年頭的事了。郭師傅祖上幾代，全是土生土長的本地人，也沒聽說有條大河通到南窪，除了看風水的先生能瞧出這地方以前有條河，歲數再大的人也不知道此事。至於說馱著鎮河碑的無頭王八是贔屭，那也是人們一廂情願的觀點，龍生九子不成龍，分別是九種動物，當中有一種叫贔屭，力大無窮，壽命長，能負重，專門給帝王馱碑，其實也沒準是某種鎮妖辟邪的石獸，因為腦袋斷掉了，無從追究它是什麼。

古時候立碑的用意，大抵是為了讓後人得知此地曾經出過哪些大事，但這塊石碑上的字跡飽受風吹日曬雨淋，加上歲月消磨，已經沒人看得出石碑記載了什麼內容。只聽張半仙說，石碑至少是幾百年前還有河水時所立，看形狀像是官碑，因為壓住了通往南窪的那條河流，擋住了不少陰氣，整個魏家墳的風水全讓它拿光了，所以這地方邪行，風水不好。

郭師傅等人上了小艇，他隔著雨霧，模模糊糊看見路口石碑，心裡一走神，不免想起了些事，尋思：「張半仙不過是個家傳幾代看陰陽宅混飯吃的，之前還說我們到魏家墳捉拿連化青，這一去是有死無生，最後不是也沒出事嗎？」他正在心裡琢磨，卻聽李大愣說：「今天把連化青的屍首帶回去，什麼三岔河口沉屍案、土地廟鐵盒藏屍案、魏家墳古墓縮屍案，等於全讓咱們給破了，郭二哥啊，往後這些事傳揚出去那還了得，你不是河神誰是河神？」郭師傅聽李大愣這句話心裡一哆嗦：「壞了，千萬別提『河神』，提了這稱呼準倒楣。」

郭師傅有心告訴李大愣別說，可為時已晚，低頭看了看連化青的屍首，只見那直挺挺、硬邦邦的死屍，也在盯著他看。連化青生有妖異之相，一目雙瞳，一個眼中有兩個瞳仁，所以那對眼珠子跟兩黑窟窿似的十分可怕，郭師傅聽說死人屍變是半夜三更才會發生的事，此刻天還沒黑，可連化青那雙眼不知什麼時候睜開了，駭異之際，忽然感到身子猛地一晃，他們三個和那死屍一同翻落水中，馬路上的積水只漫過普通平房的一半，河神郭得友是什麼水性，到水中先定下神閉住氣，滿以為兩腳一蹬地就站起來了，可就覺得這水流比他想得要深，而且冷得刺骨，駭異之餘，來不及多想什麼，他和丁卯兩人拖著不會水的李大愣，三人從水裡出來掙扎爬上岸邊，抬眼看看周圍，雨霧濛濛，隱約看到不遠處聳立著一塊大石碑，連化青臉朝下趴在底下，魏家墳原本的馬路和房子都不見了，石碑四周是大片的荒地。

咱這本書為什叫「河神——鬼水怪談」，因為會說到通往南窪的那條河，沒有這條河怎麼能叫鬼水怪談呢？

第十章　惡狗村捉妖

一

書接前文，當天趕上一場大雨，水漫魏家墳，十字路口的石碑淹沒了半截，郭師傅他們和連化青一同掉落水中，好不容易掙扎出來，爬上岸一看，無頭王八馱負的石碑還在，可魏家墳原先的房屋馬路全沒了，周圍盡是漫窪野地，大雨之中不見邊際，身後有條河，河水滾滾奔流，一眼看不到頭，要說也怪，怎麼跑到這兒來了？這地方還是魏家墳路口嗎？三個人全都呆住了，許不是到了陰間？看起來卻又不像，那分明是魏家墳路口的石碑，他們意識到連化青還躺在石碑旁邊，先前瞧見這個死人睜眼，此刻怎麼又不動了？事到如今，只好硬著頭皮，挪動腳步走近去看。只見那死屍突然起身，此人剛死，屍身卻已僵如朽木，臉色發灰，身子和胳膊腿都不能打彎，指甲陡然長出半寸，直挺挺的從地上立起來。

郭師傅撈過的河漂子不計其數，每天守著義莊，見的死人多了，什麼邪的怪的，他也知道不少，聽說殭屍大致有四種：得道之人死後，留下的屍身叫作遺蛻，不僅不會腐朽發臭，還有異香，這是一種；從古墓裡挖出來的古屍，死去幾百年之久，但衣服色彩鮮豔如新，面目如生，那是隔絕空氣的緣故，一見風那衣服色澤很快暗淡，再拿手一碰，像層紙灰一樣，屍身皮肉也跟著變為乾枯，這是第二種；其三是乾屍，大多是脫水風化而成；再有第四種就是民間傳說中的走屍，古書裡說文了也叫走影，頭髮、指甲比一般人長出不少，說明毛髮、指甲死後還繼續生長，據說這種殭屍有了道行，夜裡能出來走動。

殭屍之事傳說眾多，但凡上點歲數、有點見識的人，都能說出不少，不過人們大多是聽說過沒見過，郭師傅等人也沒遇到過走屍，老龍頭火車站爭腳行時傳出過行屍撲人的事情，傳得非常邪乎，那也不是他們親眼所見。早年間傳說廣濟龍王爺捉拿旱魔大仙，旱魔大仙就是有了道行的殭屍，老墳中的旱魃，反正是傳得神乎其神。要說大夥信以為真，那也不現實，沒人會信，只不過是個民間傳說而已。至於連化青挨了一磚，昏死過去，掉在河裡讓冷水一激，又活轉過來，也並非全無可能，但眼前這情形怎麼看怎麼像屍變。

哥兒仨嚇了一跳，真有殭屍？相傳清朝那會兒有人練殭屍功，首先會閉氣，指甲上有屍毒，撲躍進退，與行屍無異，卻是活人裝的，算不算一門奇功倒是其次，主要是嚇也能把對方嚇個半死。他們以為連化青練過殭屍功，可看上去完全不是活人。

二

三個人稍一愣神，那殭屍就撲到跟前了，臉色烏青，兩隻眼像兩個黑窟窿，身上散發出的屍氣讓人睜不開眼。哥兒仨膽都寒了，繞著石碑便逃，殭屍在後頭追。李大愣心裡發慌，腳步亂了，跑慢了半步，讓殭屍一下子撲到地上，爪子在他肉裡越陷越深，好像被鐵箍緊緊勒住，掙脫不得。郭師傅和丁卯見了，趕緊回頭救人，可殭屍撲人不死不休，哪裡拽得動分毫。郭師傅急切間摸到地上有塊磚，是李大愣從魏家墳帶過來防身用的，居然一直沒扔，於是抄起磚對準殭屍頭上狠狠打下去，只聽得一聲悶響，殭屍頭頂冒出一道黑氣。

郭師傅連打了三磚，殭屍身上冒出黑氣，一頭撲倒在地，他自己都不知道是怎麼回事。多年以後有人說他這是金磚打屍，咱講可得講明白了，頭裡提到過北宋初年，陷魂陣中三塊金磚打死會使異術的女將劉金錠，那雖然是民間傳說，但頭頂天華寶蓋是靈竅，讓金磚砸一下能打掉多少年的道行，這種說法確實是有，以往說殭屍也怕金磚，打掉屍氣就不能動了。

以往所說的金磚，並不是用黃金做成的磚，要是那種貨真價實的金磚，再怎麼有錢也扔不起。古時只有金條沒有金磚，有金子做成金條或元寶，一般不會造成磚頭形狀，那會兒說金磚是另有所指。早年間的金磚說白了就是磚頭，這種磚頭，一點兒金子沒有，表面油潤如玉、光亮如鏡，細膩如金、不澀不滑、堅硬無比，俗稱金磚。專門有規格，多長多寬多厚，處處有講究，不合這個尺寸，也不能稱為金磚。最初是專為皇宮或寺廟殿堂燒製的細料方磚，顆粒細膩質地緊密，敲打可發出金石之聲，民間稱為金磚是打這兒來的。由於這種磚多在京師燒製，所以也叫京磚，傳來傳去，傳成了金磚。據說金磚的尺度和用料不比尋常，用料中有辰州所產的朱砂，故此可以打屍降妖。

不過李大愣從魏家墳古墓裡拿出的是墳磚，還不是早年間所說的金磚。郭師傅掄起磚打到殭屍頭上，殭屍立刻不能動了，可是臉上恢復了幾分人色，蠟皮似的黃，口鼻中有惡臭的黑水流出，氣息奄奄、不省人事。郭師傅和丁卯面面相覷，只聽過人死之後變為行殭，但是死屍變成活人的事從古未有今世罕聞，連聽都沒聽過。二人不敢大意，不管是死是活，先拿繩子捆個結實再作道理。他倆捆上連化青，緊接著給李大愣揉胸口拍後背，這口氣兒總算是喘過來了。李大愣身上滿是烏青的瘀痕，再遲片刻命就沒了，緩了半天說不出話，轉頭看捆在地上的連化青，雖然沒什麼意識，但踢一腳哼兩聲，顯然不是死人。

郭師傅以為此人練過殭屍功，頭頂挨了三磚，打去了道行，其實不是那麼回事兒。只說當時捆住連化青，可不認識這是什麼地方。丁卯一抬頭，瞧見那石碑上積存的泥土讓雨水沖掉了，露出三個殘缺不全的大字，還可以辨認出來，問郭師傅道：「師哥，你看石碑上刻的什麼字？」郭師傅舉目觀看，那三個字他還真認得，也不難，石碑上刻的是「惡狗村」三字。

丁卯稱奇道：「沒聽過有這麼個地方，魏家墳路口這一帶以前叫惡狗村？」

郭師傅搖了搖頭沒說話，想不明白出了什麼事，許是掉進水中之後，讓大水沖過了南窪，這有塊和魏家墳相似的石碑，天津城應該在北邊，要回去得往北走，他見河邊的石碑下有條路，既然是路，前面總該有個去處。

三

這時李大愣緩過勁兒來，數他力氣大，郭師傅讓他把連化青夾在胳膊底下，三人當即埋頭往前走。打石碑底下這條路走過去，不遠是個村子，村子附近有莊稼地，可不見一個人影，真個冷清。那些莊稼也全荒著，村中進進出出之輩，皆是體形碩大的黑狗，看起來十分兇惡，不像尋常的土狗。哥兒仨越走越犯嘀咕，怪不得叫作惡狗村，但這村子裡怎麼只有狗？村子裡沒有人嗎？

好在村中成群結隊的惡狗，似乎對他們恍如不見，只是在原地徘徊。三人不敢多看，加快腳步往前走。他們見了這情形，不免想起上古林的一個漁村，那個漁村裡也有很多狗。聽上古林這個地名，很像遠古森林，其實天津衛地名有三怪——「大站不大、小站不小、古林沒林」。上古林是海邊的一塊荒灘鹽鹼地，古時候別說森林了，連一棵樹一根草也不生長，那麼荒涼的地方為什麼會叫「古林」？

這其中也有個說頭，當年皇上派欽差大臣到海邊祭神。這位欽差帶著隊伍一路來到海邊，那天的天氣異常炎熱，曬得人們口乾舌燥，很多人都快虛脫了，欽差至少還有個傘蓋，隨從們走在荒灘上沒處躲沒處藏，一個個叫苦連天。欽差也吃不住這麼暴曬，想找個地方讓大夥歇歇，但海邊一目千里，全在日頭底下，沒有陰涼之處可以歇腳，這時就看遠處影影綽綽，似有大片森林，人們以為那是原始森林，這可有救了，到近處才看出來，原來是片很茂密的沙蒿叢，長得比人還高，從遠處看就像一片古林。沙蒿雖然不是樹林，卻也能容人躲避毒辣的日頭，那裡頭還有幾戶打漁漁民住的窩棚。欽差命隨從找漁民要水來喝，又打聽此地是什麼所在，漁民們說這海邊荒地，沒有名字。欽差大臣感慨道：普天之下，莫非王土，率土之民，皆屬王民，回去要奏明我主萬歲，賜這地方一個地名，回去果然稟明皇上，皇上金口玉言，說此地荒涼，但沙蒿如林，當以「古林」為名，所以以後有了上古林和下古林這兩處地名。很多年前，全是長滿沙蒿的荒灘，從清朝開始漁村規模變大了，當地漁村不打漁的時候鬥狗成風，所以有很多惡狗。以前的上下古林漁村，村裡村外的家狗、野狗比村民多出幾倍，時常傷人，後來官府不得不明令禁止民間鬥狗，卻仍是屢禁不絕。

郭師傅他們走到「惡狗村」，瞧那村中全是狗，竟是一個村民也沒有，尋思沒準是走到了上古林，但那幾個村子都在海邊的荒灘上，沒有莊稼地，也沒有河，更沒聽說有村子以惡狗為名。三個人提心吊膽，一邊胡思亂想，一邊往頭裡走，經過了那個村子，路旁又出現了一座石碑，還是先前無頭石獸所馱的古碑，上面刻著「惡狗村」三個字，天上仍下著雨，遠處灰濛濛的什麼也看不清楚。

郭師傅他們三個人當此情形，心裡邊沒法不怕，一條路走過來，只經過一個村子，總共沒走出多遠，怎麼又見到村頭的石碑了？

他們且驚且疑，仍往頭裡走，行得一步是一步，可這條路如同壞掉的唱片，不管怎麼走，反反覆覆經過那塊石碑，也不敢往別處亂走，正沒個定奪，忽見石碑後邊走出兩個人，竟是在魏家墳路口賣餛飩的老頭和他孫女。

四

賣餛飩的老頭冷冰冰地盯著三個人，說道：「你們當初聽我一句勸，也不至於落到惡狗村陰陽河。」

郭師傅沒想到又遇上這個賣餛飩的老頭，這一老一小兩個人，大白天到魏家墳路口賣餛飩，理應不是孤魂野鬼，但也絕非常人，不管怎麼說，眼下還得請賣餛飩的老頭指點一條道路。

賣餛飩的老頭對郭師傅說道：「事到如今，不必相瞞，我早知道你是誰，我們爺孫兩個一直住在這條河裡，很少出去。前些時候這孩子不聽我的話，一個人跑到外面，也是該她有一劫，多虧你出手相救，得以保全性命。常言道得好，人情是債，有借有還，何況是救命之恩，所以我會盡我所能報答你。你們要想活命，一定依我所言行事，順著石碑旁這條路一直往前走，記住了，走就走了，一旦走過石碑，千萬別回頭往後看……」

郭師傅在巡河隊救過不少人，雖說不可能都記得那麼清楚，但自己做過的事，或多或少還會有些記憶，打頭想了一遍，想不起來在何時何地救過這個小女孩。他心裡忽然一動，聽賣餛飩老頭剛才說一直住在這條河裡，這話可不對，要是說住在河邊倒也罷了，怎麼會有人住在河裡？這一老一小是淹死在河裡的水鬼不成？為什麼走過石碑就不能再回頭往後看，如果回過頭去，會看見什麼不該看的情形？

哥兒仨捉了連化青，走到石碑底下轉不出去，聽那賣餛飩老頭說，走過這石碑，不能回頭往身後看，可之前在這條路上走了好幾遍，也沒回頭往身後看，還不是沒走出去？況且這賣餛飩老頭來路不明，指這條路不知有何居心，誰敢相信？

賣餛飩老頭看出他們不信，就說：「你們先前走這條路，沒回頭也走不出去，是因為我沒在你們身後跟著，如今按我說的做，你們準能走出去，但是我有句話你們千萬記住，走到半路上，別管聽到身後有什麼響動，千萬別回頭往後看。」

哥兒仨一聽更詫異了，為什麼賣餛飩老頭要跟在他們身後？沒準這一老一小是也困在這條路上的鬼怪，跟著人才能走出去，當初在魏家墳那片平房裡，郭師傅遇上過這種事，不過仔細想想，又覺得不是這麼回事。他說：「老大爺能不能告訴我們，惡狗村究竟是什麼地方？這石碑是不是魏家墳路口的石碑？」

賣餛飩老頭只得實言相告：「惡狗村的石碑，正是魏家墳路口那塊碑，早在很多年前這兒是條河，河中能打到門板那麼大的魚，後來因地震，這條河不見了。相傳變成了一條陰陽河，在河裡淹死的水鬼，要從這去陰間，所以有官家立下塊石碑，上面刻著『惡狗村』三個字，從此到陰間的孤魂野鬼再也不能回來，那是因為有村中惡狗守著。」

相傳這條大河，當年一直通到南窪，那會兒的南窪還是個湖，常有水患發生，淹死在河裡的人數不清，按形家之言是條凶河。後來這條河消失了，有可能是河道乾枯，也有可能是滲進了地下，總之是沒水了，只剩路口那塊孤零零的大石碑。別看河沒了，但是在有本事的風水先生眼中，看得出這條河的氣脈還在，始終讓石碑壓著散不掉，風水講究個形勢理氣，形勢和條理都能用眼直接看，氣則看不到，雖然看不到，卻絕不等於沒有，而是變成了陰陽河。城裡上歲數的老人們，幾乎都聽過陰陽河的傳說。

五

天津衛周邊有許多地名帶個「沽」字，號稱有七十二沽，你現在到那兒去看，完全沒有水，因為沽字分開來是古水，比如咱們一說古人，必是指活在以前的人，古水也是這個意思，專指那些以前有水的地方，後來退海還地，水都沒有了。由於存在這種背景，早年間才有不少關於陰陽河的傳說。有的說陰天下雨走到路上，能聽到河流奔湧之聲，可周圍明明沒有河，還有說這陰陽河通到陰間，活人看不見，也進不去，畢竟是陰陽有隔，人鬼殊途，發大水時那條河才會出現，掉進去的人別想再出來。有關陰陽河的種種離奇傳說，經常會聽人提到，在以往的迷信傳說中，過了陰陽河是陰間，那是人死下陰的去處，不過陰陽河究竟在哪兒，誰也說不準。

郭師傅他們一聽賣餛飩老頭說陰陽河，心下也都明白了，原來魏家墳讓大水漫過，三個人和連化青一同落入水中，不承想掉進了陰陽河，好在沒往那村子裡走，誤入惡狗村不免要做陰世之鬼。郭師傅還有些事情想問，那賣餛飩的老頭卻說：「別再多問了，別的事你們不該知道，等這場大雨一停，路口的大水退掉，你們誰也別想出去，按我所言，快往前走，一路走下去，還會看到這塊石碑，你們從下面繞過石碑，只管往河裡走。」

郭師傅聽了此言，不敢多問了，帶著他的兩個兄弟，拎著連化青，打石碑下面過去，一路往前走，經過惡狗村，看見那塊石碑又出現在前頭，離得不遠了，快步走過去，可一路下來，沒聽身後有腳步聲，這時再往前走，感到脊樑根兒冷颼颼的，心知身後有東西跟上來了，不是人走路發出的聲響，倒似一陣打轉的怪風，他們忍住了怕，不敢回頭往後看。

哥兒仨只顧往前走，到石碑下面繞過去，來到了河邊，蹚著水下河，李大愣不會水，他背著死狗般的連化青走到這兒，說什麼也邁不開腿了。郭師傅和丁卯轉身拽著他：「兄弟趕緊走……」話沒說完，轉身時無意中看到了跟在身後的東西，兩人駭得臉如死灰。

身後哪有什麼賣餛飩的老頭和小女孩，雨中是條粗如巨甕的大蛇，頭頂盤著一條小蛇，張開血盆的大口，露出四顆獠牙，正要吸這河裡的水。郭師傅這才醒悟，一老一小全是陰陽河裡的蛇仙，賣餛飩老頭之所以說他救過那小女孩，是指老龍頭火車站爭腳行時，兩個腳夫用石頭壓住一條小蛇，郭師傅一時好心，順手拿開石頭將小蛇放掉了。

老話說「會使天上無窮計，難躲命裡一場災」，再有靈性的東西，也躲不開命裡註定的劫數，走在路上不讓回頭，是怕嚇著郭師傅他們，也是不想讓人看到原形，三人驚駭之際，大蛇張口吸水，河中出現一個旋渦，他們身不由己落到水裡，隨波逐流往下沉。

六

郭師傅和丁卯水性出眾，發覺身子沉下去，急忙屏住一口氣，托著李大愣和連化青浟水上來，冒頭起身，卻見身在魏家墳十字路口，滂沱的大雨，兀自下個沒完，積水漫過了半截石碑，路口以南的平房讓水淹了一多半。有巡河隊的人看見這條小艇翻了，撐船過來搭救，三個人揪著連化青，掙扎上了巡河隊的船。在外人看來，這前後不過一瞬間之事，他們三個卻是臉色慘白、全身僵硬，嘴裡起滿了紫泡，心裡明白，口中說不出話，抬到家灌下熱湯才漸漸醒轉。

等他們醒轉過來，讓巡河隊到魏家墳收了大雜子兒和魚四兒的屍身，連化青仍是半死不活，把此人送交有司，驗明正身果是其人，過了半個來月才漸漸恢復意識，接下來審問案由治罪，隨你是鐵打的羅漢，到熱堂上也得扒層皮，沒有問不出來的口供，大刑伺候上，狗熊也得承認自己是兔子。

連化青受刑不過，說出當年怎麼放火燒死了趕他出門的舅舅一家，又是怎麼在土地廟害死了兩個小要飯的，怎麼跟耍猴的師傅進城，做下不少傷天害理的勾當；後來耍猴的橫死在菜園枯井，他搶了魔古道傳下的奇書逃之夭夭。為了躲避通緝，也一度逃往外省，他先記下書中內容，然後把書燒了滅跡，當時兵荒馬亂，到外面人生地不熟，也只能以耍猴或乞討、偷騙為生，仍不免忍饑受凍。想來想去，哪兒都不如天津衛這個三教九流聚集的水路大碼頭好，因此沒過幾年，他被迫回來，不敢進城，害死那一家五口，躲在魏家墳鬼樓。

他和他那位耍猴的師傅不同，心眼兒多腦子好使，又馴了一隻巨猿，讓其到民宅中偷取胎兒。他身上的妖術全憑死胎製成藥粉，魔古道的攝魂妖術，全憑吃下活取出來的肉胎，他吃的全是死肉，身上陰氣越來越重，落在河裡是變成了行屍，還是有別的原因，他自己也不明就裡，反正是讓郭師傅拿磚頭砸到頭上，打掉了屍氣，才恢復成本來的樣子，但再也施展不出魘昧之法，讓巡河隊手到擒來，大致是這麼個經過。

郭師傅和他兩個兄弟，到魏家墳鬼樓捉拿連化青，落到陰陽河中，跟死過一回沒什麼兩樣，心知張半仙的話是真準，回去怎麼請賞，怎麼謝張半仙，不在話下，只說連化青負案在逃多年，身上背著好多條人命，按當時的法律，怎樣開脫也躲不過一顆黑棗。

當時也曾遊街示眾，然後押出西門到小劉莊刑場處決，整個過程各家報館、電臺爭相報導，街頭巷尾談說的也都是這件事，老百姓們聽得消息，奔相走告。在連化青被遊街槍斃的當天，人山人海的爭相來看熱鬧，惹得全城鼎沸，咱一直說河妖連化青，傳言此人是永定河裡的水怪，究竟怎麼回事，說到槍斃他那天您就知道了。

七

咱們這本書裡談奇說怪，所言皆是口傳耳錄的民間故事，什麼叫口傳耳錄？一個人聽來一件事，從別人口中說出來，他用耳朵一聽記住了，回頭再講給別人，這麼傳過來傳過去，其中免不了添油加醋，越傳越神，到頭來各有各的說法。

有人說郭師傅當年捉拿連化青是沒錯，但沒有傳言中的那樣離奇，實際上是民國年間這個連化青，老家在陳塘莊，會變戲法也會耍猴，經常在亂葬溝中撿死孩子做成藥粉，自稱能使一些歪門邪道的魘昧之術，一度逃到外省，官府緝拿多年，始終沒抓到這個人。有一次連化青在外省混不下去了，跑回來到躲到魏家墳，正好郭師傅從那兒路過，湊巧拿住此人，送交有司，一審之下，審出好幾件大案，問了個死罪，遊街槍決之後棄屍於荒野，有養骨會的老道，收斂了連化青的屍首，埋到養骨塔。

再有一說，就離不開鬼神了，郭師傅捉拿連化青，這段事蹟傳到後來，說成是河神郭得友惡狗村捉妖，又在陰陽河遇到蛇仙指路，反正是傳得神乎其神。據我所知，郭師傅怎麼捉到的連化青，包括他至親至近的人也不清楚，他自己很少說，只是有巡河隊的人提到過一些，應該相對可信。槍斃連化青這件案子，在舊檔案卷宗中的紀錄模糊，應該是有一部分靈異的東西，根本沒法解釋，但不把這些事寫進去，整個破案的經過便不合邏輯。

解放後二十世紀九〇年代，在天津郊區的一個水庫邊上，出過一件奇案，雖然破了案，但要說沒有鬼，這案子也說不通。那時鄉下有個村民姓黃叫黃老三，有一次黃老三到城裡賣牛，賣完牛一個人揣著錢回家，路上喝了點兒酒，坐錯了車，醒過來發現到水庫附近了，這時遇上一個同村的劉七，在此有份看水庫的差事，兩人閒聊幾句，為這幾句話，竟把性命丟在了水庫。

劉七得知黃老三身上帶著賣牛的錢，他起了貪心，以帶著看水庫裡的大魚為名，將黃老三引到水庫邊上，抄起幹活兒用的砍柴刀，對準黃老三後腦勺狠狠地就是一刀。那砍柴刀很鈍，但跟斧子一樣沉，一刀下去，黃老三頭腦袋便開了花，劉七掏出他身上的錢，綁上塊石頭，把死屍沉進水庫，從此這個黃老三就失蹤了。水庫在薊縣的山中，周圍很荒涼，沒有人家居住，死屍沉到水底下，神也不知鬼也不覺。

黃老三是坐錯了車來到水庫，除了劉七，誰都想不到他會到這種地方來。家裡並不知道這個人遇害身亡，看黃老三接連幾天沒回家，到處找也找不著，家裡人就不放心了，找公安報案，說黃老三進城賣牛，身上帶著不少錢，準是半路遇上歹人圖財害命，但公安局不聽這些話，因為沒根據，立案也是失蹤案，你要說是凶案，得有死屍，沒有死屍，只能當成失蹤處理。

說起這件事兒真是邪了，報案之後，黃老三的老婆回到家，夜裡做夢，夢到有人在屋外招呼她的名字，聽聲音像黃老三，他老婆就起身去找，邊找邊問當家的你死哪兒去了，怎麼出去這麼多天還不回來？對方卻不答應，循著聲音一路找過去，看山壁上刻著「七號水庫」的大字，似乎聽到黃老三在那說：「這下面太冷，你快給我送衣服來。」老婆心裡一哆嗦，從夢中驚醒過來，納悶兒當家的怎麼跑水庫去了，還說那下面冷，讓家裡人給他送衣服？

天亮之後，老婆把半夜的夢跟家裡眾人一說，黃老三的母親就流淚了，說黃老三準是死在水庫了，別人都不信，架不住婆媳二人哭求，只得去找五河水警隊的人幫忙，又送東西又說好話，請巡河隊幫忙到那座水庫看看，有個結果好讓大夥安心，沒想到一下去就撈出死屍了，人命關天，有死屍肯定要立案偵破，最後查出兇手劉七，這件奇案終於告破。但在結案報告裡，有些情況就沒法記錄，你總不能說有鬼，或是做夢夢到死人在水庫裡，做夢破案算怎麼回事？

問題是不說這個夢，解釋不出為什麼要去那水庫打撈死屍，這是半點不摻水的真人真事，是陰魂不散也好，還是心念感應也罷，雖然不是看得見摸得到的東西，卻不能一概歸為迷信之說，當年郭師傅捉拿連化青的事蹟，本身也是這麼離奇，從三岔河口沉屍，到陳塘莊土地廟怪夢，直至遊街示眾押赴西門外法場槍斃，這可不算完。

八

眾所周知，北京城出了宣武門有個菜市口，那是清朝以來專門處決罪犯的法場，因此宣武門俗稱死門。前清時天津衛的刑場設在西關外，西關是指外城的關口，算不上很熱鬧的地方，不過也是路口，可以讓百姓圍觀，鎮壓義和團那會兒，在這個法場砍下來不少人頭，入民國後廢除斬首，處決犯人改為槍斃，法場也不是設在街上了，改到西關外的小劉莊磚瓦場。槍斃連化青之時，行刑的地方正設在這個磚瓦場，可在當天，法場上出了讓人意想不到的怪事。

天津衛有北關和西關兩道關，北面的城樓規模大，叫作北大關；西邊的城樓規模小，叫作小西關。前清時各有一座城門樓子，一九〇〇年被八國聯軍拆毀，解放後小西關改為監獄，押的全是重刑犯，出了關往西去，經過河龍廟義莊，是小劉莊磚瓦場，不是工廠的「廠」，是場地的「場」，常年堆放殘磚爛瓦的曠地，蒿草叢生，很荒涼的一個去處，離著亂死坑非常近，那一帶扔死孩子的最多，通常處決犯人，都要在小劉莊磚瓦場執行。

自打廢除斬首之刑以來，押到西門外小劉莊磚瓦場槍斃的犯人，也不下數百人之多，值得一提的只有三次，頭一次是民國初年槍斃活狸貓。活狸貓是一個飛賊的綽號，傳說中這飛賊好生了得，他從來沒有同夥，天大的案子也是一個人做，有一手撐竿上房的絕活兒，在房上高來高去，飛空走險，如履平地，誰都逮不住他。有一次也是趕巧了，踩訪隊的人正追他，活狸貓撐著長竿又想上房，料不到竿子選得不結實，撐到一半折為兩截，活狸貓從半空掉下來，摔得爬不起身，讓踩訪隊當場按住，插上招子遊街示眾，押送法場槍決，吃黑棗之前不栽面兒，這叫人倒架子不倒，說了很多嘩眾取寵的豪言壯語，詞兒全是評書戲文裡聽來的套話，比如「腦袋掉了碗大個疤」、「二十年後又是一條好漢」之類。當時看遊街的百姓很多，擠得人山人海，人們特別愛聽這些話，也聽得懂，覺得英雄好漢不怕死，出紅差就該說這些話，一路上跟著起鬨喝彩，鬧動了半座天津城。

最後一次是二十世紀五〇年代槍斃袁三爺，袁文會袁三爺，天津衛頭一號的大混混，天生禿頭，會些武術，解放前已被捕在押多年，民國政府卻一直不敢動他，因為此人是青幫頭子，還管著腳行，勢力太大，根基太深，可謂手眼通天，相當於本地的土皇上，他一跺腳，城裡城外都要跟著顫上幾顫。新中國成立之後人民政府決定對其執行槍決，那是在冬天，天寒地凍，袁文會被押出來是穿著一身棉襖，五花大綁，兩眼通紅，面色陰沉，也是關得久了，沒精打采的一句話不說，押送小劉莊磚瓦場，跪在地上挨了三槍。當時開了公審大會，萬人空巷，男女老少爭相來看，主要是袁文會名頭太響，人們都想瞧瞧他長什麼樣。

這兩次是一頭一尾，處決活狸貓以前，還是按清朝的王法開刀問斬，槍斃袁文會以後，社會局面逐漸穩定，死刑遊街不讓當熱鬧看了，槍斃連化青恰好在當中。天津衛這地方和北京城不同，北京是天子腳下，別看離得近，兩地民風習氣卻不相同，京城處決的大人物多，同樣是看法場上的熱鬧，京城百姓講究看和政治有關的紅差，比如什麼農民起義軍的首領，或是被朝廷問罪的大臣，更要看劊子手的刀法。

到天津地頭上，不看這些名堂，也沒有，作為水陸碼頭九國租界，三教九流各種閒人紮堆兒的地方，尤其愛看熱鬧，講究的是看處決大混混兒或背著大案的巨盜，這種人大多是亡命之徒，臨刑前遊街示眾，瞧見那麼多人盯著自己看，不但不怕，往往還得意起來，嗓門兒豁亮會唱的，唱幾句定軍山野豬林，不會唱的也有話說，道一聲：「老少爺們兒，在下因為什麼什麼原因犯的事兒，馬上要掉腦袋了，今天讓老少爺們兒認得我，二十年後還是一條好漢。」百姓們跟隨著起鬨叫好，一步一個彩兒，知道的是處斬槍斃死囚，不知道的還以為是迎送哪位京劇名角，這也是本地風氣使然。

槍斃連化青那一天，也是這麼熱鬧，大夥聽說這個人目生雙瞳，以為是怎樣一位了不得的人物，這等熱鬧豈能不看。到了正日子，街上要飯的不要飯了，偷東西的不偷東西了，說相聲的不說相聲了，拉車的也不拉車了，成千上萬的老百姓爭著來看，人擠著人，人挨著人，人摞著人，馬路兩邊碼成了人牆，分不開的人頭，這是多大的場面，可是誰也想不到，接下來會出什麼事。您要問連化青是不是永定河裡的妖怪，到槍斃他的小劉莊法場上才見分曉。

第十一章　槍斃連化青

一

連化青招供畫押，認下好幾件命案，報請上去斷了個死罪，押在死牢中等待槍決。臨刑那一天，連化青只求跟郭師傅見上一面，想認一認這個抓到他的人是誰。

郭師傅得知此事，答應當天跟去小劉莊磚瓦場，發送他一趟。到了上法場的日子，郭師傅帶上丁卯，兩人來到大牢中看連化青，只見連化青低著腦袋，五花大綁釘著腳鐐，坐在一個單人房內，穿著一身破囚衣，後背插了招子，坐在那裡一言不發，頭也不抬。

丁卯說道：「今天讓你認得我哥哥，他就是拿你的人。」

連化青聞言抬起頭，兩隻生有雙瞳的眼像兩個黑窟窿，盯著郭師傅打量一番，說道：「想不到連某人栽在你手上，如今我記住你了，你等著，我早晚要來找你。」

丁卯見此人死到臨頭還放狠話，忍不住開口要罵。郭師傅擺手沒讓丁卯多言，說道：「連化青，你做下的案子不少，今天只不過一死抵償，不該再有什麼怨言。」

連化青眼中閃過一道凶光，說道：「罷了，今天我要上法場挨槍子兒，是不是該有長休飯訣別酒？」

郭師傅說：「不錯，是該有，上法場前一碗酒一盤肉可是老例兒，眼瞅時候不早了，隨時會把人犯押到小劉莊法場槍斃，怎麼還沒送長休飯？」

他問管牢的幾時送，管牢的說：「二爺你想什麼呢，這幾年世道這麼亂，槍斃的人太多，如果每個人一份酒一份肉，即便咱這死牢是個飯莊也架不住他們吃啊。實話告訴你吧，咱們牢裡頭只有棒子麵兒窩頭，我們看牢的都吃這個，犯人只管半飽，槍斃這天也不例外，他要是有什麼親人朋友，那些人該給他送酒飯衣服，讓他吃飽喝足穿上新衣服上路，沒人送也就沒有了。」

郭師傅想了想，帶丁卯出去，買了幾個肉包子兩個熟菜，打上半斤酒，拎回來想給連化青吃了好上路。可他前腳出去，後腳執法隊便到了，提出人犯，押在大車上，一路遊街示眾，直奔西關外小劉莊磚瓦場。天要下雨，烏雲密佈，一路上看熱鬧的人海了去了，馬路上人擠人，擠得風不透雨不透，郭師傅和丁卯想從後頭趕上，但是人太多了，馬路上是人，房頂上是人，樹上都是人，二人急得腦門子冒汗，卻哪裡擠得過去。

總說老天津衛的人愛看熱鬧，雖然全國各省百姓都愛瞧熱鬧，但是比不過這地方，當年有人掏陰溝，都能圍上一大圈人跟著看，還有論：「寧堵城門，不堵陰溝，誰們家陰溝堵了，這可太有意思了。」

且說上法場遊街那天，看熱鬧的人群一瞧，綁在車上的連化青衣衫襤褸，低著腦袋閉著嘴，好像還沒槍斃就死了，實在是沒勁，但是這些閒人們好不容易有場大熱鬧看，誰都捨不得走。人頭攢動如潮，全在後邊跟著，想著萬一此人半道上精神了，一來勁冷不丁唱一嗓子：「將身來在大街口，尊一聲列位賓朋聽從頭……」這要沒聽著可虧大了。

二

以往處決犯人，押送到法場這一路之上，犯人看見這麼多人抬頭望著自己，任誰這一輩子，都沒有如此受過重視，最紅的京劇名角也不會同時有這麼多人圍觀，有的要訴說冤屈，有的要充好漢，而且天津衛看熱鬧的人們和別處不一樣，尤其會起鬨會喊好，所以再怎樣貪生怕死，也得當著大夥的面交代幾句話。

更有那些成了名的大混混兒，上法場時上身穿箭袖靠身蜈蚣紐，十三太保疙瘩襻，腰束英雄帶，下身穿燈籠褲，腳踩抓地虎快靴，頭戴英雄帽。評書京戲中的綠林英雄怎麼打扮，他也怎麼打扮，頭上多插一朵白紙花，跟底下圍觀的人群有問有答，人們齊聲問：「好漢爺，給大夥說說，你怎捨得把嬌妻幼子丟，怎捨得八十歲的老爹爹無人養，怎捨得拋下親朋好友眾兄弟？」

那位好漢綁在車上，必定是橫眉怒目不肯低頭，途中罵不絕口，下至大總統，上至老天爺，誰他都敢罵，聽得有人問起，便要答道：「諸位老少爺們兒，我也捨不得老娘年邁高，捨不得河東河西好，捨不得兄弟朋友義氣深，恨只恨平生志未酬，可是咱好漢做事好漢當，今天一命抵一命死也甘休，人頭落地碗大個疤，十八年之後回來再報仇。」

那位好漢交代一句，底下的人群便大喝一聲「好」，響徹雲霄，聲震屋瓦，好漢說完了罵夠了再唱兩段，抒發一下情懷，別管唱得好不好，臨刑前這一嗓子，必定是感天動地聲淚俱下，這才是上法場的熱鬧，至於犯了什麼事兒掉腦袋，那倒是次要的。老百姓頂討厭槍斃前喊口號的，反正喊什麼也沒人聽得懂，其次是不願意看嚇破膽張不開嘴的人，最沒勁的便是這種沒嘴兒葫蘆，轉眼人頭落地了，再不說哪還有機會？

押送連化青打街上經過的時候，人們一個個伸長了脖子踮起腳尖，眼巴巴地看著盼著，奈何這個不爭氣的一聲不吭，活像一根木頭樁子，可把這些看熱鬧的給急壞了。有人扯著脖子喊道：「好漢，你倒是唱兩句啊！」還有人出主意：「咱給他來聲好兒吧，大夥聽我數啊，一……二……」接下來只聽千百人同時叫聲：「好！」

連化青本來耷拉著腦袋，聽到這個「好」字，慢慢抬起頭來，人們立時屏息吞聲，誰也不說話了，瞪大了眼等著連化青開口，此情此景，估計要唱「歎英雄生離死別遭危難」這段。天津衛的老少爺們兒愛聽，也會聽，上法場該唱什麼不該唱什麼，那全是講究，唱不對了可不行。

沒想到連化青不唱，只是望著人群求告道：「老少爺們兒，我連化青老家在陳塘莊，長大沒學好，誤入魔古道，殺了人犯了法，今天上法場吃槍子兒，落到這般下場，也沒什麼話好說，僅有一事相求，望眾位念在我無人看顧，這一去再不回了，容我在此要口酒飯，讓我吃飽喝足了走到黃泉路上，不至於做了萬劫不復的餓死鬼，我二輩子不忘報答眾位。」

當年有句話是這麼說——「妖異邪術世間稀，五雷正法少人知」，清朝以前還能見得到妖術障眼法，民國之後已經很少見了。看熱鬧的人們以為連化青無非是江湖上唬人的手段，聽其說得可憐，便有好事之徒去找酒找肉，到街上做買賣的飯館要來，飯館也不收錢，因為是積德的事，押送法場處決的人吃了你店中酒肉，往後準有好報，交給執法隊負責押送的軍警，送到連化青嘴邊，連化青狼吞虎嚥把酒肉全吃了，低下頭閉上眼一動不動了。

三

周圍的人們看不明白，如今長休飯斷頭酒已經下了肚，怎麼又不言語了？莫非覺得這酒肉不好嗎？大夥一路上跟著起鬨，那人卻恍如不聞，一路出了西關，來到了小劉莊磚瓦場。執法隊將連化青拖下車，到挖好的坑前跪下，聽執法官念罷了罪由，有三個行刑的法警提槍上前，只等一聲令下，便要執行槍決。

大多數人看到執法隊把連化青押出西關，便起著鬨回去了，覺得沒意思，但是等候在小劉莊法場看槍決的也有百十來人，郭師傅和丁卯是一路跟來，還請了養骨會的道人，等著來給連化青收屍。正是中午，天色陰沉，只見連化青反綁雙手，背後插著招子，低頭跪在土坑前邊，口中好像在叨咕著什麼，突然從嘴裡嘔出一口黑水，在場的人離得老遠，都聞到一陣腥臭，紛紛捂住口鼻，心中老大詫異，這是吃了什麼不乾淨的東西，怎麼比河裡的死魚還臭？

以前經常有被處決的人在槍斃之前，受不了驚嚇，因為太緊張了，全身哆嗦，胃部急劇收縮，把胃裡的食物吐出來，可沒有如此腥臭的味道，事情顯得有些古怪。這時下起陣雨，雨勢不小，所有的人全被淋成了落湯雞，執法官揮揮手，示意趕快執行槍決，拔下招子拋在一旁，三個法警依次上前，頭一個拎著槍上來，對準跪在地上的連化青後腦開了一槍，槍聲一響，響徹荒郊，聽得圍觀的人們心裡跟著一顫。

連化青隨著這一聲槍響，身子向前倒下，滾進了土坑。第二個法警上來，對準倒在坑裡的連化青又是一槍，接著還有第三個法警再補一槍，這是怕一槍死不了，也怕有執法隊事先讓人買通了，開槍時不打要害，所以槍決都是打三槍，執法隊有人得下去查看是不是死透了，然後簽下文書，如果沒有家人朋友來收屍，便用草蓆子捲了，扔到附近亂死坑裡餵野狗。當時有養骨會的道人來收屍，接下來的事執法隊便不管了，匆匆收隊回去，一下起雨來，四周看熱鬧的人也都散了。

郭師傅目睹了槍斃連化青的整個過程，感覺不太對勁兒。他瞧見連化青挨槍前吐了一地黑水，不像吃下去的東西，跟河中淤泥一樣腥臭，等養骨會的道人把死屍抬上來，他到近前仔細觀看，只見連化青腦袋讓槍子兒打出一個大窟窿。他不放心，扒開死屍眼皮一看，眼中只有一個瞳仁，再看死前吐在地上的黑水，已經讓雨水沖走了。

郭師傅心說：「不好，據說當年家住陳塘莊的連秋娘經過永定河，不幸落在河裡，命大沒淹死，回到家便有了身孕，生下個來路不明的孩子，也就是連化青，有人說是永定河裡的水鬼撞胎，所以稱他是河妖。雖說這件事無從證實，但連化青槍斃前吐出一口黑水，死後眼中雙瞳變成了單瞳，好似皮囊中躲著個鬼，死在小劉莊法場的連化青，僅是一具人形皮囊，而永定河裡的河妖，準是藉著大雨逃走了。」

四

五河水上警察隊管著的五條河當中，有一條叫作永定河，只聽這條河的名字也知道不怎麼太平，要是太平無事，就不用叫永定河了。在槍斃連化青之後，郭師傅感覺要出事，可他沒對旁人說，說了也未必有人相信，只在心裡思量。

由於不是從河裡打撈上來的浮屍，所以不送河龍廟義莊，當天有養骨會的道士，將連化青的屍身抬去火化，骨灰埋到養骨塔。城裡兩個埋骨的地方，北邊有厲壇寺，西邊有養骨會。這兩地方不太一樣，厲壇寺供著度化餓鬼的地藏王菩薩，養骨會拜北極佑聖真君，一佛一道，各不相干，不過厲壇寺的僧人只在廟裡等著，有人送來骨灰罈，他們就接下，不出去找，養骨會正相反，每次法場上槍斃砍頭，會中老道都去收屍。這次郭師傅也是從頭跟到尾，等養骨會的道人將死屍收去燒化，骨灰放進塔中，眼瞅著沒出什麼岔子，他尋思也許是自己想得太多了，但盼著沒事。

此時天快黑了，陰雨連綿，馬路上行人稀少，他和丁卯起身往回走，那邊李大愣領了犒賞，請上巡河隊的人擺了兩桌，等他倆過去吃飯。郭師傅的心思不在這，吃飯時別人說什麼他都沒仔細聽，也無非是說他捉拿連化青，破了好幾件奇案，如何如何了得，河神郭得友的名頭算傳開了。這些話他全沒在意，只覺得眼皮子直跳，老年間有種說法——左眼跳財右眼跳災，他右眼皮子跳得厲害。

以往的迷信觀念中，說這右眼皮子亂跳，是要出事兒的徵兆，人們都盼著左眼跳財，右眼皮子跳動卻讓人提心吊膽。還有另外一說，俗傳是「左眼跳財，右眼跳人來」，右眼皮子跳個不停，是家裡要來人的徵兆，來人總比有災好一些，可那也是吉凶難料，你知道來的是什麼人？

郭師傅先是右眼皮子亂跳，接這左眼皮子也跳，不知到是來人還是來災，不免心神不安。他撕下指甲蓋兒大的一塊白紙，蘸濕了貼到眼皮子底下，以前認為這樣做，可以止住眼皮子亂跳，從飯莊裡出來，各回各家。雨夜黑天，他一個人往家走，回到河龍廟義莊，將房前屋後的門戶關好，眼皮子跳得睡不安穩，索性點上油燈，坐在燈底下捏紙元寶。

舊社會說紮紙活兒，包括紙人紙馬紙元寶之類，凡是燒給死人的東西都算，跟裱糊房屋是同一門手藝，有些裱糊師傅手藝不錯，不過不敢做紙活兒，只以裱糊房屋頂棚為生，因為這是燒送陰間的東西，八字不硬的人壓不住，其中的講究和忌諱也不少。郭師傅捏的紙元寶，是用錫紙疊成，燈下看就跟真的相似，但形狀不同，真的元寶有金錠銀錠，說老話兒叫大寶，錫紙做的金銀錠，兩頭敲得高，底下還要寫四個字：陰司冥府。相傳夜裡有孤魂野鬼拿了紙錢出來買東西，半夜看那紙捏的金錢元寶，和真的一樣，天亮再看卻是紙錢，做成這樣是為了不讓陰魂用紙錢騙人，如果商販三更半夜接過錢來，看到底下有「陰司冥府」的字樣，再怎麼像真的也不敢收。郭師傅做的紙活兒，都有這般講究。他睡不踏實，起身在屋裡捏錫紙元寶，手裡幹著活兒，心裡總覺得要出事：連化青被拉到小劉莊磚瓦場槍斃了，這個人雖然死了，卻保不準會陰魂不散，半夜找上門來。

五

陳塘莊的人都說連化青是河妖，在永定河撞胎托生為人，傳的是有根有據。郭師傅不敢大意，他知道水裡的東西都怕鐵，老言古語裡常說水能治鐵，鎮河之物大多是鐵牛鐵虎。他擔心半夜出事，搬動義莊裡的煉人鐵盒，上下兩半分開，前門後門各放一個頂住門，心裡覺得安穩多了，聽著外頭淅淅瀝瀝的雨聲，在燈下疊了百十個錫紙元寶，想起還有中午買的包子，正好半夜裡墊一口，吃完包子接著捏元寶，不知不覺睏意上來，趴在桌子上睡著了。河龍廟前後兩進，前頭臨著街是紙活兒鋪，後面半間大殿是義莊。他在前屋睡到半截，半夢半醒之間，覺得身邊有人說話，睡眼惺忪地睜開眼，只見面前站著個人，這人身穿長袍，十分高大，但屋裡的油燈很暗，看不清對面這個人的臉，瞧那穿著打扮卻有些眼熟，前後門都頂著，也不知道這人是怎麼進的屋，正指著後殿屋頂說話，聲音不大，但是顯得很急，似乎在告訴他：「屋頂上有東西！」

郭師傅心裡一驚，再看面前根本沒有人，屋裡油燈還亮著，趕忙捧起油燈到後頭查看，後殿年久失修，大雨下到半夜，殿頂讓雨水沖塌了一大塊，殘磚亂瓦掉下來，露出很大一個窟窿。他心說玄了，殿頂要是全塌下來，能把人當場活埋了。正想著，忽然聞到一股河中淤泥的腐臭，這股惡臭，跟連化青被槍斃前吐出的黑水味道一樣，隨即有個像人又不是人的怪物，從殿頂破洞中躍了進來，這怪物三尺來長，四肢有爪，身黑似漆，目光如炬，兩隻眼像兩盞燈似的，直衝著他撲了過來。

他心知這是打連化青身上逃走的東西，全身暗綠色的河泥發出屍臭，還掛著許多水草，河龍廟義莊後殿中只有一盞油燈，雨水從殿頂落進來，將油燈打滅了，立刻黑得伸手不見五指。漆黑一團的大殿中，怪物的兩隻眼如同鬼火一般，看不出到底是個什麼。他駭異至極，一怔之下，怪物已帶著腥風撲到眼前了，他手裡連個傢伙也沒有，空捏著兩個拳無法抵擋，此刻再想拿鐵器也來不及了，只得繞著棺材躲避，在這義莊大殿住了多年，殿裡的一磚一瓦在什麼方位，他閉著眼也一清二楚，圍著棺材東躲西藏全力周旋，渾身屍臭的怪物來勢雖猛，一時半會兒卻也撲不中他，不過他明白這麼躲下去不是辦法，心中不住叫苦。

從殿頂躍下來的怪物，接連幾次撲不到人，追來追去，一下撲在棺材上。義莊中的破棺材已經用了幾十年，棺底鋪著層白米，柏木棺板糟朽不堪，一碰就散。耳聽哢嚓一聲，棺材板子和白米散落在地，郭師傅看不見腳下，絆了一個跟頭，踉蹌中撞到廣濟龍王爺的泥胎塑像身上，他死中求活，躲到泥像背後，感覺到那股腥臭的陰風逼近，此刻人急了拚命，肩膀腦袋頂住三丈多高的龍王爺神像，發聲喊用力推過去，也不知從哪兒生出那麼大的力氣，只聽轟隆一聲響，殿中供奉的這尊廣濟龍王神像，頓時倒塌下來，正將那怪物砸到下面。三丈來高的神像雖是泥胎，那也夠分量了，滿身水草河泥的怪物兩臂亂抓，但是讓龍王爺的泥像死死壓住掙扎不出，不久便不能動了。郭師傅用力過度，也在大殿中昏死過去。

待到天光放亮醒轉過來，從殿頂大窟窿看出去，外頭雨也住了，毒辣辣的日光照進來，廣濟龍王爺泥像下壓死的東西，是具披散頭髮的死屍，面目腫脹難辨，身上盡是淤泥和水草，皮肉有鱗，臭不可聞，不到中午僅剩枯骨，皮肉化為一地的黑水。有認識的人說這是河魃，河中死屍被陰魂憑附，當年撞胎托生的連化青，本是永定河裡的河魃，得了胎氣托生成人也不容易，卻讓郭師傅在魏家墳捉住，送到小劉莊法場上槍斃了，一縷陰魂借著法水不散，逃回永定河，取了原形，也就是河底淤泥中的一具古屍，又上門來尋郭師傅，虧得廣濟龍王爺顯聖，泥像倒下來壓住了河妖。

六

郭師傅也是這麼想，他尋思在燈下捏紙元寶時，有個穿長袍的人提醒他殿頂上有東西，但家裡沒這個人，不是龍五爺還能是誰？何況憑他的力氣，無論如何也推不動那麼沉重的泥胎塑像，可見廣濟龍王才是真正的「河神」。他許下願，將來要給廣濟龍王重塑金身，卻不知當著神靈絕不能輕易許願，許了願必須要還，當時想著是能夠辦到，一點點存錢，遲早有一天，可以重修河龍廟大殿，誰料想沒過兩年，全國解放了，新中國成立之後，破除迷信思想，龍王廟屬於封建殘餘，怎麼可能批准重修？解放後河龍廟義莊被拆除，周圍全蓋起了平房，當年廣濟龍王捉拿旱魔大仙，以及泥胎塑像顯聖，壓住永定河屍魃的舊事，便很少有人知道了，老輩兒人提起來，也只當成民間傳說。

經過捉拿連化青一事之後，提起河神郭得友，在天津幾乎是無人不知，無人不曉，郭師傅不敢當此稱呼，仍是帶著巡河隊撈屍救人。五河水上警察隊只有夏天忙，夏天游野泳的人多，到冬天河面凍結，掉冰窟窿裡淹死的人也沒法打撈，連著幾個月沒活兒可幹。那時候他要以裱糊紙活兒及操持出殯為生。

再說魏家墳那塊石碑，一九四九年年初平津戰役，東北野戰軍幾十萬大軍進攻天津，兩路人馬東西對進，攔腰斬斷，魏家墳一帶是解放軍佯攻的突破口，戰鬥倒不十分激烈，只是打炮打得厲害，石碑在那時候毀於炮火，往後住在南窪的居民是一年多過一年，四級跳坑被逐步改造填平，不再受水患影響。由於炮火炸毀了那塊石碑，魏家墳積鬱的陰氣也從此消失，往後沒人再見過那賣餛飩的老頭和小女孩。

從三岔河口沉屍案開始，陳塘莊土地廟托夢，李善人公園掘棺，魏家墳探鬼樓，惡狗村捉妖，陰陽河蛇仙指路，小劉莊磚瓦場槍斃連化青，直到龍五爺顯聖壓住永定河屍魃，關於河妖連化青的傳聞，在天津衛流傳了很多年。以前有說相聲、說評書的藝人，把這些事攢成了評書，到茶館裡給聽眾們講，主要圍繞魏家墳陰陽河來講，街頭巷尾間傳講的人就更多了，內容也更加離奇。

當年天津每過幾年就要發一場大水，而如今氣候變化太大，水土流失嚴重，一年到頭不下雨也是常事，想像不到當初鬧水災的情形了。九河下稍之地，在解放以前飽受水患之苦，所以出現了不少關於河妖水鬼的傳說。自打一九四九年新中國成立，五〇年代發過最後一次大水，越往後人口密度越大，狐狸黃狼一類的動物在城中近乎絕跡，那些稀奇古怪的事也就少多了，卻也不是完全沒有，只不過說的人少罷了。比如捉拿河妖連化青，老百姓們口耳相傳的內容，大致是由三岔河口打撈沉屍開始，到義莊大殿中的泥像倒塌壓住怪物為止，魏家墳陰陽河這段書基本上算完了，但河神的故事還遠沒結束，這僅僅是前半部分「魏家墳捉妖」，接下來要說「糧房胡同凶宅」，那是一九四九年中華人民共和國成立後的五、六〇年代，發生在海河邊上的怪事，很少有人知道。

第十二章　河底電臺

一

打這兒開始說「糧房胡同凶宅」。一九四九年一月天津解放，到十月新中國成立，免不了移風易俗，不准再抬棺繞城出大殯，也不讓燒紙人紙馬，「河神」之事都沒人提了，冒充和尚混吃混喝的李大愣，還有替人看風水算命的張半仙，到這時候全丟了飯碗，不是在郵電局扛郵包，便是去火車站做搬運，累得要死要活。

郭師傅的紙活兒鋪從此關張，殿頂崩塌的河龍廟義莊也被拆除，他的房子沒了，搬到天津衛上邊一處小平房裡居住，怎麼叫上邊？拿海河來說，上北下南，以往有這麼個概念。老話說「上京下衛」，那是說住北京住上邊，住天津住下邊，要知道北京城北貴南貧，按上北下南的格局，住在南城，等於是住在紫禁城的下頭，皇權壓頂，天威當頭，一天到晚喘氣也不敢大口，老時年間住北京南城的大多是窮人。天津衛卻正好相反，是以下為貴，因為下邊全是租借地，住那的人不僅有錢，有身份的也多，然而到了上邊，住家全是腳行魚行出身的苦力。解放前日子過得最好的人家，也是掙一天花一天，大多數人家吃了上頓愁下頓，不乏連日揭不開鍋餓死的窮人，更是藏汙納垢，專出暗娼和賊偷，房子蓋得也不行，低矮簡陋。二十世紀五〇年代政府開始對這一帶翻修治理，一點一點地好了起來，那也沒人願意在此長住，都說風水不好。因為前清時有養蠶的住戶，桑樹特別的多，老天津衛人最迷信這個，俗語有云「桑梨杜榆槐，不進陰陽宅」，是說桑樹、梨樹、杜樹、榆樹、槐樹，不該出現在民宅和墳地中。「桑」字發音同「喪」，主家有喪；「梨」字發音同「離」，主家分離；「杜」是杜絕的意思，主家絕戶，聽上去說起來都非常晦氣；槐樹帶個鬼，有鬼進宅，更是不祥；至於榆樹，「榆」象「偷」形，家裡容易丟東西，榆樹又生蟲，也不該進陰陽宅。闖上榆樹桑樹多，又是個大窮坑，專出地痞無賴，因此誰都不願意住。比方說二人初次見面，如若得知對方是住下邊的人，便會刮目相看，覺得可以交個朋友；聽說對方是住上邊，口中雖也客氣，心裡卻要打鼓兒，窮坑出刁人，不敢多套交情。

郭師傅搬去的地方叫斗姥廟胡同，當時他已經娶了媳婦兒。要說男子漢大丈夫，難保妻不賢子不孝，別管一個男人為人處世怎麼頂天立地，保不準妻子不賢慧孩子不孝順，找個母夜叉天天鬧得家宅不寧，這種事兒就看命了，各有各命，可憐無用。郭師傅趕得還不錯，自己特別知足，媳婦兒姓劉，名叫芳姐，人挺賢慧，但是身子不大好，平時坐在家中糊紙盒。兩口子住兩間小平房，之所以叫斗姥廟胡同，只因此地也曾有一座古廟。

解放之後，五河水警作為公安局下屬單位，照舊是在河中打撈浮屍這份差事，不管年代怎麼變，撈屍隊的活兒也不能沒人幹，跟舊社會不同的是，巡河隊有了固定的工資。沒了裱糊紙活兒、操持白事兒那些額外進項，郭師傅有了家室，不比以往一個人的時候，日子過得很緊。不過那陣子好多街坊鄰居過的還不如他們家，至少他有份差事，能讓一家人吃口安穩飯，比上雖然不足，比下也還有餘。

幾年前捉拿河妖連化青的案子，郭師傅自己很少再說，也不讓丁卯等人提起，是怕讓公安局的人說他一腦袋迷信思想，有河神這麼個稱號已是過分，解放前居然還會捉妖，要不是看打撈河漂子的活兒沒人願意幹，他連飯碗也保不住了。

但在一九五三年海河上接連出了幾件詭異無比的案子，讓公安部門的偵查員感到束手無策，又不得不請撈屍隊的郭師傅幫忙。

二

一年接一年，時間過得是真快，轉眼到了一九五三年八月，抗美援朝戰場上的硝煙還沒散盡，電臺裡廣播的全是這些事。丁卯還年輕，打著光棍，他住的離郭師傅不遠，每天跟著郭家一塊吃飯，衣服也是嫂子給洗。這天晚上，郭師傅和丁卯坐在胡同裡涼快，兩人借著路燈底下的亮兒，一邊說話一邊糊紙盒。

胡同裡的小孩們纏著郭師傅講故事，別看郭師傅沒什麼正經文化，以前專喜歡看戲聽評書，兩眼乾坤舊恨，一肚子古今閒愁，但在新社會講古不合時宜，想來想去，沒什麼好講的。丁卯就跟孩子們在那兒胡吹，他說：「我前日吃了個餡兒餑餑，再沒有比它大的了，包這一個餡兒餑餑，要用一百斤麵、八十斤肉、二十斤菜，蒸好了用八張桌子才勉強放得下，我們二十個人圍成一圈轉著吃，吃了一天一夜沒吃到一半。正吃得高興，不見了兩個人，到處尋不見，忽聽餡兒餑餑裡有人說話，揭開一看，那兩人正在餡兒餑餑裡掏餡兒吃呢，你們說這餡兒餑餑大不大？」

郭師傅說：「兄弟你這個餡兒餑餑不算大，為兄當年吃過一個肉包子，幾十人吃了三天三夜沒吃到肉餡兒，再往裡吃，吃出一座石碑，石碑上刻了一行字：此地離肉餡兒還有三里地。」

胡同裡的孩子們平時就愛聽郭師傅講段子，挺平常一件事，從他嘴裡講出來就變得特別勾腮幫子，讓人聽不夠，那叫吃鐵絲拉笊籬——能在肚子裡胡編，胡吹胡編也有意思。這次又是說到晚上九點多才散。

胡同裡只剩下郭師傅和丁卯，當天晚上雲陰月黑，有點月光，但是非常朦朧，又是個像蒸籠一樣悶熱的天氣。郭師傅一看還有一堆紙盒沒糊完，他對丁卯說：「不早了，你先回去睡覺，我加點兒緊，把這幾個紙盒糊完了再進屋，等明天讓你嫂子去交了活兒，晚上咱改善改善……」

哥兒倆正說著話，胡同裡進來個騎著自行車的人，他們倆一打眼，認識這個人，是公安局的偵查科長老梁，四十來歲的山東人，車軸漢子一個，在戰爭年代是扛過槍打過仗的軍人。

郭師傅和丁卯說：「梁大人，是哪陣風把你給吹來了？」老梁說：「我今天晚上過來，是想找你們瞭解一些情況。」說著話，把自行車放在一旁，到胡同裡坐下，說道：「老郭、丁卯，正好你們倆都在，我就有什麼說什麼了，你們在五河水警隊當差的年頭可不少了？」

郭師傅說：「老梁同志，你可別把我們撈屍隊想像成舊社會衙門口裡當差的，只會盤剝老百姓，在海河上打撈浮屍無非是出苦力度日，根本沒什麼油水，也別看我們住在城裡，其實住的還不如你們鄉下寬敞。我們家住這地方叫三級跳坑，怎麼個三級？馬路比院子高，院子比屋裡地面兒高，不正好是三層大坑嗎？只要一下雨，那水就往屋裡灌，院子裡都成河了，我為什麼會游泳，全是在家練出來的，住這地方，不會水就得淹死。」

三

丁卯道：「誰說不是呢，但凡家裡趁點兒什麼，能指著到河裡撈死人掙飯吃嗎？巡河隊的這份差事，真是破鞋跟兒——提不上的玩意兒。要說苦我可比我二哥苦多了，我們家只有半間小屋，連床棉被都置辦不起，寒凍臘月全家老小蓋一塊口罩睡覺。您說誰能有我們家條件困難？」

老梁不信，常聽人說「京油子、衛嘴子，京油子講說，衛嘴子講鬥，你有來言，他準有去語」，像郭得友和丁卯這號人，混在社會上不是一天兩天了，平日裡油嘴滑舌，跟他們說話是真有意思，可一不留神就讓他們耍弄了，所以沒敢接這話頭兒。他說：「你們倆想哪兒去了？我是覺得你們吃這碗飯的年頭多，熟悉各條河道的情況，所以有件事我要請你們幫忙。」

郭師傅和丁卯這才明白老梁的意思，二人說道：「只要梁大人你信得過我們，今後有凡是用得著我們哥倆兒的地方，儘管言語一聲，到時候你就看我們夠不夠板，必定是光屁股坐板凳——板是板，眼是眼。」

老梁聽完很高興，點頭道：「有你們這句話就行。」接下來，老梁說了事情的原因，說出來有點嚇人，因為近段時間，海河裡出現了淹死鬼。

海河是天津城裡最大的一條河道，沿河有大大小小不下十幾座橋，其中也有通火車的鐵道橋。抗美援朝戰爭時期，為了支援志願軍在前線打仗，後方是全國總動員，臨近鐵道橋有個做棉被和膠鞋的軍需廠，工廠裡為了擴大生產，從鄉下招收了大批職工，不分晝夜加班加點連軸轉。朝鮮戰爭進行到一九五三年七月，終於簽訂了停戰協議，廠裡的任務一下子減輕了，生產線停掉好幾條，但有些職工仍住在臨時宿舍裡待命。有兩個工人在河邊遇到浸死鬼的事，就發生在這個時候。

那時廠裡管得比較鬆，領導只叮囑不要到河裡游野泳，廠區後邊挨著海河，那段河道的河面開闊，河水也深，河底還有淤泥，下去游泳很容易出危險。可正好是三伏天，天氣悶熱無比，有兩年輕職工晚上熱得受不住了，趁著夜深人靜，溜出去準備下河洗個澡涼快涼快，出門時間大概是夜裡十一點多，還不到十二點。

這哥兒倆是一家來的親兄弟，鄉下名字，一個叫金喜，一個叫銀喜，平時倒也安分守己，只在廠裡老老實實地幹活兒，不招災不惹禍。那天晚上天氣憋悶，躺在床上透不過氣兒，後背起了痱子，一身接一身地出汗，那難受勁兒就別提了，翻來覆去睡不著。兩人不謀而合，都尋思這時候如果能到河中游兩圈得有多涼快？於是起身出了宿舍，翻牆來到河邊，舉目一看，一輪明月在天，雖然時值深夜，但是不用手電筒照明也沒問題。

其實這天氣是憋著一場大雨，空中烏雲密佈，那輪明月剛好從雲層中露出來，空氣裡沒有一絲涼風，鐵道橋下的河邊長滿了荒草，四周圍一片沉寂，偶爾傳來一兩聲蛙鳴。如今這地方全是樓房住滿了人，二十世紀五〇年代初期還是人煙稀少的曠地，河邊連路燈也沒有。

金喜和銀喜仗著在老家時經常到河裡游泳，也算是水邊長大的人，自以為水性不錯，看這條河水流平緩，哪裡放在意下，也是讓鬼催的，只想趕緊下河涼快，跑到那草叢後面開始脫衣服。實際上大夏天的身上僅穿了條大褲衩子，上半截光著膀子，天黑游野泳，附近又沒人，不怕被誰撞見，索性脫得溜兒光再下水，畢竟廠裡有規定，不讓工人們下河游泳，兩人偷著出來，自然不敢高聲，在草叢後躡手躡腳剛脫掉衣服，金喜無意中一抬頭，瞧見河邊站著個全身濕漉漉的人。

四

哥兒倆有些意外，擔心是廠裡巡夜看更的老頭，便躲在亂草後面悄悄張望。巡夜的老頭平時只在廠區裡轉悠，很少出來走動，深更半夜到河邊做什麼？要說不是巡夜的老頭，還有誰會到這麼偏僻的地方來？

月光投下來，照到河邊那個人的身上，從頭到腳黑乎乎的看不清面目，輪廓像人，卻一動不動，這時金喜和銀喜哥兒倆覺得有點不對勁兒了。這兩人年輕膽大，也不怎麼相信鬧鬼的傳聞，甚至連想都沒往那方面去想，遠遠地看到有個人盯著河不動，認定對方是打算投河尋死，剛要出聲招呼，那個人無聲無息地邁開腿下到了水中，想不到河邊是個陡坡，一轉眼河水已經沒過了脖頸。

兩人見情況緊急，趕忙跑過去救人，一前一後跳下河裡，金喜離近了才稍稍看清，河中那個人一張大白臉，吐著半尺多長的舌頭。這時起了一陣大風，霎時間烏雲湧動，遮蔽了月光，黃豆大的雨點潑灑下來，大雨瓢潑之際，什麼都看不見了，嚇得金喜一佛升天二佛出世，他慌忙摸回河岸，上來之後招呼兄弟，可是喊破了嗓子，也沒得到任何回應。

金喜有種不祥的預感，顧不得還光著，冒雨跑回宿舍找人幫忙。宿舍裡的工人們一看金喜這副樣子，光著屁股滿身是水，腳底下連鞋子也沒穿，氣喘吁吁臉色刷白地跑進屋裡，全讓他嚇了一跳，幸虧宿舍裡沒有女工，大半夜的這是幹什麼去了，莫非外出偷奸被人發現逃回來了？一時間七嘴八舌問個不休，等到眾人聽明白緣由，急忙披上雨衣抓起手電筒，一同出去在河邊找了一夜，不僅沒找到那個投河尋死的人，也沒發現下河救人的銀喜，結果是活不見人死不見屍。

轉天早上雨停了，才有人在下游發現了一具赤身裸體的男屍。公安人員聞訊趕去，到河中撈起死屍，經辨認正是銀喜。死屍兩眼圓睜，到死也沒閉上眼。金喜捶胸頓足撫屍痛哭，最後跟公安人員說起昨晚的經過，人們不禁面面相覷，聽這情形，與浸死鬼找替身的傳聞一模一樣。鐵道橋下的河裡，真有浸死鬼嗎？一時間鬧得人人自危，謠言四起，說鬼的也有，說怪的也有。

公安局檢驗了銀喜的屍體，確認屍身上有幾處瘀傷，好像是被人拽住了拖到水底嗆死的，誰能在河裡把一個會水的大小夥子溺死？首先這就不能定性為普通游野泳意外淹死，而是一件凶案，只要不是河裡有鬼，那就得抓住害死銀喜的兇犯。至於金喜雖然有嫌疑，可公安局那幫人也不是吃乾飯的，察言觀色核對供述可以推斷不是金喜下的黑手，那麼破案的任務就落在公安局那些偵查員身上了。

公安人員辦案無非八個字「走訪詢問、蹲堵摸排」。當時公安部門的偵查員，大多是部隊的復轉軍人，接了這樁案子無不感到棘手，因為完全沒有線索，如同要抓一個淹死鬼，你上哪兒抓去？再說海河裡真有淹死鬼嗎？

五

偵查員們束手無策，想來想去沒辦法，不得不找水上公安幫忙。二十世紀五〇年代五河水上警察隊已不叫這個名兒，改稱水上公安，郭師傅所在的水上公安，實質上和一百多年前清朝的撈屍隊完全一樣，只不過解放後不管義莊了，本地人仍習慣稱他們為撈屍隊，僅僅負責在河裡打撈浮屍和兇器，從來不參與破案，岸上的事不歸他們管，但郭師傅在解放前就吃這碗飯，一般人沒有這麼豐富的經驗，這次只因要破海河裡鬧水鬼的案子，讓做夢也夢不到的邪行事兒找上他了。

一九五三年八月，海河裡的水鬼還沒找到，鐵道橋附近又出人命了。那一年天津市內發生了幾件聳人聽聞的案子，頭一個是河底電臺，二一個是人皮炸彈，咱得一個一個地說。

事情有先後，先說河底電臺，距鐵道橋不遠是老龍頭火車站，也叫東站，始建於清代，東南西北四個火車站，頂數東站最大，是貨運客運的主要交通樞紐，有好幾條鐵道，其中一條經過鐵道橋。鐵道橋橫跨海河，東側是老火車站廢棄的貨廠，西側是有年輕工人淹死的軍需廠後牆，兩邊的橋膀子底下長滿了荒草，夏天蚊蟲極多，附近沒有住家，入夜後，基本上沒人到這來。

橋膀子是方言土語，指大橋兩端跟河岸相接的地方。鐵道橋當初由比利時人設計建造，日軍佔領時期經過加固，鋼筋水泥結構，非常結實，下邊的河水很深。有個鐵道上的工人晚上值夜班，家裡讓孩子來給他送飯，十一、二歲的半大孩子，給父親兒送完飯，到廢棄貨廠後的野地裡抓蛤蟆玩，一去再沒回來，第二天讓路人發現變成了河漂子。估計是昨天半夜掉進河裡淹死了，家裡人哭天喊地叫屈，這孩子不會水，也怕水，天再熱也不可能下河游泳，平白無故怎麼會淹死在河中？

因為幾天以前，就在同樣的地方，淹死過一個軍需廠的工人，所以謠言傳得更厲害了，都說這河裡有淹死鬼拽人，各種各樣的小道消息全跑出來了。打撈屍體的當天，郭師傅也在場，老梁問他怎麼看，郭師傅說看這孩子身上穿著衣服，這些半大的小子，深更半夜下河游野泳，任誰也是光著屁股，既然穿著衣服，那就是沒打算下水，準是走到河邊，讓什麼東西給拽下去淹死的。

六

當天傍晚，郭師傅帶著丁卯，開始在鐵道橋的橋膀子底下蹲守，夜間躲在亂草叢中餵蚊子，這份罪簡直不是人受的，可天黑後連個鬼影子也沒見到，唯有星垂平野闊，月湧大江流。四處一派沉寂，他們兩個人白天要當班，夜裡到橋邊蹲草窩子，野地裡蚊蟲多，尤其是有毒的海蚊子。在這兒說「海」，也是方言土語，是大的意思，大碗公是大碗，海蚊子單指野地裡的大蚊子，黑白相間帶花翅兒，逮著人往死裡咬，咬上一口好幾天不消腫，只能多穿衣服，蒙住了頭臉，好在河邊荒地半夜很涼快，勉強可以忍耐，苦等到天亮，河面上始終靜悄悄的，什麼都沒出現。要是換成旁人，一天也受不住，郭師傅他們可真能咬牙，堅持到第三天深夜，看到河裡有東西出來了。

那天有雨，雨下得很密，郭師傅和丁卯下了班，等到天一擦黑，兩人又去鐵道橋貨場一帶蹲守，將自行車放倒，披上雨披坐在亂草叢裡，下雨不至於再受蚊子叮咬，可三伏天捂著又厚又不透氣的雨披子，身上捂出了濕疹，癢得忍不住，一撓全破了。躲在濕漉漉、潮乎乎的蒿草中，要不錯眼珠兒地盯著河面，有月亮還好說，如果天色陰沉，深夜裡遠處什麼都看不見，又不敢抽菸提神，就這麼熬鷹似的盯著。

按丁卯的意思，沒必要兩人全跟著受罪，可以一個人輪流盯一天，這麼一晚上接一晚上地盯下去，忍受河邊的悶熱蚊蟲潮濕之苦，白天又得當班，換了誰也是撐不住。郭師傅不這麼想，鐵道橋下邊傳出水鬼拽人的事情，接連出了兩條人命，全出在深更半夜，透著邪行。他不放心丁卯一個人蹲守，兩個人在這兒盯著，可以倒班睡一會兒，不至於放過河面上的動靜，萬一遇上事，哥兒倆也能有個照應。別看這麼苦這麼受罪，他是一點怨言沒有，不是說覺悟有多高，那時沒別的念頭，只是覺得海河裡出了人命，水上公安理所當然該管，吃哪碗飯辦哪樁差，天經地義不是？

等到半夜，雨住了，天上有朦朧的月光透，緊跟著蚊子就出來了。河邊蚊子最多，因為蚊子在水裡產卵，如果拿手電筒照過去，能看見一圈圈黑色的霧團在飛，那都是野地裡的大蚊子，咬完人身上長紅點，專往人身上傳瘧疾和絲蟲。哥兒倆有經驗，一是捂嚴實了，二是帶了兩頭大蒜，一旦讓蚊子咬到，馬上用蒜在紅癢之處塗抹，雖說是土方子，可真管用，可那也架不住河邊草叢裡的蚊子狠叮。半夜丁卯身上一陣陣發冷，他跟郭師傅說要去拉肚子。他倆躲在河邊橋膀子處，居高臨下盯著海河。丁卯說完話剛要起身，看河上有個人，只露出個腦袋，在河面上一起一浮，像是在游野泳。

天津衛四季分明，冬天冷死，夏天熱死，每年七、八月份，都有太多人到海河裡游野泳，不過可以確保安全游泳的地方不多，因為這條河道大部分是鍋底坑，有很深的淤泥水草，下去就上不來，真正能讓人安全游泳的河段，只有那麼幾處而已。鐵道橋下絕對不適合游泳，此地河深水急，水草又密，很少有人到這兒游泳，何況又是黑天半夜，再看那個人隨著河流起伏，本身卻一動不動，不像晚上游夜泳，倒像河漂子。

哥兒倆跟海河浮屍打了十多年交道，看見河漂子早已見怪不怪。丁卯的肚子立時不疼了，他同郭師傅躥出草叢，下到河裡抓住那具浮屍，天黑看不清，拿手一碰感覺不對，只是個人頭，沒有身子，分量也輕，再一摸才摸出是半個西瓜皮，半夜在河上漂過，看起來跟個死人腦袋一樣。丁卯罵聲倒楣，隨手將西瓜皮扔到河邊，哥兒倆正想回去，就看橋墩子下的水面上，突然冒出好大一個腦袋，臉上藍一道紅一道，分明是在河裡泡爛的浮屍。

七

郭師傅和丁卯在河裡看見這麼個東西，驚得咋舌不下，那淹死鬼在河面上看見有人，同樣打了一愣，隨即一猛子扎下水。郭師傅和丁卯心想：「沒準是下完雨天氣悶熱，海河裡的淹死鬼上來透氣，既然幾天撞見這東西，可不能讓它逃了。」兩人打個手勢，也扎下河去追，他們身上帶著防水電筒，在河裡打開，照見那東西往河底下逃，河底淤泥水草中黑乎乎好像有個洞口。

郭師傅和丁卯那水性，當地找不出第三個能跟他們比肩的了，沒讓淹死鬼逃進河底的洞裡，抓起來拽到河邊一看，卻是個瘦小的漢子，穿著水靠，戴了鬼臉面具，已嗆水嗆得半死。等公安人員趕到，海河淹死鬼一案就此告破。原來鐵道橋中間一個水泥橋墩子裡有密室，這座鐵道橋，最初是比利時人設計建造，橫跨海河，日軍侵華時經過改造，橋墩子裡挖空了，留下射擊孔，相當於一個碉堡，作為防禦工事。日本無條件投降之前，把橋墩子碉堡的入口和射擊孔全給堵死了。解放後有特務在河底鑿開了一個洞口，利用橋墩子中的密室，放置電臺炸藥武器，那密室在水面上頭，入口卻在河底，僅有兩根隱蔽的鐵管換氣，誰都想不到水泥橋墩子裡面可以躲人。

特務利用海河裡有淹死鬼的傳說，套上一個草臺班子唱野戲用的無常鬼面具，每隔幾天潛進橋墩子裡發報，鐵道橋兩側沒有住家，萬一遇上誰，別人看見他吐出半尺長的舌頭，多半會以為是海河中的水鬼，不是當場嚇跑了，也會嚇得失去反抗能力。前些天下河游泳的工人，還有那個送飯的孩子，全是因為撞見了他下河發報，被他拖到河裡溺斃。幾天裡接連害死兩條人命，他心知這個地點會讓公安盯上，想趁橋墩子裡的密室沒被人發現，盡快把電臺和炸藥轉移走。這天下雨，他估計鐵道橋附近不會有人，沒想到不走運，剛下河便被水上公安擒獲。

河底電臺這件案子一破，也傳得到人盡皆知，老百姓們又說郭師傅在解放前就是「河神」，如今還這麼厲害，只要有他在，海河上沒有破不了的案子。

郭師傅可不這麼認為，他跟丁卯說：「咱倆蹲守的位置並不好，特務是從對面下到河裡，橋墩子下邊又是個死角，根本看不見他，怎麼這麼寸，陰差陽錯有塊瓜皮在河上出現，讓咱倆誤當成浮屍，急忙下河打撈，剛好撞上特務從橋墩子出來。」

丁卯說：「二哥你不說我不覺得，你一說我也覺得真寸，放屁扭腰——寸勁兒。」

郭師傅說：「反正這天底下的事，是無巧無不巧。」

這些話傳到老梁同志耳朵裡，老梁不太高興，拉下臉來說：「老郭，眼下是新社會了，可不該再有因果報應的舊思想，照你說那塊西瓜皮是冤鬼顯魂，幫你抓到兇手破了案？」

郭師傅道：「梁大人，我可沒說有鬼，只不過說了句無巧無不巧。」

老梁沒聽懂：「無巧無不巧？怎麼說？到底是巧還是不巧？」

郭師傅說：「你啊，仔細想想這些事，沒有什麼湊巧，也沒有什麼不湊巧，說到底，全是命。」鐵道橋河底電臺一案剛破幾天，還沒等到結案，海河上又出了一個案子——人皮炸彈。

第十三章　人體炸彈

一

二十世紀五〇年代初，新中國剛成立不久，社會仍處在軍管過渡時期，安全方面的事由軍隊負責，雖然有公安局，那些公安偵查員也大多是軍人出身，比如老梁這樣的進城幹部，對城裡的情況和偵破案件不夠熟悉。他聽到一些社會上對郭師傅的議論，覺得這問題不小，專門找郭師傅說這件事，可是兩個人想法不一樣，怎麼說也說不到一塊。

老梁是一本正經，反覆強調，河底電臺這個案子很快告破，首先取決於國內革命形勢一片大好，其次是上級領導指揮有方，最後是公安機關付出相當大的努力，但絕不能歸咎於因果報應一類的迷信緣由，還有「河神」這個綽號，也不好。

郭師傅從不敢讓大夥把他稱為「河神」，提起這個稱呼準倒楣，命裡受不住，奈何跟著起鬨的人太多，可也沒法跟老梁明說，只好給老梁一隻耳朵，心想：「你說什麼我聽著，等你說完我走我的。」

等老梁嘮叨完，已經是晚上七點多了，夏季天黑得晚，這時候天還亮著，正是吃晚飯的當口，郭師傅和丁卯接連在鐵道橋下蹲守了幾天，沒少吃苦受累，好不容易破了案，想去吃份爆肚，當是犒勞了，因此沒去食堂吃大灶。所謂爆肚即是爆羊肚，東西簡單，平民百姓也吃得起，吃法卻講究，用羊肚加工成「板肚、肚葫蘆、肚散丹、肚蘑菇、肚仁」等，除了羊肚新鮮，功夫全出在一個「爆」字上，要爆得恰到好處，又香又脆，會吃的主兒吃爆肚，總要喝二兩。

他兩人蹬著自行車前往南大寺去，南大寺是清真寺，胡同深處有個不起眼兒的清真小館，解放前賣爆肚和各種各樣的回民小吃。門口有塊爆肚馮的銅匾，當初店中只有五張半桌子，一個師傅一個夥計打理生意，別看這麼一個小館子，卻經營了上百年之久，解放初期物資匱乏，改成國營後只供應少數幾種。坐下要了兩碗爆肚，丁卯問道：「哥哥，今兒老梁找你說什麼事說到這麼晚？」郭師傅說：「他那些話，我也聽不明白。」丁卯說：「那就別多想了，今天這爆肚不錯，看來餓透了吃什麼都香。」郭師傅說：「爆肚馮啊，這錯得了嗎，老年間，住在北京城裡的慶王爺都要專程到這兒吃水爆肚。」丁卯不信：「王爺會吃這玩意兒？」郭師傅說：「怎麼不吃，你以為王府裡吃什麼？」丁卯說：「我沒那份見識，二哥你知道？」郭師傅說：「我有個老街坊，會打通背拳，曾在慶王府做過護院保鏢，我聽他說過。」丁卯對此十分好奇，問道：「哥哥你給我講講，王爺怎麼吃飯？」

郭師傅說：「兄弟，王府裡跟咱老百姓家裡吃飯不同，王爺是一天五頓，早上起來先練一趟劍，練罷更衣，到書房吃早點，比如馬蹄燒餅、油炸果子、炸糖果子、螺絲轉、粳米粥、冰糖脂油豬肉皮丁餡兒的水晶小包子，有街上買的，也有府裡做的。」

丁卯說：「原來王爺早上吃這些早點，中午吃什麼呢？」

郭師傅說：「到中午吃晌飯，無非是麵食米飯，要和當天的晚飯岔開，不能吃重了，下飯的是六盤八碗兩湯，這是熱的，外帶四個小冷葷，松仁小肚、牛羊醬肉什麼的，作為下酒之物，有時也吃煮白肉和肉湯飯，天冷的時候吃羊肉涮鍋子。下午四點來鐘，王爺睡一覺起來，要吃下午點心，麵茶、茶湯、豆汁、燙麵蒸餃、燻魚火燒、饊子、薄脆、糖麻花、趴糕、涼粉，也不麻煩，隨便吃兩口。要是趕上府裡有朋友在，這頓就講究多了，至少是兩乾兩蜜四冷葷，一大碗冰糖蓮子，四盤餑餑菜分別是炒榛子醬、炒木樨肉、雞絲燴豌豆、燴三鮮，就著黃糕和提褶包子吃。」

丁卯說：「王爺可真會吃，晚上這頓飯又是怎麼個章程？」

郭師傅說：「晚飯和晌飯一樣，主食不同罷了，夜裡十一點前後吃夜宵，隨意墊補墊補，餛飩、花卷、爆肚、糖三角，配著放在冰桶裡存下的冷葷下肚。吃完這頓夜宵，家僕端上一杯新沏的小葉香片，略飲幾口，有本修本，無本安歇。慶王爺除了喜歡吃爆肚馮，隔三差五還經常去砂鍋居白肉館，前清祭神用整牲口，放在特大的砂鍋裡白煮，那叫祭神肉。乾隆年間這路手藝流傳到民間了，有位師傅在瓦缸市使用大砂鍋煮白肉，砂鍋最能保持肉的原味，而且上至達官顯貴，下到販夫走卒，無一例外地認為吃上一口祭神肉，是莫大的福氣，因此這家白肉館的砂鍋肉，每天做多少賣多少。人家一位師傅帶兩夥計，每天夜裡做白煮肉，早晨開賣，不到晌午就賣完了，一賣完便摘幌子收攤，所以說砂鍋居的幌子——過時不候。」

一九四九年全國解放以來，郭師傅和丁卯的紙活兒不讓紮了，在海河裡打撈屍體，也沒了犒賞，更沒有混白事出大殯的機會吃喝，兩人饞得都快不行了，說著王府裡的吃喝，把這份再普通不過的爆肚，想像成八大碗四冷葷了，這叫享得起福，也吃得了苦。

晚上八點多，小館子裡已經坐了不少人，聽那些人談論的內容，是當時傳遍大街小巷的「人皮炸彈」。

二

那個年代，這類謠傳多得數不清，大致是說在長江上有座大橋，每天夜裡有解放軍戰士執勤守衛。有一天半夜，一個背著孕婦的男子，匆匆忙忙來到橋頭，說老婆要生了，急著過橋送醫院。解放軍戰士好心幫忙，替這個人背上那個孕婦，跑著過橋，跑到一半覺得這女人怎麼死沉死沉的，既不說話也不喘氣，身上還有股火藥味，這才猛然醒悟，是特務在一具女屍肚子裡裝了炸藥，冒充送孕婦過江，要炸毀這座大橋。眼看炸彈要爆炸了，解放軍戰士抱著那具女屍，從大橋上跳了下去，終於在千鈞一髮的緊要關頭，保住了橋樑的安全。

丁卯聽到可笑之處，跟那些人說：「老幾位，我是沒見過長江上的大橋是什麼樣子，不過長江肯定比咱這海河寬多了，想必那橋也更大，一具女屍肚子裡能裝多少炸藥，炸得掉那麼大的橋嗎？再說那當兵的活膩了不成，發現女屍肚子裡裝滿了炸藥，扔下大橋也就是了，何必抱著女屍一同跳下去？這豈不是吃飽了撐的？」

在小館裡吃爆肚的人們紛紛點頭稱是，有個閒人說：「丁爺所言極是，這一聽就是胡編的。據我所知，人皮炸彈根本不是出在長江大橋上，實際上此事發生在北海公園，那天正好過節，公園裡的人非常多，長椅上坐著一個白衣美女，長髮披肩，低著頭坐在長椅上一動不動，好像睡著了，來來往往那麼多人，她也沒醒。當時有個小孩的皮球踢到這美女頭上，那女子仍是絲毫不動。恰好有位公安人員看見，發覺事情反常，過去一推那個白衣美女，發現早沒氣了，死屍肚子裡傳出鐘錶走動的聲音，原來這女屍內臟先前讓人掏空了，填滿了烈性炸藥，擺好姿勢放在公園裡，幸虧發現及時，定時炸彈還沒有引爆。這位公安同志急中生智，用力將女屍推進了公園的湖裡，否則公園裡那麼多人，後果簡直不堪設想。」

這些人你一言我一語，七嘴八舌，說的全是「人皮炸彈」之事，內容相差無幾，都是往女屍的肚子裡面裝填炸藥，至於炸的是大橋還是公園，各說各話，好似親眼所見一般，社會上那些無根無據的謠傳流言，無一例外是這麼來的。郭師傅聽這些人扯了半天閒篇兒，也是圖個解悶兒，聽夠了和丁卯蹬上車往家走。他告訴丁卯：「你明天一早要當班，先回去睡覺，我繞一趟去買兩個驢打滾，你嫂子這幾天身子不好，吃不下東西，給她買兩驢打滾換換口兒。」丁卯說：「哥哥還是你心疼嫂子，那我先回，黑天半夜你自己留點神。」

兩人在路口分開，郭師傅去買驢打滾兒。這東西名字很怪，其實就是黃豆麵做的豆麵糕，稱為驢打滾也是很形象的比喻。這種中間裹豆餡兒的黏食，成形之後要在黃豆麵中滾一下，好比郊野中活驢打滾揚起灰塵一般，故而得名，如今大多數人只知驢打滾這個俗稱，卻不知豆麵糕的正名。做驢打滾的師傅，平時也跟郭師傅相熟。他到那位師傅家裡買了幾個，跨在車把上往回騎。要不怎麼說無巧無不巧，他不去買這個驢打滾，不會繞路回家，如果不是繞路回家，也不會遇上事兒。

說話是夜裡十點多不到十一點，郭師傅騎車騎到金湯橋，看見有個人推著輛三輪車從對面過來，推三輪這位四十來歲，天黑看不清穿什麼衣服，沒遇上郭師傅之前，這個人一路推著三輪走過來很正常，到近前突然變得很吃力，呼哧呼哧喘著粗氣，奇了怪了，一不上坡，二不過坎，任他在金湯橋上咬牙蹬地，把全身的勁兒都使上，這輛三輪車卻說什麼也不往前走。要是拿句迷信的話說——當時好像有鬼在後邊拽著。

三

早在清朝雍正年間，出了東門，在海河上有座東浮橋，清朝末年建成了永久性鋼樑大橋，底下也有水泥橋墩子，鋼橋上能過有軌電車，海河上有大輪船經過的時候，鋼橋可以通過電力啟合轉動，整座大橋堅固無比，固若金湯，得名金湯橋。一九四七年，趕上一次幾十年不遇的大旱，海河金湯橋下這一段都見底兒了。當時政府組織民夫挖河床上的淤泥，結果挖出兩個白鐵桶，揭開一看，鐵桶裡有一個死人，屍身被大卸八塊了，分別裝在兩個鐵桶裡，沉到河底下毀屍滅跡。警察以鐵桶和屍塊上的衣服為線索，順藤摸瓜破了一起發生在十幾年前的凶案。如果不是這場百年罕見的大旱災讓海河見了底，永遠不會有人發現這兩個裝有屍塊的白鐵皮桶。人們都說天降大旱才讓河底屈死鬼的冤情得以見天，是冤情不泯天意如此。這個案子郭師傅也曾親眼見過，每次路過金湯橋他都能想起來。

二十世紀五〇年代初期，不像現在路燈整夜照明，半夜十一點大橋上不供電了，月影朦朧，橋樑又寬，對面過來個推三輪的人，到金湯橋中間那輛三輪車突然推不動了。

郭師傅看對方推得吃力，他也是熱心腸好管閒事，問了句：「用不用幫忙？」那人一聽他說話，扔下三輪車就跑。郭師傅有心想追，卻發現三輪上放著一團物什，上邊拿草蓆子遮住，散發著一股濃重的血腥氣，招了許多蒼蠅嗡嗡亂飛。他吃了一驚，以為草蓆子下是個死屍，揭開一看是幾條死狗，心說這不怪了嗎，用三輪車拉著死狗，為什麼怕讓人撞見？揭開三輪車上的草蓆，看那幾條死狗肚子鼓起，用手一摸硬邦邦，顯然填滿了東西，立刻想起來在爆肚館裡聽說的人皮炸彈，這是想炸大橋？

此時有巡邏的部隊經過，郭師傅趕緊叫來幫忙，急著轉移裝在死狗肚子裡的炸藥，結果發現死狗裡沒有炸藥，填的全是菸土，抽大菸的菸土，順藤摸瓜查下去，破了一個案子，是解放前一個拉煤的，解放軍攻打天津時，他趁著打炮打得厲害，到街上撬開一家菸館，進去沒找到錢，只偷了幾箱菸土膏，這幾年一直把菸土埋在自家房後，到鄉下尋了買主。大菸膏能鎮痛，比如得了骨癌這種絕症，疼得人恨不得求死，就需要大菸膏來鎮住痛楚。鄉下一些土郎中聽說拉煤的有貨，肯出錢買，但菸土膏子是違禁品，苦於運不出城，這天拉煤的想了個辦法，套來幾條野狗，勒死之後掏去內臟，將菸土塞進狗肚子，拿三輪推著，裝成送去肉鋪的死狗，想借著天黑混過檢查運到鄉下，沒想到過橋時三輪車鏈子卡住了，遇上郭師傅問他一句用不用幫忙，那人也是心虛膽怯，扔下三輪跑了，要不然還不至於讓人發現。這個拉煤的不僅是偷運菸土，身上居然還背著人命案。

公安人員去拉煤的房後挖剩餘菸土，有住在附近的鄰居來舉報，說這拉煤的兩口子住一間小屋，小屋在一條很偏僻的死胡同裡，那地方在鯰魚窩，居民大多是社會底層苦力。拉煤的日子過得很窮，有錢也就不用拉煤了，身上穿的衣服是補丁摞補丁，可經常燉肉吃，隔著半條胡同都能聞見他們家燉肉的香味。

那一片的住戶全是貧民，窮得連稀粥都喝不上，鯰魚窩日子過得最寬裕的人家，逢年過節才捨得買手指大小的一條肉，還是最賤最賤的刮骨肉，買回來全家包頓餃子，因此對燉肉的香味兒格外敏感。大夥就納悶兒一個出苦力拉煤的，一個月能賺幾個錢，怎麼總吃燉肉，而且是半夜才燉肉？

四

街坊四鄰聽說這個拉煤的會套野狗，尋思大概燉的是狗肉，又怕街坊撞見分一口，才如此偷偷摸摸。老街舊鄰們一直對此耿耿於懷，直到有公安人員到拉煤的家裡取賊贓菸土，有幾個好事的鄰居檢舉揭發，公安感到事情蹊蹺，回去審問拉煤的兩口子，一審全交代了。

原來解放前這夫妻倆吃人，那時拉煤的活兒又髒又重，能把人累吐血，「拉煤、熬糖、磨豆腐」合稱三大苦，拉煤占著頭一苦，但凡有別的活路，也不會做這個行當，不只是用車拉煤，拉到地方還得給人家一筐一筐背到門口碼放整齊，整天吃糠咽菜肚子裡沒食兒，哪天眼前一黑一頭栽到地上，這條命也就扔了。有一年趕上大饑荒，鄉下樹皮全讓人吃光了，想套野狗都沒處套去，這個拉煤的餓得眼珠子發藍，有天路過轉子房，轉子房離鯰魚窩不遠，都在謙德莊一帶。以前有段話，說是「打小空、撿煤渣，窮人挑擔去賣鹽；拉地排、扛大個，願出苦力上河壩；謙德莊、逛一逛，刨去吃喝都是當；鯰魚窩、轉子房，坑蒙拐帶害人坑；棒子麵，硬窩頭，咽不下，用棍戳；要抽菸，有鋸末，要喝水，有臭河」。說得很生動，足以想像鯰魚窩、轉子房這一片的窮苦景象，尤其是轉子房，好幾條轉圈的小胡同，房屋多半低矮簡陋，素有蒙偷拐帶害人坑之稱，住的都是江湖人，很多人販子也住在這兒，往常他們從外地拐帶來的人口，小孩賣給戲班，婦女賣進窯子，全在轉子房一帶交易。

拉煤的從那兒路過，遇上一個鄉下女人要賣自己的兒子，這孩子長得很秀氣，也挺白淨，荒年餓得活不下去了，準備托中人賣給城裡有名的戲班子學戲，不僅是一條活路，沒準往後還能有個出頭的機會，鄉下婦人沒進過城，聽說賣兒賣女要到轉子房，一路打聽著找過來，走到附近餓得走不動了，坐在路邊歇腳。拉煤的起了歹念，他假裝好心，說是看孩子可憐，要帶孩子去吃點東西，婦人信以為真，讓孩子跟他去了，拉煤的把孩子帶到僻靜之處，抄起挖煤用的鎬頭，一鎬掄下去打暈了那小孩，裹住屍身扔在拉煤的三輪車上，再用煤灰埋住，拉回家告訴他老婆，是在馬路上撿回來的死孩子，然後把小孩身上的煤灰洗淨，剁去頭足雙手，三更半夜生火，皮肉骨頭內臟燉了一鍋。拉煤的老婆在旁邊看著，直嚇得魂飛膽裂，餓死也不敢吃人，可一聞見肉香，便顧不上怕了，沒想到人肉會這麼香，兩口子當晚就把這孩子吃了個淨光，以為這時候街坊四鄰全睡覺了，怎知肉香傳得這麼遠，周圍的人全聞到了。聽說那丟了兒子的鄉下婦女心思窄，得知孩子讓人拐走了，鄉下女人沒見識，也不懂鳴冤報案，一時想不開，跳大橋當了河漂子。

凡事有一便有二，自從有了這個開頭，以後再餓得受不住，拉煤的兩口子便出去偷拐小孩，不敢在近處作案，專去郊區，吃人肉吃上癮了，不是饑荒之年也惦記著吃人，用這輛三輪車拉到家裡吃的小孩，這些年也不知道有多少個了，頭骨毛髮和衣服，全埋在屋裡，公安刨開地面一看果不其然，在場的人們無不吃驚，沒想到牽出如此駭人聽聞的大案，後來拉煤的兩口子全被判處了槍決，也是這兩人罪有應得。

一九五三年破的案子，真實情況基本上是這樣，可什麼事也架不住傳，傳出去沒幾天就全變樣了。街頭巷尾都說是郭師傅破了人皮炸彈的案子，那輛三輪車裝了幾個小孩的屍體，裡頭裝著炸藥，要炸海河上的大橋，讓他逮個正著。本來解放後沒什麼人再提「河神」二字了，可在幾天之內，他連破河底電臺及人皮炸彈兩個大案，「河神」的稱呼又傳遍了，郭師傅心知不好，又離倒楣不遠了。

五

至於那天夜裡在金湯橋上，三輪車為什麼突然推不動了，到今天也說不清是怎麼回事。老百姓普遍認為，那輛拉煤的三輪車裝過太多冤死的小孩，老天爺都看不下去了，必是有鬼拽著車，讓河神郭得友替屈死之人申冤報仇，要不怎麼別人碰不上這種事，全讓他撞上了？水上公安雖然很少參與破案，但一九五三年夏天偵破的幾個案件，或多或少都與郭師傅有關。

河底電臺及人皮炸彈兩起大案剛破不久，郭師傅又在海河裡救了個落水的人，過了幾天老梁找他談話，說是要替他請功。

郭師傅明白有些話不能再說了，擔心言多語失，開始是老梁問一句他答一句，後來老梁讓他別有顧慮，說一說為什麼老百姓要將巡河隊的隊長稱為「河神」？

郭師傅推脫不掉，只好說：「老時年間，巡河隊的師傅們會看煙辨冤，打撈浮屍的時候，先在河邊點根菸，不必看死屍，只看那煙是怎麼燒的，便能看出有沒有冤情，比如是橫死的還是屈死的，這些從菸灰裡都能看出來，看煙的辦法太神，當年會的人就不多，如今更是沒什麼人會看。以前巡河隊的老師傅還會喊魂，比如有人掉在河裡淹死了，死屍卻沒有浮上河面，撈屍隊下水尋找也打撈不到，那就得找來家屬，將死者名姓和生辰八字屬相住址全部寫到黃紙上，再請撈屍隊的師傅過來喊魂叫鬼，一邊喊魂一邊燒紙。據說河底的沉屍聽到呼喊，會自己浮出水面。這些年代久遠的方術，在民間傳得神乎其神，所以撈屍隊的首領往往有『河神』這麼個稱號。」

老梁聽完不住搖頭：「看煙辨冤、河邊喊魂這種事可太迷信了，你怎麼還信這些？」

郭師傅說：「不全是迷信，舊社會破案手段有限，以往撈屍隊確實有些用於破案的古怪法子，普通老百姓不明就裡，傳來傳去，都以為挺神的，其實不然，那都是多少代人用經驗一點點積累出的土法子。」

老梁說：「倒也是，九河下稍各種坑溝水窪多得數不清，撈屍隊在這幾條河上打撈浮屍有兩百年之久，一定傳下很多經驗。老郭你跟我說說，看煙辨冤到底是怎麼回事？抽根菸就能看出冤情？」

郭師傅不想實說，推脫道：「我也只是聽說過，聽的不如學的全，砍的不如旋的圓。」

老梁追問無果，說道：「我得囑咐你一句，如今可是新社會了，撈屍隊也改成了水上公安，不適合再提鬼神一類的迷信之說，本來還想給你請功，但『河神』這個稱呼的影響很不好，咱公安機關又不是水泊梁山，要綽號有什麼用？」

郭師傅自己也明白不能提「河神」的綽號，一提準倒楣，凡人受不起這種稱呼，這不上級一句話，就把他破案的功勞全給抹了。這倒不可怕，可怕的是人要倒上楣，特別容易看見平時看不見的東西。

第十四章　炕上的女屍

一

河神郭得友的事蹟，經過添油加醋，如同長著腿兒的謠言，在解放後又迅速傳開了，竟讓一個想都想不到的東西找上門來。話說那天郭師傅聽老梁嘮叨完，從公安局騎車回家，自從河龍廟義莊拆除，他搬到了關上斗姥廟胡同，那也是一大片平房，直到二十世紀三、四〇年代才蓋起來，地名沿用舊時的地名，以前有座斗姥廟，所以叫斗姥廟胡同。

解放前胡同裡還有這座廟的遺址，老天津衛寺廟庵觀教堂眾多，斗姥廟是其中之一，也叫太平宮，全名為護國太平蟠桃宮，前身是明代的五顯財神廟。所謂五顯財神，是指五個結拜的兄弟，姓氏不同，名字裡都有個「顯」字，生前廣有錢財，經常周濟窮苦人，夜裡去給窮人家送元寶，死後受封五顯財神。在以往的傳統中，有大年初二到五顯財神廟燒頭香借元寶的習俗，每年正月初二開廟都要舉辦廟會。

到了明末清初，五顯財神廟讓大水沖毀，朝廷下令在此修造廟宇供奉西王母和八臂斗姥。斗姥廟蓋在一個土檯子上，前殿是王母娘娘的寶像，後殿供奉三目四首八臂的斗姥娘娘，正殿當中還有一座鼇山，塑著四面八方踏雲而來的群仙到宮中參拜西王母的場面。廟雖不大，香火卻很盛，燒香拴娃娃求子嗣的善男信女絡繹不絕。

傳說每年陰曆三月初三，是西王母壽誕，每年那時候都要舉行廟會。廟會期間正值春末夏初，氣候宜人，因此格外熱鬧。八臂斗姥廟前車水馬龍熙熙攘攘，遊人如織，道路兩邊攤棚林立，賣藥糖賣扒糕、涼粉的吆喝聲此起彼伏，一嗓子能傳出二里地去。可能由於香火太盛，辛亥年廟會發生了大火，整個斗姥宮燒成一片廢墟，只留下給王母娘娘守宮門的一隻石獅子。二十世紀三〇年代陸續蓋起了民房，那隻石獅子還留在斗姥廟胡同口。郭師傅兩口子住的小平房，門口正是這尊殘缺不全的石獅子，好像門墩似的，可惜不是一對。

舊時，宅院跟前大多有石頭雕刻成的門墩，擺在門軸處，也稱門枕或門鼓，還有的地方叫抱鼓石，起到保護門軸和鎮宅的作用。最常見的門墩是獅子形狀，因為獅子是百獸之王，獅與「世、嗣、事」諧音，四隻獅子叫四世同居，兩隻是事事如意，獅子有佩綬稱好事不斷，大獅子踩小獅子暗指子嗣昌盛，各種說頭很多。郭師傅很喜歡自家門口這隻石獅子，雖然殘破，卻正經是個老年間的古物，打有八臂斗姥廟那天開始，便有這石獅子了。郭師傅的師爺如果還活著，都沒這石獅子歲數大，夏天到胡同裡乘涼，每每坐在這石獅子上，高矮正合適，也是個鎮宅守門的石獸，有它把門，半夜睡覺都睡得踏實。可這天到家門口一看，石獅子沒了，他心裡納著一個悶兒：「門口的獅子自己跑了？」

二

郭師傅先把自行車推進屋，那年頭自行車是家裡最值錢的東西，單位發的丟不起，不敢放門口，推車進屋問媳婦兒：「咱家門口的獅子哪去了？」

媳婦兒說：「白天胡同口修路，讓幹活兒的搬走填了路坑。」

郭師傅說：「哪有這麼毀東西的？那石獅子比我師傅的師傅的師傅歲數都大，憑什麼讓他們拿去填路坑？」

媳婦兒說：「那又不是咱家的東西，我也不好管。」

郭師傅說：「可惜了，哪天我得給它刨出來。」

媳婦兒說：「老郭你可別多事，小心讓人把你舉報了，快洗把臉，先吃飯，哪天你得空，把胡同裡那棵石榴樹拔了才是正事。」

斗姥廟胡同有株石榴樹，是株死樹，早不結果實了。老天津衛的人迷信，忌諱自己家門口有石榴樹，石榴一包開裡頭全是子兒，也叫百子果，「百」字發音同「敗」，百子就是敗子，絕後的意思。

郭師傅說老娘們兒迷信，沒再理會，他洗臉吃飯，哪裡想得到，門口那隻石獅子沒了不要緊，夜裡可就有東西進屋來找他了。

當天晚上在家吃飯，媳婦兒煮的荷葉粥。過去老百姓夏天喜歡煮這種粥，先把米熬開了花，粥湯滑膩黏稠，將折去根莖的荷葉蓋在粥上，過一會兒，那熱氣騰騰的白粥，就變成了淺淺的綠色，荷葉的香氣隨之溢出。這時撤火端鍋，蓋上鍋蓋悶著，悶到荷葉的香氣，全散到粥裡，那種特有的香醇，只要吃過一口，永遠也不會忘掉。端上桌配一盤拿醋和辣油拌過的蘿蔔絲，就著棒子麵餅子吃，老百姓家再普通不過的粗茶淡飯。吃飯時，郭師傅看連雨天氣候潮濕，家裡牆皮脫落了好幾處，想哪天找個空，重新裱糊一下，想到這不免跟媳婦兒感慨幾句，可惜了他那裱糊紮紙活兒的手藝，如今只能用來糊牆皮捏紙盒，又和媳婦兒商量明天晚上吃什麼飯，媳婦兒打算做麻醬麵，讓他轉天下班回來順道捎二斤切麵，再不然便是榆樹錢糠窩窩頭，夏天的家常便飯也無非就是這幾樣。郭師傅說：「妳身子不好，也不能總吃這些，得吃點好的補補，往後還指望妳生個一男半女，不爭是男是女，有這麼一個子女，等咱們死後，墳前也好有個拜掃之人。」

兩口子說著家裡過日子的瑣事，早把那石獅子忘到腦後去了，吃完飯，媳婦兒收拾碗筷。外頭陰雨連綿，郭師傅坐在前屋糊紙盒，告訴媳婦兒明天會買些白羊頭肉帶回家當晚飯。他知道有一個做白水羊頭的馬回回，家傳六代，推車擺攤賣羊頭，手藝當真是一絕，人家做的白水羊頭肉，切得其薄如紙，撒上椒鹽麵屑，堪稱滋味無窮，夏天講究冰鎮，沒嘗到味道，光聽他那吆喝聲都能勾走人的魂兒。郭師傅愛吃會吃也懂吃，只是沒錢，說起這些頭頭是道，等明天收攤買人家賣剩的白水羊頭肉，不僅便宜得多，味道也不會走樣。兩口子又說了一會兒話，郭師傅讓媳婦兒先去裡屋睡覺，他要多糊幾個紙盒。不知不覺到半夜，聽外頭的雨也不下了，郭師傅打個哈欠，還剩下十幾個紙盒，睏得實在睜不開眼了，累得腰酸胳膊疼，看東西也看不清了，有心留到明天早上起來再糊。此時耳聽屋門輕響，好像有人想推門進來，推得很輕，要不是半夜還沒睡也不會聽到，他心想：「黌夜入室，非奸即盜，這深更半夜的，誰在外頭推我們家的門？」

三

夜太深了，這個時間絕不會有街坊鄰居來串門，即使是有人來找，也該敲門而不是偷偷摸摸地推門。斗姥廟胡同地皮乾淨，本是燒香敬神的地方，百餘年來沒有墳頭，因此不疑心是鬼。以前有一路賊叫門蟲兒，專等夜深人靜雞不叫狗不咬都睡死了的時候，挨家挨戶地悄悄推門，誰家睡覺忘了頂門，賊就推開門，躡手躡腳摸著黑進屋，賊不走空，摸到什麼就偷什麼，有時也用刀伸進門縫裡撥門閂，撥開門閂再進屋。以前家中老人總是不忘囑咐小輩兒：「半夜睡覺千萬關緊了門戶，別讓門蟲兒溜進來！」丟東西是小，萬一盜賊用刀捅人，一家老小睡得正沉，到時候死都不知道自己怎麼死的。

郭師傅畢竟是公安，水上公安也是公安，當然不怕「門蟲兒」，聽屋門外發出輕響，這還尋思：「賊膽包天這話不假，此賊的膽子當真不小，我這屋裡的燈還亮著他也敢推門，這還了得？」可那門裡頭插著插官，還有杠子頂住，從外邊根本推不開。他順手抄起頂門的棍子，起身撥去插官拽開門，拎著棍子往外看，胡同裡其餘的住家早都睡了，這地方也沒路燈，門外黑咕隆咚，一個人影兒都沒有。

郭師傅心說：「這不怪了嗎，如果是賊聽見開門逃走了，不可能沒有腳步聲，上房了？」一想到這，抬眼往上看，天太黑，看了半天什麼都看不見，也感覺不到有東西。他心裡納著個悶兒，剛要推上門回屋睡覺，聽對面有「嘰嘰咕咕」的響動，聲音並不大，深夜聽來卻很真切，胡同中黑燈瞎火，離得雖然不遠，可看不見是什麼東西在那兒叫。

屋前有門頭燈，郭師傅拉下門邊的燈繩，一看真是怪了，家門口有隻大老鼠，背毛斑白，活的年頭可能不短了，兩眼綠幽幽的，看見人也不跑，就蹲在那兒望著他。郭師傅心知是這隻大老鼠在推屋門，揮手去趕：「去！這屋裡沒有給你吃的東西。」

郭師傅轟了幾次，見那隻大老鼠仍是徘徊不走，似乎要做什麼，問也沒法問，想也想不通，好叫人不解。忽然想起聽說過當年王母宮斗姥廟香火很盛，後殿供著八臂斗姥娘娘，每逢開廟會那幾天，斗姥娘娘的寶像前要擺上百盞油燈，那時便有許多老鼠來到廟中，專偷殿內油燈裡的香油，也啃牛油蠟燭。群鼠似有靈性，從來不敢走正門，總是從後殿牆根的破洞溜進去，不開廟會的時候這些老鼠就不出現。善男信女們以為老鼠也是仙家，到廟裡是參拜西王母和斗姥娘娘，故此不予加害，對牠們偷油啃蠟的舉動，也往往睜一隻眼閉一隻眼。

郭師傅心想：「平常的老鼠該當怕人才是，怎麼會半夜來推門？見了燈光也不逃？更蹊蹺的是平時不來，偏是今天守門的獅子被搬去填了路坑，這隻老鼠才敢來，真是當年在廟裡偷燈油的鼠仙不成？」

四

郭師傅想起當年斗姥廟鼠仙偷啃蠟燭的傳說，這麼大的白背老鼠也是少見，他心覺有異，可屋裡並沒有燈油蠟燭，又沒有隔夜之糧，老鼠為什麼在門前不走？

正納著悶兒，那隻老鼠掉過頭順著牆邊走了，郭師傅以為自己想得太多，一看老鼠走了，他也想回屋睡覺，可那老鼠走出不遠又停下，扭回臉盯著他。

郭師傅心說：「這是要讓我跟著走？」他回屋拿了手電筒，然後關好門跟著那隻老鼠走，想看看究竟是怎麼回事兒。八臂斗姥廟胡同算半個郊區，位置挺偏僻，出了胡同口往北去，是好大一處灰坑，兩個體育場加起來那麼大，周圍沒有住家，當年全是蘆葦地，造斗姥廟的時候燒蘆葦取土，形成了一個長方形的大坑，坑中土質不好，盡是暗灰色的淤泥，所以叫灰坑。另外還有個地方叫灰堆，跟這個大灰坑兩碼事，天熱的雨季灰坑裡積滿了水，臭氣熏天，坑底淤泥上長出了一人多高的蒿草，蚊蟲滋生，那水裡也沒有魚，卻有不少蛤蟆秧子。說俗裡叫蛤蟆秧子，無非是蝌蚪，長大了變成蛤蟆，經過有人拿鐵絲紗布做個小抄網，蹲到坑邊撈蛤蟆秧子玩，大人孩子都有，一不留神滑下去，爬不上來便陷在淤泥臭水裡頭淹死，灰坑每年至少要死兩、三個人。

郭師傅在後頭跟著那隻老鼠，走到灰坑邊上，再找老鼠找不著了，可能是哪兒有個洞，順窟窿鑽了，眼看四周荒草掩人，黑漆漆沒有燈火，深夜無人，野地裡連蛤蟆的叫聲也沒有，這情形讓他都覺得有點發怵，遠遠聽到譙樓之上鐘打三更三點。

由打明朝鑿築天津城開始，老城裡便有鼓樓鐘樓，晨鐘暮鼓的報時方法，作為一種傳統延續了幾百年，二十世紀五〇年代之後才逐漸取消。那年頭很少有人戴得起手錶，百姓們都習慣於聽鐘鼓報時，當時平房也多，平地開闊，鼓樓上一打更，聲音能傳出很遠。剛解放那些年，人們說到晚間幾點幾點，仍習慣說幾更，一夜分五更，每更一個時辰，一個時辰相當於兩個鐘頭，晚上八點為定更，三更是零點前後，二更到五更只敲鐘不擊鼓，鐘聲清遠，不至於影響老百姓睡覺，天亮後是先擊鼓再敲鐘。郭師傅一聽城裡鼓打三更，自己跟自己說：「深更半夜跟著隻老鼠跑到荒郊野地裡，我這不是吃飽了撐的嗎？」想想可笑，轉身要走，手電筒照到灰坑水面上，隱約看到一個白乎乎的東西。

那地方是大灰坑的一個死角，平時撈蛤蟆秧子的人都不會上那兒去。換了旁人即使看見，也不會多心，可郭師傅那雙眼是幹什麼吃的，一打眼就看出水裡那東西是個死屍，臉朝下後背朝上浮在水面上，灰坑裡盡是惡臭的淤泥水草，坑中積水也不流動，這個人死後一直在那兒沒動過地方，在水面的蒿草中半掩半現，浸得腫脹發胖。正是天熱的季節，死人身上已經長出了白蛆。

郭師傅見夜裡沒法打撈，只好先回去，讓丁卯到公安局去找人，等到天亮，拴個繩套，把屍體拖拽上來。死屍身上有衣服鞋襪，周圍看撈屍的住戶指認，死屍是住在離灰坑不遠小王莊的一個年輕人，前幾天出門再沒回家，找遍了也沒找到，沒想到滑進灰坑裡淹死了，這地方這麼偏僻，怎麼讓郭師傅找到了？

公安局的老梁也奇怪，問郭師傅怎麼發現的死人？郭師傅說是趕巧了，昨天夜裡我們家鬧耗子，追著那隻大耗子到這兒，才瞧見灰坑裡有長滿了蛆的死人。

五

住在周圍的老人們就說了：這可不是巧，你知死的這位是誰？這年輕人的祖上，是地方上有名的孫善人，開了個孫記雜鋪，雜鋪就是雜貨鋪，老天津衛人說話吃字，說出來說成孫記雜鋪，把「貨」字省了。孫記雜鋪的老掌櫃，一輩子專好積德行善，掃地不傷螻蟻命，在身上逮個蝨子都不忍心捏死，年年到蟠桃宮八臂斗姥廟裡燒香。當時蟠桃宮後殿老鼠多，年年廟會來偷燈油啃蠟燭，廟裡看香的火工道不饒，打算收拾這些鼠輩。孫記雜鋪老掌櫃得知此事，勸火工道給那些老鼠留條生路，咬壞多少蠟燭偷吃多少燈油，這筆帳都由孫記雜鋪的老掌櫃加倍還給火工道。這不是孫家雜鋪的後人死在灰坑裡，有隻當年受過恩的大老鼠，把河神郭師傅引到這兒，要不然誰能在如此偏僻的地方找到這個死屍？民間傳說胡黃白柳灰是五大家，老鼠是其中的灰家，尤其常年在廟裡的老鼠，誰敢說牠們沒點靈性？

人們說著說著，又說到因果迷信上去了，郭師傅知道自己吃幾碗乾飯，一看老梁鐵青著臉，趕緊讓大夥別說了。可那些人仍是議論不絕，還說清朝那會兒出過一件老牛鳴冤的案子，有個鄉農與人爭執遇害，兇手把鄉農的屍身埋到路面野地裡，地僻人稀，兇犯以為神不知鬼不覺，誰承想殺人埋屍的經過，都讓農夫牽的老牛瞧在眼中。後來農夫家人牽著這頭老牛去耕地，每次走過埋屍的地方，這頭老牛就跪地流淚，怎麼打也不肯走。人們感到這老牛的舉動反常，挖開地面看到了遇害者的死屍，於是報官破了案。八臂斗姥廟附近確有其事，既然以前有老牛鳴冤，如今出這件事也不稀奇。

老梁聽完一臉的不悅，但他不想跟那些人多說，將郭師傅叫到一旁，他說按常理來看，大灰坑裡的死者，很可能是意外陷進泥水溺亡，天氣太熱，屍體已高度腐敗，具體原因還要送去進行屍檢才會知道，至少三天以後才有結果。他對郭師傅以前提到過撈屍隊點菸辨冤的事，感到難以置信，他認為郭師傅腦子裡的迷信思想根深蒂固，怎麼可能從香煙上看出死人有沒有陰氣和怨氣？他想讓郭師傅在這兒當場來一次點菸辨冤，看看在撈屍隊傳了幾百年的迷信方法，究竟是怎麼做，會練的不如會說的，只會耍嘴皮子的人往往說得神乎其神，卻未必有什麼真本事。

老梁這是想難為難為郭師傅，他認為看煙辨冤根本不可能，打算當著圍觀人群的面，讓大夥都看看，這終歸是舊社會的迷信手段。

郭師傅何嘗不明白老梁同志的意思，水上公安平時只管撈出浮屍，從不過問人是怎麼死的，可今天這事來得蹊蹺，他要有個擔當，聽了老梁的話沒法再推脫了，一摸口袋裡沒帶菸，只好問老梁借。

老梁有包前進牌香煙，解放初期很普通的一種菸，他掏出來遞給郭師傅，問道：「老郭，這種菸能行嗎？」他話裡的意思其實是說：「等會兒你那套迷信手段不靈，可別怪我給你的菸不好。」

他之前聽郭師傅提過，從河裡撈出一具腐臭發脹的死屍，巡河隊點根菸就能瞧出這個人是不是有冤情，因為死人有陰氣，掉在水裡淹死的是橫死，死後被人拋屍在河中，那是冤死，這兩者的陰氣不同，陰氣重的有冤情，區別在於是不是死在河裡，抽菸時看看煙霧，就能分辨出陰氣，未免太玄了，老梁是堅決不信。

郭師傅接過菸說：「不分好壞，是菸捲就行。」劃火柴點上菸捲，然後蹲在死人旁邊，一口接一口地抽菸，看也不看那具浮屍一眼。

老梁心想這和我往常吸菸沒什麼不同，哪看得出陰氣？他問郭師傅：「怎麼樣？瞧出什麼沒有？」

郭師傅不說話，連著抽菸，抽完這根菸，站起來對老梁說：「有冤氣，準是死後被人拋屍。」

圍觀的人們一陣譁然，都聽過巡河隊老師傅會看煙辨冤，但誰也沒見過，今天看見郭師傅只蹲在死屍身旁抽了根菸，站起來就說有冤情，簡直神了。

老梁暗中搖頭，心說：「故弄玄虛，我一直盯著你在死屍旁邊抽菸，我怎麼沒看出哪裡有冤氣？」

從灰坑污水中打撈出的浮屍，很快被送去檢驗，過後老梁又把郭師傅找來說：「上次還真讓你蒙對了。」

郭師傅說：「咱可不是蒙的，當年巡河隊老師傅傳下這法子，專看河漂子身上的陰氣，十個裡頭至少能看準九個，只不過官面兒上有官面兒上的章程，我們這土法子上不了檯面，一般只在私底下看看。」

老梁說：「胡扯，抽根菸就能辨出死人有沒有冤氣，那還要公安和法醫做什麼？」

郭師傅說：「咱們這個五河撈屍隊，每年打撈的浮屍難以計數，見這種事見得太多了，積年累月總結出一些土法子，上不告父母，下不傳子女，逢人不可告訴，只能師傅傳徒弟，一代接一代口傳心記。」

老梁很固執：「你要不把話說明白了，究竟怎麼從菸捲中看出有冤情，我就信不過你，只好認為你這是迷信殘餘。」

話說到這個份兒上，郭師傅也沒法子了，不得已，只好把看煙辨冤的實情告知老梁，他在死人身邊抽菸，不是看菸捲冒出的煙呈現出什麼形狀，噴雲吐霧之際也看不到陰魂。

六

老梁說：「你瞧，我就說在死人旁邊抽菸什麼也看不見，這不是裝神弄鬼又是什麼？」

郭師傅說抽菸時看不見鬼，卻真能看出有沒有冤情，怎麼回事兒呢？天津衛是九河入海之處，河岔坑窪交錯分佈，河道中出現的浮屍，不光是游野泳淹死的人，各種死法都有。清末以來，世道荒亂，各路幫派林立，盜匪多如牛毛，殺人之後棄屍於河的事情屢見不鮮，撈屍隊整天不幹別的，只跟這些河漂子打交道。雖說不管破案，可浮屍見得多了，總結出不少經驗，比如說這看煙辨冤，不一定非得用菸捲，當年也有燒黃紙符的，反正是能燒出灰的東西，或是菸灰，或是紙灰，或是香灰，拿這個灰撒到死人身上，看菸灰能附上多少，附的多陰氣就重，陰氣重說明有冤情。

這個陰氣，很難明說，沒法形容，也許能感覺到，但是看不見摸不著。撈屍隊說陰氣重，是指河漂子必然有冤，如果是死後拋屍下河，那死人氣息已絕，與在水中淹死的人絕不相同，不過河道裡出現浮屍，大多是在天熱的時候，發現得早還好說，發現得晚那浮屍腫脹腐爛，面目都沒法辨認。清朝那會兒，官府不作為，撈出的浮屍，先讓巡河隊的人看一下，看出有冤再去報官，巡河隊的師傅們久而久之，摸索出一些經驗，也相當於半個仵作了，拿菸灰紙灰撒到浮屍身上，能看出是不是有冤。所謂有冤，就是說入水前人已經死了，當年沒有不迷信的人，直接說有冤沒冤，不會有人相信，非要說陰氣重，人們才肯信，民國以後，司法逐漸完善，這種土法子很少再用，至於其中的原理，郭師傅說不清楚，師傅也沒告訴過他，可這法子是真準。

老梁聽完郭師傅的話，終於明白是怎麼回事了，他說：「你以後真應該帶幾個徒弟，把撈屍隊這些經驗和方法傳下去，對咱們破案大有幫助，但你可不能再提什麼陰氣冤情了，那全是封建迷信。」

說罷看菸辨冤之事，老梁又跟郭師傅說起灰坑裡那具長滿白蛆的腐屍，經過驗屍，發現死者是被兇手用利器擊打後腦斃命，搶走身上財物之後拋屍灰坑。解放以來，相同命案出了七、八起，從兇器和作案手法上看系同一人所為。兇器是件很鋒利的鐵器，不是斧子，斧子砍人腦袋是豎口，這個卻是橫口，估計該兇器是木匠用的刨錛，這東西像錘子，鐵頭的一端扁如鴨嘴，另一端鈍如榔頭，下邊接著個木柄。刨錛打劫在百餘年前已有，始於關外黑龍江，凶徒通常是半夜時分，選地僻人稀之處下手，趁前邊走路的人不備，從後快步跟上去，掄起刨錛朝那人後腦勺就是一下，這個手段非常狠，也叫「砸孤丁」，比打悶棍搶劫的危害更大，因為刨錛鋒利沉重，砸到腦袋上非死即殘，連哼都來不及哼一聲便被撂倒了。夜裡孤身行走的沒有有錢人，只不過能搶得少許財物，有時遇害者身上一毛錢也沒有，僅揣著兩個燒餅，為這兩個燒餅就把命搭上了，所以說刨錛打劫最遭人恨，抓住行兇之輩千刀萬剮也不為過。後來隨著時代的變遷，木匠使刨錛幹活兒的越來越少，很少再有這類的事情發生，沒想到解放後居然還有人用刨錛打劫。公安人員雖然掌握了兇器的線索，卻找不到來源，因此這幾件案子一直沒破。老梁知道郭師傅熟悉本地情況，這次又要請他幫忙。

郭師傅曾聽過刨錛打劫之事，那是老時年間的傳聞，以前哪個地方一有刨錛打劫的案子發生，當地木匠全跟著受牽連，木匠們為了避嫌，不敢再用刨錛幹活兒了。到如今，刨錛這種東西已經很難見到，總不可能挨家挨戶地去搜。他答應老梁留心尋訪，天底下沒有破不了的命案，不管隔多少年，準有個結果。斗姥廟裡的老鼠深夜叩門，引他在灰坑找到死屍，你能說這不是陰魂報冤？

七

郭師傅有了這個念頭，卻不敢當老梁的面說，自此起開始留意尋訪。

您瞧天津和北京離得這麼近，兩地民風卻大有不同。舉個例子，北京城那些混社會的叫玩主，天津衛混社會的叫玩鬧，同樣是在社會上玩起來混出頭的，一字之差，這分別可就大了，也體現出兩地人的特點。天津衛跟著到處起鬨架秧子的閒人太多，好湊熱鬧，唯恐天下不亂。一九五三年夏天，灰坑撈出一具長蛆的腐屍，據公安機關判斷是刨鋳打劫的遇害者，水上公安郭得友發現的死屍，發動群眾舉報線索，很平常的一件事，傳出去可就不一樣了。人們說起刨鋳打劫的凶案，不免添油加醋，描繪得極其血腥驚悚，甚至給作案的凶徒起了個代號叫「木匠」，說這木匠心黑手狠，行蹤神出鬼沒，出動多少公安也拿不住他。直到斗姥廟鼠仙鳴冤，帶河神郭得友在灰坑找到死屍。郭二爺是誰，那是「河神」，他出手沒有破不了的案子，「木匠」算是折騰到頭了，早晚要落在河神郭得友手裡。

評書相聲之類的傳統曲藝，何以在天津這麼吃得開？只因當地百姓專喜歡聽這些有傳奇色彩的故事，別管真的假的，哪怕是謠言呢，說起來聳人聽聞便好。本來老梁只是讓郭師傅幫著尋訪相關線索，可一傳十，十傳百，外邊全說郭師傅要破刨鋳打劫的案子。人言可畏，傳得跟真事兒似的，讓那些做木工活兒的師傅學徒們人人自危，紛紛找上門，向郭師傅述說自己的清白，一家大小都跟著來哭訴：「我們木匠招誰惹誰了？」

且說外邊傳遍了河神郭得友要破刨鋳打劫案，真正作案的那位也嚇壞了，關上關下提起字號，那時候誰不知道「河神」？

刨錛打劫的凶徒姓白，住到北站一帶，三十來歲不到四十，名叫白四虎，原先是個殺豬宰牛的屠戶，放著正道不走，專想邪的歪的，前些年路過賣舊貨的鬼市兒，看擺地攤兒的賣一柄扁嘴鐵錘，擺攤兒的人也不知道那是什麼。他們家原先開過棺材鋪，以前常在一旁看木匠活兒，認得刨錛，也聽說過當年關外有人用刨錛砸人劫財，錘子、榔頭、斧子都不如刨錛好使，砸孤丁是一下一個不留活口，當即掏錢買下，揣到懷裡，趁著天還沒亮，去河邊砸倒了一個人，劫得一捆皮貨，死屍踹進陰溝。當時正在打仗，無人過問此事，白四虎嘗到了甜頭，經常到郊外砸孤丁，有時候能劫到錢，有時候劫點糧食，也有兩手空空的時候。

白四虎這個人平時少言寡語，三腳踹不出個屁來，出門跟什麼人也沒有話說，其貌不揚，看起來老實巴交，為人很窩囊，誰逮誰欺負，卻有一肚子陰狠，嗜殺成癮。他殺豬宰牛之時，總是先把牲口折磨夠了再弄死，宰殺大牲口一般都是天沒亮的時候下手，可他在屠房裡宰豬發出的慘叫聲直到天亮才停，把住在附近的人嚇得晝夜難安，沒人敢買他的肉。久而久之折盡了本錢，無以為生，便靠著刨錛砸孤丁劫取財物，對付口飯吃。

新中國成立之後城裡實行軍管，軍管會將危害社會治安的犯罪分子，該抓捕的抓捕，該槍斃的槍斃。解放前的幫派混混兒、地痞流氓、抽大菸的和妓女全部接受了改造，治安情況比以前好多了，可在月黑風高的時候，白四虎仍敢揣上刨錛出去作案。一九五三年夏天，郭師傅在斗姥廟後邊大灰坑裡找到的那具腐屍，也是此人下的黑手，什麼都沒劫到。這白四虎是膽大亡命、心黑手狠的凶徒，從不把公安放在眼裡，自認為作案沒有規律，不會被任何人發現，但他聽外邊風傳河神郭得友要查刨鋳打劫的案子，解放前早已聽說郭師傅怎麼怎麼厲害，想起因果報應之說，心裡竟不免發慌打怵，晚上睡覺都睡不踏實，總覺得自己讓人給盯上了，只要身邊有些個風吹草動，便以為是河神郭得友帶公安找上門來。

一九五四年正好進行肅反運動，全城大搜捕，軍管會、民兵、巡防隊全部出動，馬路上十步一崗五步一哨，挨家挨戶登記戶口，到處張貼佈告，嚴查一切身份來歷不明的可疑之人，並且指明了要拿刨鋳打劫的兇犯。

然而以當時的情況而言，公安怎麼查也查不到白四虎頭上，此人其貌不揚，是個掉人堆裡找不出來的主兒，出門又不說話，向來是受別人欺負，響屁都沒放過一個，誰會想到他是刨鋳打劫的凶徒？郭師傅又在撈屍隊幹活，每天家裡外邊地忙，也不是專管破案的，只是白四虎自己做賊心虛，越想越怕，又由怕生恨，把郭師傅當成了眼中釘、肉中刺，在家忍著一直不敢再去作案。說話到一九五四年，陰曆五月初四，端午節之前那天，家家戶戶包粽子，白四虎實在忍不住了，半夜躺在床上翻來覆去睡不著，低聲跟他媳婦兒商量：「我這兩天心神不安，只怕要出事，我想我也別等著姓郭的上門逮我了，乾脆一不做二不休，我上他家把他弄死，往後咱們一家三口就睡得安穩了，妳看行不行？」他媳婦兒躺在一旁不言語，白四虎又問：「妳要不言語我可當妳答應了？」他媳婦兒仍然一動不動地躺著不出聲，也不可能開口說話，因為這個女的不是活人。

刨鏟打劫的白四虎，家裡有媳婦兒、有孩子，一家三口，活人卻只有他一個，他媳婦兒是個死人，孩子是小鬼兒，除了白四虎誰也看不見。

咱得交代一下這是怎麼個由來。前幾年，白四虎在路上遇到一個女子，她半夜三更孤身一人走路，走在半道讓白四虎用刨鏟砸倒了。白四虎越看這個女人越覺得長得好，後悔怎麼一下給砸死了，一時心生邪念，將女屍放在車上推回家。他家住的地方很偏，天還沒亮，周圍的住戶都沒發現，回到家看這女屍面容如生，腦袋後邊也不冒血了，就跟睡著了一樣。白四虎打了三十多年光棍，沒娶過媳婦兒，便躺在炕上摟著死人睡覺，不睡覺的時候跟女屍說話解悶兒，每天給女屍餵肉湯，抹身子，當成自己的媳婦兒來照顧。說來也怪，這個女的死是死了，可是並未腐臭，還能灌得下湯水，民間稱此為活屍。過了幾個月，肚子吹氣似的變大，居然還有了身孕，但不足月就生產了，生下來是個死胎。他卻每天在屋裡呼來喚去，起個小名叫小虎，好像家中真有個孩子滿地跑。

半年後這個女人身上開始發臭，肉湯再也灌不進去，之前還是「活死人」，那時候不懂什麼植物人，說老話就是「活死人」，後來確實死了。白四虎捨不得將女屍埋掉，但屍臭遮不住，天也熱，死人味兒越來越大，過不了幾天，周圍的住戶都得找來，他一想怎麼辦呢，心生一計，一大袋一大袋地往家背鹽，用鹽把女屍醃起來。街坊鄰居看見了，都以為白四虎口重，愛吃鹹。天津衛臨近海口，蘆臺自古產鹽，也沒人覺得奇怪。這一來死屍沒味兒了，只是不能再親熱，因為太鹹，能夠死賣鹽的。

白四虎腦子不正常，仍把這女屍當媳婦兒，又想像那個孩子也在，一家三口關起門來過日子，周圍的鄰居竟沒一人發覺。夜裡他起了殺心，天亮後跟媳婦兒說：「妳在家好好看著孩子，我去找姓郭的，不在他腦袋上鑿個窟窿，咱往後過不安穩，等我回來給你們娘兒倆買粽子吃。」

他自己叨叨咕咕，起身穿上衣服，先忙家裡的活兒。陰曆五月初五是端午節，當時還保持著舊俗，家家門楣上掛艾蒿。因為天時漸熱，掛艾蒿的用意是驅除毒蟲，百姓們用艾蒿搓成繩子，曬乾後點燃了，可以趕蚊蟲驅邪祟，老話說得好「端午不帶艾，死了變妖怪」。

以前過端午，還把雄黃摻到酒中，用雄黃酒給小孩畫虎，就是蘸上雄黃酒，在小孩額頭上畫個「王」字，並且在口鼻耳目等處畫圈，據說這樣也可以防蟲，並用紅紙剪成五毒形象，糊在窗戶牆角各處，這是五毒紙，在民間也叫除五毒。五毒是指蠍子、蜈蚣、長蟲、蟾蜍、壁虎，根據地區不同，五毒也不完全一樣。除五毒的日子多在清明、穀雨前後，家裡有孩子的，還要請老娘婦女用五彩絲線，做成小粽子、小簍子、小老虎等物，給小孩掛在脖子上。白四虎也按照過端午的習俗，在家裡糊上五毒紙，又給那個根本不存在的兒子畫虎，忙活到下午，將刨錛兒器塞到後腰，徑直去找郭師傅。

可走到胡同口又轉回來，別看白四虎以往砸孤丁時心黑手狠，到這會兒卻不敢動手，心裡真是怵，垂頭喪氣地回了家。剛是下午，天還沒黑，但是關門閉戶，也沒點燈，屋裡很暗，他蹲在牆角抱著腦袋嗚嗚地哭，使勁揪自己的頭髮，一把一把地拽下來，滿腔怨憤，又恨又怕又委屈，胸口好似要炸裂開來，想老老實實過日子怎麼這麼難，萬一讓那姓郭的拿住，媳婦兒和孩子怎麼辦？

炕上的女屍忽然開口說道：「沒用的東西，這點膽子都沒有。」

九

女屍說話的聲音很低，好像由於很多年沒動，喉嚨和舌頭十分僵硬。

白四虎目瞪口呆，怔了半晌，說道：「妳終於跟我說話了！」

您說白四虎頭腦不正常，女屍說話是不是他自己想像出來的？不是，他當真是聽到屋裡有人說話，咱們是越說越瘆人，可白四虎該怕的不怕。他聽完這句話，兩眼直勾勾地蹲在角落裡，思前想後胡亂琢磨，為了老婆孩子，終於狠下心來，揣上刨錛出了門，一路去找郭師傅。解放前他就聽過郭師傅的名字，聽得耳朵都起繭子了，事先打聽準了，也看好了相貌身形，候到郭師傅下夜班，他悄沒聲地跟在後頭，準備走到沒人的地方一錛兒撂倒。

郭師傅半點也不知情，下班騎上自行車往家去，正過端午，五毒並出的日子，天一黑馬路上就沒人了，萬沒想到身後跟著個白四虎。

白四虎也沒想到郭師傅騎自行車，他卻是用兩條腿跑，好不容易追上，遠遠跟到一條偏僻的馬路，看左右無人，正可下手。他氣喘吁吁地跑上去，掄起刨鏟，朝著郭師傅腦袋後頭便砸，可是跑得累了，腳步發沉，傳出了抬腿落足之聲。

郭師傅聽到後邊有人跑過來，以為有熟人找他，回頭一看，卻是個粗眉大眼的漢子，左耳邊似乎有塊青色瘀痕，手裡掄著什麼東西從後趕來，瞧見他回頭，驚得那人掉頭便逃。郭師傅還沒明白是怎麼回事兒，只在昏暗的路燈底下，瞧見對方手裡握的似乎是刨鏟，心裡也是打個激靈，尋思沒準是刨鏟打劫的案犯，急忙騎車去追，卻不知那個人跑哪兒去了。

不提郭師傅，再說白四虎，端午節當天跟隨郭師傅，跟到半路想要下手，哪知對方突然回頭，他心裡本來就慌，讓郭師傅一看，驚得趕緊逃開，逃到家中頂上門。他自知一半天之內，必定有人找上門來拿他，悔得腸子都青了。他不怪自己，只怪郭師傅，越想越恨，蹲到屋裡用腦袋撞牆。

白四虎家是祖上傳下來的老房子，年頭很多，不下五、六十年，雖說只是普通的民房，房子卻蓋得很是規正，一明兩暗三間正房，截去一間，等於是一明一暗兩間屋，門在外屋，裡屋在側面，海漫的青磚鋪地。老房子沒有洋灰地面，都是在地上鋪磚，地磚不平鋪，而是豎起來碼齊對正，這麼鋪叫海漫，因為磚頭豎面窄，受力面積小，不容易踩壞，也不怕雨水浸泡，能用很多年，不過海漫鋪要比平鋪用的磚多。白四虎家這兩間房不大，但全部是真材實料，地面和四壁用清一色的「磨磚」。磨磚即是古磚，頭裡咱們說過，早年間天津衛磚窯多，而且多為官窯，燒出來的大磚用於造城。一九〇〇年八國聯軍逼迫清政府拆除天津的城牆城樓，有不少人撿拆城拆下來的城磚，拿車推回家蓋房。在當時稱舊城磚為一寶，有句俗話──「爛磚頭壘牆牆不倒」，便是這麼來的，屋瓦大多使用青板瓦，正反相扣，再用青灰抹頂。

據說白四虎家打祖上好幾代開棺材鋪，那時候有點錢，置下一座宅院，分為內外兩院，進門有影壁，外院橫長，內院豎窄，坐北朝南，正房只有三間。因為那時候還有朝廷，庶民房舍不過三間五架，不許用斗拱飾彩繪，封建社會有這麼個制度。

正房兩邊是耳房，這樣的格局叫作「紗帽翅」，有升官發財的意思。傳到他這輩兒棺材鋪開不下去了，家裡僅留下兩間小平房，加起來約有二十平方米，在北站前身的一條胡同裡，其餘各間舊屋已是幾經拆改，胡同院子房屋的格局全變了。白四虎他們家裡屋是一間屋子半間炕，女屍放在炕上，用被子蓋住。端午節這天半夜，他一個人蹲在外屋叫苦，此時只聽炕上女屍又開口說道：「姓郭的死了嗎？」

白四虎多年以來習慣了，在外頭一句話沒有，到家跟這女屍什麼話都說，當下歎了口氣，說道：「別提了，我跟那姓郭的走到半路，正要一鏟砸倒他，怎知那廝好不警覺，聽到我的腳步聲便轉過頭來看我，我……我一時膽怯，沒敢下手，卻讓他看見我了。唉，想來咱家這日子要過到頭了，不出三兩天，官衣兒定會找上門來拿我，我捨不得妳跟孩子，我也不想蹲土窯吃黑棗。」

女屍出聲說道：「我給你出個主意，你依我之言，保你平安無事，卻準讓那姓郭的死，你如此如此，這般這般……」

要說白四虎家裡的女屍，死了有五、六年，死屍用鹽裹住，幾年來一動不動地躺在炕上，此時突然開口說話，這不是見鬼了嗎？她又給白四虎出了什麼主意？這也是個扣子，咱們埋住這個話頭，留到下回分解。

第十五章　灶王爺變臉

一

說足了白四虎那頭，再說郭師傅這頭。一九五四年端午節，陰曆五月初五，五毒齊出的日子，郭師傅在回家的路上，看到有個人手持刨鏟，從後邊跟上來要砸他，轉頭又跑了，他趕緊回去告訴老梁。

老梁不以為然，他說：「今年開展肅反運動，全城大搜捕，刨鏟打劫的兇犯吃了熊心豹子膽，敢在這時候出來頂風作案？又專門對你下手？哪有這麼巧的事？沒準是認識你的人，跟你鬧著玩，你呀，別多想了，趕緊回家過節去。」

郭師傅一看老梁不當回事兒，不好再多說了，但他心知肚明，半道遇見那個人很可能是刨鏟打劫的兇犯，暗暗記住此人的形貌，準備留意尋訪。當天先奔家去了，到家已是夜裡，媳婦兒包了粽子給他留著。他一想丁卯光棍沒粽子吃，讓媳婦兒先睡，自己拎了幾個粽子，出門去找丁卯，兩人住的不遠，隔條胡同。

二十世紀五〇年代，關上桑樹、槐樹還多，當時桑葚剛下來，那陣子吃桑葚，不論斤兩，都用臉盆盛著，也不是什麼值錢的東西。丁卯捧了一臉盆桑葚，兩人蹲在路邊吃桑葚，眼見胡同口過來一個人，呼哧呼哧地蹬著輛平板三輪，到跟前一看是張半仙。解放後張半仙也搬到這一帶居住，各忙各的，別看都住在一片，卻難得打頭碰臉見上一回。

郭師傅和丁卯站起身，跟張半仙打招呼：「這不張先嗎，您了挺好？」

舊社會稱呼算命的和說書的為先生，文不過算命，武不過混混，因為能吃這碗飯的都有文化，肚子裡全是開雜貨鋪的，尤其受社會底層民眾的尊敬。郭師傅仍按以前的習慣稱呼張半仙，開口就叫「先生」，但老天津衛人嘴皮子快，說話吃字兒，話一說出來，張先生的「生」字就給吃了：「張先張先，有日子沒見，您了怎麼個好法兒？」

以前算命看風水有門派，比如龍門、麻衣、陰陽、玄洞、天眼等，張家是柳莊相術的支派，講究「撞面看相」，兩人一見面，抬眼一看印堂，便知吉凶，斷語無有不驗，向來不挑幌子擺攤。擺攤算卦看相的以江湖騙子居多，走到哪兒騙到哪兒，張半仙則是祖上創下的字號，專門給達官顯貴相取陰陽二宅的風水。如果有人要想請張半仙出來看家宅墳地，必須先封禮金登門下帖，至於請得動請不動還另說著。傳到如今這代落魄了，解放後沒法再吃那碗飯，只好出苦力蹬平板三輪糊口，忙活到半夜剛回來。想當年，關上關下誰不高看張半仙一眼？今時卻不同往日，沒法再指著看陰陽二宅吃飯，可他除此之外，別無所長，萬般無奈蹬著平板三輪，往西門裡運大紙。那是整方的紙，分量最沉，幾十捆大紙裝上平板三輪，加起來上千斤，能把車軸壓斷了。平地倒好說，有時遇到上坡，乾瞪眼上不去，那真是叫天天不應，叫地地不靈，一天下來累死累活，受老了罪了。他滿肚子苦水，正想找人念叨念叨。

郭師傅把張半仙請進屋裡，一問還沒吃，趕緊讓丁卯下點麵條，三個人坐在家中敘話。張半仙狼吞虎嚥吃了兩碗麵條、幾個粽子，瞇上眼打著飽嗝兒，喝著丁卯泡的茶，抽著郭師傅給點上的菸捲，總算找回點兒當年的感覺，他說：「郭爺、丁爺，你們二位是知道張某人的，別看咱是兩胳膊兩腿，什麼都沒多長，但是真人不露相，能耐暗中藏，也不是咱吹，老張家祖上那是有本兒的，傳下幾代的字號，陰陽有準，走到哪兒不是吃香的喝辣的，哪承想到了我這輩兒，改行蹬三輪賣臭汗了，真給祖宗丟臉。」

郭師傅和丁卯能說什麼，只得勸他：「舊皇曆不該再提，如今憑力氣吃飯不丟人。」

張半仙說：「當著外人的面我也不敢叫苦，可見了你們二位，再不說些肺腑之言，還不憋死了我？」他絮絮叨叨說到半夜，忽然住口不說了，瞪大了兩眼，直愣愣盯著郭師傅的臉反覆端詳。

郭師傅讓他看得心裡直發毛，問道：「半仙你看什麼？我臉上有東西不成？」

張半仙使勁揉了揉眼，又看了一陣，說道：「怪了怪了，郭爺你的氣色剛才還湊合，可我現在看你氣色怎麼變得不對了，你印堂發黑，要走背運，倒楣都掛相了！」

二

「倒楣掛相」是方言土語，形容一個人正走背字兒，運氣不好，看臉色能看出來，不好的氣色全都在臉上了，掛相就是掛在面相上，印堂發暗，或者說成「掛臉兒」。

張半仙專會看相，眼力非同一般，剛見面時他看郭師傅的臉，雖然只能說是湊合，但和以前沒有兩樣，正想告辭離開的時候，一抬眼發現郭師傅臉上氣色不對，印堂灰暗。印堂是算命看相裡第一緊要的「命宮」，位置在額前兩眉當中，人逢好運，印堂必定光澤如鏡；運氣不好，印堂上便會顯得晦暗無光。可從沒見過人的氣色變得如此突然，轉眼間印堂發黑，事先全無徵兆，活像讓倒楣鬼撞上身，將死之人的臉色什麼樣，郭師傅的臉色就是什麼樣。

張半仙大駭，說道：「郭爺，這麼一會兒不到，你氣色怎會變得如此低落？」

丁卯看看郭師傅的臉，他不會看，什麼都沒看出來：「半仙你別嚇唬人成不成，我師哥這不好端端的，他又哪裡氣色不對了？」

張半仙恍如不聞，自言自語地說道：「太邪行了，剛還好好的，怎麼突然間印堂發黑，一臉的晦氣……」

丁卯說：「半仙你既然會看時運，怎麼沒看出自己混到蹬板兒車拉大紙的地步？」

張半仙說：「丁爺，你有所不知，我們算命的，沒人敢給自己看相，你想想，倘若我事先知道自己解放後蹬了板兒車，你說我還活得到如今嗎？」

郭師傅以為張半仙想找解放前的感覺，在跟他們說笑，沒把這番話當真，說時候不早，咱也該回家歇著了。

張半仙正色道：「郭爺，我可不是跟你逗，你都倒楣掛相了，還有心思睡覺？」

郭師傅說：「半仙你別嚇唬我，到底是怎麼一回事？」

張半仙說：「我看有人要對付你，你得留大神了，明天一早你等我，我不到你別出屋。」他說完之後，不等郭師傅答話，匆匆忙忙地蹬上板兒車走了。

郭師傅見了張半仙的舉動，心裡也不免犯嘀咕，又一想是福不是禍，是禍躲不過，反正是這一條命，願意怎麼樣怎麼樣吧。

郭師傅當晚回到家，告訴媳婦兒，張半仙明天早上準是空著肚子上門，多預備一份早點。他白天累了一天，倒頭就睡，轉天一早他還沒睜眼，張半仙已經到了。

郭師傅說：「半仙你起得夠早，吃了嗎？」

張半仙說：「沒吃，嫂子做什麼早點？」

郭師傅媳婦兒給做的手麵，還有燒餅、油條，端到桌上擺好，然後挎上籃子趕早買菜去了。

郭師傅穿上衣服洗把臉，請張半仙一同吃早飯。

張半仙一聞麵條可真香，比丁卯那個光棍煮的好多了，油條炸的也好，一根是一根，這頓早點吃下去，起碼能頂一天，如若再有六必居的醬果仁兒搭配，那就無話可說了。

郭師傅說：「這不是昨天晚上才知道你來，沒顧得上預備，等下次備齊了再請你。」

張半仙三口兩口吃完了手麵，說道：「郭爺，你先別想吃的了，你跟我說，你到底惹上了誰？」

郭師傅琢磨了半天，實在想不起來自己有什麼仇人。

張半仙說：「你再好好想想，有誰要置你於死地？秦檜有朋友，岳飛有冤家，人活一輩子，誰還能沒有仨兩對頭？」

郭師傅想起刨錛打劫的凶徒，他把昨天回家遇上的事，怎麼來怎麼去，全對張半仙說了一遍。

張半仙說：「定是這個刨錛的聽到外邊傳言，外邊可都傳你要拿他，昨天半夜人家給你下道兒了，這叫光棍打光棍，一頓還一頓，你不把他拿住，你得倒一輩子的楣。」

郭師傅不太信：「氣運有起有落，人不可能總在高處，也不至於總在低處，世上有什麼法子，能讓人一直倒楣？」

張半仙說：「別人不好說，讓你倒楣可容易，咱這麼說吧，你信我不信？」

郭師傅不明白：「信怎麼講？不信又怎麼說？」

張半仙說：「你不信我，你該怎麼過還怎麼過，之前的話只當我沒說；你要是信我的話，你聽我接著往下說，但是說完你可別怕，你有血光之災。」

三

郭師傅說：「你這不是勾我腮幫子嗎，有話不妨直說，到底怎麼了？」

張半仙道：「容某直言，你河神郭得友的名號不好，太過了，什麼人受得起這個？不過讓大夥口頭上說說，你至多少些福分。昨天我看你氣色一下變了，定是人家供起你的牌位，拿個小木牌，刻上河神郭得友之位，放在家裡打板兒燒香，一天幾次地磕頭拜你。你是活人，你受得住嗎？你不倒楣誰倒楣？」

郭師傅聽完張半仙的話，腦門子上冷汗直冒，以前的人都信這些，吃五穀雜糧的凡人，有個「河神」的綽號已是非分，更何況進生祠上牌位，這得削掉多少福折去多少壽，不走背字兒才怪，如何是好？

張半仙說：「郭爺，咱們是朋友道兒，別的忙我幫不上，話是有多少跟你說多少，此刻看你氣色更為低落，只怕過不去今天，不過……」

郭師傅說：「你別說話大喘氣行不行，不過什麼？」

張半仙說：「我也是剛看出來，雖然你身上氣運衰落，但你家宅中的風水不錯。」

郭師傅知道張半仙會看陰陽宅，是他有望氣的眼力，便問：「我這破屋還有風水？在哪兒呢？」

有能耐的人好賣弄，不願意把話說明了，張半仙也是如此，他拿手一指郭師傅家的灶臺。

郭師傅好生納悶兒：「怎麼個意思？再來碗麵湯？」

郭師家住在斗姥廟胡同一處老平房，裡外兩間，那時候的民宅，全是十平方米左右，兩間即是二十平方米，前頭加蓋一個小房，用來做飯及堆放雜物，裡屋住人。外屋牆角有個舊灶，還是早年間的土灶，多年不用，灶臺已然開裂，天熱的時候，裂縫中時常會有「窮蟬」爬出來，這玩意兒在老房子牆縫或磚下實屬常見，外形有幾分接近蟑螂，又像黃皮的蟬，後腿兒特別長，蹦得很高，因在窮人家年久失修潮氣重的破房子裡多見，故此得了「窮蟬」這樣一個稱呼。有些商周時期出土的青銅器，上頭鑄有蟬紋，其實不是真正的蟬，而是窮蟬。可見從古以來，窮蟬多在灶下出沒，郭師傅家的破灶臺，有時候蹦出一兩隻窮蟬，哪裡成什麼風水形勢，他以為張半仙還想喝麵湯。

張半仙說：「想到哪兒去了，你看看你們家灶臺後牆。」

郭師傅家灶臺後頭，有一幅灶王爺和灶王奶奶的年畫，那還是解放前糊上去的。灶王爺是家神，又稱灶君，畫中灶公灶母紅衣紅襖紅帽翅兒，胖墩墩的慈眉善目。俗傳每年臘月二十三吃糖瓜，是灶王爺上天的日子，這一天，上至王公下至百姓，都要祭灶，懇請灶王爺上天在玉皇大帝面前，多說人間的好話。當天最忌諱在灶君面前發牢騷說怨言，因此祭灶時不准女人上前，否則灶王爺聽了婦道人家的口舌，上天在玉皇大帝面前一說這家怎麼怎麼不好，一個稟帖兒打上去，便會折人陽壽，重者去一紀，輕者少一算，一紀三百天，一算一百天，舊時忌諱頗多，所以說男不拜月女不祭灶。臘月二十三祭完灶王爺，還要把灶臺上的畫像揭下來燒掉，年三十兒再重新糊上一幅。但自民國以來，逐漸沒有那麼多講究了，郭師傅家的灶王爺畫像，打他搬來也沒換過，居家過日子，灶臺上有灶王爺的畫像，再是平常不過，你挨家挨戶推門進去看，十家裡怕有八、九家如此，如何出了風水形勢？

張半仙說：「隔行如隔山，你不會看，當然看不出門道，我告訴你說，簡而言之，你們家灶臺連同灶王爺的畫像，自成一個形勢，是鎮宅八仙灶，能夠消災免禍。你千萬記住了，別拆別改，倒還不至於出事，一旦有了變動，你可要倒大楣。」

四

灶王爺和灶王奶奶在民間傳說中的身份，各地不盡相同，黃河以北，認為張奎夫婦為灶神，這兩口子是《封神傳》裡的人物，上天言好事，下界保平安。

郭師傅家的灶君年畫掛了很多年，牆下灶臺也是長期不用。張半仙告訴他，此乃八仙灶，能保氣運平安，但是哪天變了樣，郭師傅的大限就到了，除非盡快拿住刨錛打劫的兇犯，此外別無他法。

張半仙還要蹬板兒車拉大紙，別的忙他也幫不上了，說罷匆匆忙忙地去了。

郭師傅一個人坐在家裡尋思，過了會兒媳婦兒買菜會來，一看郭師傅坐著不動，問道：「老郭，你怎麼還不去上班？」

郭師傅回過神來，聲稱「渾身腦袋疼，滿腦袋牙疼」，總之是哪兒都不舒服，告幾天假在家歇一歇，又找個藉口，送媳婦兒先回娘家住上十天半個月。當天找來李大愣和丁卯，還有幾個以前同在巡河隊的人，跟大夥說明了緣由。他雖然跟刨錛打劫的惡賊照過面，也只看出此人三十來歲，中等身高，左耳有塊青色胎記，天津衛太大了，人口又多，找這樣一個人，可沒處打聽去，好在可以縮小範圍，此人使用刨錛打劫，必然做過木匠，也可能後來改行不幹了，但肯定跟木匠沾邊，城裡城外會做木工活兒的人有數。解放前天津的木匠們老家多在山東，大部分是出來掙錢，過春節還回山東老家，也有一小部分人定居下來。因為木匠祖師爺魯班是山東人，那邊有這個傳統，尤其講究師徒傳承，再一個不是單幫，有時來個活兒，一兩個木匠做不完，要找別的木匠幫忙，經常湊在一處，來往較多，所以相互間都認識，也許一輩子沒見過面，但提起來能知道說的是誰。從這些木匠師傅學徒的口中打聽，沒準能問出這個人來。

郭師傅他們一連幾天，四處找木匠打聽，包括以前做過木匠，後來改行不做的，其中有沒有一個長年住在天津，三、四十歲且左耳有塊胎記的人，腿兒都跑細了，可問到誰誰搖頭，全說沒這麼個人。

轉眼過去七、八天，一點線索也沒找到。這天下午，有個小夥子陷在西門裡大水溝，郭師傅親自下去把人摸出來，再看已經沒氣了。每年一過五月節，河溝水坑裡淹死的人就見多，越往後越忙。

老梁得知郭師傅前幾天請了病假，卻有人看到他送媳婦兒回娘家，這讓老梁十分惱火，認為這些從舊社會過來的人，脫不開又懶又饞的習氣。

郭師傅下到大水溝摸人，帶出一身臭泥，等候家屬認屍的時候，又讓老梁好一頓說，沒心思再去尋訪木匠。傍晚往家走，半路看見個推車賣羊雜碎的，人家這羊雜碎收拾得乾淨，不腥不膩，做得入味，也有單賣的羊肝羊蹄。他一聞那味道走不動了，捨不得買羊肝，買了兩個羊蹄，坐在賣羊雜碎的車前喝悶酒。

賣羊雜碎這位姓莊，他們家八代人賣過羊雜碎，別人都叫他莊八輩兒，六十多歲，每天推個小車在路邊擺攤兒。車底下掏空了裝有火爐，支一口鍋煮羊雜碎；車前是兩條板凳，能坐四、五個人。有人買完帶回家吃，也有趁熱坐在車前吃的，天黑後掛一盞馬燈照亮，後半夜才收。當天晚上沒什麼人，郭師傅邊喝酒，邊跟莊八輩兒有一搭沒一搭地閒聊，啃完的羊蹄殘骨，順手扔在一旁，忽聽路邊有窸窸窣窣的腳步聲，側頭看過去，卻不見一人。

五

莊八輩兒起先是在西北角賣羊雜碎，今年剛轉到西門裡。那時候路燈少，當天夜裡陰天，沒有星月之光，馬路上很黑，郭師傅聽到路邊有窸窸窣窣的響動。若是細聽，好像還有人低聲說話，可路上分明沒有人，他心覺奇怪，摘下馬燈過去看到底是誰。提燈一看，原來是十幾個小人，各個是五、六寸高，在撿被人扔在地上的羊骨。他也是膽大，抓起通爐子用的火筷子，對著其中一個就戳過去，那小人驚叫一聲撲倒在地，其餘的一哄而散。他提燈再看，有幾隻狐狸正叼起殘骨逃開，另有一隻被火筷子捅到翻著白眼裝死的狐狸崽子，發覺有燈光照過來，也躥起來逃了。

郭師傅心下一驚，問賣羊雜碎的莊八輩兒：「你瞧見沒有？」

莊八輩兒說：「狐狸還是黃狼？沒什麼，牠們常在此偷吃別人扔掉的羊骨頭。」

郭師傅心想：「人的時運衰落，身上陽氣就弱，會看見不該看見的東西，我當真氣數已盡？」

莊八輩兒看他神色恍惚，說道：「郭爺你累了，備不住看走了眼，黑天半夜難免的，你啊，睜一隻眼閉一隻眼，看見了只當看不見，那就對了，聽說你到處打聽木匠，可是要緝拿刨錛打劫的惡賊？」

郭師傅點點頭，心說：「好嘛，此事連賣羊雜碎的都知道了？」

莊八輩兒說：「昨天丁爺和李爺上我這兒吃羊雜碎，還問過我。你別看我是賣羊雜碎的，可解放前在我這吃羊雜碎的老主顧裡，也有好幾位是幹木工活兒的。」

郭師傅說：「您可知道有哪個木匠，大概三十來歲，左耳有塊青色胎記？」

莊八輩兒說：「那可沒聽說過，要真有這樣左耳有青胎的木匠，不至於找不出來。」

郭師傅聽說丁卯昨天已經來問過了，再問也是多餘，歎了口氣，起身想要往家走。

哪知莊八輩兒又說：「昨天丁爺問過我，我回去想了半天，想起當年有兩位木匠師傅，到我這兒吃羊雜碎，聊起一件挺嚇人的事……」

郭師傅心中一動，再不忙著走了，問道：「您給說說，是怎麼個事情？」

莊八輩兒告訴郭師傅，解放前，北門有個白記棺材鋪。棺材又叫壽材，一般是賣出去一口再做一口，棺材不敢多備，畢竟是發死人財，好說不好聽。除非有大戶人家，家裡老人上了歲數，會提前準備壽材。因為好木料不是隨時有，所以大戶人家一旦遇上好木料，便出錢買下來。事先說好了尺寸、寬窄、刷幾道大漆，付錢請棺材鋪的師傅做成壽材，內襯蓋板，兩端描金彩繪蓮花福字，裡面放進壽衣壽帽和全套的鋪蓋就可以了。做成的壽材不能進宅門，存放在棺材鋪裡，放個十年八年，那也是常有的事。如果別家死了人，臨時找不到好棺材，孝子可以跟提前備好壽材的主人商量，先借取壽材安葬先人，然後照原樣再給做一口相同壽材還回來。此乃積德行善之舉，通常自備壽材的主人家都會同意。至於普通人家，雖不至於窮到裹草蓆子，卻也用不起上好的壽材，大多使用最便宜的柏木板子，白茬兒棺材不刷漆，或者只走一道漆。當天要當天現做也來得及，所以棺材鋪常年備工備料。白記壽材鋪老掌櫃的自己會木工活兒，還僱了兩個山東的木匠師傅當長工。

十年前，白記棺材鋪關門大吉，兩木工師傅臨回老家的頭天晚上，到莊八輩兒的攤子上喝酒吃羊雜碎，當時兩木匠就說他們棺材鋪東家遇到鬼了。

六

西門裡的壽材鋪，東家姓白，自己會做木工，另僱了兩個夥計，後邊還有兩位木匠師傅，並排三間鋪面，左邊放壽材，右邊是帳房，當中接待主顧。買賣做的不小，可壽材鋪不是飯莊，沒有門庭若市的時候，只是棺材利兒大，特別是大戶人家來取棺槨，那是要多少錢給多少錢，從無二價，也許一個月不開張，開張一次夠吃三個月。老東家去世之後，他兒子白四虎接下了家產，有一個四合院，還有壽材鋪的生意，白四虎不會打棺材，有時會在旁邊盯著木匠幹活兒。他為人少言寡語、窩窩囊囊，壽材鋪的夥計和木匠師傅，欺他不懂帳目，串通好了私底下吃錢，賣出多少棺材也是虧空，買賣是一天不如一天。

白四虎不得已，將家裡的房子一間一間地賣掉，只留下兩間破屋，平時跟兩個夥計住到店裡，兩木匠師傅住在後邊。有一天下午，備好的壽材讓人取走了，天黑以後壽材鋪裡的人都睡覺了，只聽外邊有人砸門。

深更半夜砰砰敲門，換作別的店鋪，夥計非急了不可，但棺材鋪和藥鋪有個規矩，主顧多晚來都沒問題——半夜跑到棺材鋪和藥鋪敲門的人，家裡定有生死大事。所以夥計一聽叫門，馬上披衣服爬起來，門上有個小插板，也是為了防備盜匪，不開大門，只把插板打開往外看，就見壽材鋪外有人提著白紙燈籠，說是某家死了人，讓店裡趕緊給備壽材。正是三伏天，死人擱不住，急等著用，明天務必取走，說完扔下定錢，趕著往親戚家報喪去了。

壽材鋪裡的人一看來買賣了，也別睡了，都起來幹活兒，在後屋點上燈，兩木匠立即備料釘棺材，兩個夥計跟著打下手，全在那兒忙活。按老例兒，夜裡起來幹活，東家得把早飯備好，不是平常的早點，必須有魚有肉、米飯白酒，幹完活吃飽喝足了好補覺。白四虎一看沒有他插手的地方，便去菜市買菜。話說這時候，是四更天不到五更，五更才雞叫，四更是後半夜，天還沒亮。

出了西門裡大水溝，有個菜市，五更過後開始有趕車賣菜的鄉農，要趕早只能去這個地方。白四虎出來得太早，還沒走到菜市，天上忽然打下個炸雷，暴雨如傾，把他淋成了落湯雞。他急忙找地方躲雨。大水溝一帶沒多少住戶，有些清朝末年留下的老房子，白四虎看路邊有間破屋，木板門拿麻繩拴著，屋裡黑燈瞎火，應該是沒人住的空屋子，當下解開麻繩，推開門躲到屋中，想關門卻關不上了。

外邊疾風驟雨，吹得破門板不住撞牆，門板上原本安有銅鎖，不知讓什麼人撬掉了，留下兩個窟窿。白四虎又用麻繩穿進去，重新拴上門。借著窗外閃過的雷電，他看見屋裡四壁空空，積滿了塵土，只有一個土炕，於是他蹲到土炕上，閉目等著雨勢減小。大約過了一頓飯的工夫，身上突然一陣發冷，同時聽到有人在屋裡來回走動，他睜開眼一看，驚見一個女子，低了頭在屋裡繞圈。

白四虎大駭，他蹲在炕上，張著嘴瞪著眼，呆住了不敢稍動。屋中的女人忽然走到他面前，只見這個女人臉白如紙，一頭長髮，口中吐出一條舌頭。白四虎正自手足無措，眼看女人的舌頭伸過來，立即往旁躲避，舌頭舔到了他左耳上。他狂呼驚走，跳下炕來想推門逃出去，奈何拴住門戶的麻繩浸過水，越纏越死，急切間竟然推不開。白四虎只好用頭撞開窗子，連人帶窗撲到外邊，當即昏死過去。這時到了五更天，有過路的人把他救起，左耳已是血肉模糊。事後得知，前些年有個女人在這屋裡上吊身亡，破屋空置至今，從來無人敢住。定是遇上吊死鬼了，白四虎受此一番驚嚇，腦子開始變得不大正常，不久棺材鋪倒閉關張，店中的夥計木匠各奔東西，聽說白四虎改行做了屠戶，往後也沒再開過棺材鋪。

十幾年前，莊八輩兒賣羊雜碎時聽棺材鋪兩位木匠提及此事：白四虎不會做木工活兒，左耳上的痕跡也不是生下來便有的胎記。莊八輩兒的嘴勤，有什麼說什麼，想起來他就同郭師傅說了一遍。他還聽那兩位木匠師傅說到，外邊有傳言說，棺材鋪老宅中有寶，那是白家祖上埋的寶，給後人留下過話：即使哪天吃不上飯了，也不許賣這兩間正房。

按年份推算，庚子年拆天津城，白家是撿舊城磚蓋的房子，是白四虎爺爺輩兒置下的房屋，到如今一九五四年，也才不過五十來年，可當初埋寶的秘密沒能傳下來，沒人清楚宅中有什麼寶。白四虎就更不知道了，他曾在家中挖地三尺，無奈什麼也沒找到。

七

白四虎棺材鋪的買賣有內賊，虧空大的堵不上了。他腦子雖然不好，卻記得先人交代過的話，留下兩間正房沒賣，但也始終沒找到任何東西。他那兩間房在糧店胡同，離北站不遠，反正解放前他是住那一帶。往後的事，莊八輩兒就不知道了。

說者無心，聽者有意，郭師傅怎麼聽怎麼覺得白四虎是他要找的兇犯。頭一個，歲數對得上，二一個，左耳有傷痕，雖然沒當過木匠，卻開過棺材鋪。所以說，人熟是一寶。要不是認識莊八輩兒，人家願意跟他念叨陳芝麻爛穀子的舊事，怎能知道凶徒左邊耳朵上不是胎記，當年也沒做過木匠，原來以前問得全不對，難怪打聽不出來。

郭師傅謝過莊八輩兒，起身回家，轉天一早，他和丁卯去北站附近打聽了一下，真有這麼個白四虎。周圍鄰居都說此人老實巴交，平日裡很少出門，除了口重，吃鹽吃的多，也沒有任何反常的舉動。

郭師傅探明了，不敢打草驚蛇，回去告知老梁，北站糧店胡同有個白四虎，很可能是刨鋛打劫的兇犯。

老梁雖然信得過郭師傅，可此事比較棘手。「刨鋛打劫」在天津衛傳了十幾年，前前後後至少有二、三十條人命，使得民心不安，城裡人多的地方還好，天黑之後，周邊的偏僻所在沒人敢去，可這個兇犯作案沒規律，從來不留活口，緝拿了十年沒有結果。拿賊要拿贓，無憑無據，總不能進屋就抓人，你不把刨鋛打劫的兇器找出來，怎麼認定是白四虎所為？

不過官衣兒要想查個人，可太容易了，以查戶口為名去敲白四虎家的門，先摸摸此人的底。當天中午就派去了兩個人，敲開門還沒等問話，白四虎突然撞開人就逃。派去的公安一看這人就知道是做賊心虛，一個人從後頭緊追，留下的那個人進屋查看。進到裡屋，公安看到竟有河神郭得友的牌位，感到奇怪不解，納著悶兒再往炕上一看，躺著白乎乎的一個人，怎麼跟個雪人似的，定睛細看，卻是滿身鹽霜的一具女屍。

這案子可大了，公安、民兵、巡防隊乃至駐軍，出動了不下七、八百人，分成幾路追捕逃走的白四虎。這就沒處跑了，最後他們在一條臭水溝裡把人抓住了。二十多人在臭水溝中又摸了兩天，摸出了白四虎扔下的刨錛，鐵證如山，容不得他不認。白四虎供出解放前他怎麼在地攤兒上看到刨錛，怎麼起了歹心，購得刨錛揣在身上，分別在哪些地方做過案。有一次，他刨倒了一個外地來的女人，他見這女子頗有姿色，便趁天黑將死人帶到家中，每天跟女屍一同睡覺。一年之後，死屍竟有了身孕，再後來現出腐壞之狀，他怕有屍臭傳出去讓鄰居發覺，便用大鹽醃著。聽外邊傳言說郭師傅要來拿他，他心下驚慌不知所措。女屍給他出主意，讓他打板上香，供上郭師傅的牌位，拜幾天此人必死。沒想到剛過了幾天他就被捉拿歸案了。

老梁認為供詞非常詭異。可見白四虎迷信思想甚深，女屍怎麼可能生孩子，還給此人出主意？再說打板兒上香能把人拜死，世上哪有這種事？白四虎刨倒的女子，起初應該是腦死亡，肉身還活著，後來肉身懷了胎，屍身腐壞發臭。那時候是真死了，因白四虎不明究竟，以為這女人進家之前已是一具死屍。民間將腦死之人稱為活屍，他這麼說也對，至於白四虎聲稱前幾天女屍忽然開口說話，定是他自己胡思亂想出來的。最後是怎麼定的案，如何批捕，如何伏法，不在話下。

至於白四虎屋中的女屍，端午那天是不是真的說話了，給白四虎出主意，打板兒上香拜死郭師傅？

這麼跟您說，女屍裹在鹽霜裡，不可能開口出聲，但也不是白四虎聽錯了。您別忘了，白四虎糧房店胡同的老房子裡有東西，怎麼找也找不出來。實際上跟他說話的不是女屍，而是另有其人。如果是短篇小說，「刨錛打劫」一案告破，兇犯認罪伏法，咱們講到此處也該完結了，可河神的故事卻是長篇，裡頭有個前因後果，說到後文書「糧房胡同凶宅」，才能解開前邊的扣子。

八

那兩年街頭巷尾議論紛紛，都在傳郭師傅連破三個奇案「河底電臺」、「人皮炸彈」、「刨錛打劫」，其中不乏以訛傳訛的內容，比如「人皮炸彈」，原本是用死狗偷運菸土，傳來傳去，不知怎麼給傳成往小孩肚子裡裝炸彈了，反正越是捂著蓋著，社會上傳得越離奇。「刨錛打劫」一案本身就怪。白四虎躲在家裡，絕沒人想得到是他，他鬼使神差偏要去找郭師傅，所以說活該他死，該死活不了。

白四虎這個人也是邪行，刨死一個外地女子帶回家，將女屍當媳婦兒。據說那女屍還給他生了個孩子，糧房店胡同凶宅中有殭屍媳婦兒、鬼孩子的傳說就傳開了，那兩間房子被封，人們都說是凶宅，周圍的住戶想到這麼些年隔壁躺著一具女屍，屍身上的鹽抹得太多，長起了白繭般的鹽霜，有誰能不發怵？所以該搬走的全搬走了，糧店胡同住戶本來不多，這一驚動，又空了一多半。

舊時地名起的隨意，糧店胡同以前有過官辦糧房，故此稱為糧店胡同，其全稱是糧房店胡同。在北站邊上，臨近「寧園」。寧園是清朝末年建的一個種植園，裡頭有開挖出來的湖。民國二十年，也就是一九三一年改為北寧公園，到了二十世紀五、六〇年代，人們還是習慣用「寧園」的舊名。

白四虎家就住北站寧園糧房胡同。他被抓捕槍斃之後，房產充公，門上貼了封條，周圍的住戶並不多，後來北寧公園擴大湖面，拆了不少老房子。白四虎的兩間房也在那時候拆掉了，這全是後話，暫且按下不表。

白四虎家中的女屍，死了不下十年，解放前來逃難的外地人多，兵荒馬亂，查不出身份了。死屍送去火化，糧店胡同的房子貼了封條，此案算是告一段落，社會上不明真相的人多，仍是謠言四起，說什麼的都有。

郭師傅不敢居功，這不是他一個人能破的案子，也輪不到他立功。一九五四年六月底白四虎被槍斃了，社會治安越來越穩定，郭師傅的運氣說不上好，也說不上壞，日子一天天的過去。轉眼到了一九五七年，連降暴雨，海河水位猛漲。

「河神」裡提到最多的海河，河道並不算長，打從金鋼橋開始，直到大沽口入海，全長七十三公里，但是海河的水系很大，共有五大支流，分別是：北三河、永定河、大清河、子牙河、漳衛南運河。五大支流又分出三百多條河道，形同在華北大地上展開的扇子面。天津衛的海河好似扇柄，至此突然收窄，地勢是西北高，東南低，北有燕山，西有太行山，東南則是大平原。發源於高原的河流，侵蝕疏鬆的黃土，吞下大量泥沙流進海河，致使海河河底年復一年地往上抬升，應對洪水的能力越到下游越不行，所以經常發大水。

夏汛期河水陡漲陡落，各次洪水皆是來勢兇猛。根據記載，明代在天津設衛鑿城以來，海河流域發生過三八七次嚴重水災，天津城讓大水淹過七十多次，軍民房屋多受水患之害。解放後毛主席曾做出指示，一定要根治海河水災。因此每到旱期，國家都要給海河清淤，同時挖防洪的溝渠。

到了一九五八年夏季，氣候反常，連續幾個月沒有降雨，酷暑悶熱，人們貪圖涼爽，下河游野泳的人多了起來，接二連三的有人被淹死。伏天裡頭，即使不會水的人，也忍不住到河裡洗個澡。由於天旱，水位低，河底的淤泥水草接近水面，下去很容易陷在臭泥中，或是被水草纏住，越掙扎纏得越緊，水性再好也活不了。

有一天，郭師傅在河上打撈浮屍，忙完了回到家，太累了，睡得很早，半夜聽外屋有聲響。他以為進來賊了，穿上鞋出來看，一看外屋沒人，可一抬頭，牆上的灶王爺畫像，把他驚出一身冷汗，畫中的灶王爺和灶王奶奶臉變了。

那是毛茸茸的兩張怪臉，四個黑溜溜的眼珠子來回亂轉。郭師傅抓起鞋子扔過去，就見兩個毛色蒼黃的東西，從灶臺上跳下，由門底縫隙間鑽出去逃走了。原來是兩隻大狐狸蹲在灶臺上。

郭師傅看鞋子扔在了灶王爺畫像上，這還了得，趕緊用手去擦鞋印，怎知畫像在牆上貼了多年，畫紙已經糟了，用手一抹，畫像便碎了，再也不可能恢復原狀。

前幾年他在莊八輩兒的攤子上吃羊雜碎，用火筷子捅倒一隻狐狸崽子，到底是不是這東西上門尋仇，郭師傅也無從追究，反正八仙灶的風水破了，恐怕不是祥瑞之兆，但他無論如何也料想不到，「糧房胡同凶宅」裡的東西要出來了。

第十六章　海張五埋骨

一

郭師傅家的灶王爺畫像被毀，按張半仙的話說是破了風水，要走背字兒，可他整天忙著撈河漂子，也沒顧得上多想。

第二天，老梁找到郭師傅，說是各部門各支隊都要抽調人手充河工，挖掘防洪溝治理河患，他決定讓郭師傅和丁卯去參加勞動。

從此他們倆每天去挖大河。挖河是最苦最累的活兒，尤其是悶熱無雨的夏季，天熱得好似下火，頂著毒辣辣的日頭，挖河溝裡的淤泥，淤泥讓烈日一曬，泛出青綠的顏色，臭不可聞，郭師傅不止挖大河，什麼時候河裡淹死人，他們還得趕去打撈死屍。

防洪溝主要是趁旱期水枯挖開河道中的淤泥，加深拓寬河道，遇上暴雨，不至於讓大水直接灌到城裡。郭師傅和丁卯挖大河的地方在西北郊區，綠隴遍野，有大片菜園，再往西不遠是「得勝口」，古稱小稍口。清朝咸豐年間，林鳳祥、李開芳指揮太平軍北伐，打到小稍口準備渡河，突然受到民團伏擊，在此一潰而敗，因此朝廷賜名「得勝口」。

天氣炎熱，兩撥人輪著挖大河。這天中午，輪到郭師傅歇晌，河工們圍著他，讓他講海河裡的水鬼。

郭師傅不敢說鬼神之事，怕說錯了話，又惹得老梁惱火，想起往西是「得勝口」，又聽說此地有海張五的墓，便說了個關於海張五的段子。清朝末年，海張五是天津衛第一有名的大鹽梟。他幼時隨母乞討為生，後來闖過關東，回到天津衛當了吃鹽運的混混兒。舊社會鹽稅很重，但家家戶戶要吃鹽，誰也離不開。鹽又是從海裡來的，無本的買賣，各行各業做什麼買賣，皆是「將本圖利」，只有鹽商是無本取利，所以清末的巨富全是鹽商。天津又出鹽，別人運鹽他海張五去要保護費，不給錢便是紅刀子進白刀子出，白手起家占了鹽運，就這樣發的財。當年太平軍北伐打到天津城，他出錢組織民團練勇，埋伏在稍直口打排槍，太平軍一片一片倒在民勇的土槍下，兵敗如山倒，終於讓僧格林沁的馬隊殲滅。海張五由此受到朝廷賞識，封了個從三品的武官，別看有了頂戴花翎，斗大的字他識不了半筐，扁擔橫在地上不知道念個一。有一次欽差大臣下來視察，海張五前去接待。跟欽差大人敘話，說完了公事，為了顯得近乎，上下級之間拉些家常，海張五問欽差大臣家裡有幾個孩子？欽差大臣說有兩個犬子，說完了也問海張五家裡的情況。海張五心想：「欽差這麼大的官，尚且稱家裡的公子為犬子，我一個從三品的武官該怎麼說，總之我家的孩子，無論如何也不能跟欽差的公子相提並論。」當下欠身答道：「讓老大人見笑了，下官家裡只有一個王八羔子。」

挖大河的河工們聽完都笑，正要讓郭師傅再說一段，忽聽挖河泥的那群人一陣譁然，他們竟在淤泥下挖出了怪物。

二

一九五八年天津衛兩件大事，一是跟隨形勢大煉鋼鐵，二是抗旱防汛挖大河。挖河主要是挖洩洪河，當時真挖出了不少東西，因為河泥淤泥年久，埋住了河邊的墳地或村子，所以會挖出幾百年前的東西。現在一些上歲數的人，說起當年的事還有印象，即使不是親眼目睹，也都有所耳聞。真正可驚可駭的，前後有四次，郭師傅和丁卯見到的是第四次。

城外挖洩洪河防汛溝的地點有十幾處，四次並不在同一地點，頭一件怪事出在子牙河。那一年挖大河，白天幹活兒，挖出淤泥，裝在小車上推走，河邊搭了大棚，離家遠的幾個河工，晚上在大棚裡過夜。夏天悶熱，蚊蟲也多，但是挖河泥的活兒太累，河工們一躺下就睡著了，這時大棚外來了六個穿黑衣服的小孩，長得都差不多，推開棚門，進來對河工們說了些莫名其妙的話，什麼「我們兄弟一直住在這兒，別讓我們分開」。當時沒人聽得明白，也不知這六個小孩從哪兒來的，想要追問，卻見棚門關得好好的，已不見了那六個孩子的去向，河工們以為是做夢，轉天接著挖河清淤，在河泥下挖出六個鐵貓。鐵鑄的大貓，長滿了鏽蝕，看不出細部，輪廓像貓，不知道是什麼朝代沉在河中的東西，那時候為國家獻銅獻鐵光榮，走到路上撿根鐵釘子都不忘上繳，因此六個鐵貓被送去打成了土鐵。河工大多是以前魚行腳行出身的苦力，這些人很迷信，認定那天的六個小孩，是河底六隻鐵貓所變，古物有了靈氣，毀之不祥，暗中燒香禱告，但是此後也沒有別的怪事發生。

第二次是在西門外。老時年間，天津衛有四座城門，分別是「拱北門、鎮東門、安西門、定南門」，庚子年城牆城門全部拆除，但人們仍習慣沿用舊地名。西門外有條牆子河，曾經是城下壕溝，在那清淤挖泥，挖出個老墳，裡頭沒有棺材，是很窄的夯土坑，躺著一具乾屍，朽爛的衣服還在，裹著死屍。挖大河清淤那幾年，挖出的墳墓不下數百，只有這個嚇人，那乾屍臉部凹陷，或是頭上沒有臉了，下頜到眉骨是拳頭大小的一個凹坑，積了黃水，惡臭難聞，過後古屍讓誰收走就不得而知了，此事引出不少謠言，但都不盡可信。

第三次是在窯窪浮橋，那曾是清朝直隸總督衙門的所在地。河工挖洩洪河挖出一條怪蛇，尺許長，像小孩兒的臂膀一樣粗細，遍體赤紅，頭上有個肉疙瘩，奇怪的是這條蛇會叫，口中能出聲。有個膽大的河工，掄起鐵拍死了怪蛇，血濺到周圍的人身上，皮膚便開始潰爛流膿，為此死了兩、三個人。過後也有謠言說那一年屬龍屬蛇的有災，必須吃桃避劫，造成一度無桃可買。

第四次讓郭師傅趕上了，正是他們挖大河的那個地方。這次更邪乎，挖河泥挖到塊兩張八仙桌面大小的青石板，厚達數尺，輪廓像某種動物，陰刻水波紋，既然有石板，下邊準有東西。

河底淤泥中挖出的石板上似有碑文，依稀有「張錦文」三字，還有是什麼年什麼月之類，起初以為是海張五的墓。海張五原名張錦文，他在天津衛的名聲非常之不好，一是沒功名，你武官也得是武舉出身才受人敬重。功名說白了就是文憑，在封建社會有功名可不得了，一個人有了功名，身份和地位便不同一般百姓，比如同樣犯了王法，雖然也會被帶上公堂接受審問，但是有功名在身的人，見了縣官不用下跪，有過錯不准責打，要先革去功名，方可責打。海張五一個地痞無賴白吃白拿滾熱堂的主兒，當官當得再大，說起來也教人瞧不起。他出身不好，認的字也不多，不過心眼子不少，給朝廷寫摺子全是師爺代筆。這還沒什麼，主要是咸豐八年英法聯軍打進來的時候，此人替聯軍當過走狗，名聲從那會兒徹底臭了，百姓們沒有不罵他的，據說海張五死後，便被埋在西門外。

大夥覺得這有可能是海張五的墓。挖開也就挖開了，何況海張五官兒不小，做過鹽梟，家裡有的是金銀財寶，墓裡備不住有些好東西，趁亂拿走一兩樣，豈不是白撿的便宜，眾人存了這個念頭，各個卯足了勁挖泥，誰承想挖開淤泥石板，才發現這根本不是墓穴，從裡邊出來的東西把河工們都嚇壞了。

三

一眾河工撬開石板，喧聲四起，旁邊輪歇的人們也都趕過去看，郭師傅和丁卯擠到前邊。只見石板下是個大洞，壁上全是土鏽，黑咕隆咚的不知有多深，看來像是海張五的墓，沒人見過這樣的墓穴。有兩個膽大不怕死的河工想下去，讓人找繩子，繩子還沒找到，忽聽洞裡有聲響傳出，好像許多秫秸稈被折斷了。

河工們無不吃驚，兩個打算下去的人這會兒也怕了，聽那聲音又像潮水升漲，由打深處越來越高。眾人臉上變色，感覺洞裡有東西要上來，想到老時年間的傳說，龍五爺捆住旱魔大仙扔進一口古井，那地方正是在西門外，難道挖大河挖出了旱魔大仙？

河工們心裡發怵，都不由自主地往後縮。丁卯膽大包天，還要往前去看，讓郭師傅一把拽到後邊。此時從洞裡衝出大群黃尾蜻蜓，多得沒法數了，烏泱烏泱的飛出來，恍如一團黃雲，遮天蔽日地盤旋，看得眾人身上直起雞皮疙瘩。那些黃尾蜻蜓樣子很怪，只有一對翅膀，頭寬尾細，飛不了多高。轉眼四下散開，沒頭沒腦地落到田間地頭，附近的小孩們都跑著到處捉蜻蜓，也引來鳥雀啄食。挖大河的人們卻都呆了，這輩子沒見過這麼多黃尾蜻蜓，淤泥下的大洞中又怎會有蜻蜓？

中午挖出一個大洞，下午有人來找郭師傅和丁卯，子牙河淹死一個游野泳的學生，陷到河底的水草淤泥中撈不出來，讓他們趕去幫忙。二人匆匆忙忙地去了，不說郭師傅怎麼去子牙河撈屍，單說其餘的河工們圍著大洞議論紛紛。有迷信的人說，蜻蜓是旱魔大仙的化身，誰碰誰死，不讓孩子們去捉，難怪今年旱得厲害，說不定旱魔大仙要出來了；還有人說是河脈龍氣所變，不是好兆頭。各說各的話，莫衷一是，惹得人心惶惶。到了下午，洞中不再有蜻蜓飛出來，但也沒人敢下去了。耽擱到傍晚，天一擦黑就沒法再幹活兒了，河工們也是怕出事，先把石板蓋上，如果明天繼續挖，洞口必定是越挖越大，天知道裡邊還有什麼東西。

天色漸晚，留下三個人住在大棚裡守夜，看著挖河泥用的鏟鎬和獨輪車，其餘的人都走了。夏更天黑得晚，已是夜裡八點左右，留下的三個人可沒閑著。他們三人是解放前魚行的苦力，結為盟兄弟，老大、老二和老三，老大是個蔫大膽，老二鬼主意多，老三手腳不乾淨，小偷小摸。物以類聚，人以群分，他們仨敢偷敢搶的窮光棍湊一塊，憋不出半個好屁。等別的河工都走了，他們吃過飯，守在漫窪野地裡，用草紙燒煙熏蚊子，四顧無人，又看雲陰月暗，不免生出貪心邪念。

老大說：「你們哥兒倆說說，河底下這個大洞裡有什麼？」

老三說：「別是有旱魔大仙？」

老二說：「愚民胡說八道，哪有那回事，石碑上有張錦文的名字，我看一定是海張五的墓。」

老大說：「老二說的對，淤泥下的石板是墓門，下邊有海張五的棺材。」

老三說：「墓中怎會有那麼多蜻蜓飛出來？」

老二說：「你真是一腦袋高粱花子，那是墓中寶氣所變。」

老三說：「大哥二哥，我明白了，聽你們說話這意思，是打算……」

老大說：「打算幹什麼，那還用說嗎？海張五是大鹽梟出身，打太平軍有功，封為朝廷命官，有的是錢，他墓裡陪葬的全是好東西。」

老二說：「明天再往下一挖，海張五身邊的珠寶全得交公，現在卻只有咱們三人在此，不如下去拿它幾樣，機不可失，時不再來啊！」

老大和老三不住點頭：「人不得外財不富，馬不吃夜草不肥，誰願意窮一輩子，此時機會擺到眼前，還沒膽子下手，那就活該受窮，餓死也沒人可憐。」

三個人商商量量，準備下到洞裡挖出海張五的棺材，當即收拾傢伙，捏了個紙皮燈籠揣在懷裡，纏起幾根火把，帶上挖大河的鎬鏟和繩索，趁著月色正黑，摸到河底的石板近前，看時辰剛好在三更前後。偷墳掘墓，正是後半夜幹的活兒。

四

時逢大旱，河道水枯，荒草深處連聲蛙鳴蟲叫也沒有，四下裡黑咕隆咚，按說至少該留下一個人在洞口接應，另外兩人下去開棺取寶。可三個人互不放心，親哥們兒也會因財失義，何況只是盟兄弟，商量到最後，哥兒仨決定一同下去，得了寶三一三十一，每人平分一份。洞口的大石板白天已被鑿裂，再扒開輕而易舉，他們喝了幾口白酒壯膽，老大握著火把照亮，也是防備洞底有蛇，老二背了條麻袋裝東西，老三手持撬棺材用的鏟子，找來三條長繩，一端綁在河邊大樹上，一端拋進洞中，把三捆繩索都放盡了，勉強到底。三個人一同順繩子下去，只見這個大洞，直上直下，又深又闊。外頭悶熱無比，裡邊陰氣襲人，他們一進去，不約而同地打個寒顫，周身上下生出毛栗子。

河底走勢垂直的洞穴，深處通到更大的洞窟。說也奇怪，洞中有個極高大的石墩，有稜有角，兩丈多高，上窄下闊，周圍黑漆漆的看不見盡頭，只覺陰風陣陣，落腳處滿是泥濘。他們以為河底石墩裡有海張五的屍身，應該是個大石槨，可也太大了。用手抹去泥汙，借著火把的光亮打量了半天，怎麼看怎麼不像是棺槨，而是沉到河底的一座白色石塔。塔高五重，通體白石，裡頭是實心的，下邊的臺座八面八方，嵌著冷冰冰的大銅鏡，抹去泥水，大銅鏡還能照出人臉，有半截陷進泥中。哥兒仨心裡都犯嘀咕，他們再沒見識，也能看出不是海張五的棺材。

要說那位海張五，一個臭要飯的能從窮坑裡爬出來，做到鹽運大把頭受封朝廷命官，有此等作為，絕非等閒之輩，論心機論膽識，皆是第一等人物。不光會耍胳膊根兒，能做買賣能打仗，遇事兒豁得出去，逮住機會拚命往上爬。可本事再大，也不是出家的僧人，不該在自己的墓中放座石塔，況且是有八面八方底座的寶塔，他們不由得想起了鎮妖塔。

天津衛地處九河下稍，自古以來水患不絕。當年青蛇白蛇鬧許仙，讓法海和尚壓在雷峰塔下，從此寶塔鎮妖的傳說深入人心。以前說起《白蛇傳》裡的白蛇，不能跟近代港臺電視劇表現的白娘子相比，港臺電視劇裡將白娘子美化了。舊時說起來那就是個妖怪，放出聲色迷惑正人君子，她給許仙的錢全是偷國庫的，又水漫金山，淹死無數軍民，壓在塔下罪有應得，也說明自古便有造塔鎮妖的風俗。清朝末年商賈們為了行善積德，出資造塔，有的用於鎮妖辟邪，有的用於收斂無主屍骸，老天津衛沒人不知道鎮妖塔和養骨塔。白天挖出的石板上有海張五的名字，因為這是海張五出錢，是用於填河擋煞的八卦鏡鎮妖塔。

老大和老二眼見這沒有海張五的棺材，仍不死心，舉著火把到處看，洞裡全是散發腐臭的死魚。

老三說：「哥哥哎，塔底下不知鎮著什麼鬼怪，驚動不得，咱們趕緊出去，別撞上什麼才好。」

老二說：「老三你這輩子成不了大事，二他媽換房檁——頂到這兒了。」

老大說：「老二，我也沒想到這裡是鎮妖塔，不是海張五的墓，沒值錢的東西，不行咱先撤？」

老二說：「大哥，咱擔驚受怕下到河底一趟，總不能空手而回，不如把塔座上的銅鏡撬下來。」

老大說：「嗯……這幾面大銅鏡，不下百十斤，哪怕撬下來獻給國家，也少不了有咱們兄弟一份功勞，此乃現成的便宜，不能讓旁人撿了去。」

老三說：「是是……還是二哥主意多，別聽我的，我是二他媽哭孩子——二死了。」

老大說：「快動手，免得耽擱到天亮，那可是二他媽剝蒜——兩耽誤。」

說話之時，不知從哪兒刮來一股子陰風，三個人手裡的火把全滅了。

有火把照亮的時候，他們還都有幾分賊膽，火把一滅，眼前黑得伸手不見五指，頓覺毛髮森豎。老大忙張羅著找火柴，劃火柴重新點上火把，火光剛亮起來，陰風一轉，火把又被吹滅了，接連點了幾次火把，點一次滅一次。

五

三個光棍心裡發了毛，怎麼一點火把那股子陰風就吹過來，這不邪了嗎？哥兒仨心驚肉跳，也顧不上撬銅鏡了，只想盡快出去，可是兩眼一抹黑，伸出手去到處摸，找不到放下來的繩子在哪兒。

老三找不到繩子，急道：「大哥你再點上一根火把，照個亮咱們好出去！」

老大伸手掏火柴，一掏心裡邊一涼，只剩最後一根火柴，如若點上火把再被陰風吹滅怎麼辦？

老二說：「別點火把了，不是還有個紙皮燈籠嗎，紙皮燈籠能夠防風，只要有些許亮光，找到繩子就好辦了。」

老大說：「沒錯，你看我都急糊塗了，可不是帶著紙皮燈籠嗎！」他到懷中摸出疊起的紙燈，抖開來支上蠟燭，三個人圍在一塊，閉嘴屏息，伸手遮風，心裡暗暗念佛，千萬別讓燈籠滅了，西天佛祖太上老君玉皇大帝前後地主龍王，把能想起來的神佛挨個求了一遍。

老大手都顫了，哆哆嗦嗦地劃著最後一根火柴，點亮紙皮燈籠。眼看燈籠亮起來沒滅掉，三個人長出一口氣。提著燈籠一轉身，嚇得老大險些把手中的燈籠扔出去。

火把滅掉這麼一會兒，哥兒仨再點起燈籠，立時照到幾張面如白紙的人臉，也不知這些人是從哪兒出來的。紙皮燈籠不過是用紙皮子疊成的簡易燈籠，三圈竹篦糊上紙，當中插根蠟燭。住大棚的河工夜裡上茅房，勉強照個亮，照不了多遠，在漆黑的河底洞穴中，亮度更為有限，他在燈籠前邊隱隱約約看到有幾個人，燈籠照不到的黑處好像也有人。那些人一個個渾渾噩噩，面無人色，衣衫襤褸，有的甚至沒衣服，身上瘦得皮包骨頭，什麼歲數的都有，大多是男子，年紀小的只有十來歲，直勾勾盯著他們三個，一言不發。

哥兒仨心裡納悶兒，河底下哪來這麼些人？以前有種迷信的說法，鬼在燈底下沒有影子。舉著燈籠照過去，眼前那些慘白又沒有表情的臉，好像有影子，又好像只是人頭。洞裡太黑，睜大了眼也看不清楚，想來不會是鬼，倘若真是橫死的陰魂，他們三個人早沒命了。老大壯起膽子去問，想問那些人是從哪兒來的，怎麼會在河底的大洞中。

那些人臉色木然，一聲不吭，看到燈光，便越湊越近，似乎能聽到呻吟哭泣之聲。

老大心想：「洞裡這麼多人，是不是別處的河工被困在此地，沒有燈光找不到路，想跟我們出去？看樣子困在河底可有年頭了，是吃死魚為生？」他也不敢往別處想，即便有心不答應，那夥人已經湊到跟前了，他們三個光棍也沒辦法，還能不讓人家跟著嗎？三個人你瞧瞧我，我看看你，感覺有陣陰風圍著他們打轉，眼見紙皮燈籠隨時會滅，心裡邊好似十五個打水的吊桶——七上八下，不由自主地往後退。

老大手提紙皮燈籠轉過身，到處找之前放下來的繩子。其實繩子離得不遠，一伸手便能搆到，剛才黑燈瞎火心裡發慌沒摸到，他見了救命稻草，心裡踏實了幾分，可旁邊的老二和老三好似突然讓蛇咬了，身上直打哆嗦。

老大是個蔫大膽，人蔫膽大，心裡奇怪這兩兄弟怎麼了，要怕也是怕身後那些人，面前不就是那座塔嗎，看見什麼了？舉目一看塔下的銅鏡，他頭皮子發麻，魂兒都飛了，原來那銅鏡裡只有他們哥兒仨，緊跟在身後那些人，一個也沒有出現在銅鏡之中。

哥兒仨霎時間明白了，跟在身後不是人，全是孤魂野鬼。三個人嚇得臉都青了，心裡想著要逃，怎知那些餓鬼從後邊伸出手來，抓住他們往後扯。這時候是爹死娘嫁人，個人顧個人。老大拼命掙脫，他搆到身前一條繩子，也顧不得兩兄弟了，扔掉紙皮燈籠，雙手拽繩，兩腳蹬著石塔，爬上洞口。

轉天河工們來了一看，老大躺在淤泥中，只比死人多口氣兒，趕緊架起來問是怎麼回事，其餘兩個守夜的人哪兒去了？

老大受這一場驚嚇，又出了人命，沒法隱瞞不報，一五一十地全說了。他說以為下面是海張五的墓，同兩個兄弟下去撿便宜，怎知河裡是鎮妖塔。

六

一九五八年挖大河，搭上兩條人命，挖出個鎮妖塔，社會上的謠言自然不會少。在當時來說，出了人命也不是小事，活要見人，死要見屍，可誰都不敢下去。沒辦法，等郭師傅過來，請他帶人下去查看情況。郭師傅也是吃那碗飯，辦那樁差，他和丁卯等人帶上手電筒，下到河底的大洞裡，看下邊果真有座塔。兩個河工倒在淤泥中，臉色發青，像是活活憋死的，綁上繩子拖上洞去。白天下去的，沒看見有鬼，不過郭師傅撈河漂子守義莊，以前沒怵頭過，這次可讓他感到毛骨悚然，怎麼呢？原來河底淤泥中有不少死屍，白乎乎的好似裹了層繭。郭師傅和丁卯在撈屍隊這麼多年，第一次看到這樣的死人，別看挖出許多死屍，卻不能立案，因為至少死了七、八十年，隔了這麼久，幾輩兒人都過去了，再也無法追查。

官面兒上有官面兒上的說法，根據巡河隊舊檔案所載，挖河這地方，原本有個大洞，通到下邊的暗河，是民間傳說裡的河眼。其實河眼沒傳說中的那麼離奇，只是地面河道與地底河道間相連的洞穴，可也非常危險。平時在河中形成漩渦，人被吸進去別想再出來。游野泳的溺水者，以及上游漂下來的浮屍，都是讓漩渦吸進了下層暗河的。這一帶是鹽鹼地，暗河中有鹽鹼，落進洞中的死魚和死人，在淤泥中讓鹽鹼裹住，始終保持著剛死不久的樣子，多少年沒變。今年大旱，地下水脈枯竭，從河底大洞裡飛出的昆蟲，應當是陰暗潮濕洞穴裡的蜉蝣，並不是蜻蜓。蜻蜓有兩對翅膀，蜉蝣是單翅長尾。三個河工下去盜墓，那下邊腐氣極重，氧氣不足，使得火把點一次滅一次，其中兩人吸進腐晦之氣死在洞中。活下來的一個是命大，但進到空氣不流通的地洞中，也因缺氧，致使心神恍惚，誤以為自己看到鬼了，用這種說法平息了謠言，讓人們不要以訛傳訛。

以前官府常用鐵獸或石板堵住河眼，河底下的石板上之所以有海張五的名字，那是因為堵河眼的塔正是此人所埋。地方誌裡有明確記載，以前那些有身份、有地位的人，願意積德行善，修橋鋪路，建塔造廟，收斂無主屍骸，全社會公認此乃是仁者所為。人一旦有錢有了地位，再想要的就是個名聲，錢和地位不容易得到，好名聲來得更不易。海張五這種沒有功名、白手起家的混混兒無賴，自卑感強烈，尤其想要個好名聲。咸豐年間，海張五組織民團打完太平軍，朝廷封賞他三品頂戴，擱到現在，那相當於軍隊裡的團級幹部。緊接著河南、山東地面上又鬧太平軍，離京津兩地不遠，朝廷下旨說城防吃緊，要修炮臺。想修炮臺得花錢啊，連年的戰亂，官府和老百姓都沒錢了，實在沒什麼油水可榨。上至官員下至百姓，聽到花錢的事兒全躲著走。海張五聽到這個信兒，卻是大包大攬，聲稱此乃小事一樁，願意出這份錢替朝廷分憂。那年正好發大水，他不僅修固炮臺城防，還要捎帶腳造塔填河眼，這筆錢可不是小數目。海張五那是從窮坑裡爬出來的人，銀子到他手裡能攥出水兒來，絕不會自掏腰包。他掌管鹽運，以打仗和鬧水患運輸不便為藉口，到處吃拿卡要，增加了三倍的鹽稅。他心知鹽商利潤大掙錢多，即使獅子大開口多要幾倍的稅銀，那些做買賣的也不敢不給。果然，他籌到鉅款，用一小半的銀子修炮臺加固城牆，又請了座鎮妖的埋骨鎮妖塔，沉下河裡堵住河眼，餘下的一大半銀兩，全進了海張五自己的腰包。一九五八年挖洩洪河防汛，挖出的就是這座塔。直至二十世紀九〇年代中期，一九九七年至一九九八年那會兒，西關外施工蓋房，偶然挖出了海張五的墳墓。聽說棺材不起眼兒，也不甚大，裡邊的死屍並未腐壞，死人身穿朝服腳蹬朝靴，很像香港電影裡的清朝殭屍，身邊放有金飯碗、金筷子。陪葬品遭到民工和看熱鬧的群眾哄搶，金碗金筷子從此失落，未能全部追繳。那是後話，書要簡言，不必細說。

咱們說一九五八年旱災，挖大河挖出埋骨鎮妖塔，可跟糧店胡同凶宅有關。找出兩個河工屍首的那天下午，張半仙來給郭師傅算了一卦，提醒郭師傅多加留意。郭家的八仙灶風水破了，當心要走背字兒，凶卦在北，估計是糧房店胡同凶宅對郭師傅不利。所謂「糧店胡同凶宅」，是指刨錛打劫的白四虎住處。白四虎被捕槍斃之後，兩間房子貼上封條空了好幾年，那還是白家祖上在清朝末年拆天津城的時候，撿回舊城磚蓋的老房子。房子裡埋著個不得了的東西，那東西一旦出來，定會水漫海河。那時候天津衛要鬧大水，據說白四虎把女屍當成媳婦兒，整天躲在家裡跟死人說話，其實不是他腦子不正常，是那屋裡真有個能說話的東西，不過不是躺在炕上的女屍，而是白四虎老家放在屋裡的東西。不過說到凶宅裡究竟有什麼，張半仙實在推算不出。

郭師傅心想：「幾年前圍捕白四虎，糧房店胡同那處凶宅，讓人翻了不下十幾遍，兩間屋子上上下下裡裡外外，哪還有什麼東西？」故此沒有多心，怎知張半仙的話還是那麼準。一九五八年大旱，按以往的慣例，頭一年旱，轉過年來多半要發生洪澇。旱得如此厲害，來年的洪水怕是不小。雖然出了兩條人命，但是挖河泥防汛的活兒不能停，還得接著挖，又挖了多半個月，眼看將要挖開河底的大洞，出土下半截埋骨鎮妖塔，卻挖不下去了。

因為當時出了一件聳人聽聞的奇事，如今還有些上歲數的人記得。聽他們說的內容大致一樣，細節不盡相同。不管怎麼說，都會說到「二〇九號墳墓」。在二十世紀五、六〇年代說起「二〇九號墳墓」，能嚇得小兒不敢夜啼。這可不是一般的人，如若有小孩子不聽話，大人往往嚇唬他：「你再鬧，我把你扔到二〇九號墳墓去！」儼然這已經是個讓人毛骨悚然的代名詞，此事一出，一九五八年天津衛挖大河的活兒全停。

第十七章　行水丹取寶

一

在說「二〇九號墳墓」之前，得先說「行水丹取寶」，因為這件事也跟糧房胡同凶宅有關，又出在「二〇九號墳墓」前頭。話說一九五八年大旱，怪的是一夏無雨，挖河泥鬧出兩條人命。當天郭師傅忙活完了，傍晚同丁卯蹬著自行車往家走，在路上說著糧房胡同凶宅，忽然發覺身後有人，轉頭一看，見那人也蹬著輛自行車，是個賣楊村糕乾的。

賣楊村糕乾的小販，不遠不近地跟在二人後頭，見他們回頭，忙吆喝：「買糕乾，熱糕乾，現做的楊村糕乾，二位買不買糕乾？」

丁卯幹了一天的活兒，餓著肚子沒顧得上吃飯，聽到那小販招呼，便停下來想買幾塊糕乾。

郭師傅說：「這麼熱的天，又沒有水，吃什麼糕乾，你嫂子在家做撈麵了，咱們回家吃飯。」

丁卯說：「餓得前胸貼後背了，不如先墊補兩塊糕乾。」

小販見他們兩人停下，忙把糕乾拿出來，用荷葉紙包好了遞過去。

郭師傅接到手裡覺得不對，問那小販：「你不是說現做的糕乾，怎麼是涼的？」

小販說：「涼糕乾也好吃，下火的天，哪有人吃熱糕乾？」

楊村糕乾是天津楊村獨有的蒸食，以前進城賣糕乾的全是楊村人，大都是鄉下小夥子，個頂個的實在，收拾得乾淨俐落，讓人買著放心。糕乾有現蒸的熱糕乾，裡邊有豆餡兒，撒幾根青紅絲，也有不帶餡兒的涼糕乾，絕沒有人把涼糕乾當熱糕乾賣，但是半路上遇到的這個小販，聽口音不像是楊村人，說話也不實誠。

郭師傅和丁卯是吃公門飯的，眼尖耳刁，搭話就發覺此人不對勁兒，起碼沒說實話。

小販說：「兩位別多心，我吆喝習慣了，今天賣的是涼糕乾，一順嘴說成熱糕乾了。」

郭師傅上下打量賣楊村糕乾的小販，問他：「你是楊村人？」

小販說：「土生土長的楊村人，祖上全是賣糕乾的，你們嘗嘗我的手藝，吃一口能惦記一輩子。」

郭師傅又問：「你姓杜？」

小販說：「你們到底買不買糕乾，怎麼還查上戶口了？」

郭師傅說：「你也別多心，楊村糕乾正宗傳人姓杜，別家做的糕乾都差點意思，所以問你姓什麼，我們哥兒倆窮講究，只吃杜記楊村糕乾。」

小販一聽放心了，說道：「我姓杜，是正宗嫡傳的杜記楊村糕乾，你二位買幾塊糕乾家走？」

郭師傅聽出來了，賣糕乾小販油嘴滑舌，口中說的沒一句實話。此人聲稱自己是正宗楊村杜記糕乾，這番話或許瞞得了旁人，卻瞞不過郭師傅。說到這又得插段書外話，交代一下楊村糕乾的由來。相傳在明朝初年，有個姓杜的紹興人到北方安家落戶，定居在楊村賣蒸食。楊村這個地方處在運河邊上，那時候南糧北調，漕運民夫多達數萬，都要在楊村歇腳打尖，因此小飯館、小飯鋪特別多，漕運民夫大部分為南方人，愛吃大米，杜家為了適應民夫們的口味，用大米麵撒白糖蒸成糕乾，久而久之，形成了楊村糕乾。當年巴拿馬運河通航，舉辦萬國品賽會，展銷各國各地的土特名品，楊村糕乾被選去參賽，獲得了獎牌，從此名聲大震。日軍佔領平津之後，大米是軍糧，老百姓只能種不能吃。誰敢吃大米，一旦讓日本鬼子發現，沒二話，刺刀的給。楊村糕乾一直是用大米麵粉為原料，日軍不讓用大米，沒辦法只好拿玉米麵代替，那就有名無實了。解放後恢復了傳統製作方法，選用上等小站稻米，用水浸泡後晾乾，碾成麵粉，過細籮篩出來，加糖和麵，使刀劃線成塊，上屜蒸熟，製成的糕乾，柔韌細膩，清甜爽口。後來不只是杜記糕乾，還有芝蘭齋糕乾，杜記專做帶豆餡兒的熱糕乾，芝蘭齋以涼糕乾為主。在天津衛楊村糕乾是很平常的東西，郭師傅和丁卯吃過見過，怎會不知道兩者有別。這個小販賣的明明是芝蘭齋糕乾，卻說成杜記糕乾，藉著天黑以為別人看不出來，你這不是糊弄鬼嗎？

二

原來賣楊村糕乾的小販，姓烏，有個諢號「大烏豆」。烏豆可不是黑豆，在天津是指煮熟的蠶豆，煮熟了蠶豆先不出鍋，扣著木蓋捂一段時間，將蠶豆捂得軟爛入味，故名捂豆。天津衛方言說話順音，說成了烏豆，實際是蠶豆。這人綽號叫烏豆，可想而知長得歪瓜裂棗，前梆子後勺子，額頭往前凸，後腦勺往裡凹，大餅子臉，腦袋瓜子特別像烏豆，另有個外號叫「行水丹」。

舊社會的天津衛是個水陸大碼頭，行幫林立，八方齊聚，養活了大批不務正業的閒散人員，大烏豆就是這樣一個人，又饞又懶，拿他的話說是：「饞有饞的命，懶有懶的命，不饞不懶的沒好命」，從不願意出苦力幹活，憑著油嘴滑舌對付口飯吃。他後腦勺癟進去一塊，並非生下來胎裡帶，而是讓人家打的，因為他賣過「行水丹」。老天津衛賣行水丹的人不少，這是一種騙術，聽說以前有個老道，在街上賣野藥，自稱是仙藥行水丹。怎麼叫行水丹呢，吃了他這丹藥，可以在水面上走，過江河如履平地。開始沒人信，別看人們平時說神道鬼，真到眼前了未必肯信，認定老道胡說，什麼仙丹妙藥能讓人渡河如履平地？老道卻信誓旦旦，可以寫文書立字據，吃了他的行水丹，百日之後若不能走水皮如踩平地，他願意賠償十倍的錢。有好事之人一聽有便宜可占，就想掏錢買他的行水丹，可一問價都掏不起錢。老道說仙丹豈是尋常之物，一枚行水丹要價一百兩紋銀，不是大財主買不起。此事傳出去，真有位有錢的主兒來買，買來仙丹吃下去，過了一百天往河邊一走，方才明白上當了。過了百日，天已隆冬，河上全封凍了，那還不是如履平地嗎？雖有文書字據，卻占不到理，只好吃這啞巴虧。

舊時將這些設套誆錢讓人吃啞巴虧的稱為行水丹。大烏豆以此為生，坑蒙拐騙什麼壞事都幹過，那些年沒少挨打，後腦勺在那時候被人一悶棍打癟了，險些喪命，至今也不知道誰下的黑手。大烏豆的媳婦兒也不是什麼好東西，那張嘴比他還能說，以前專替人保媒拉縴，但不是正經保媒，坑人的缺德事沒少做。比如聽說某富戶家有個姑娘，快三十了還沒嫁出去，大烏豆想出個壞主意，支使他媳婦兒去說成這門親事掙幾個錢花。你想那個年頭，三十歲沒出嫁，已經是老姑娘了，娘家又有錢，如果沒什麼緣故，怎麼可能找不到人家？其中必然是有緣故。不過那姑娘即便有天大的不好，從保媒的媒婆子嘴裡說出來，也能變成林黛玉。有句俗話說得好：「只要媒人一開口，尺水能興萬丈波。」那是一點不假，大烏豆的媳婦兒尤其會說。她先找到一個挑水的漢子，進屋落座，客套完了說道：「大兄弟也不小了，怎麼還不成家，不如讓當嫂子的給你說個媳婦兒，你有心氣兒要嗎？」

挑水的說：「大嫂子，您別瞧我只是一個賣苦力的，心氣兒卻高，要娶娶好女。寧肯打一輩子光棍，也不要結過婚的寡婦，我是非黃花閨女不娶。」

大烏豆的媳婦兒說：「你出去打聽打聽，你嫂子我的為人，一是一，二是二，向來不說半句虛言妄語，真兒真兒的黃花大姑娘。」

挑水的大喜，問道：「人家黃花大姑娘能瞧得上我這窮光棍？該不會長得豬不叼狗不啃？咱得把話說頭裡，長得不周正的我也不娶。」

大烏豆的媳婦兒說：「嫂子今天給你打個包票，儘管放你一百二十個心，正經大戶人家如花似玉的黃花姑娘，模樣長得別提多周正了，只可惜……只可惜嘴不太嚴實……」

挑水的一聽姑娘嘴不嚴實，那不算什麼缺點。女人嘛，沒有幾個不嚼舌頭說閒話的，當即應允下來，掏錢請大烏豆媳婦兒到女方家裡提親。

大烏豆他媳婦兒是兩頭糊弄。挑水的這邊定了，到富戶家裡說給你家姑娘說門親事，有個挑水的，小夥子怎麼怎麼好，相貌堂堂，只不過眼下少點東西。富戶也讓大烏豆媳婦兒說得動了心，雖然兩家一窮一富，門不當戶不對，但是姑娘大了，總嫁不出去也不是事兒，既然說那挑水的眼下少點東西，自然是指缺錢了，那還不好辦嗎？富戶答應拿出一筆錢幫襯幫襯未來女婿，盡快讓姑娘過門，也好了卻一樁心事。於是定了親，擇黃道吉日拜堂，新郎新娘進了洞房，新郎官揭開新娘子的蓋頭，夫妻兩個一照面，全傻眼了，怎麼呢？新娘子是個豁嘴，擱現在說就是兔唇，敢情這叫「嘴不嚴實」。再看新郎官也好不到哪去，臉上沒鼻子，要不怎麼說「眼下少點東西」。兩家人將保媒的大烏豆媳婦兒一通罵，缺了八輩子德了。且不管這新婚夫妻往後的日子過不過得下去，大烏豆的媳婦兒早已把錢誆到手了，又接著走東家串西家說合親事。解放前他們兩口子以此度日，過得還算不錯，只是招人恨。

一九四九年新中國成立已來，保媒拉纖的勾當算是沒法做了，天津衛也不再是舊社會的江湖碼頭。妓女從良，菸館關張，當年橫行一方的地頭蛇和無賴混混兒，不是被抓便是被送去改造，社會治安一天比一天穩定。年頭不一樣了，不出力氣幹活兒不行，張半仙那樣的算命先生都去蹬了三輪。大烏豆兩口子什麼也不會幹，加之又饞又懶，平日裡免不了做些小偷小摸的事情。這天大烏豆看見一個賣楊村糕乾的人，把車放在路邊上廁所，他趁機推上賣糕乾的車便跑，可是糕乾不能帶回家，偶爾吃兩塊還行，吃多了容易膩。南甜北鹹東辣西酸，北方人吃不慣甜，正好半道遇上郭師傅和丁卯。大烏豆想藉著天黑，把偷來的糕乾吆喝出去，得兩錢回家，他哪知道郭師傅是水上公安，幾句話就把他問住了。大烏豆是個慣偷，說到一半，已發覺到情況不好，瞅冷子扔下賣糕乾的車，頭也不回地往小胡同裡扎，結果掉在一條大水溝裡，跌得頭破血流。好在天黑沒被人追到，他心說：「今兒個倒了邪楣，好不容易偷來一車糕乾，卻撞上兩個喪門神，多虧走得快沒讓人家逮住，可空手回去怎麼跟媳婦兒交代？」他一轉念，想起路上聽那兩人說糧房胡同凶宅裡有寶，多年以來始終沒人找得到，據說當初圍捕刨錛打劫的兇犯，只發現那屋裡有具女屍。到底是凶宅埋寶，還是凶宅鬧鬼？

三

早年間有種迷信觀念「財寶認主」，大烏豆心想：「無風不起浪，人們都說糧房胡同凶宅埋寶，那屋子裡一定有些東西，別人找不到，我未必也找不到，何不去碰碰運氣？」他又怕在凶宅裡有鬼，搭上身家性命豈不虧本，一時拿不定主意，況且掉進大水溝裡摔得不輕，好像把腰給扭了，他想先去蘇郎中家討貼膏藥。

老天津衛有兩個姓蘇的名醫，同樣姓蘇，一個名聲好，另一個名聲不好。名聲好的蘇大夫，乃是祖傳的中醫世家，專治跌打損傷，尤其會接骨上環。其家祖輩在清朝末年跟隨法國人學過骨科，接骨之術神乎其技，上環則是治脫臼，那又是另外一功。蘇家有這兩手絕活兒代代相傳。清朝末年天津衛混混兒多，當混混兒講究滾熱堂，犯了事兒被拿到公堂之上，隨便官府怎麼用刑，混混兒們哼也不能哼一聲，一旦服軟，往後就沒法混了。在公堂上受大刑豈同兒戲，不用別的刑罰，單是打板子也能要了人命。五十大板打下來，免不了皮開肉綻骨斷筋折，整個人都給打酥了。放到軟兜裡抬到蘇大夫處，請他把全身打酥打斷的骨頭逐一接上，保準你過堂挨打之前什麼樣，一百天之後還是什麼樣。人家蘇大夫就敢放這樣的大話，因為真有這麼大的本事。從清末闖下的字號，直到今天，人們去骨科醫院，也都爭著掛蘇大夫的號。不管是不是正骨蘇家的後人，只要姓蘇，大夥就覺得水準一定夠高。提起名聲不好的那位，也是人盡皆知，為了加以區別，人們稱其為蘇郎中，蘇郎中是位跑江湖趕廟會專賣野藥的郎中。解放前他常在路邊挑個幌子，擺起口大鍋熬膏藥，什麼傷筋動骨風濕受寒啊，頭疼鬧熱上吐下瀉了，反正不管任何症狀，到蘇郎中這全是貼膏藥。望聞問切把脈看舌苔那套他是半點不懂，也不寫方子，只會熬膏藥。

當年有這麼句話，蘇郎中的膏藥——找病。因為蘇郎中熬膏藥熬的不行，未得真傳，火候總也掌握不好，不是老就是嫩，熬出來的膏藥黏度不夠。解放前有個人脖子受了風，到他這買了貼膏藥，揭開貼到後脖梗子上，到家睡了一宿覺，起來一摸脖子後邊滿手膏藥油，又黑又黏，氣沖沖來找蘇郎中質問。蘇郎中強詞奪理說來者病重，膏藥勁兒小了拿不住病，必須換貼勁兒大的膏藥，讓那人又掏錢買了一帖。那位仍是貼在後脖梗子上，睡一宿覺，起來一摸膏藥沒了，原來膏藥火候不夠，夜裡挪了地方，順著脖子溜到了屁股上，揭都揭不掉。那位憋了一肚子氣，二次來找蘇郎中，要求退錢。蘇郎中是七個不服，八個不忿，一百二十個不願意，非說來人的病根兒不在脖子而在屁股，他蘇家的膏藥有靈性，能夠自己找到病根兒，所以溜到了屁股上，豈有退錢之理？此事傳出去成了笑料，故此有了「蘇郎中的膏藥——找病」這麼句俏皮話，後來引申為自找倒楣或自己找不痛快的意思。

大烏豆從大水溝裡爬出來，看這地方離蘇郎中家不遠，便找上門去討膏藥。蘇郎中名聲不好，得看跟誰比，畢竟熬了半輩子膏藥，雖不是靈丹妙藥，那也多少管點用。他給大烏豆糊上膏藥，然後伸手要錢。大烏豆耍無賴，一拍一瞪眼，分文沒有。蘇郎中舊時也在江湖上混過，怎麼耍王八蛋的沒見過？根本不吃這套。不給錢別想走，他一手揪著大烏豆不放，一手脫下鞋子往大烏豆臉上亂打。大烏豆做賊心虛，只怕鬧動起招人耳目，慌忙中推開蘇郎中，奪門而出。怎知蘇郎中太陽穴撞在桌角上，當場嗚呼哀哉，這位熬膏藥賣野藥的江湖郎中，竟此死於非命。

大烏豆不知道這一推要了蘇郎中的命，只見對方頭破血流。他慌裡慌張推門出去，耳聽蘇家老婆哭孩子叫，擔心讓人家追出來打，腳下不敢停步，此時腰上貼了膏藥，又跑這麼幾步，竟不疼了。他財迷心竅，一個念頭轉上來，直奔糧房胡同凶宅，那條胡同在北站寧園附近，北站緊鄰北寧公園，清朝末年還是個臭水坑，民房稀稀落落。袁世凱開湖造園興建火車站，到了二十世紀五〇年代，周圍已經住了不少居民。為了運送貨物方便，北站前的馬路修得很寬闊，一水兒的柏油路。家在北站一帶的住戶，大多是吃鐵道的窮人。有力氣的到車站上扛大包，小孩和婦女們，則沿著鐵道撿火車上掉落的煤渣。有門路的去鐵道貨場上掙飯吃，如果能當上鐵道工人，全家老小一年到頭的嚼穀算有著落了。那個年代處處拉幫結夥，結黨成風，不相干的人別想近前，哪怕是吃鐵道撿煤渣，不認識熟人也不讓你幹，排擠外地人的情況很嚴重，發生過多次爭鬥。北站作為客貨兩用的大火車站，不僅是南來北往上下車的旅客，每天還有用列車運輸的物資，站前人流擁擠，交通繁忙。咱們話再說回來，一九五八年夏天，正在伏裡，酷暑乾旱，白天又悶又熱，賽過蒸籠，寧園裡的湖也乾了，划船遊玩之人不多。天黑之後稍好一點，住在附近的人們貪圖涼爽，大人孩子全到路邊納涼，既涼快又省電，可往糧房胡同一走，那就一個人也看不見了。

四

死過人的老房子哪兒都有，有人橫死的才是凶宅。解放之初，公安機關偵破了刨鍊打劫一案，在兇犯白四虎家中找到一具女屍，打那天開始，糧房胡同凶宅的傳說不脛而走。住戶們以前不覺得怎樣，發現女屍之後是越想越怕，能搬走的全搬走了，加上寧園擴建，又拆掉了一部分民房，到了一九五八年，胡同裡的住戶沒剩下幾家。白四虎家的兩間房是糧房店胡同七十二號，房後是北寧公園的東湖。二十世紀五六〇年代，寧園的湖面遠沒有今天這麼大，園中也沒有白塔，夜裡一片黑，頗為荒寂。

大烏豆早聽說過糧房胡同凶宅。槍斃白四虎之後，那兩間房貼了封條，好幾年無人居住，風吹雨淋，封條早已剝落。他找到地方摸進去，不費吹灰之力。那屋裡四壁皆空，也沒個燈燭，他是做賊的，更不敢點燈，借著破紙窗透進來的月光，勉強能看見個大致輪廓，屋裡除了他自己喘氣心跳的聲音，再沒半點動靜。進屋之前他腦子裡全是取寶發財的念頭，到屋裡掩上門，黑燈瞎火的只有他一個人，身上也不由得發毛。他自己給自己哼個小曲兒以壯賊膽：「喝飽了東南西北風，餓得光棍吃草根；行行走走上墳墓，碰見個寡婦看上了他；拉拉扯扯到家中，寡婦倒貼他兩燒餅，吃完了燒餅愣個裡格兒愣……」

當年白四虎刨錛打劫行兇作案，傳遍了街頭巷尾，人們說起白四虎如何將女屍帶回家當媳婦兒，每天躲在屋裡整天跟死人說話，又如何怕街坊四鄰發覺屍臭，整袋整袋地往家搬大鹽醃住死屍，以至於糧房胡同的蝙蝠特別多……那時候的人認為耗子吃鹽吃多了能變蝙蝠，胡同裡的蝙蝠全是白四虎家的耗子所變，因為白四虎家裡全是鹽。傳得簡直是有鼻子有眼兒，各個都好似親眼所見一般。但社會上的流言如同一陣風，一九五四年破的案子，到一九五八年，已經很少有人再提了。大烏豆聽郭師傅和丁卯提到凶宅埋寶，他可上了心了，哼唱幾句壯起膽子，硬著頭皮在屋裡四處摸索，想要撞大運發邪財。

舊社會的天津衛有種風氣不好，很多人好逸惡勞，講究一個「混」字。自己混日子不說，還看不起老實巴交賣力氣幹活兒的人，視投機取巧為能耐。大烏豆也是這樣，解放後仍脫不開舊時的歪風邪氣，放著正道不走，偏來凶宅尋寶。糧房店胡同這處凶宅，起先是白記棺材鋪老掌櫃在清朝末年撿城磚蓋起的房子，據說在屋裡藏了東西。老時年間的大戶人家是這樣，有錢了不往銀號裡存，覺得不放心，往往是在自家掘個地洞，或埋銀子或埋一些珍寶，留著以備將來急用。塵世滾滾，歲月匆匆，埋寶的宅子幾易其主，終於遇到有福緣的人，無意中掘藏發財。像這種一夜而富的好事，大烏豆做夢都盼著遇到一次，要他半世的指望，全落在了糧房胡同凶宅，此刻「貪」字當頭，「怕」字先扔在了腦後。

他躡手躡腳，順牆壁一點點的摸索，比刷漿刮膩子的還要細緻。兩間屋子全是磨磚砌牆，外抹白灰，有的牆皮已然脫落，一摸就能摸到裡面冷冰冷的舊磚，拿手一敲是實心的，牆裡沒有夾層。他摸遍了四壁，又在地上找，腳下是海漫的磚頭，已有多處鬆動，磚下是房基，無非磚石泥土。忙活了一陣，破碗也沒找到一只，大烏豆倚牆坐地，累得呼呼氣喘，正自唉聲歎氣罵罵咧咧，忽聽頭頂上「啪嗒」一聲響。

糧房胡同凶宅和大多數老房子一樣，四面磚牆，上頭有房檁房檩，房屋不大，有檁無柱，屋頂鋪瓦，瓦上是一層氈子防雨，可在屋裡往上看，看不見房檁。那個年代的老房子必須裱糊，否則住不得人。四壁抹白灰面，傳統說法叫四白落地，還要用牛皮紙糊上頂棚，以防落灰，牛皮紙裱糊的頂棚，用不了半年便會受潮發黃，到時再糊上一層，普通百姓家家戶戶如此。大烏豆趁著有月光，仰面往上看，聽動靜像是屋頂上鬧耗子，那會兒老鼠多，有耗子在房檁上跑來跑去，一不留神掉到牛皮紙糊的頂棚上，發出「啪嗒」一聲響，摔不死，打個滾就跑走了。夜深人靜，平房裡時常聽到此類響動，還有兩耗子打架，在頂棚上折跟頭耍把式，攪得人無法安歇。甚至有的碩鼠肥大，行動魯莽，將牛皮紙糊的頂棚踩出窟窿，直接掉到做飯燒湯的熱鍋裡，那也是屢見不鮮。煮飯的人看見了還好，大不了晚飯不吃，看不見的話，全家就要喝老鼠湯了。以前很少有不鬧耗子的人家，大烏豆聽到屋頂有耗子，並不放在心上，可他一愣神，猛然想到糧房胡同凶宅裡的東西，會不會在屋頂上？

五

糧房胡同凶宅中半夜鬧耗子，聽動靜像兩隻耗子打架，其中一隻跌落在了牛皮紙糊裱的頂棚，發出「啪嗒」一聲響，恰好提醒了大烏豆。他尋思這兩間屋子讓人翻過多次，掘地三尺也沒找出什麼東西，卻很少有人會想到屋頂，若按常理，大戶人家的金銀財寶，大多是埋在灶膛之下，其實放在房樑頂棚上才是神不知鬼不覺。他心下竊喜，自古說人活一世，窮通有命，貧富貴賤，如雲蹤無定，該他大烏豆的時運到了，要不然怎麼恰巧有隻耗子掉在頂棚上，想來是他命中有此橫財。他總以為自己應當發跡，卻不知「前程如漆黑，暗裡摸不出」，哪想得到屋頂上有什麼東西在等著他。

糧房胡同凶宅坐北朝南，一明一暗兩間屋。帶大門的是外間屋，牆角是灶臺，裡屋有炕。二十世紀五、六〇年的老房子，年久失修，白四虎被槍斃之後，房子一直空置。牛皮紙糊的頂棚，出現了一片片的潮痕，顏色暗黃，有些地方已經長黴了。裡間屋的頂棚破了好幾個窟窿，大烏豆抖擻精神爬上炕，踮起腳尖舉高了手，勉強搆到屋頂的牛皮紙，無奈之餘，他只得到屋外找東西墊腳。擴建寧園，拆了不到半條胡同，遍地是磚頭。他搬進一摞磚，碼在炕上，這下能把腦袋伸到頂棚裡了，抬手摳住窟窿扯開一片牛皮紙，裱糊頂棚的牛皮紙上全是塌灰，一碰就「噗噗」往下掉。大烏豆可遭了罪，老房子裡積了多少年的灰，黑乎乎黏膩膩，落在嘴裡那個味道就別提了，迷了眼睜不開，又往鼻子裡鑽，嗆得連打噴嚏。擔心讓人聽到，他強行忍住不敢高聲，最後廢了不小的勁，好歹把頂棚撕開了一個大洞。傳統民宅頂部多是金字形結構，裡邊應該是樑檁卯榫。舊時講究的人家，蓋房不用一根鐵釘，全憑樑柱間卯榫接合。據說民宅殿堂用鐵釘不利子嗣，那年頭有這樣的忌諱。正值黑天半夜，屋中雖有月光，可往屋頂裡頭看，卻是什麼也看不見，只有受潮腐朽的黴變之氣刺鼻撞腦。大烏豆菸癮大，天天抽紙菸，走到哪兒抽到哪兒，身上總揣著洋火。他劃著一根火柴，捏著火柴杆，用手攏住光亮，把腦袋伸進屋頂，一看到眼前的東西，忍不住想要張口嘔吐。一層層的灰網，從屋樑上垂下，積下污垢有一指頭厚，即使沒有灰網遮擋，也看不見半尺開外的情形。他眼前是個死掉的耗子，死鼠已經腐爛發臭，各種潮蟲、蟑螂、牆串子受到驚動，沒頭沒腦地亂爬。老房子的屋頂中大多是這樣，平時看不見不覺得噁心，一旦看見了，換誰也受不了。大烏豆捂著嘴乾嘔了半天，心裡還想夜裡看到牆串子是個好徵兆，要發財了。牆串子就是蚰蜒，長得像蜈蚣，常躲在屋頂和牆縫裡，民間叫俗了叫「牆串子」，也說是「錢串子」。因為古代的銅錢要用麻繩穿成串，「串」字主財，在家宅中見到牆串子是有財運，但不是什麼時候看見都好。俗語有云「早串福，晚串財，不早不晚串禍害」，那是說早上看見牆串子是有福運，晚上看到是財運，中午見到則主不祥。如今沒人再相信以牆串子定吉凶，以前是真有人信。大烏豆半夜時分看到屋頂上有牆串子，自以為發財的指望又大了幾分，只要是能找到糧房胡同凶宅裡的財寶，些許骯髒又算得了什麼。他忍住噁心，又劃了根火柴，瞪大了眼往裡頭看，此時突然發覺黑處有雙眼，也在不懷好意地盯著他看。

大烏豆只知道糧房胡同凶宅埋寶，怎知屋頂會躲著個人？這兩間房子的頂棚，裱糊於幾十年前，從庚子年拆城撿磚到一九五八年，當中從沒動過，雖然牛皮紙頂棚破了幾個窟窿，但也得撕扯開洞口，才鑽得進去腦袋，誰都不可能躲在積滿灰土的屋樑上幾十年不動，除非是不吃不喝的神仙，或是凶宅裡陰魂不散之鬼。十之八九是後者，再說屋頂漆黑無光，只能看見對面似乎是兩隻眼。那兩個黑溜溜的眼珠子，大得讓人難以置信，沒有茶盤子般大的臉，怕也按不下這兩隻眼，問題是哪有人的臉大如茶盤？如果此人臉有茶盤子一樣大，身子又得有多大？大烏豆被嚇得半死，手腳都不是自己的了，張開口合不上，吐出舌縮不回，伸著腦袋呆在原地。

六

看到凶宅裡的東西，大烏豆驚得三魂不見七魄，褲襠裡夾不住了，屎尿齊流。驀然間起了一陣風，真好似「吹動地獄門前土，刮起酆都頂上塵」。他手裡捏著的火柴熄滅，眼前一黑，從頭到腳打個寒戰，身子不由自主地往後一仰，忘了腳下墊著的是一摞磚，立足不穩，「啊呀」一聲倒在炕上，摔了個四仰八叉，屁滾尿流地撞開門往外跑。來時如騎龍駕虎，去時似喪家之犬，逃到家沒等進屋就讓人按住了。原來蘇郎中的老婆報了案，告大烏豆貼完膏藥不給錢，還動手鬧出人命。公安局的一看死了人，那還了得，不出人命沒大事，出了人命沒小事，片刻也不容耽擱，立即找上門來，逮了他一個正著。

大烏豆嚇破了膽，到了公安局供認不諱，從他怎麼偷東西、怎麼掉進水溝、怎麼去討膏藥、怎麼起了爭執，再到怎麼推倒蘇郎中誤傷人命，半點不敢隱瞞。又交代聽聞糧房店胡同凶宅有寶，便起了貪念，想來個順手牽羊，趁天黑摸進去，扯開糊在房頂的牛皮紙，伸進腦袋去看裡邊是否有東西，哪知凶宅房樑下有鬼。

大烏豆偷楊村糕乾誤傷人命，皆是板上釘釘的事實，說到夜入凶宅盜寶，卻不好定他這個罪名。糧房胡同凶宅從一九五四年被封至今，由於擴建寧園，房子眼看要拆了，屋裡住滿了老鼠和潮蟲，沒有任何出奇的東西。進到那破屋空房中走一趟，終究不是不得了的大罪過。人們以為大烏豆在屋頂看見的是耗子，可耗子的腦殼，總不可能有茶盤子那般大。公安機關白天派人去屋裡查看，見牛皮紙頂棚扯開一個大洞，炕上有幾塊磚頭，均與大烏豆交代的情況吻合。然而房樑屋檁之間，佈滿了灰土，確實沒有別的東西，昨晚黑燈瞎火的準是大烏豆看錯了，沒有人相信他說的話。可大烏豆從此嚇傻了，關了幾天沒等再審，開始前言不搭後語地說胡話，至於往後如何發落他，那也不在話下。

郭師傅得知大烏豆是賣楊村糕乾的賊偷，那天晚上他和丁卯在後頭追了半天，卻沒能追上，怎知此賊當晚又去了糧房胡同凶宅，並且一口咬定屋子裡有鬼，郭師傅覺得疑惑。可他是水上公安，管不到這樣的案子，因此沒有過問，只在心中留意，白天繼續到河邊挖泥，忙活著擔土運石。由於人力有限，挖大河的進度緩慢，已經出了三伏，仍是天旱無雨——每年農曆大暑小暑之間為三伏。轉眼到了一九五八年的農曆七月中旬，已經挖出了海張五鎮妖塔的塔座，上半截石塔已被鑿開了，還留下整塊巨石的塔基，天氣依然是那麼熱。

農曆七月有兩個節，一是七月七「乞巧」，相傳每逢七月初七，牛郎織女天河會。按舊時風俗，當晚，女子們結彩縷穿七孔針，擺出瓜果點心對空祭拜，祈求能有織女一樣的巧手，裁得出合體的衣裳，皇宮大內中的宮女嬪妃們也不例外。聽老輩人所講，乞巧當天中午，將一根針放進水碗中，針會浮在水面上不沉，女孩子們以針影占卜巧拙，俗稱「棒槌針」。更說這天晚上，一個人在瓜棚底下，能聽到牛郎織女在天上說悄悄話。雖然是個傳說，聽著可也夠嚇人的，沒有誰家的孩子敢在半夜去瓜棚底下躲著。過完「乞巧」，沒幾天便到農曆七月十五「鬼節」，俗傳陰曆十五鬼門關大開，那是放河燈超度亡魂的日子。

挖大河的那一年，挖到陰曆七月十五鬼節這一天，當天還好好的一切如常，該挖泥的挖泥，該推土的推土，但是到陰曆七月十六就沒法接著挖了。以後連續幾年也沒再挖過，挖泥的河工們私底下都說：「這是老天爺不讓挖了。」

那時候人們說起挖大河挖不下去，也是因為出了「二〇九號墳墓」這件事，此事剛好發生在農曆七月十五那天晚上。

第十八章　二〇九號墳墓

一

俗家說陰曆七月十五是鬼節，道家稱中元節，佛教則稱為「盂蘭盆會」——世間並沒有盂蘭盆這麼個盆，這個詞來源於佛教，按照梵文發音讀出來便是盂蘭盆，本意為救倒懸，解救地獄中餓鬼們的倒懸之苦。農曆七月十五這一天，信徒開道場、放河燈，供奉十方僧眾。

到了近代，鬼節主要保留下來的內容有燒紙及放河燈。燒紙是給自家先人燒，同時備一些紙錢燒給孤魂野鬼。放河燈則是以解救那些孤魂野鬼為主，是件能積陰德的善舉，折紙做成荷花燈，底部塗蠟防水，上面托著蠟燭，到了農曆七月十五夜裡，點燃蠟燭，讓河燈順水漂流，相傳一切亡魂，皆可隨河燈超度，脫離無邊苦海。不過自己做的河燈沒有用，要買寺廟裡和尚們做的。善男信女掏錢買河燈，也不能說買，必須說成捐助，其中不乏財主直接給寺院裡一筆錢，換成紙燈若干，到時由僧人替他放河燈。有錢的多捐，沒錢的少捐，反正是一盞河燈超度一個餓鬼，不論燈多燈少，同樣是行善之舉，故此民間有「富人萬燈、窮人一燈」之說。以前每逢鬼節，城中有水的去處燈光點點，望去好似萬點繁星，請來僧尼道士誦經念咒，扔饅頭、放焰口，又搭施孤臺，掛招魂幡，開水陸全堂的法會，好不熱鬧。沒水的地方只放焰口燒紙錢，不出去燒紙放河燈的人們大多早早回家，天剛黑就關門，不再出屋。畢竟陰曆七月十五鬼門關大開，普通人家，沒有十分要緊的事情，誰也不敢黑天半夜出去。

以往每年陰曆七月十五，巡河隊要到各個橋下燒紙，一九四九年之後移風易俗，燒紙、放河燈被視為封建迷信的舊傳統，一度禁絕。一九五四年春節甚至不讓放鞭炮，說是以防有反動分子借著鞭炮聲的掩護，趁機搞破壞，可延續了千百年的觀念和風俗，還真沒有辦法一下子轉變過來。那年大年三十晚上，本來夜深人靜，一點年味兒沒有，到了半夜十二點，也不知是哪家帶的頭，突然劈裡啪啦地放起了鞭炮。有他這一家人敢放，其餘的人家便起鬨跟著放，接下來全城都放，過年的氣氛立刻恢復了。轉過年來，不許放鞭炮的禁令成了一紙空文，但燒紙、放河燈、開道場、做法會之類的迷信活動，在二十世紀五、六〇年代的城裡真的是看不見了。

城裡不能燒紙，鄉下和城外荒郊卻很少有人管，農村仍舊是土葬，清明冬至上墳燒紙的人還是那麼多，有些城裡的居民也到郊區燒紙。咱們還是說一九五八年陰曆七月十五，當時有個叫王苦娃的小夥子，二十七、八歲，出身窮苦，鄉下人沒有大號，登記戶口的時候就登記的是「王苦娃」，老家在關中，前些年到天津搬煤為生。那時有不少住樓房的人家，冬季燒煤取暖，送煤的人倒拖兩輪車把煤拉到樓下，再用筐裝上煤，一筐一筐往樓上背，背到人家門口，碼放在樓道裡，掙這份辛苦錢，又髒又累，特別不容易。王苦娃家中的老娘信佛，吃口常素，專好積德行善，由於腿腳不便，每年陰曆十五，都讓王苦娃替她去燒紙，超度孤魂野鬼，為的是積陰德，這年也不例外。

王苦娃很是為難，解放以來不讓燒紙了，他去年燒紙差點被逮到，今年怎麼敢再去？奈何老娘是農村的迷信老太太，非讓他去，紙錢都紮好了。他沒辦法，到了陰曆七月十五半夜，不得不出去燒紙，又擔心讓人看見舉報，想找個偏僻的去處。他也住在北站寧園附近，寧園以北當時還有條洩洪河，清朝時由人力挖出的一條大土溝，乾旱無水，河道中長滿了蒿草，過了土溝往前是片荒地，再遠處是鹽鹼地和蘆葦蕩子，地勢是個死角。清朝道光年間還有幾家住戶在此種高粱，後來都搬走了，荒煙衰草，時常有狐狸、刺蝟出沒其中，即使是白天也沒人往這邊來。他是傻小子睡涼炕——全憑火力壯，不知道什麼叫怕，一個人抱著捆燒紙過了土溝，來到那片荒地上，打算在這兒燒紙。他是外地來的，只聽這裡有房屋住過的人說，因為是鹽鹼地，種不了莊稼，住戶們在光緒年間遷往他處，別的事情他是一概不知。當天正值十五，皓月當空，但見荒草掩映中是座破廟，山牆塌了半壁，微風吹過，簷角生出的蒿草在月影下婆娑搖擺。廟旁石碑上三個大字他只認得一個「三」字，廟後是個土坑，裡頭橫七豎八的全是棺材。

二

棺材前的古磚上有編號，剛解放時遍地文盲，王苦娃識數不識字，那就算不錯的了，因為送煤要看門牌號，不識數的送不了煤。他瞧見破廟裡供著三尊神像，不是福祿壽三星，也不是道教三清。當中端坐著的一個將軍，面貌慈祥，有王者之姿，腰懸雙股劍，一個黑臉將軍和一個紅臉將軍分立左右，怒容可畏，黑臉將軍使蛇矛，紅臉將軍使偃月刀。這下知道了，是座三義廟，供奉的是劉備、關羽、張飛——桃園三結義的英雄，鄉下人或許不認識字，提起劉關張可沒有不認識的。三義廟後的大土坑裡到處是荒草，擺滿了棺材。

大土坑裡刨出許多墳穴，一層壓一層，每個墳穴裡都有一口或兩口棺材，也沒有好棺材，全是土墳裡的柏木薄棺。埋的年頭也不一樣，大都窄小，飽受風吹雨淋。棺材板子多已朽爛，有的甚至破了窟窿，借著月光能看見裡邊的枯骨。兩隻野狗在遠處徘徊，王苦娃怕倒不怕，但是很納悶兒，要說廟後是片墳地，怎麼棺材都被挖出來了，又扔在此處沒人理會？更奇怪的是墳前沒有碑，只用青磚豎在棺材前頭，半截埋在土裡，上邊半截漆著數字，好像特意給棺材編了號。他沒多想，以為這是個義莊，心下尋思在哪兒燒紙都是燒，不如燒給這個大墳坑中的孤魂野鬼，趁著沒人趕緊燒，燒完紙錢回家睡覺。

王苦娃不知道這個大墳坑裡為什麼有許多棺材，咱可得交代清楚了，那又得往解放前說。舊時天津衛有二李，兩位有錢有勢的人都姓李，兩個人姓氏相同，此外沒有任何關係，畢竟姓李的人多，張王李趙遍地劉，李是第一大姓。天津衛二李之一是督軍李純，拆王府造李公祠的那位，前邊說過他的事；另有一李，名叫李延章，他是青幫裡的人物，早先也是個窮扛活兒的，在船上替人搬東西掙口飯吃。當時有位山西老客在外地做買賣，辛苦經營多年，攢下一皮箱金銀財寶，帶著東西回家，坐了李延章的船，下船時皮箱找不到了，因為李延章看出皮箱裡有金銀財寶，便如蒼蠅見血，趁那老客不備，將皮箱暗中藏匿起來。那山西老客臨走時才發現東西不見了，一股急火攻心，張口吐出鮮血，他報官無路，求助無門，一時想不開尋了短見，跳大橋投河而死。

李延章得了山西老客皮箱中的寶貨，從此暴富，買下一張腳行的「龍票」，做上了剝削運河腳行的大把頭。手中有龍票屬於官腳行，那是替朝廷管事，不必為了搶活兒打得頭破血流，拿青幫行話說這叫「混清水的」，整條北運河上貨下貨，全是他手下的腳夫來做。後來他到又寧河投機取利，用錢買了個縣太爺做。寧河是個縣名，天津寧河縣，當年有句話「金寶坻、銀武清，頂不上寧河一五更」，可不是指五更黑夜能在寧河縣挖出寶來，說的是寶坻縣、武清縣雖好，各轄千百個村子，在這兩個縣當官算得上是肥缺，卻不如在寧河縣當官一天賺的錢多，皆因寧河出鹽，遍地是錢。在寧河縣當官肥得流油，單是鹽商們給的賄賂都收不過來。李延章上任前為了籠絡民心，到廟裡發誓，聲稱一定為官清廉，絕不貪污受賄，左手接錢爛左手，右手接錢爛右手。到了任上，他就後悔了，想起曾發過狠誓，不能伸手接錢，可有錢不接比剁手還難受，他便用茶盤子接錢，要爛也是爛茶盤子——他這是以前窮怕了。這種人一旦得勢發了橫財，多半變得為富不仁，越有錢越不是東西，用盡一切手段斂財，人稱刮地虎，到寧河縣之後發財發的更是沒邊了。有錢了當然要置辦產業買房子買地，他聽說河東有個地方叫李公樓，其實那位李公跟他一點關係沒有。他做腳行把頭起家，提起來好說不好聽，再有錢別人也看不起他，所以總惦記著往自己臉上貼金，他就覺得李公這稱呼好，順杆兒往上爬，也想做李公。

李公樓的李公是清朝掌管漕運的一個官員，覓得風水寶地造了一座小樓，那個地方以此樓得名，至今仍叫李公樓。在清朝末年，天津衛做生意的大買賣人，都在李公樓一帶建造四合院居住，做買賣的講究和氣生財，經常捐助佈施，因此成了首善之地。李延章以為自己住到李公樓，便可以做李公，掏錢把那片地全部買下來，他還嫌不夠大，臨近的幾個村子也讓他給買了。說是買，其實是強取豪奪，並沒有出多少錢，當中有幾片墳地，那都是幾百年前的老墳，埋在裡邊的大多是窮人，由於年代久遠，幾乎找不出後人，是無主的荒墳，連盜墓賊也不去挖。因為棺材裡只有死人骨頭，運氣好的話，頂多摳出一兩枚壓口的老錢，實在沒有油水。按李延章的本意，隨便扔到漫窪野地裡也就是了，可是他怕敗壞自己的名聲，讓人在身後戳脊樑，不能擔那份罵名，他又不想多花錢，怎麼辦呢？刮地虎眼珠子一轉，計上心來。三義廟後頭是個亂死坑，許多無人收斂的路倒屍都被扔在那，李延章便命人把推平老墳遷動的棺材，全部放在廟後大土坑，又用磚頭編上號，記下是哪家哪家的墳，總共是兩百多口棺材，說是等找到風水好的地方再好生掩埋，實際上就此不管了。李延章這件事辦得太損陰德，當然沒有好下場。遷墳不久，他路過運河碼頭，正趕上吊運貨物，吊在半空的木箱突然落下來，將李延章砸了個萬朵桃花開，腦袋都砸碎了，就是請來手藝高明的皮匠也縫不回去。結果在裝棺材下葬時，棺中只是個無頭的屍身，以榆木做了個人頭代替。

李延章死後，三義廟大墳坑由官府草草掩埋。地方偏僻，很少有人往這邊來，人們幾乎忘了三義廟還有這麼個大墳坑。經過幾十年的日曬雨淋，墳上浮土越來越少，使得三義廟荒墳中橫七豎八的棺材露了出來。

三

送煤的王苦娃哪知道三義廟亂葬墳是怎麼回事，他只想幫他娘完成心願，找個沒人的地方燒紙。以往陰曆七月十五，馬路上沒什麼人，各家店鋪早早的關門上板，尤其不許小孩出門，把路讓給領受施捨的孤魂野鬼，出去燒紙的全是善男信女。這不同於清明冬至，掃墓送寒衣燒紙是燒給自家先人。鬼節佛道色彩較重，二十世紀五、六〇年代雖然沒了以前那些忌諱，但是出去燒紙王苦娃還是又怕讓人看見，等到半夜才出門。不能去人口稠密的胡同和馬路，也不能去北寧公園。那地方天黑之後雖然閉園，但有守夜的老頭，因為閑得難受，所以警惕性極高，只要有點風吹草動，老頭立刻打起手電筒趕來查看。所以他不得不繞到北寧公園後的荒地。從沒上這兒來過，沒想到還有座破廟。廟後那個大墳坑裡全是棺材，他倒是不怕，王苦娃自問沒做過任何虧心事。心正膽壯的愣頭青，到廟裡給劉關張磕了個頭，在後牆下找了個背風的地方，將老娘做好的燒紙放好，劃根火柴點上火，眼看紙灰打轉。舊時迷信，以為這是鬼來了，其實是燒紙產生的氣流。他撿了個枯樹枝子扒灰——燒紙忌諱燒一半，必須讓紙燒透了——並且在嘴裡念叨幾句：「燒紙帶烤手，鬥牌贏一斗；燒紙帶烤腳，摔倒撿個大元寶；燒紙帶烤臉，福祿壽喜全都來；燒紙帶烤腚，一年到頭不長病。」

以往在陰曆七月十五，民間將扔饅頭叫作放焰口，乃是佈施各方餓鬼之舉。事實上扔到地上的饅頭不會有鬼來吃，待會兒便被野狗叼去了，等於是變相餵狗，也不是誰都扔得起饅頭，趕上饑年荒歲，糧食給活人吃尚且不夠，哪有多餘的讓鬼吃？故此有些地方用燒紙錢來替代，一年當中，有好幾個鬼節，陰曆七月十五的風俗在民間既多且雜，各地有各地的不同，比如「施孤臺、招魂幡、擺香案、燒紙錢、扔饅頭、放河燈」，怎麼做的都有，宗旨相同，全是為了施捨沒有主家祭祀的孤魂野鬼，和尚老道跟著做法事賣河燈，趁機撈幾個錢。

王苦娃每年都出來燒紙錢，他本人說不上信，也說不上不信，他想：「如果積德行善真有好報，怎麼老娘的腿不見好，我也只能背煤為生，每日裡汗流不止，掙扎過活，難道是上輩子沒做好事？問題誰會記得上輩子做過什麼，縱有業債，也不該報應在我頭上……」因果上的事，他一想便覺得頭大，不願意多想，還是老娘說得對：「人活一輩子，只管行好事，切莫問前程，心中無愧便是福。」

他每次燒紙，總有這番胡思亂想的念頭。燒完紙錢，已是半夜十點前後，他收拾一下地上的灰燼，剛打算往家走，然而風吹月落，天黑得看不見路了。王苦娃正愁怎麼回去，忽聽廟後墳穴中有塊棺材板「咯吱吱」作響。那邊是長滿荒草的土坑，黑夜裡聽到木頭板子響，不是棺材裡的響動又是什麼？雖說他膽大氣粗，半夜在沒有燈火的破廟中，聽得棺材板作響，也不免頭髮直豎，身上的汗毛孔全都張開了嘴。

這時天上有風，朦朦朧朧的月光又從雲層中透下來，他眼前能瞧見東西了，心想：「棺材裡裝的是死人屍骨，怎麼會有響動，難道是野狗掏棺？」

早年間，荒郊的野狗很多，有種野狗頭大如斗，牠們白天躲得遠遠的，看到哪處墳地埋下死人，等到半夜，跑過去掏墳掘土，一頭撞開棺材擋板，扒出裡頭的死屍吃腸子。趕上戰亂年月，墳淺棺薄或拿草蓆子裹屍的窮人，埋下去十有八九要餵野狗，骨肉狼藉，慘狀難以盡述。王苦娃心正，他想到此處，當即撿起根棍子往外走，心道：「如若是野狗掏死人屍骨，豈可袖手旁觀，待我上前將野狗趕開，那也是陰功一件。」

此刻墳穴中一口棺材突然開了，王苦娃卻沒看到野狗在那兒，好像是棺材裡的死人從裡邊推開了棺材蓋，他忙把踏出破廟的一條腿縮了回來，躲在牆後瞪眼張望。但見棺中伸出一隻手，接著冒出個腦袋，月光朦朧，離遠了看不真切，隱隱約約看到一個似人似獸的東西，身上有白毛寸許，二目放光，兩手有如鷹爪，從棺材裡匍匐而出，轉身下拜。要說也怪，棺蓋竟自合攏，夜霧彌漫，那東西身形一晃，撥開亂草，往西而去，頃刻不見。

四

王苦娃躲在破廟裡看得呆了，真如木雕泥塑一般。他老家在關中，聽過不少鄉下打旱魃的事，從三義廟棺材裡出來的東西，怎麼看怎麼是殭屍變成的旱魃。相傳死屍埋在墳中，吸盡了雲氣，致使這一方發生旱災。以往旱情嚴重，方圓幾百里內莊稼絕收，那就要祭祀龍王爺，各家各戶在門首張貼紙符祈雨，然後請來風水先生望氣。望出哪個墳裡出了旱魃，便鑼鼓齊鳴，聚集民眾，上墳地打旱魃。百年之魃，可以挖出來鞭打焚燒，千年以上的旱魃，屍氣和屍血能傳瘟疫，斬不得也燒不得，只能捆起來壓在塔下。這種風俗源自關中，關中水土深厚，黃土地下多乾屍，出現旱災，便以為是乾屍吸盡了雲氣。王苦娃曾見過幾次打旱魃，對此深信不疑——怪不得一九五八年天津衛一夏無雨，竟是三義廟墳地裡出了旱魃。

他想去找人，卻擔心自己看錯了，萬一聲張出去，三義廟中又沒有旱魃，豈不是自找麻煩？或許只是個專偷死人壓口錢的盜墓賊，王苦娃心想：「如若真是旱魃，去後必返，因為此怪白天要躲在棺材裡，我先不出聲，遠遠地躲在破廟中看個究竟，等我看明白了，再理會也不遲。」他向來膽大好事，以為只要不出聲，再看一次也不打緊，沒準不是旱魃，而是偷墳盜墓的賊人，用不著大驚小怪。三義廟後牆塌了個大窟窿，他躲在牆後，一聲不響地注視著墳地，荒煙衰草間一片寂靜，夜風拂動亂草枯樹，投在月下的影子，如同山鬼般張牙舞爪。王苦娃到底是膽大心直，換個膽小的早嚇跑了。等到後半夜，月色西沉，仍不見動靜，王苦娃心說：「準是看錯了，那是個偷棺盜寶的賊人，要不怎麼對著棺材下拜呢？讓我在這兒白等了半夜，哪有什麼旱魃？不過……荒墳野地裡的破棺材中，除了幾枚壓口的老錢，又有什麼東西好偷？」

他心中胡思亂想，等得久了，忍不住打起瞌睡，驀地冷風襲身，打了個寒顫，霎時間睡意全無。王苦娃睜眼一看，卻見墳頭荒草一陣亂晃，棺材中的死人已經回來了。他在破廟裡蹲到半夜，腳都麻了，將手扶在牆上，卻摸到冷冰冰、活潑潑一物。黑暗中看不出是個什麼東西，有可能是牆縫裡鑽出的壁虎，夜裡出來吃蚊蟲，撞到了王苦娃手中，不咬人也能嚇人一跳。王苦娃趕緊往後縮手，怎奈顧得了前顧不了後，手肘撞到了廟中的供桌，發出「砰」的一聲，他心裡跟著一緊，響動雖然不大，但在深更半夜，聽上去分外真切。他自知情況不好，抬頭看見破牆外一張枯樹皮般的怪臉，兩目如燈盞，映月泛出綠光。

王苦娃見驚動了旱魃，也自慌了手腳，叫得一聲苦，不知高低。他跌個跟頭，轉身奔著廟門跑去，怎知那屍怪來去如風，早從牆後轉到了門前，伸出兩臂作勢欲撲。虧得王苦娃硬生生煞住腳步，才沒有直接撞到屍怪身上，只好又往後退，躲到了劉關張的泥胎神像背後。屍怪到了廟門前，突然停下不動，口中嘰嘰有聲。王苦娃大為不解，喘著粗氣看看四周，心想：「原來這東西不敢進廟，定是畏懼廟中的泥胎塑像，三義當中畢竟有關公……」他這個念頭還沒轉完，卻聽廟門處「咔啦」一聲巨響，那廟門本已半毀，此刻讓那旱魃一撞，登時往上飛去，帶著股勁風呼嘯而至，重重撞在殿頂，門板又掉在地上，殿頂被它撞開個窟窿，連磚帶瓦落下來一大片，劉關張塑像上也落滿了灰土，三個泥胎神像土地爺似的灰頭土臉，全都遮沒了面目。

王苦娃大驚，心想：「全憑三義靈應護佑，方才僥倖不死，讓灰土遮住的神像與尋常泥胎有何分別？」他急忙跳上神龕用衣袖擦拭泥像，怎知三義廟建於幾百年前，荒毀多年，久無香火，泥胎臉上的油彩讓風吹得變脆了，那層漆皮一碰就脫落下來。屍怪已然躍進廟中，張臂來撲，一人一屍圍繞泥胎塑像兜圈子，轉得兩三個來回，王苦娃已是腿腳發軟，喘作一團。兩下離得越來越近，王苦娃眼見大勢已去，怕只怕小命難保，逼到這個地步，也是狗急跳牆人急生智，他一眼瞥見殿頂塌了個窟窿，心說：「黃鼠狼放救命屁，還有最後這麼一下！」

五

王苦娃看旱魃身子僵硬，他急中生智，手足並用攀登後壁，爬到殘簷敗瓦的廟頂躲避。這口氣還沒等喘勻，忽然刮起一陣冷風，雲迷月黑，蒿草亂晃，旱魃一躍而起，伸出雙臂直奔王苦娃撲來，距廟頂只不到半尺，它這一撲落地，口中嘰嘰有聲，緊接著又往上撲。王苦娃見旱魃縱身躍起，一次比一次高，三兩次便會跳上廟頂，忙抓起瓦片，對著躍上來的旱魃用力砸去，一塊布紋厚瓦，打在旱魃頭上擊得粉碎。

旱魃上不來，王苦娃也下不去，僵持了不知多久，聽得遠處有雞鳴聲傳來。東方漸白，廟下沒了動靜，他受這一番驚嚇已是精疲力竭，探頭往下看，只見旱魃倒在地上一動不動，他仍不敢下去。不久有人尋來，原來王苦娃的老娘讓他去燒紙，自己留在家一邊做針線活，一邊等著兒子，可王苦娃這一出門，卻好似泥牛入海、風箏斷線。

老娘在家裡左等不見回來，右等也不見回來，等到後半夜還不見人。老娘擔心他黑天半夜出了什麼意外，央求左鄰右舍幫忙找尋。大夥得知王苦娃偷著出門燒紙，必定是去了沒人的地方，應該不會走太遠。想想周圍沒有沒人的地方，北站一帶人來人往，糧房胡同雖然僻靜，卻也有人居住，北寧公園中有守夜看門的老頭，這都不是燒紙的地方。而寧園後身有個三義廟，那破廟年久破敗，前不著村後不著店，跟寧園隔著條大土溝，王苦娃十之八九是到破廟裡燒紙去了。人們天亮時分找過來，看到王苦娃躲在破廟簷頂上面無人色，後牆下倒著個死屍。眾人見狀，皆是吃了一驚，等到把王苦娃接下來，聽他說明經過，愈加駭然。

在場之人對王苦娃所言之事，有的信有的不信，信的以為是旱魃，不信的以為王苦娃偷墳挖出個死人。可三義廟棺材裡只有枯骨乾屍，破衣寸縷難尋，沒有值錢的陪葬器物，應該不會有人吃飽了撐的深更半夜挖墳開棺。說來說去，誰都沒個主張，眾人報告上去，不敢提什麼旱魃，反正三義廟棺材裡的死人，是許多年前遷墳動土埋下的屍骸，不可能是王苦娃所殺。王苦娃在鬼節燒紙至多是迷信愚昧，終究不是什麼大事，頂多進行一番說服教育，讓他下次別再燒紙了。死屍送去火化場處理，儘量把事往下壓，想要大事化小，小事化無。可民間的謠言並未因此平息，人們私下裡議論說，一九五八年這場旱災，也許正是由於三義廟旱魃作怪，但更多的人則認為「二〇九號墳墓」才是主要原因。

王苦娃去三義廟燒紙，出在一九五八年陰曆十五半夜，之前提到的「二〇九號墳墓」，與這件事發生在同一天，也是陰曆十五的晚上。不過一張嘴，說不了兩家事，說完三義廟，再說「二〇九號墳墓」。

六

咱們說的「二〇九號墳墓」，位置也離北站寧園不遠，地名叫王串場。據說以前有個打穀場，主人是王串子，合起來稱為「王串子打穀場」，說著太長，簡稱為王串場。清朝末年開始，不少民房蓋了起來，有好幾條胡同，二〇九號是其中一間房屋。房主叫趙甲，三十出頭還打著光棍，以前從外地進城，當過學徒擺過攤，起早貪黑的挺不容易的，好不容易掙錢買下這間小平房。解放後，他在火車站前一家國營早點鋪做油炸果子，炸果子就是炸油條，或叫棒槌或叫果子，也有當中帶雞蛋的油餅，早點鋪兼賣豆漿、餛飩、包子，一早開門，下午才收。趙甲專管油條，天冷還好說，夏天守著滾熱的油鍋，全身的油漬混著汗水，也確實受罪。

趙甲在老家有個老兄弟叫趙乙，比他哥小了十幾歲，這一年來尋兄長落腳，想進下廠找份活兒幹，臨時住到他哥哥趙甲家中。一間房子哥兒倆住，那時候的民房大小幾乎一樣，都是丈許見方，十平方米左右，兩邊各搭了一個鋪板，趙甲睡左邊，趙乙睡右邊。住了沒幾天，趙乙發現這屋裡不對勁兒，住到此處，總是口渴，喝多少水也不頂用。

剛開始，趙甲對趙乙說：「兄弟，現在下廠的活兒是一個蘿蔔一個坑，光有力氣不行，得有門路，有道是一等的送上門，二等的去找門，三等的沒有門，你我四等的也還不如。說來容易，奈何無門無路，哪是咱想找就能找到的，我看你先在這兒住幾天，然後回老家算了。」

趙乙聽這話不對味兒，問道：「哥你是不是嫌我？」

趙甲說：「想哪兒去了，你是我兄弟，我怎麼會嫌你。」

趙乙說：「那你怎麼要攆我走？是嫌我住這礙著你了？」

趙甲說：「你不知道，我這房子不乾淨，以前是個墳頭。」

趙乙說：「當真是墳頭上起的房？」

趙甲說：「我騙你作甚，如若不是這樣的房子，我一個賣早點的買得起嗎？」

趙乙說：「那是迷信，既然你敢住，我也不怕。」

趙甲說：「你在這兒住著不要緊，可別亂動我屋裡的東西。」

趙乙不信他哥哥說的話，以為是哥哥攢了娶媳婦兒的錢藏到屋裡。他一個賣早點的，除此之外還能有什麼東西？怎麼拿自己兄弟當賊似的防著？

趙乙當即住在二〇九號，趙甲每天天一亮就起，五點來鐘便到早點鋪裡支油鍋炸果子。那時候趙乙還在倒頭大睡，一直找不著活兒幹，每天無所事事，也沒覺得屋裡有什麼不乾淨。除了經常口渴，沒有任何反常之處，更當趙甲那些嚇唬人的話是胡言亂語。這天夜裡他睡得不沉，感到跟前站著個人，那時候天已經濛濛亮了，屋裡不是全黑，他瞇縫著眼看那人是誰，一看是趙甲站在屋裡，不聲不響，瞪著兩眼盯著他。趙乙恍恍惚惚看出那人是趙甲，心知哥哥起得早，要去早點鋪生火炸果子，哪天不是這樣，因此沒怎麼在意，也就躺著沒動，想不到接下來發生的事情，可是奇了怪了。

七

趙甲站在屋裡動也不動，直勾勾地盯住趙乙。過了半晌，又去他床頭下摸索，好像摸到一個物事，拿到手中看看還在，似乎鬆了口氣，又將那物事放回床頭，這才出門，去早點鋪賣油條了。

趙乙好生不解：「我哥在我床頭藏了什麼，又不放心，看到那東西還在才踏實，卻怕讓我看見？」他也是好奇，立即起身去看，伸手摸到張破舊的黃紙符，還是解放前驅邪的符咒，他心想：「這是我親哥嗎？趕我走不成，便想把我嚇走，看我不把你這鬼畫符給燒了！」這天他一氣之下，把黃紙符燒成了灰，賭氣到馬路上轉了一天，又在同鄉家裡蹭了頓飯，趙乙吃飽喝足，直到天黑才想起回家。

當天正好是一九五八年陰曆十五，天黑之後路上沒什麼行人，蚊蟲、蝙蝠好像都比往常少。趙乙膽小，記起是鬼節，心裡頭害怕，之前的一肚子氣全消了，仔細想想哥哥不會容不下他，總歸是打斷骨頭連著筋有如手足一般的親哥倆，有可能錯怪兄長了。他越想越是慚愧，趕緊回到家，去胡同口的水龍頭前邊。那時的平房屋裡沒有自來水，有的胡同裡有公共自來水管子，有的還是打井水。他到水龍頭前胡亂抹了把臉，又沖沖腳，張開嘴灌下一肚子涼水，他也不怕鬧肚子。不知道為什麼總是口渴，喝多少水也不夠，有可能是天氣太熱的原因，天熱出汗出得多，所以總想喝水，對此事他也從未多想，喝完水推門進了屋。

趙甲每天幹活兒特別累，起得早，所以早早地便睡了。趙乙在外邊東一頭西一頭的亂轉，不定什麼時候回來，他就給他兄弟留了個門，不把門從裡邊上閂，免得兄弟回來還要敲門，飯菜也用紗籠蓋好放在桌子上。

趙乙和平時一樣，推門進了屋，聽趙甲打著鼾聲已經入睡，他怕把他哥吵醒，有什麼話明天再說不遲，所以沒點燈。屋子總共十來平方米，閉著眼也能摸上床，他反手閂上門。常言道「破家值萬貫」，後半夜還是要防賊。俗話說賊不走空，萬一有小偷小摸溜進來，那些賊看到屋裡有一頭蒜一根蔥也偷，頂可恨的是有賊偷鞋子偷衣服。衣服鞋子雖然不值幾個錢，卻是當用的東西，總不能光赤腳出門。老天津衛有規矩，天氣再熱都不能光腳出門，不打裹腿至少也得穿雙布鞋。鞋子好壞擱一邊，泥腿子才光腳走路，那樣沒規矩，讓人看不起，因此有句老話——腳底下沒鞋窮半截。

趙甲入鄉隨俗，也不願意不穿鞋讓人看不起，為此他三天兩頭地囑咐趙乙，讓他回來想著放門閂，提防有賊進來偷鞋。趙乙以前沒一次記得住，當天居然沒忘，進來先關好屋門，隨後躺在床板上，不一會兒就見了周公。睡到半夜，趙乙發覺身上有東西，他睏得睜不開眼，那屋裡也黑，什麼都看不到，迷迷糊糊的用手地一摸，手指觸到冰冷滑膩的肌膚，卻是一個女子的手。

八

趙乙心裡明白，想睜眼卻睜不開，也起身不得，感覺那女子緩緩從他身上爬過，隨即聽到旁邊的鋪板「嘎吱嘎吱」地亂響，他實在睏得不行，翻個身又睡著了。

不知不覺睡到天光大亮，他起來看見趙甲還躺在那兒不動，往常這時候早去賣油條了，今天是怎麼了？他忙下地去推，可過去一看發現不對，那人直挺挺的，臉色發青，身子都涼了，橫屍在屋裡。昨天他進屋時，趙甲還在打鼾睡覺，怎麼一睜眼人就死了？是半夜進來賊了，可看屋門插得好好的，不可能進來人，即使進來人，出去也不可能將屋門從內側閂上。忽然他想起昨天晚上屋裡似乎有個女子，他大驚失色，叫著屋裡有鬼，急忙跑出去找人。

街坊四鄰聽說二〇九號出了人命，全都趕來看，有腿兒快的跑去報了案，來人看趙甲身上沒有外傷，乃是夜間猝死，並非命案。趙乙不答應，他非說屋裡有個女鬼，是女鬼把他哥掐死的。沒有人信他的話，他不顧阻攔，衝進屋揭起鋪板，見那下邊的磚多處鬆動，顯是有人動過，摳開兩塊磚赫然是個一頭長髮的乾屍。

經過辨認，乾屍是解放前失蹤的一個年輕寡婦。如此一來，事情變大了。經過咱們簡短節說，二〇九號曾是一座老墳，遷墳蓋房的時候，從墳中挖出了乾屍，當地很少有乾屍，出了乾屍即是旱魃，因此沒人願意在這兒住。解放前，趙甲貪便宜住到二〇九號，估計他是看上住在隔壁的一個年輕寡婦。有天夜裡，他藉故將小寡婦帶進屋，逼姦不成，傷了人命，外頭人多眼多，無法拋屍，只好埋在鋪板下頭。他也知道二〇九號以前是個墳，風水不好，於是請來一道「天官壓鬼咒」，把紙符貼到床頭。小寡婦無親無故，突然失蹤不見，人們以為她和哪個相好的跑了，那會兒世道也亂，沒有人來理會此事。趙甲自以為神也不知鬼也不覺，哪承想一九五八年陰曆十五這天，趙乙跟他慪氣，偷著揭掉了紙符，致使他在屋中暴斃。後來因為趙甲已死，這個案子不了了之。

人們更願意相信趙乙的一面之詞，要按他的話說，是鋪板下的女鬼半夜出來，將他兄長趙甲活活掐死。二〇九號本來是個老墳，出過旱魃，趙甲在屋中埋屍，那女子也成了旱魃，要不怎麼住在這兒的人總是口渴。胡同裡草木枯槁，井打得再深也沒水。二〇九號墳墓的事一下子傳遍了，至今還有人在說，可是大部分傳得走了樣，怎麼說的都有，加入了很多怪力亂神的內容。實際情況是兄弟倆住一個屋子裡，哥哥莫名其妙地半夜猝死，兄弟報案說屋裡有鬼，隨後挖出乾屍，此案即是二〇九號墳墓傳說的由來。

總之是同一天，前後差不了幾個小時，三義廟和二〇九號墳墓兩地，分別發現乾屍。

官面兒上不認為那是旱魃，可是不信不行。當天中午不到，西北濃雲密佈，雷聲滾滾，下起一場大雨，乾枯的河道全有了水。河工們剛挖到海張五那座塔下的洞口，趕上下雨漲水，沒辦法再往下挖，從此停工。

咱把話說回來，陰曆七月十六下午，天氣突變，雲層中傳來悶雷之聲。挖大河的活兒不得不停，郭師傅在河邊看見天氣上來了，想要找個地方躲避，忽然望見有道黑氣連天接地，似有龍蛇變化，灰濛濛的天越來越黑，這道黑氣很快被陰雲擋住，再也看不到了。以前人們認為雲霧掛天為龍蛇之變，郭師傅發現雲霧有龍蛇變化的方向，應在北寧公園糧房胡同。此時他記起張半仙說過的話，糧房胡同凶宅裡果然有東西，而且這東西一旦出來，一定會水漫天津衛，要鬧大水了。

第十九章　玄燈村平怪

一

一九五八年挖大河防汛，陰曆七月十五過後，三義廟和王串場接連發現兩具乾屍，海河兩邊水土並不深厚，很少有乾屍，外邊都傳是挖出了旱魃。不管謠言是真是假，反正隨後下起大雨，連下了兩天兩夜，河道泛漲。

變天之前，郭師傅看見遠處有道黑氣，方知糧房胡同凶宅埋寶的傳言不虛。這東西快成氣候了，再不想點辦法，遲早有一天要水漫海河，淹沒天津衛。他驀地想起聽過老時年間的一個傳說，咱們要把整個前因後果說明白了，再往前說，那是清朝末年發生的事。

那個時候的大清國內憂外患，正是四海動盪，天下大亂，天津衛出過一位奇人。那是在南門口擺攤算卦的催道成，人稱催老道，以算卦說書為生，也沒見他算得有多準，糊弄外來的還行。當地人全知道催老道算卦是「十卦九不準」，但是催老道會說古經，能說全套的《精忠岳飛傳》。岳飛乃是被我佛如來收在頭頂佛光中的金翅大鵬鳥，只為女土蝠聽我佛講經時放了個拐彎屁，惹惱了金翅大鵬明王，一口啄死女土蝠，因此被貶下界，半道又啄死了鐵背虬龍，投胎托生成了抗金保宋的岳飛。女土蝠和鐵背虬龍也投胎來找岳飛報仇，有這些神怪佛道相互間的因果報應，加上岳家軍怎麼打金兵、怎麼擺陣、怎麼破陣，說起來更是懸念迭起扣人心弦。那時候的人們專愛聽這些，崔老道不僅會說，還會胡編，在江湖上頗有人緣。那年頭有人緣就是有飯緣，他連說書帶算卦，勉強混口飯吃。

別看崔老道混得不怎麼樣，據說他可有真本事，手段非同小可，只是命裡擔不住，有能耐卻不敢用，所以日子過得很緊。他也不是真老道，有家有口，穿一身破舊道袍，用來擺攤充門面。

那一年好幾個省同時鬧饑荒，先是黃河氾濫，隨後蝗災接著旱災，種不下大田，赤地千里，城裡還湊合能活，城外餓殍遍野，人都餓紅了眼，誰還顧得上算卦聽書？崔老道家裡等米下鍋，只好去趕白事會。當時有個大戶人家的老爺死了，缺個執事，執事就是站到靈堂前，等僧人們超度完了，他要念誦祭文。此外如果有人過來祭拜，從大門外由信馬引進正堂，執事便在旁邊吆喝：「一叩頭，二叩頭，三叩頭，家屬還禮。」前來弔孝的人們和家屬全聽執事吆喝，讓下跪就下跪，讓磕頭就磕頭，相當於靈堂上掌局的主管，俗稱「大了」。

這家財東老爺去世，要辦白事會，正好缺少一位執事，崔老道應了差。操持白事看似容易，卻不是誰都能做，舊社會迷信忌諱太多了，可說到稀奇古怪的事，識文斷字兒之人也沒有崔老道懂得多。他自稱「謀賽張良、智欺諸葛」，灶王爺灶王奶奶、五湖四海龍王、前後地主財神，沒有他不熟的。他尋思：「這活兒不錯，有個腦袋會說話的都能做，閉著眼也不會出錯，管吃管喝還拿一份犒勞，可比在南門口擺攤喝西北風好多了，從擺靈到出殯一共是七天，七天之內算是不用發愁沒地方混飯了，往後再說往後的。」哪承想由此惹下一場大禍。

二

財主家當天半夜要僱工搭過街靈棚，轉天開始弔唁。催老道應了白事會的差，先領一份定錢，回家準備，起個大早，穿戴齊整出門，頭幾天揭不開鍋，餓得前心貼後背，本想到了白事會上再吃，不過按規矩去了得先幹活兒，過了晌午才開飯。他心想：「肚子裡沒東西吆喝起來哪兒有底氣，頭一天去可別給人家吆喝砸了，得找個地方吃了早點再去。」正好路過一家「大福來鍋巴菜」，抬腿進去要了兩個燒餅、一碗鍋巴菜。

鍋巴菜是天津衛特有的一種早點，價錢很便宜，兩大子兒一碗。催老道往常好吃這口，可當下趕上荒年，要不是得了白事會的定錢，也捨不得吃。等夥計把鍋巴菜端上來，催老道一看還得是大福來的鍋巴菜，佐料全，鍋巴薄，做得就是那麼地道。

大福來是上百年的老字號，店主姓張，相傳受過皇封，早年間沒有多大名氣，人們不認，但是真材實料絕不含糊：綠豆磨麵攤成煎餅，涼透了切成小片，芝麻醬配上諸般佐料調成鹵汁，吃的時候抓切好的鍋巴放進鹵汁，盛到碗裡，澆麻醬、鹹料、腐乳、辣椒油，再放上點香菜，隔幾條街都能聞到這個香美氣味，賣相也好。有天來了個闊老頭，帶著幾個跟班，吃完這家的鍋巴菜連聲說好，轉天一位御前侍衛到門前，跟掌櫃的說道：「恭喜恭喜，你的大福來了。」掌櫃的不明其意：「我家小本買賣哪來的大福？」御前侍衛告訴掌櫃的：「昨天皇上微服私訪到你店中，吃了你做的鍋巴菜覺得好，要賞你。」從此這家的鍋巴菜名動天下，慕名而來的食客絡繹不絕，開了十幾家分店，掌櫃的將店名改為「大福來」。

　　催老道手頭窘迫，兩三個月未嚐此味，這天吃得口滑停不下，一連吃了三碗鍋巴菜，方去辦白事的財主家應差。他倒楣就倒楣在這三碗鍋巴菜上了，到得白事會，人家這邊大門前的靈棚已經搭好了，兩個信馬一個在大門裡，一個在二門外，靈堂設在正屋，超度誦經的和尚老道請了一屋。本家是老爺亡故，少爺少奶奶披麻戴孝，以下眾家人和各路親朋，全在靈堂外候著。催老道去的時候已經開始誦經念咒了，他趕緊裝扮好站到靈前，旁邊有個給他打下手的叫吳大寶，是催老道掛名的徒弟，也是跟著混飯吃的一位，目不識丁，拎個茶壺，等著給誦經的和尚老道們斟茶倒水。催老道曾說吳大寶這名起得不好，吳等於無，大寶指的是元寶，連起來是一個大寶沒有，手中無錢，那不是窮光棍又是什麼？

　　和尚道士在靈棚中超度亡魂，這裡邊不都是僧人，有在家的居士，都得會念經，那也是一門功夫。死人前七天為頭七，到送路出殯為止，每一天都要念五捧經，上午兩段下午兩段，夜裡再來一段大的。其中的空當由執事念祭文，讓孝子賢孫和前來弔唁的人上來磕頭，催老道就幹這個，耳聽誦經已畢，第一捧經念完了，展開祭文誦讀，他常年在南門說書算卦，嘴上有功夫，裝模作樣，聲情並茂，聽得靈堂下哭成一片，念完祭文該吆喝弔唁磕頭了，催老道往左右一看，心說：「大事不好！」

三

原來催老道前幾天沒怎麼吃飯，肚子裡沒食兒，早上連吃三碗鍋巴菜，掛不住了，念完祭文幾乎憋出虛恭，急著上茅房。可是幾十號弔唁的人排在靈堂外，只等執事吆喝上去磕頭，總不能讓這麼多人在此乾等，如何是好？

催老道眼珠子一轉，將在旁邊打下手的徒弟吳大寶拽過來，又把那份祭文塞到吳大寶手中：「為師得去趟茅房，你先在這兒招呼著，為師平時怎麼吆喝你就怎麼吆喝，孝子跪，叩頭，再叩頭，三叩頭，孝子之後是兒媳婦兒，記住了嗎？」

吳大寶不認字，祭文他念不了，吆喝磕頭他聽得多了，沒有什麼難的，便告訴催老道：「師傅你放心，這活兒交給我了，您趕緊去吧，帶草紙沒？」

催老道顧不上多說，抓起地上的燒紙，風急火急，捂著肚子奔茅房去了。

吳大寶放下茶壺，手捧祭文，開始吆喝弔唁，招呼一聲孝子跪。本家少爺排在頭一個，誰先誰後，這都是有順序的，按人頭招呼不會出錯，那位少爺聽執事叫到他，立即進靈堂跪倒在地，大放悲聲。

接下來吳大寶該吆喝「叩頭」，可他是蛤蟆墊桌腿兒，鼓起肚子硬上，眼看靈堂上下那麼多人都瞧著自己，不免有些怯場。他一緊張忘了詞，心裡想的是「叩頭」，吆喝出口變成了「跟頭」。

那位少爺生在有錢人家，人情世故一概不懂，也沒經過白事，這是頭一次。之前有人告訴他，在靈堂上一定得聽執事的，執事讓你做什麼你做什麼，該磕頭就磕頭，該哭就使勁哭，要不然別人準說你不孝。他只記得這番話，聽執事吆喝「跟頭」，他一打愣，「跟頭」什麼意思？翻跟頭？他怕擔不孝的罵名，不會翻跟頭也得翻，反正是蛤蟆墊桌腿兒，鼓起肚子硬上吧。當即雙手和腦地頂地，撅起屁股在靈堂上翻了個跟頭，堂上堂下的人都看傻了眼，什麼意思這是？

吳大寶吆喝順了口，讓孝子翻了三個跟頭，等本家少爺翻過跟頭，往下是這家少奶奶，懷有六、七個月的身孕，心裡明白躲不過去，誰敢擔不孝的罵名？可實在是翻不了跟頭，苦求道：「趴地上給您打個滾行不行？」

這時候堂下弔唁的人們不幹了，哪有讓孝子在靈堂上翻跟頭的？靈堂上的執事不是催老道嗎，怎麼換了吳大寶？大家不免認為吳大寶是受催老道指示，故意攪鬧靈堂，這比刨人祖墳還要可恨。大戶人家結交的都是有權有勢之輩，這些人沒一個好惹的，腿上拔根汗毛也比吳大寶和催老道的腰粗，當即叫來一夥如狼似虎的家丁，放倒吳大寶，一頓亂棍揍個半死，又氣沖沖去找催老道算總帳。

崔老道剛從茅房出來，聽得風聲不對，跳進黃河也洗不清了，好漢不吃眼前虧，腳底板抹油溜出城，一時不敢回去，身上又沒幾個錢，想先到鄉下避避風頭。他拿白事會那份定錢買了幾天的乾糧，胡亂裹上，一路走過南窪地界，出城後但見各處莊稼荒蕪，路上聽到消息，河南有大批災民造反，朝廷調遣直隸駐軍鎮壓，殺戮甚重，沿途盡是逃難北上的饑民和亂兵，地方上多有逃亡之人。走到後來連饑民也看不到了，人都餓死了，到處是死人，他心下慘然，淒淒惶惶的獨行。途中經過一片墳地，只見墳頭後躥出一條黑狗，個頭都快趕上牛犢子了，口中叼著一個小孩，瞪起兩個血紅的狗眼，對著崔老道齜牙低吼。

四

崔老道手無寸鐵，以為要在墳地中餵了狗了，卻是命不當絕。忽然又躥來一條惡狗，張口來奪黑狗叼著的死孩子，兩條野狗相爭不下，崔老道趁機落荒而逃。漫窪野地中沒有路徑，他東撞一頭，西撞一頭，跌跌撞撞也不知該往哪兒走，行出二里多地，忽然站住不走了，他那雙眼也賊，看出路旁這塊地不太對勁兒。地上的亂草枯黃打蔫兒，但是土層跟周圍的地皮一樣，這就很明顯地底下準有古塚。年深歲久，墳頭已經沒了，也不見墓前的石獸石碑，大概是古塚墓磚外面裹了層白膏泥，所以地上的草長不起來。他走上前拔出草根來看了看，果然帶有老墳土的陰氣，封土下有白膏泥的至少是個王侯墓。若在以往，崔老道不敢動挖墳盜墓這份心思，但是逃荒在外，身上沒錢寸步難行，各地天災人禍不斷，也沒處賣卦，能在路邊遇到一座古墓，豈不是現成的財帛？

崔老道心想一不做二不休，左右是個歹，不如盜了古墓，取出金玉珍寶，遠走高飛。想得挺好，可他不是專門吃倒斗這碗飯的人，雖然會看風水找陰陽宅，卻沒有掏土挖洞開桃園的手藝，孤身一個人盜墓取寶有些吃力。好在荒村野地，周圍十幾里不見人煙，只要有水有乾糧，在附近荒村中找間破屋住上幾天，什麼時候挖出東西來什麼時候算完。他打定主意，想先備齊水糧，還得踅摸兩件挖墳的傢伙，要不然沒法下手。此時紅日西墜，崔老道擔心再遇上野狗，見距古墓不遠有條道路——這是個路口，官道邊上有條不起眼兒的岔路，路旁長草沒人，荊棘叢生，好像很多年沒人走過了。

崔老道久走江湖，心知小道不好走，豺狼土匪哪個也不好惹，便順著官道往前走，剛走不遠，迎頭過來隻毛驢，可能是逃難之家跑去的牲口，這毛驢也是命大，沒讓難民們宰掉吃肉。崔老道大喜，心說：「真是想什麼來什麼，這頭毛驢正好給老道我馱東西。」他上前牽過毛驢，騎到驢背之上。這一來得了便宜，又不敢走大道了，怕碰上丟驢的人，掉頭走了小道。有驢子至少不用怕野狗了，毛驢急了尥蹶子，野狗縱然兇惡，也惹不起驢馬騾子一類的大牲口。

此外有種迷信的說法，殭屍怕驢叫。崔老道白得了一頭毛驢，盜墓的膽子可壯多了。他騎上驢順著小路往前走，路徑崎嶇，好不荒涼，那毛驢子脾氣倔，走三步退兩步。約莫行出二里，崔老道瞧見路旁是處荒村——盜挖古墓並非一天兩天能幹完的活兒，必須找個地方過夜——心想此村距古墓不遠，不如在村中找個遮風擋雨的房子住進去，晚上睡覺，白天挖墳。於是他牽著驢走過去，荒蕪的田地間有鋤頭，順手撿起讓毛驢托著，留待挖墳之際使用，到了村口，暮靄蒼茫中，看到路旁石碑上刻著「玄燈村」三字。

催老道心裡嘀咕：「好古怪的村名，玄者黑也，玄燈村可不是黑燈村嗎？難不成晚上家家戶戶都不點燈？」

五

催老道闖蕩江湖多年，不在乎一個人在荒村野店中過夜，眼看玄燈村是個無人的廢村——村裡人可能全都出去逃難了——卻不知為何起了這麼個古怪村名，不得不多加提防。他牽驢進了村，只見村子佈局十分奇特，房屋圍成一圈，所有的門窗都朝內開，不南不北。村子當中是塊空地，當中有個大石燈，狀甚古老，少說也有幾百年之久。走進去才發現，此地並非無人荒村，僅有一戶人家，住了個六十來歲的老漢，臉色發灰，身邊帶個蠢漢，也是土裡土氣，看樣子是父子二人。

催老道見村子裡有人居住，那就不方便自己找住處了，上前打個稽首，對那老頭說自己是個賣野藥的道人，到村子附近挖草藥，想在這村子裡找間屋子住幾天，乾糧吃食自己全帶好了，請老頭行個方便。

老漢說：「與人方便，自己方便，何況周圍除了這玄燈村，再沒有可以投宿的地方，前不著村後不著店，不住這兒還能住哪兒？不過村中的房屋大多年久破敗，牆頹壁倒，透風露雨，只怕屈尊了道長。」

催老道說：「咱走江湖的人，出門在外，不挑宿頭，有間破屋土炕即可，總好過露宿荒野。」

老頭見這道人執意要在村中借宿，就用手指了指旁邊，說道：「道長如果不嫌棄，可以到那間屋子裡住兩天。」

催老道千恩萬謝，問老漢：「村子裡為什麼只有老丈與令郎二人，其餘的村民到哪兒去了？又為何叫玄燈村，莫非晚上不能掌燈？」

老漢搖頭說：「年頭不好，村裡人全出去逃荒了，只留下我和這傻兒子在此拾荒撿柴掙扎過活。其餘的事啊，道長你就別多問了，我是看你沒地方過夜，這才好心留你住下，你住在這村子裡無妨，卻須依我三件事。」

催老道心說：「窮鄉僻壤，規矩還不少！」口中卻道，「不多不多，不知是哪三件事，還請老丈示下。」

老漢說：「其一，道長夜裡點燈無妨，但是天黑之後，不管聽到看到外邊有什麼，千萬不可理會，更不准走出屋子半步。」

催老道暗自納罕，晚上不准出屋？村子裡有什麼見不得人的東西？好在他是白天挖墳盜墓，此事可以依從。

老頭問：「其二，不分早晚，道長切不可踏進我們爺兒倆住的屋子。」此刻天色將晚，催老道站在門外，那老頭和蠢漢站在門內，他看不到屋裡的情形。無非是間村屋，能有什麼值錢物事，還要防賊似的防著外人？卻不知村中為何有此規矩？

老頭說：「道長別多心，我全是為了你好，只是不便明言，你還要依我第三件事，那就是什麼都別問，能答應你便住下，倘若不答應，趁早去找別的地方投宿。」

催老道忙說：「貧道外來是客，主人既然吩咐下來，又怎敢不從。」

他口中雖然這麼說，但是一聽就知道，村中定有不可告人之秘，可是為了盜墓取寶，他也管不了那麼多了，只求有個地方過夜，挖開古墓之後立刻遠走高飛，當即應允下來。天黑之後，他閉門不出，吃了塊乾糧充饑，只在屋中睡覺，頭一天就這麼住下了。躺到床上和衣而臥，他想起之前聽那老頭所說的一番話，心知晚上肯定出事，睡覺也得睜著一隻眼。

六

催老道躺在炕上覺得口渴，吃乾糧時沒喝水，到晚上嗓子眼兒冒煙，後悔沒找那老頭要碗水喝。此時天已經黑了，老頭囑咐三件事，夜裡不能出屋便是第一件。他心想天雖然黑了，卻剛黑不久，沒到半夜，不如趁現在去討口湯水，也許那老頭不會見怪。當下從屋裡出來，一看外頭有月光，可老頭爺兒倆住的屋子房門緊閉，裡邊沒點燈，他走到近前想要叩門，耳聽屋中有「嘰嘰咯咯」的聲音，好像有兩個女子在低聲說話。

催老道心下大奇：「老頭聲稱村子裡僅有他父子兩個，怎會有婦人說話的聲音？」又一想：「怪不得那老頭不讓我半夜出門，原來他們要做這等苟且之事，沒準還是拐帶來的人口，待我看個究竟……」

他趴在門前，透過縫隙往屋裡看。此刻月色微明，隱約瞧出屋中桌椅和那爺兒倆的輪廓，二人側著身子，一個頭朝東，一個頭朝西，後背相對，打頭碰腳躺在炕上，似已睡去多時，一丈見方的屋子，一眼就全看過來了，哪有什麼女子？

催老道心下駭異，身上雞皮疙瘩起了一片，明知沒有聽錯，但他提醒自己多一事不如少一事，一個人逃難在外，到這裡人生地不熟，又沒有相識的可以讓他討個消息，也只有見怪不怪了，眼下還是盜墓挖寶要緊，不可旁生枝節再找麻煩。這麼一打岔，也不覺得口渴了，悄悄回到隔壁屋中，關好了木板門躺下睡覺，到了深夜，大概在三更前後，忽聽屋外有腳步聲響。他不看明白了到底是放不下心，用手指蘸唾沫點破窗戶紙，屏住呼吸，往外偷眼觀瞧，只見許多人排成一排，從村中的空地前走過，男女老少雞鴨貓狗皆有，還有騎馬趕驢的。當時烏雲遮月，他在屋裡看過去，僅能瞧見模模糊糊的黑影，那些人大半夜的走過去，過不會兒又往回走，來來往往直到四更前後，方才消失不見。

催老道冷汗直冒，躲在屋裡瞪起眼看了半夜，心下又驚又疑，暗想：「莫非是死去村民們變成了鬼？這些人為何陰魂不散？村中那對父子到底在遮掩什麼？」他知道留在村子裡可能會有兇險，但想起那座古墓，怎能眼睜睜看著快吃到嘴的鴨子飛了。催老道財迷心竅，終究是捨不得走，等到天亮，裝作一切如常，聲稱去挖草藥，騎上驢扛著鋤頭出了村子。事先看好了古塚的所在，到地方不多耽擱，抬眼看天上的日頭辨別棺木朝向，邁步丈量，當即動手開挖。盜墓賊通常在夜裡幹活，裡頭確實有些迷信的講究，主要還是怕被別人撞見。

此處曠野無人，倒也免去了那些顧慮，另外白天陽氣盛，一不會鬧鬼二不會詐屍，不必有那麼多顧忌。催老道雖不吃倒斗這碗飯，卻常跟陰陽二宅打交道，老墳古墓裡的物事見得多了，然而眼前這座古墓裡的東西，卻是出乎意料之外。

七

且說催老道一個人連刨帶挖，整整忙活了一天，剛把古塚刨開一半。抬眼看日頭偏西了，趕緊收拾鋤鎬，騎上毛驢往村裡走，晚上又住到玄燈村，天黑下來進屋睡覺。咱簡短節說吧，催老道一連在玄燈村住了三天，每天三更半夜，準有很多人在村子裡走來走去。催老道暗中窺探了幾次，都趕上烏雲密佈，村中沒有燈火，黑咕隆咚的也沒看清是人是鬼。他試著從隔壁老頭和蠢漢口中探出口風，無奈那父子兩個少言寡語，一句有用的話都問不出來。反正眼看著快要挖開古墓了，催老道心想別沒事找事了，明天再有半天工夫，盡可將墳土刨開，掏出值錢的東西當天就走，一天也不在這到處透著古怪的村子裡多住了。他盤算打得挺好，轉天該走的時候卻走不成了。

早上天一亮，催老道啃了幾口乾糧，趕著去挖墳掘墓。挖開最後一層白膏泥，下面是用古磚砌成的墓穴，當中擺著個石頭棺材。催老道沒有倒斗的手藝，摳開墓磚，再撬這口棺材，著實費了不少力氣，然而開了棺才看見，石棺中僅有枯骨一具。

催老道大失所望，沒想到墓主人竟是紙衣瓦棺的薄葬。墓主人生前怕讓賊人倒斗，因此再怎樣顯貴，也只不過用紙糊衣服，石板當棺材，不帶半件金銀玉器。催老道跺腳歎氣：「白耽誤好幾天工夫，看來沒那個福分，一文錢也落不得受用……」

他正自唉聲歎氣怨天怨命的時候，瞧見石棺裡唯一一個像樣的東西，是個大得出奇的葫蘆。那也是件上千年的古物了，拴著牛皮繩子可以掛在身上，裡面沉甸甸的似乎有些東西，拔開塞子倒了半天，卻什麼也倒不出來。催老道尋思：「這個大葫蘆必定是墓主人異常珍惜之物，要不然不會帶進石棺，我得帶回去找人瞧瞧。」想到這兒，他給石棺中的枯骨做了個揖：「爺臺仙去已久，留此身外之物又有何用，不如讓貧道帶去，總好過埋沒黃土。」催老道說完，又把石棺合攏，填回磚石覆以泥土，然後將葫蘆塞進麻袋，騎上毛驢子想要動身走人。可是天色將晚，只好在玄燈村多住一夜。

催老道回村進屋，閂好門關好窗，躺床上翻來覆去睡不著，起身點了根蠟燭，仔細端詳著個葫蘆，心想：「即便裡頭的東西不值錢，畢竟也是件有成色的古物，把它掛在身上出外行走，人家準以為老道我這葫蘆裡裝有神妙丹藥……」想到得意處，把葫蘆掛在腰上試弄，冷不丁想起一件事，失聲叫道：「不好！」

深更半夜，催老道想起今天回來，忘了把驢拴上了。還指望把驢騎到集市上賣掉，換幾個錢當作盤纏，否則身上一個大子兒沒有，如何在路上行走？他一時著急，鞋子也顧不上穿，推開屋門就出去了，也不想想那驢沒拴著，要跑可早跑了，出去一看，村中那些黑乎乎的鬼魂，正好在面前經過。

八、

此時明月在天，銀霜鋪地，催老道看到面前這些人根本不是村民們的陰魂，而是穿著古衣古冠，或披甲提刀、或蟒袍玉帶、或霞帔鳳冠，其中也不乏神頭鬼臉的怪物，走路的姿勢僵硬詭異，胳膊腿兒都打直，跟在野檯子上唱戲的打扮相似，正圍著村中的石燈轉圈，這些人看見屋裡出來個人，立時奔著他過來了。

催老道頓時全身打個寒顫，情知不妙，急忙往屋裡退，忘了還有門檻，仰面摔倒在地。應了那句老話，人不該死總有救。那個從古塚裡挖出來的葫蘆還掛在腰間，葫蘆底撞到地面，驀地裡冒出一個火球，這時那些穿著古代衣冠的人都擁到跟前了，迎面撞到火球上，轟然燒成了一團，發出「嗷嗷」慘叫之聲，隨著火勢越燒越大，轉眼間盡成飛灰，四周彌漫著一股屍臭，良久不散。

崔老道恍然明白過來，枯骨身邊的葫蘆，內中裝有機簧，填滿了西域火龍膏，用力拍打底部，能往外噴吐天雷地火。聽聞遼代有位火葫蘆王，以前這地界是遼國的地盤，古墓中的枯骨多半是此人。此刻驚魂未定，崔老道眼看那頭驢早沒了。多虧前幾天把驢拴到門口，驢叫能驅邪，村子裡的鬼怪不敢進門。今天忘了拴上，毛驢自己跑了，要不是盜墓挖出天雷地火葫蘆，怕是難逃一死。他打算盡快離開這是非之地，掙扎起身，記起乾糧還在屋裡，外頭兵荒馬亂，到處都是餓死的人，要逃命也得裹上乾糧再逃。他推門進屋想拿乾糧，可是心慌意亂，匆忙中不及分辨，推開門才發覺進錯了屋子，進了老頭父子所住的村屋。

外邊月光如水，屋裡仍是很黑，崔老道推開屋門，一抬眼似乎看到兩個女子，他怔了一怔，揉眼再看，那老頭和蠢漢直挺挺地站在屋裡。他心知不對，還沒想明白到底是怎麼回事，就見那二人突然轉過身來，這一轉身又都變成了女子，發出「嘰嘰咯咯」的聲響，怪裡怪氣的臉怎麼看也不是活人。

崔老道看出老頭和蠢漢身後，緊貼著一層人皮紙似的東西，同村中那些鬼怪一樣，是人皮紙成精。他想放出葫蘆中的天雷地火，燒掉這兩張人皮紙，可勢必殃及那父子二人，也是急中生智，從懷中摸出一根鋼針，分別對著兩張人皮紙刺出去。但聽兩聲尖叫，老頭和蠢漢撲倒在地，兩張人皮紙晃晃悠悠的要逃。崔老道窺得真切，一拍葫蘆底，天雷地火打在兩張人皮紙上，立時燒作飛灰。

父子兩人緩緩甦醒，跪倒在地「哐哐」磕頭，謝過崔老道的救命之恩，原來玄燈村自古是做皮影戲的藝人聚居。皮影戲也叫燈影戲或玄燈戲，村子裡家家戶戶都有祖傳的手藝，用羊皮紮成戲偁，天黑後在燈前放一塊白布，藝人們躲到後頭口中唱曲，手裡操縱戲偁，在白布上現出彩影。村裡人三五成群結成戲班，外出演燈影戲謀生，男女老少所有人都能做會演，做得皮偁堪稱一絕。每年祭祖師之時，要在村中石燈周圍繞上一圈白布，在月下演燈影戲。

祖祖輩輩都以這門手藝為生，如此過了幾百年，這碗飯就不好吃了。因為同行是冤家，冤家太多，要想賺錢就得有別人做不出來的絕活兒。於是有村民剝取活人的人皮，做成人皮紙，這種人皮紙做成戲用，能以假亂真，看著和活人沒多大分別。從那時開始，家家戶戶都做，路過玄燈村投宿的人，往往被村民害死做成了人皮紙。錢是掙了不少，不料人皮紙陰氣重，放在木箱裡上百年即可成形，有一年演罷燈影戲，一時疏忽忘了封箱，人皮紙出來作祟，將村裡人全吃了，然後四出作祟，每天晚上聚到此處。整個玄燈村只有這老漢和兒子倖存下來，但也被人皮紙附在背後，這些年一直困在村子裡，多虧催老道火煉人皮紙，其怪遂絕。

九

老頭父子對催老道述說經過，只恨破瓦寒窯，無以為報。老頭翻箱倒櫃找出幾根三寸多長、釘棺材用的大釘子，捧在手中送給催老道，說是當年封箱用的東西。

催老道在荒村古塚中得的天雷地火葫蘆雖好，卻不頂餓，見老頭給他幾根棺材釘，想不明白是何用意。走江湖吃開口飯的人忌諱釘子，因為碰釘子是砸飯碗之兆。他尋思黑天半夜那毛驢子跑不多遠，沒準就在附近，找回來還可以賣錢，顧不得同老頭父子多說，連夜出去找驢。可是想時容易做時難，那頭毛驢早不知跑到什麼地方去了，他在漫窪野地裡找到天亮，驢毛也沒找到一根。天亮時分回到玄燈村，心中好不沮喪，想跟那老頭辭行，可是屋裡沒人，只有兩尊泥像倒在地上，看形貌與那父子二人頗為相似。催老道大吃一驚，方知是玄燈村中供奉的祖師像年久有靈，忙撿起屋中的幾根棺材釘，拿到手裡沉甸甸的，叩之冷然有聲。催老道識貨，心知那幾根棺材釘子不是尋常之物。

催老道尋思：「當年玄燈村的村民，用人皮紙演燈影戲，他們擔心人皮作怪，不知從哪兒找來幾根棺材釘，釘住放人皮紙的箱子，後因大意忘了封箱，致使人皮紙四出為祟，全村盡遭此劫。如今這幾枚棺材釘落在老道手裡，說不定往後有大用處。」當即收了棺材釘，背上天雷地火葫蘆，插燭般對那兩尊泥像拜了幾拜，覓路離開玄燈村。聽說河南饑荒戰亂，官兵和義軍到處殺人，去那邊是九死一生，催老道只得掉頭往關東走。後來催老道避過風頭，又回到天津衛，仍舊在南門口擺攤說書。他的天雷地火葫蘆，燒人皮紙時耗盡了機括，裡頭裝填的火龍膏和硝石硫黃也沒了，空葫蘆已經不能再用。

催老道與巡河隊的老師傅相熟，他曾說天津衛在九河下稍，有伏龍之勢，自古以來水患難除，幾時見到天上雲霧有龍蛇之變，那麼在幾年之內必定會有場大洪水，到時水漫天津衛，將會淹死人畜無數，如果能夠提前找出妖氣所在，或許可以免去這場劫難，到時候用得上這那幾根棺材釘，從此將棺材釘埋在龍王廟義莊之下。打清朝末年到一九五八年，中間隔了段民國，轉眼過去幾十年，只有郭師傅還記得此事，要對付糧房胡同凶宅裡的東西，沒有催老道留下的那幾根棺材釘只怕不行。

解放初期拆除河龍廟義莊之時，郭師傅已經把棺材釘取出來，裹在油布包中，這幾年始終放在自己家的炕下，可問題是糧房胡同凶宅裡的東西在哪兒？這麼多人找過這麼多次，也沒找出來。傳說白記棺材鋪掌櫃的凶宅埋寶，埋的究竟是個什麼東西？他想自己一個人可做不成此事，得找幾個信得過的兄弟幫忙，於是讓丁卯去找李大愣和張半仙，商量對付「糧房胡同凶宅」裡的鬼怪。

第二十章　糧房店胡同凶宅

一

一九五八年持續的乾旱，幾個月不見半個雨點，海河旱得都快見底了。事有湊巧，直到陰曆七月十六，在三義廟和王串場先後挖出兩具乾屍，不知是不是旱魃，反正下起了大雨，挖河防汛的活兒全停了。郭師傅讓丁卯去找張半仙、李大愣，正好媳婦兒不在家，他包餃子備酒，想等那哥兒仨一同吃餃子喝酒，再商量凶宅取寶的事情。

自打家裡進了狐狸，灶臺上的年畫被毀，郭師傅心裡就不踏實。前兩天他又請人畫了張灶王爺，倒不是為了風水迷信，家裡沒有灶王爺的年畫，總覺得少點什麼。

張半仙聽說吃餃子，很快就到了，二人坐在灶臺前閒聊。

郭師傅沒提糧房胡同凶宅，他要等丁卯和李大愣到了，煮上餃子再說正事。

張半仙一眼瞥見灶王爺年畫，心下一驚，額頭上見了冷汗，問郭師傅：「灶王爺怎麼變樣了？」

郭師傅說：「不是舊畫，以前那張貼得年頭太久破損了，剛換上去一張，不值得大驚小怪。」

張半仙說：「郭爺，你可知每年臘月二十三灶王爺上天，前後一共走多少天？」

郭師傅說：「這你可問不住我，住平房的哪家灶臺上不貼年畫，低頭不見抬頭見的，灶王爺我也熟，每年臘月二十三上天，大年三十回家，來回七八天，不定是七天還是八天，因為年有大年小年，小年走七天，大年走八天。」

張半仙說：「你看你也知道，請灶王爺得按日子不是，不到大年三十兒貼灶神犯忌諱，你的飯碗要砸。」

郭師傅說：「我不過是個撈河漂子的，整天跟浮屍打交道，這樣的飯碗砸了也不可惜。」

張半仙說：「砸了飯碗也還罷了，犯不上為這個發愁，可另有一個大忌諱，郭爺我再問你，灶王爺上天，走前門還是走後門？」

郭師傅說：「半仙你問得太歪，這可把我問住了，我哪知道灶王爺走前門還是走後門。」

張半仙說：「我問的可不歪，本兒上有。」

郭師傅說：「這話也有本兒？那你說說，灶王爺走前門走後門？」

張半仙說：「灶王爺哪個門也不走，皆因門有門神。前門是懷抱雙鐧的秦瓊秦叔寶，後門是手執銅鞭的尉遲敬德，既然有前後門神守著，那就不是灶王爺走的路，灶王爺鑽灶膛，一把火化青煙，順著煙道上天。」

郭師傅一想：「還真是這麼回事，像這些亂七八糟的，沒人論得過張半仙，可灶王爺走不走門，跟我有何相干？」

張半仙說：「灶王爺走的是煙道，畫中神像應當正對煙道，你卻把年畫貼歪了，這不是撞了灶神的頭嗎？」

郭師傅聽張半仙說完，看看那張畫，是有些偏，鬧不明白這其中有什麼講兒，但一定不是好兆頭。

張半仙剛才已看出不祥之兆，又問郭師傅是什麼時辰貼的年畫，他腳踏八卦，看明白方位，閉上眼掐指一算，不覺「哎喲」一聲。

二

郭師傅和張半仙正說年畫貼得不好，凡是出乎常理，都不是好兆頭。話未落地，丁卯跑回來告訴郭師傅：「李大愣出事了！」

李大愣解放之後一度到火車站幹搬運，去年又去當了鹽丁，在寧河煮鹽。那個活兒不累，掙的卻不少，煮完海鹽裝進麻袋，放到大車裡運走。出鹽的地方當然是鹽鹼地，不下雨還好，讓大雨浸泡，地面就成了年糕，踩上去一步一陷。當天有裝鹽包的大車陷在泥裡，李大愣和五、六個人在後邊推，怎麼也推不動，眾人一較勁，想把車推出泥坑，哪知車軸斷了，大車往後壓下來。李大愣見勢不好，想要躲開，可他兩腳陷在泥中拔不出，直接被車輪碾過，死於非命。

常言道「風雲可測，生死難料」，郭師傅和張半仙聽說此事，半晌沒回過神兒來，這些年哥兒幾個在一塊，那是多好的交情。李大愣活人一個，怎麼說沒就沒了？

三人嗟歎不已。李大愣是個光棍，沒家沒口，只能偷著在三節兩供，多給他燒些紙錢。當天晚上，郭師傅等人沒心思吃餃子，各自低頭喝悶酒，但糧房胡同凶宅的東西也不是小事，如今沒了李大愣，他們三個也不得不做。

郭師傅就著冷酒，說出前因後果。白記棺材鋪掌櫃的在庚子年拆天津城之時，撿磚蓋房。據說在屋裡藏了一個很值錢的東西，但是過了幾十年之久，包括白家的後人白四虎在內，誰也找不出這屋裡的東西，從上到下刨地三尺，四面牆全找遍了，沒有出奇的東西。白四虎刨錛打劫，害了許多條人命。一九五四年被捕槍斃，從他家中搜出一具女屍，用大鹽醃住，在屋子裡放了十年，竟然沒有腐爛發臭。從此人們都說那是一處凶宅，可是凶宅中的女屍，並非白家祖輩放在屋裡的東西。這些年到凶宅盜寶的賊人也不少，誰都沒能得手。前不久，有個不務正業的大烏豆，此人貪心不足，深更半夜到糧房胡同凶宅走了一趟。由於他身上背了人命，兩手空空而回，剛到家就被公安逮住了。據此人招供，他在糧房胡同凶宅中見到一對眼，有茶盤子大小，但是經人查看，屋裡確實沒東西。要麼是大烏豆做賊心虛看錯了，要麼是他胡言亂語，總之是沒人相信。

但是到得今天，郭師傅也信了此事。很可能是糧房胡同凶宅裡的東西年久為怪，有了道行，往後會引來大水。這麼離奇的事，官不管，民不管，跟誰說誰也不會信，那就只有郭師傅、丁卯、張半仙他們三個人去做。

張半仙說：「郭爺，不是我給你潑冷水，糧房胡同凶宅裡的東西有上應龍蛇之變，不下萬年道行，憑咱們哥兒仨，怎麼對付得了它？」

郭師傅從炕底下掏出那幾根棺材釘，說道：「難就難在不知那東西在哪兒，只要是找出來，我能讓它永世不得翻身。」

張半仙沉吟半晌，說道：「既然有郭爺你這句話，我幫你找出躲在糧房胡同凶宅裡的東西。」

三

陰雨連綿，從白天下到深夜，三個人只顧說話，到半夜還沒吃飯，肚子裡都打上鼓了。丁卯去把涼餃子熱了一熱，三人胡亂吃了幾個，打點精神，合計怎麼找出凶宅裡的東西。

張半仙說：「糧房胡同凶宅只有一怪，怪就怪在傳言凶宅有寶，卻沒人找得到，聽說刨鋳打劫的白四虎腦子不好，白家祖上如何在屋子裡埋寶，到白四虎這輩兒失傳了，也或許根本沒傳下來。」

丁卯說：「與其在這裡空口說白話，不如我去糧房胡同走一趟，我這眼尖，沒準能看出些蛛絲馬跡，順藤摸瓜查他個水落石出。」

郭師傅搖頭道：「去凶宅取寶的人都這麼想，可是糧房胡同那兩間屋子，只差揭頂扒牆了，該看的全有人看過了，該找的也全有人找過了，我等不知底細，再去多少趟也是枉然。」

張半仙說：「郭爺、丁爺，你們想想，糧房胡同凶宅是白記棺材鋪老掌櫃的房子，我想棺材鋪的生意雖然賺錢，到底不是老八大家那等巨富，再說天津衛老八大家尚且沒有傳世重寶，他一個賣棺材的買賣人家裡，又會有什麼不得了的東西？」

郭師傅說：「棺材鋪無非是賣壽材的，與別的買賣鋪戶沒什麼兩樣，要趕上死人多的年頭，賣棺材的也能發財，不過棺材鋪有錢是有錢，有什麼寶那可難說了。」

丁卯說：「庚子年拆天津城，棺材鋪掌櫃撿城磚蓋的房，聽老輩兒人所言，城磚可是一寶。」

張半仙說：「不然，城磚塊大，又不易裂，用來蓋房比普通的窯磚好得多，發大水也沖不倒，所以民間說城磚為寶，那也不過是個比喻，豈是重寶？」

丁卯說：「我實在想不出了，如果是個看不見摸不到的東西，即使將糧房胡同的房屋全拆了也是白費力氣，怎麼會有這麼邪門兒的事？」

張半仙仰面苦思，自言自語地說：「白記棺材鋪老掌櫃家裡能有什麼寶？糧房胡同凶宅是空屋，那東西又不在別處，明明在那屋裡，可是擺在眼皮子底下也沒人看得出來，它會是個什麼東西？」

郭師傅沉穩老道，雖是水上公安，他這輩子可也破過不少奇案，經驗特別豐富。丁卯精明幹練，向來是郭師傅的得力幫手。加上個一肚子餿主意，號稱無所不知的張半仙。他們仨湊一塊，也頂得過半個諸葛亮了。可從半夜想到天亮，怎麼想都是鑽進死胡同，郭師傅覺得張半仙話裡有話，他知道此人心眼兒多，好像知道些什麼，卻擔心洩露天機，揣著明白裝糊塗，如果張半仙不把窗戶紙捅破，那一番話說了也等於沒說。

郭師傅心想：「趕在鬧大水之前，找出糧房胡同凶宅的東西就是，今年大旱，到陰曆七月之後，汛期已過，雖然下了雨，卻不會再有洪水，來日方長，也不爭這一時。」他打算過幾天去找張半仙問個明白，卻忘了張半仙看見灶王爺年畫說出的兆頭——要丟飯碗。

四

當時有人往上邊揭發，說社會上很多無中生有的謠言，都是從郭師傅身上而來，影響極為不好。好在有老梁替他說好話，但是也不讓郭師傅和丁卯再當水上公安了，丁卯被調去南窪，郭師傅則發到盤山看守水庫，其實在水上公安做臨時工打撈浮屍這種差事，不是什麼好活兒。水裡泡得腫脹的腐屍，惡臭難聞，一向沒人願意幹，雖然說可以積陰德，塵世上卻只見活人受罪，何曾有死鬼帶枷？

相比之下，守水庫輕鬆得多，只是那地方偏僻，條件艱苦，吃不上喝不上。大山裡的水庫周圍人跡罕至，要去附近的村子至少走二十里山路，十天半個月不見一個人來。守水庫主要是看著不讓當地村民們來捉魚。郭師傅幹了半輩子水上公安，沒想到突然不讓他幹了。不過天下的事，往往是吉凶相伴，福禍相依。單看盤山水庫，到底是不比在天津衛做水上公安，可從長遠一看，一九五九年開始進入了三年困難時期，全國上下節糧度荒，人們吃不飽飯，掉在馬路上的爛菜葉子都讓人撿去吃了，他那幾年多虧是在盤山水庫，水庫裡有魚，山上長黃蓿，是種能吃的東西。別管怎麼說，至少沒挨餓。郭師傅知道人們餓急眼了，所以看到村民到水庫偷魚，他也是睜一隻眼閉一隻眼，不忍去管，為此沒少背黑鍋，到後來水庫裡的魚都讓人吃沒了。

郭師傅開始還不放心糧房胡同凶宅，但是接下來的幾年，飯都吃不飽，他要守著水庫不能離開，而且乾旱多雨水少，沒有要發大水的跡象，他以為自己想得太多，那屋子裡什麼東西都沒有，漸漸將此事放鬆下來，也不知後來糧房胡同凶宅拆是沒拆。

咱們是有話則長，無話則短，簡短節說吧。過了節糧度荒那幾年，到一九六三年，也就是發大水的那一年。一九六三年鬧大水，是自從有記錄以來，最大的幾次洪水之一，為兩三百年一遇。這一年的夏天，氣候反常，伏天平均氣溫高達四十度，雷雨頻繁。從河南等地飛來大量的蝗蟲，引來鋪天蓋地的麻雀。蝗蟲實在太多了，天都變成了黃乎乎的，還出現了「魚翻坑」的跡象。河面上經常浮著一層翻出白肚的死魚，以往認為「河有霧、魚翻坑、雞鳴夜、犬吠雲」，說白了是「狗對著天上的雲狂叫，公雞半夜三更打鳴，河水莫名其妙變渾濁，大量死魚浮出水面」，全都是大地震的前兆，有一定的道理，但並非絕對準確。咱們就拿「魚翻坑」來說，未必是地震的前兆，那也許是別的原因。

一九六三年天津衛海河裡出現了許多死魚，以前從沒見過這種事情，使得人心惶惶，上邊想找個有經驗的人看一看，到底出了什麼事，把郭師傅調回來，再次到水上公安當個臨時工，家屬還留在盤山水庫。郭師傅心說你們這是「用人朝前，不用人朝後」，可海河裡出了事，他也不能不管，突然出現那麼多死魚，一不是河水有變，二不是有人炸魚，想來是河裡有了不該有的東西。

五

一九六三年的海河中，連續出現大量死魚。郭師傅在盤山水庫見到過類似的事情，一定是進了外來的怪魚，但是海河幾十公里長，水深河寬，支流眾多，想要查明真相，又談何容易？

郭師傅正為此事發愁，解放橋下淹死了一個人，他急忙過去。這一年雨水大，各條河道的水位往上漲，天也熱得厲害，馬路上跟蒸籠似的。有個半大小子叫二子，十二、三歲，長得黑不溜秋，頭上剃個半禿不禿的二茬兒，每年都到解放橋下游野泳，水性出奇的好，跳水扎猛子誰也比不過他，非常熟悉橋下的河道。他出去游野泳，家裡從來不擔心，這天不知是怎麼了，下學之後跟幾個同伴到了解放橋。那時候游野泳，沒有人穿游泳褲衩，大人們穿個大褲衩子，半大小子們一律光屁股，幾個孩子跳進河裡，游得正痛快，忽然發現二子在河裡折跟頭。起初還以為是他又在耍什麼絕招，可看那情形不對，不大一會兒，臉朝下浮在河面上不動了，大夥慌了神兒，七手八腳將二子拖到河邊，再看早已氣絕，肚子鼓鼓著，好像是在河裡嗆死的。

家人撫屍大哭，在這一帶游野泳的人圍過來看，那些人大多認識二子，知道這小子水性不錯，怎麼不明不白的淹死了？

這時候郭師傅也到了，見這孩子挺屍在地，屁股後邊有血，他用手在肚子上一按，死屍口鼻往外冒水，河水混著血水。按了沒幾下，死屍吐出一條黑乎乎的東西，半似魚半似蛇，全身溜滑，勁兒大得驚人，大小夥子在地上竟按牠不住。郭師傅認得此魚，叫作雀鱔，是性情兇猛的淡水魚，海河裡從古未見。今年雨水多，前些天發了兩次水，或許是那時候有雀鱔混進海河，河裡的魚都讓牠們咬死了。二子下河游泳，讓雀鱔鑽進了肚子，這東西比泥鰍鑽得還快，肚子裡進了活物，水性再好也難活命，逮住一條兩條只怕不能根除，還好此魚過不去一冬，明年這時候就沒了，要想在這之前除掉，只能下絕戶網。郭師傅指了幾個地方，讓人們多下絕戶網，海河水系以外的魚入侵，解放前也曾有過，不足為患，真正讓他感到不安的是海河水位漲得太高了，如果再有持續的暴雨，城裡的平房全得讓大水淹沒。郭師傅抬頭看看天，陰沉沉的好似憋著場大雨，烏群烏泱烏泱的從頭頂上飛過，此時傳來消息，說是下了緊急通知，讓河邊的住戶立刻疏散。

一九六三年八月連降暴雨，海河五大支流同時上漲，發生了幾百年不遇的特大洪水，各個水庫倒壩，天津衛週邊已是一片汪洋，無數村子遭受了滅頂之災。浪湧高達幾米，第一波洪峰即將到來，來得又快又猛，天津城的形勢危如累卵，市委下發了全體總動員的命令，以當地民兵公安各個機關單位為主，人不分男女，同上大堤防汛。

六

當天的動員令發佈下來，馬路上很快就沒人了，老人和孩子去高地避難，其餘的人兩人一副扁擔一個筐，全往大堤方向跑。按計劃是挑土往堤壩上填，那條大堤長達三百多公里，讓洪水沖破一個口子天津城就完了。雖然是年年加固，之前可沒遇到過這麼大的洪峰，規模超出了以往任何一次。

當時的水上公安，全是郭師傅帶過的徒弟，他們跟著人流上了大堤，但見黑壓壓的人頭，人山人海不見邊際，沒想到來了這麼多人，這還不得有幾十萬人？這麼多人，哪個單位的都有，有整個單位一同過來。那些人有男有女，有老有少，體力不同，有人跑得快先到了，有人跑得慢還沒到，也有聽到動員令自己跑來的，不知道該聽誰指揮。面臨如此大災，人人自危，大堤上你推我擠亂成了一團。

很多人認識郭師傅，大夥都說：「郭師傅是河神，咱們別亂，全聽郭師傅的。」

郭師傅看這陣勢太大了，他也指揮不來。可這麼多人都等他說話，沒法推脫，好在他吃巡河隊這碗飯，對堤壩如何防洪是熟門熟路。他說大堤擋洪水是越高越好，咱們分三隊，第一隊到堤後取土，第二隊運到堤上，第三隊加高大堤。

眾人轟然答應，立刻忙活兒起來，開始取土固堤，不過三百多公里的大堤，來了不下幾十萬人，郭師傅能帶動的只是一小片，其餘各處仍是亂哄哄的。又下起了大雨，人們冒著滂沱的大雨，在泥濘的大堤上更是混亂。在這個緊要關頭，十萬駐軍跑步趕到了大堤，軍隊訓練有素，有組織有紀律，以連為單位，分頭到各處搶險。部隊一到，亂紛紛的人群立刻有了主心骨，從混亂中穩定下來，跟著軍隊搬土運石，天上好似漏了窟窿，傾盆大雨嘩嘩地下個不停，白晝如夜，面對面說話都聽不到。

人們身上全濕透了，鞋子掉了顧不上撿，衣服和肩膀讓扁擔磨破了，也顧不得理會，跌倒了再爬起來。很多人脫力昏倒，被抬下去，過會兒明白過來，又跑回堤壩幹活兒，風雨交加，四周全是黑茫茫的。忽然大堤下的水花翻滾，有無數耗子躥上大堤，沒命似的在人們腳底下跑過，多到一落腳就會踩到一隻。

郭師傅抬眼望去，只見遠處有白線一道，正在迅速逼近防汛大堤，心知是水頭到了。水頭就是洪峰，白線越變越寬，轉眼間洪波卷至，水頭重重撞到長堤上，人們覺得腳下震顫，堤壩裂開了好幾條口子。

眾人盡皆失色，但見洪峰來勢兇猛，誰也不敢怠慢，軍民人等捨生忘死，堵住了大堤上的多處裂口。直到天黑，總算是頂住了第一波洪峰，五、六十萬人各個累得不成樣子，拿雨衣往身上一裹，倒在堤壩上便睡，不一會兒鼾聲連成了一片。有的人睡過去就再也沒能醒轉，有的人睡醒了睜眼一看嚇一跳，大堤上不僅是人，還有數不清的老鼠、青蛙、蛇，這些東西出於本能，也在洪水到來之時，逃往高處躲避，出現了人與蛇鼠共眠的罕見景象。

七

一九六三年八月，百年不遇的特大洪水圍困天津城，幾十萬軍民捨生忘死，拼命擋住了第一波洪峰。郭師傅跟其餘軍民在堤壩上，連續一天一夜對防洪堤進行加固，死活守住了大堤，又接到命令先不能撤，因為還有更大的第二波洪峰。堤壩的損毀情況非常嚴重，即便第二波洪峰跟之前的規模相同，到處開裂的長堤也難以承受，何況是勢頭更大，雖然在上游決口分洪，但是沒起太大作用，形勢極為嚴峻。

這天傍晚，大雨剛停，郭師傅吃過後方送來的飯，坐在大堤上歇口氣。不過是下午五六點鐘，卻看那天色黑得嚇人，估計第二波洪峰明天一早會到。他忽然想起糧房胡同凶宅之事，那幾根棺材釘，他始終揣在身上，心想：「糧房胡同凶宅裡的東西應龍蛇之變，當年巡河隊的老師傅留下話來，不將此怪除掉，還得招來有更大的水頭，不去那凶宅中看個明白，到底是不能放心。」

郭師傅趁著雨停，找他徒弟要了輛自行車，也沒說去哪兒，掛上手電筒，下了河堤一路往北寧公園而去。大堤擋住了週邊的洪峰，天津城裡的河道也在漲水，地勢低的地方齊腰深，得推著車過去，馬路上沒電，路燈全是黑的，人都撤到高處去了。到寧園附近，郭師傅看各家關門閉戶，屋裡沒有一個人，簡直像是進了空城。

他想連夜到糧房胡同凶宅裡看看，天亮前再趕回大堤，別落個臨陣脫逃的名聲。前幾年北寧公園擴湖，準備拆除糧房胡同的民房，一條胡同拆去了多半，隨後開始節糧度荒，擴湖的活兒便停了。糧房胡同拆剩一半的房子，仍和當年一樣沒人動過，郭師傅找到白四虎住過的兩間屋子，胡同裡沒有住戶也沒有燈光，天上黑雲如山，兩間破屋的門窗都沒了，屋裡屋外漆黑一團，死氣沉沉的，連隻蚊子都沒有。

郭師傅打亮手電筒，將那幾根棺材釘握在手中，邁步進到屋中，先聞到一股刺鼻的潮氣。他四處一照，屋裡的牆皮全掉沒了，裡面的城磚砌得好不齊整，頂棚漏雨，裱糊頂棚的牛皮紙已經爛盡，抬頭能看見佈滿灰土蛛網的房樑屋檁，再往上是屋瓦。就這麼兩間破屋，除了磚頭是庚子年拆下的城磚，別的和普通民房沒有兩樣。這種十平方米一間的老房子，隨處可見。他邊看邊想當年張半仙說過的話：「糧房胡同凶宅裡的東西，也許就躲在人們的眼皮子底下，明明看到了，卻以為屋裡什麼都沒有……」那是為什麼？

郭師傅一塊磚一塊磚地看，又拿手電筒把屋頂和幾個角落照遍了，也沒看出有不對的地方，但他能感覺到屋裡有股陰氣，讓人寒毛直豎。如果是平常的房屋，不該有這樣的感覺，難道還有想不到的地方？他不死心，膽子也是真大，關上手電筒，坐在牆根下閉上眼，反覆思索整件事情：「庚子年白記棺材鋪掌櫃的蓋房埋寶，一個賣棺材的家裡邊會有什麼寶？莫非是這屋子……」

郭師傅剛想到了一點頭緒，忽聽屋裡有人「哧哧」冷笑，他心下一凜，立即睜眼去看，只見有條長約丈許的大蜥蜴，頭上生角，身在霧中，從壁上蜿蜒而下，正張開血口向他吞來。

八、

郭師傅吃驚不小，大蜥蜴頭上有角，豈不是應了龍蛇之變？躲在糧房胡同凶宅裡的，一定是這個東西，為什麼平時誰都看不到牠？牠究竟躲在什麼地方？

此時不容多想，眼看那東西張開大口而來，郭師傅順手握住一根棺材釘，對著牠戳了過去，但聽一聲怪叫。他一下子坐起身，心口怦怦直跳，眼前漆黑無光，屋裡生息皆無，好像什麼都沒有。他忙摸到手電筒，打開往周圍照了一遍，也是不見一物，心說：「我可能是累壞了，坐在屋裡不知不覺睡著了，卻做了這麼個夢，怎麼跟真的似的？」

郭師傅發覺原本握在手裡的棺材釘掉在地上，彎腰一一拾起，卻少了一根，到處找不見。他心下駭然，在屋裡四處找尋，只要找到那根棺材釘，就知道糧房胡同凶宅裡是什麼東西了。他四壁、地面找了個遍，也不見有棺材釘，他又往屋頂上找。猛然一道閃電，亮同白晝，他恰好看到棺材釘釘在屋樑上，撥去樑上的塵土蛛網，竟是一段丈餘長的陰沉楠木，遍體木紋如甲，一端有兩個窟窿，好像有眼，郭師傅看得駭詫不已。

此時西北方的黑雲一團一團湧上來，雷聲如炸，大雨如注。他心裡大概明白是怎麼回事了。白記棺材鋪掌櫃不知從哪兒得了一段陰沉金絲楠槨板，似有化龍之兆，庚子年拆城磚蓋房時，將這楠木當作屋樑。不用問，他一定是妄圖借龍氣改風水，因此告訴後人這屋裡的東西不能擅動。誰也想不到糧房胡同凶宅裡的東西，原來是這屋子的木樑。這東西成了氣候，只是道行不夠。刨鋍打劫的白四虎，招供時說聽這屋裡有人說話；來此盜寶的大烏豆，也聲稱看到屋頂有個茶盤子大的頭，全是這根房樑作怪。當然凡此類說法，不過是人們的迷信鋪張而已。

郭師傅將餘下的棺材釘，全釘在了屋樑上。忙活到天亮，他想起還得回大堤防洪，匆忙離開糧房胡同。不久第二波水頭到了，比之前的更大，幾十萬人死守大堤，可身後海河裡的水擋不住了，以前挖的洩洪河也抵禦不了如此大水。實在沒辦法了，千鈞一髮的關頭上面下令掘開海擋，天津城裡的大水進了海，終於頂住了一九六三年這場百年不遇的大洪水。轉過年來，糧房胡同徹底拆除。郭師傅找來丁卯和張半仙做幫手，將那根楠木從瓦礫堆中扒出來，以鐵鎖貫穿，綁上一尊遷墳動土被扔掉的石獅子，一同沉入挖大河那年挖出的大洞之中。

那地方通著地下河，形成了一個漩渦，有海張五造的半截埋骨塔堵著，沉到河眼裡的東西永遠別想出來。當然，誰都明白，民間口頭傳說的東西多是穿鑿附會，自不必多作解釋。而海河水患的解除，還是靠了政府與人民大眾的治理。此後治理海河水患收到成效，天津城地寧人和，再也沒發過這樣的大水。

河神第一段故事是「惡狗村捉妖」，發生在解放之前；第二段故事是「糧房店胡同凶宅」，全部發生在二十世紀五、六〇年代，打從捉拿刨鋳打劫的白四虎開始，到一九六三年發大水、釘住棺材板沉入河底為止，算是告一段落。

番外　水上公園青龍潭

一

郭師傅發現糧房店胡同凶宅是楠木房樑作怪，他可不知道白記棺材鋪老掌櫃，究竟是如何得到這根陰沉金絲楠木的。後來他聽過一些傳聞，那是「文化大革命」初期，當時也是夏天，正是一年裡最熱的時候，有位中學物理老師，四十來歲的一位男教師，被劃成了「右派」，免不了掛大牌子什麼的，腦袋還被剃成了陰陽頭。所謂「陰陽頭」，是拿剃頭推子硬推的，頭髮推光半邊，留下半邊不動。當老師的哪受得了這份罪？覺得自己沒臉再活著了，等上午批斗大會一結束，回到家換上身乾淨衣服，一個人走到海河邊，從大橋上跳到河裡自殺了。正是大中午的，有過路的群眾看見了，趕緊找人來救，但在這位教師投河的地方找了半天，始終是活不見人、死不見屍。

自殺的老師從橋上跳到河裡，就沒影兒了。大傢伙議論紛紛，有的說是讓河裡的大魚給吃了，也有的說屍體讓暗流捲到下游去了。這時已經有人通知了水上公安撈屍隊，郭師傅正好當班。還得說是老公安，經驗豐富，他到河邊一看地形，就知道那人投河之後，一直在河底下沒動地方。

郭師傅換上水靠，親自下到河裡摸排。這段河底下全是淤泥，還長著很多茂密的水草。那位教師掉下去是陷在泥裡面了，當然人是早沒氣了，屍體也被水草裹住了。郭師傅帶倆幫手，忙活到夜裡九點多，才用繩子把屍體撈出來，晚飯都沒顧得上吃。伏天天黑得晚，但說話這工夫，天色已經大黑了。

郭師傅將投河自殺的屍體打撈出來，給死者整理了一下，拿麻袋片子蓋上臉。雖說解放這麼多年，迷信的那套東西早就沒人提了，但郭師傅還是點了根菸放在船頭，拿麻布遮上屍體。這是由於故老相傳死人不能見三光，尤其是晚上的月光。迷信不迷信姑且不提，郭師傅這麼做主要是為了讓自己心裡頭覺得踏實。

水上公安只負責搜救和打撈，驗屍和立案都由別的部門負責。郭師傅等來車拉走了屍體，這件事才算告一段落，忙活了一天自然是又累又乏，找地方接點自來水沖了沖身子，換上衣服騎著自行車回家。一看時間已是夜裡十一點來鐘了，馬路上基本就沒人了。當晚是陰曆十六，天上月亮又大又圓。他回家這條路也是沿著河走，路過解放橋的時候，就瞧見有一個女的。從遠處看，那女人穿著白色上衣深色褲子，正站在離河最近的一個橋墩子底下，盯著河水一動不動。

這座橋的頭一個橋墩子，多半截在河裡，小半截在岸上。郭師傅當水上公安當了幾十年，哪年都有跳河的。他瞧見那女的大半夜站在河邊，一看就知道是要尋死的，趕緊停下來，扔下車過去招呼那個女子：「你深更半夜在這兒幹什麼？有什麼想不開的？遇上天大的難事，你先想想家裡人！」說著話走到跟前了，伸手要抓那女子的肩膀。對方聽見動靜一回頭，差點沒把郭師傅嚇死。

二

大月亮地兒，兩人臉對臉，就看那女的長得大鼻子大眼，跟在河裡泡過挺長時間似的。郭師傅一看真不知道怎麼勸了，心說：「我長成你這模樣可能也有投河的心。」他心裡是這麼想，嘴上可不能這麼說。他先表明自己身份，然後好言好語地說：「這位女同志，深更半夜的你怎麼站河邊不回家？你是哪個單位的？家裡住在哪兒？」那女的臉色陰沉，一開始低著頭不說話，郭師傅反覆追問才說了個地址。郭師傅一聽剛好順路，就騎自行車馱上她往家送。

時間大約是夜裡十一點多鐘，還不到十二點，擱以前是三更時分，夏夜納涼的人們早都回家睡覺了。除了郭師傅騎自行車馱著這個女的之外，路上沒有別的行人和車輛。那年頭人少，路燈也少。解放橋西邊是勸業場，東邊是火車站。郭師傅回家的方向，是沿著河東一側走。一路走，一路行，往前不遠是個大廣場，有閱兵的觀禮臺。二十世紀九〇年代這片廣場已經拆除了，現在再去看已經看不著了。廣場一帶很空曠，又有種肅穆的氣氛，加上周圍沒有住戶，所以到了晚上就讓人感覺瘆人，膽量小的一個人都不敢從這兒過。

郭師傅心裡信不信有鬼，他跟任何人都沒說過，家住河東區，每天都要打這路過，已經習以為常了，反正就是覺得這女的可憐，就沒問緣由。他瞧這女的三十來歲，別看長得醜，但言語舉止像受過教育的，一邊騎自行車一邊勸她，可那女的也不說話。夜深人靜，就聽身後「滴滴答答」往下淌水。

郭師傅心裡覺得不對勁兒：「這女的身上哪來這麼多水？瞧那鼻子、那眼也不像正常人，許不是剛從河裡爬上來的？」

想到從河裡爬上來的東西，郭師傅心裡也是吃了一驚，怕倒是不怕，雖然沒穿警服，本身也是老公安了，不太信那些邪的歪的，但這事情真是不太尋常。他想起解放前老一輩兒水警留下的話：「不管自行車後面馱的是什麼，別回頭就沒事！」當下只顧蹬自行車，也不再搭話了，這時就聽那女的說：「師傅，到地方了。」

這地方正好是個過了廣場沿河的第一個路口，從解放橋騎自行車過去，有十幾分鐘的路，說遠也不算遠。路口也對著座橋，不過沒解放橋那麼大。郭師傅感到更奇怪了，他記得這女的先前說過住址，離這兒還有很遠，怎麼又說到地方了呢？再說這附近哪有住戶？月明如晝，街上靜悄悄四顧無人。郭師傅雖然是老公安，可到這會兒心裡也不免犯嘀咕，不敢應聲，只把自行車停了，等那女的下去。

郭師傅停下自行車，單腳踩地支撐平衡，等那女的下來，真不敢回頭看，也不敢再多問什麼，可身後卻沒了動靜，就像沒人似的。他想往前騎，可那輛自行車的鏈條卻像生鏽卡死了，腳蹬了根本踩不下去。他下午在海河中打撈的屍體，是位中年的男教師，別看只有一百多斤、身材不高，從河裡撈出來卻絕不只這份量，死屍裡灌滿了泥水，那真叫死沉死沉的。從中午忙活到半夜，他水米未曾黏牙，身子和心底都感到發虛，這時候額頭上可就冒了冷汗了。

郭師傅是從舊社會過來的人，當初做水警有師父帶。老一輩兒的水警特別迷信，從道門裡求過一種咒，這個咒是什麼，除了水警自己外人都不知道，遇上危難，心裡默念三遍，自有搭救。不過解放後破除迷信這麼多年，郭師傅早把那咒忘了，只能硬著頭皮往身後問：「你到底是誰？」

那女的仍是一聲不吭，大半夜只聽見滴水的聲音。郭師傅心里特別清楚，千萬不能回頭看，一看就能讓那東西拽到河裡去了。他又壯著膽子問了幾句，始終得不到半句回應。身後頭冷颼颼的，根本感覺不到有人氣兒，活人身上熱乎，還得喘氣呼吸，但自行車後面不但陰氣很重，更有一股子水草的腐臭。此時郭師傅是叫天天不應、叫地地不靈，正不知該如何是好，突然有隻手搭上了他的肩膀。

三

河神郭得友，一輩子從河裡救過幾百條性命，撈出來的死屍多得數不清，要說膽量還是真有，這時候卻是頭髮根子都豎起來了。沒辦法，扭頭看吧，一瞧身後卻不是那個女人，而是自己帶的一個徒弟。這徒弟才二十歲，天津衛土生土長的愣頭兒青，心直口快這麼個人。徒弟見師傅從中午忙到晚上，連飯都沒顧得上吃，也真是心疼師傅，知道師傅老伴兒在家臥病沒法做飯，幹完活兒之後特地到食堂打了份飯，想給師傅送到家裡。一路順著海河跟到這地方，他看師傅跨在自行車上，滿腦袋冒汗，好像正跟誰較勁呢，就過來拍了師傅肩膀一下。郭師傅此刻臉都白了，回頭看看左右，滿地帶水的泥腳印，從自行車後面一直通到河裡。

徒弟傻乎乎地問：「師傅你一個人在河邊練什麼功？」郭師傅把剛才那些事說了一遍，徒弟也嚇壞了，張口就想說：「有鬼！」郭師傅沒等他出聲，先拿手把他的嘴給按上了。這話不敢亂說，有什麼事只能自己在心裡琢磨。等轉過天來，郭師傅按那女人說的地址找過去，發現屋門緊鎖，裡面沒人。

郭師傅按地址找人是早上，屋裡沒人，問鄰居都說不知道哪去了，但一描述，確實就是他昨天深夜用自行車馱的那個女人。由於要趕著去當班，他也沒有繼續深究，自己還寬慰自己，尋思那是個腦子有問題的主兒。中午聽說解放橋下有具浮屍，郭師傅帶兩個幫手把死者撈上來。這屍體在河裡泡得時間長了，臉都沒人樣了，但那身衣服和頭髮，郭師傅瞧著可有幾分眼熟。

這次從河裡打撈出來的浮屍，正是郭師傅昨天夜裡用自行車馱的女人，她投河時間至少是兩天以前，當時沒人看見，所以沒有報案，屍體也被河底水草纏住了，過了兩天漲水才浮上河面。這說明郭師傅那晚遇上的根本不是活人，但究竟是怎麼回事，恐怕誰也說不清楚。多虧他這位傻徒弟心裡惦記師傅沒吃飯，大半夜過來送飯，要不然非出事不可。想起來就覺得後怕，轉天師徒倆偷著捲了點紙錢，晚上到橋底下給那亡魂燒了。徒兩看見河邊還有別的人在燒紙，一邊燒紙一邊哭。郭師傅上前一看，是前天跳河那位中學老師的父親。這個老頭姓董，打這起郭師傅跟董老頭認識了。解放前，董老頭是小點兒當鋪的第四代東家，家裡好幾代人以開當鋪為生。提起他的祖父，在天津衛很有名，外號「董小點兒」，曾經見過糧房店胡同凶宅裡的東西。

據董老頭講，當年大清國倒了臺，末代皇帝溥儀被逐出紫禁城之後逃往天津，有許多跟隨他的八旗王公也遷來天津。那些旗人做慣了主子，都沒什麼真本事，四體不勤、五穀不分，只會「提籠架鳥、聽戲捧角」，不過手裡都還有些錢財，無奈不會做生意，坐吃山空，早晚有吃光花淨受窮的那一天。所以這些旗人往往把錢交給一些有能力、有本事的人做些生意，自己當東家或股東，每年拿利錢，坐享其成。董小點兒眼力不俗，看東西不走眼，在典當行裡混得如魚得水。他在當時開設的益昌號，乃是天津衛第一大當鋪，民間俗稱其為「小點兒當鋪」。當時有不少財東看好他的買賣，全來入他的股，到後來「火燒小點兒當鋪」，也可以說是「沽上奇談、津門怪案」之一。

四

一聽董小點兒這名號，便知道是個從窮坑里爬出來的孩子，能把買賣做到這個地步，實屬不易。當初他從學徒升到大朝奉，大朝奉就是當舖大掌櫃，東家一般不在前邊，櫃上的事兒都由大朝奉做主。董小點兒出身貧寒，最開始當學徒、當伙計。學徒只准做不許問，多問一句輕則挨罵，重則滾出店門，但他是勤勤懇懇、眼疾手快，有股子機靈勁兒，幹活兒不辭辛苦，做事有樣兒，可靠誠信，深得東家賞識，提拔他做了大櫃。不論櫃上的各種當品，還是倉庫中的死當、活當，小到鞋子、衣服，大到金銀玉器、古董字畫，全憑眼看，看錯了就得賠錢。一要有這份眼力，二要懂得看人下菜碟兒，看什麼東西說什麼價。這裡邊的門道兒太深了，說低了價格客人不幹，會跑別的當舖去當，說高了當舖倒賠錢，賠那麼三五次就該關門大吉了。

董小點兒做大朝奉的時候，還是大清朝，他所在的當舖不大不小，可裡邊的水挺深。大朝奉專接待貴客，收極其貴重的器品，一般人來當的東西，一概由二朝奉來接待，分工明確，章程不能亂。要說當舖這個行當，那可真是深不可測，有人做了一輩子沒收過什麼好物件兒，有人收了件小小的玉章，卻是古時諸侯君王的玉印。董小點兒當學徒時聽當舖老朝奉說過一件事，本家當舖收一位爺臺的東西，收了三十年沒收空，人家那家底兒太厚，當多少東西也當不空。據說就是清朝正白旗在天津的族人，叫裡二爺，裡外的裡，這是旗人的姓氏，其父早亡，留給二爺的宅邸財寶不計其數。別看郭師傅也是排行第二，郭師傅是受累的命，人家裡二爺天生就是當爺的命，會吃會喝會玩，此外任什麼不會，手頭沒錢了就賣宅子。資金充足的大當鋪也收房子，一個大院套值好幾千兩銀子。您要問二爺有多少套房舍宅院，都不能論套算，得論街，兩條街的房子，前有門面後有院套，租出去嫌麻煩，按月收那幾個租子，還不夠二爺隨手零花，不如直接賣一套來得痛快。他先賣門臉房子，然後是連院的宅子，再往後是帶花園的府院。宅院當完了，又開始當古玩玉器、金銀瑪瑙、瓷瓶字畫，還有那些個上等的家具，反正是能當的東西，統統拿來當。咱們這位二爺不是一般的能敗家，連當了三十年，當鋪掌櫃都覺得這位爺家財厚得沒底，當了三十年還拿得出好東西，二爺他們家有個聚寶盆不成？

不過近幾個月，二爺拿出來當的東西明顯見少，但是當鋪得罪不起這樣的老主顧，也小看不起。比方說同一件東西，別家當鋪給一百兩銀子，這家當鋪卻要給一百二十兩，因為怕把二爺得罪了，人家下次如果直接去別家當鋪，那豈不是斷了自家的財路。

裡二爺是這家當鋪三十年的老主顧了，眼看東西越當越少，貨色也不行了，當鋪以為此人家裡見底兒了。哪成想沒過幾日，裡二爺手中又拿了幾件稀罕的古玩玉器來當，當鋪從東家、掌櫃到伙計，無不暗挑大拇指，心服口服外帶佩服：「罷了，還得說是二爺，家底厚得沒邊兒！」

怎知沒過多久，這家當鋪的大掌櫃，在店裡接待了一位從京城來天津走動的同行。兩位掌櫃攀談之餘，北京掌櫃的看到一件當物眼熟，好像是從他當鋪裡賣出去的。天津這位掌櫃多個心眼兒，問北京同行，買走東西的人長什麼樣、穿什麼衣，一打聽正是裡二爺，這才恍然大悟，難怪二爺家底厚得當不空。

五

原來裡二爺家中早已沒東西可當了，抖機靈先去北京當鋪壓價收東西。他當了三十年，什麼東西什麼價碼，心裡有數，出的全是卡脖子價，讓你賣也難受，不賣也難受，收到東西之後返回天津，再轉手當給這家當鋪。當鋪怕得罪二爺，不敢把價壓低了，明知比行市高一兩成，也硬著頭皮收下。二爺這幾年是吃當中的差價為生，要不怎麼說人家是爺呢，換誰也想不出這樣的法子。類似的事在典當行裡並不稀奇，所以說很難把這路買賣學精了，到處是坑，一不留神準掉裡頭。

董小點兒當了大掌櫃，更不敢掉以輕心。這一日上午他正在櫃上坐著，打門外進來個穿著樸素的少婦，三十來歲，穿得一般，但是看神色氣質，一準兒是大戶人家出來的。董小點兒心知這樣的人必是大家落魄，拿出來當的東西，也往往是壓箱底兒的，錯不了。他忙對伙計使個眼色，臉上堆笑起身迎接，請少婦落座，吩咐伙計上茶，問明來意。其實都多餘問，抱著包袱進當鋪，可不都是當東西來的。

董小點兒接過少婦手中的包裹，慢慢打開，那是件從領口到膝的黑狐皮襖，此等一色的狐狸皮襖極是少見，這不是圍脖，當年要找兩塊開張相近的上好黑狐皮已經極為不易，更何況整件黑狐皮襖。真正是只有關外的深山老林裡才有的黑狐，老年間叫玄狐，迷信的人認為那是天狐。裘皮毛根呈白色，中部與毛尖則是黑色，從毛面看來漆黑光亮，摸上去真比綢緞還要柔滑。

董小點兒很清楚，舊時講究秋季換毛之後的狐狸皮最為上等，那時候剝下的狐狸皮被毛柔軟、環紋緊密、皮板輕柔。關外冬天光脊樑板兒穿上狐狸皮襖，也如抱著火爐，頂風冒雪不覺寒冷。其中又以秋季剝取的狐狸皮最好，深秋時分狐狸正是膘肥體壯，毛根密實，而在別的季節，狐皮狐毛疏鬆不堅固，也不保暖。這件狐皮襖皮子上沒有一絲殘留死肉的痕跡，說明這幾塊狐皮熟得極好，必然是在深秋時活捉的黑狐，再由巧手匠人硝制剝皮。狐狸毛半根不損，雖然年頭不少了，仍好賽活的一般，這件皮襖可值了錢了。

再仔細看看黑狐皮襖的裡子面，是用七彩絲線繡出的虎踏雲紋圖案，款式古樸。凡是裡子煞黑裡子彩雲的，主人定是顯貴，只有錢沒身份的人不敢這麼穿，更顯得這件皮襖來頭不小。

不過當舖有當舖的規矩，朝奉見到多好的東西，臉色不能有變，也不能輕易從嘴裡說出一個好字。董小點兒看到這裡，漫不經心地抬起頭，問了那位少婦一句：「您這個……想當多少錢啊？」

少婦說道：「掌櫃的，這件黑狐皮襖是我家祖輩傳下來的，有好幾百年，皮毛還是活靈活現，要不是我那當家的不爭氣，賭錢欠債還不上，讓討債的追得東躲西藏，不是真沒活路了，我也不能把它拿到當舖換錢。掌櫃的你看能給多少？」

董小點兒瞇上眼想了想，讓伙計換茶，把香片換成龍井，然後才對少婦說道：「老皮襖一件，禿板兒少毛，我頂多給您五個。」

少婦說：「呦，您可別誆我，我家祖傳的黑狐皮襖不是尋常之物，怎麼也不只這幾個錢。」

董小點兒說：「夫人倒是說說，這件皮襖有什麼不尋常，若真有好處，咱們再議價錢不遲。」

少婦說道：「我家傳的東西，我當然知道它的好處：其一，這是關外的通天玄狐皮，天下雖大，卻找不出第二件同它一樣的；其二，皮襖傳了好幾代，毛色依然活靈活現，可見是傳輩兒的東西；其三，滴水成冰之寒，穿此皮襖仍會熱得出汗。掌櫃的你摸著良心說，這還不是一個值大價錢的寶物嗎？」

此時伙計換上茶來，董小點兒面沉似水，一邊揭開蓋碗，聞了聞茶香，又去聞皮襖，隨即點上菸袋鍋子，吸了口菸又聞皮襖，然後讓伙計和二櫃都出去。等鋪子裡沒人了，他對那少婦說道：「要讓我摸著良心說，您這件皮襖一個錢不值，白送給我，我也不要。」

少婦一聽對方口氣突變，不免有些生氣：「掌櫃的好沒道理，黑狐皮襖分明是件寶物，你卻說分文不值，不是不講理就是不識貨，我去別家當鋪好了。」

董小點兒不慌不忙地說：「且慢，只因我識貨又講理，才說這皮襖一錢不值，您還得把它白送給我，您聽我說完，倘有一句不對，大耳刮子抽我也無妨。我為什麼說它不值錢，因為這皮襖是打死人身上扒下來的裝裹。死人裝裹，誰敢往身上穿？」

六

董小點兒不是胡說，他剛才仔仔細細地打量了一遍皮襖，覺得哪都好，卻有種說不出的古怪，先拿話穩住當東西的少婦，讓伙計換上龍井。當朝奉不僅要有眼力，鼻子也得好使。他發覺這皮襖的氣味不對，聞過龍井的清香，對著狐領處用鼻子深吸一口氣，初聞是女人用過的胭脂粉的味道。胭脂粉厚膩的氣息顯得很粗俗，香過頭了，與這少婦身上優雅的淡香不同，好像是故意買來廉價香粉撒到皮襖上。要說這少婦自己用的香粉直接撒上不行嗎，何必再買便宜貨，不是少婦家的東西？不對，是因為廉價粗俗的香粉味道濃重，可以遮掩皮襖上除不掉的氣味。這貓膩兒瞞得了旁人，卻瞞不過董小點兒。他又取出菸袋鍋子，點上猛嘬了一口，張口對準黑狐皮襖把這口菸吐了出去。

董小點兒菸袋鍋子裡裝的是關東菸，菸味兒極重，他平時不吸菸，只是用菸壓味兒。當舖裡一天進進出出，人多東西雜，充斥著各種氣味，可以用菸味兒去掉雜氣。眼看著菸霧散去，董小點兒把鼻子緊貼在狐皮襖上使勁一吸，從裡子中嗅到一種不好形容的怪味兒。這氣味並不分明，若有若無，卻讓人感到隱隱作嘔。他知道那是棺材裡的臭味，不動聲色，對少婦說：「您沒說實話，您拿來的這個皮襖，是從老墳裡死人身上扒的，死人裝裹，不是家里傳輩兒的東西，一股子墳土屍臭的味兒，拿再香的粉也壓不住。死屍身上的裝裹，有人敢穿嗎？既然是墳裡的東西，我們當舖收下等於是收贓，所以您白送給我我也不敢要。」

少婦一聽這董小點兒了不得啊，把皮襖拿在手中摸了摸聞了聞，便知道是墳裡的東西，她讓人家說到了腰眼兒上，坐不住了，忙裹起皮襖要走。

董小點兒按住包袱說：「您走不了，不是我攔您，這是墳裡的東西，我今天要不報官，往後哪天出了事，我準得跟著受牽連。」

少婦頗見過些世面，看出董小點兒是得理不饒人，無奈把柄讓人家握住了，只好說道：「還望掌櫃的高抬貴手，這皮襖我不要了。」

黑狐皮襖雖是死人裝裹，可不是誰都能看得出來，隨便拿出去就能賣錢，留在當鋪等於是白讓董小點兒撿個便宜。

董小點兒按下皮襖，告訴那少婦：「您是明白人，讓我替您擔這風險，一件皮襖可不夠，我就想知道，您是怎麼掏的老墳，還得了什麼東西？」

畢竟是婦道人家，受人脅迫，只好把經過如實說了。她本是官家之後，因家道中落，嫁給季家莊莊主的傻兒子為妻。那時候世道亂，鄉下的有錢人家，都是蓋大宅，宅院外邊起夯土牆，裡頭有水井，積草囤糧，住得下上百人，自己蓄養莊丁，關上大門無異於一座堡壘。季家莊也是這樣，有名的一座堡子，周圍全是季家的地。她住在堡中深宅大院當少奶奶，雖然丈夫憨傻，但是衣來伸手、飯來張口，也算是享了福。不過好景不長，她嫁過來沒兩年，恰好趕上捻匪作亂。捻匪大多是馬賊，來得快去得快，到一處劫掠一處，沒等官軍圍上來，馬匪早已去得遠了。各方飽受襲擾，朝廷訂下剿堵平捻的方略，各莊各村組建民團，堅壁清野，讓捻匪處處碰壁，官軍緊隨其後，使之沒有喘息的餘地。季家莊是地方上首屈一指的大戶，為求自保，出錢出糧召集民團，捻軍先後打過幾次都未能得手。怎知外寇容易對付，家賊卻難防備，招來的幾個傭工是捻子內應，一天半夜打死莊丁大開莊門，引大隊捻匪進來殺人放火，整個季家莊被燒成一片白地。她和少莊主兩口子在亂中逃得性命，逃難來到天津衛，手上正好還有兩錢，想買個房子落腳，做些小買賣度日，通過中人買下了青龍潭的一處房屋。青龍潭以前是個大水坑，後來改建為水上公園，當年很荒涼，水坑邊上有一些房屋，坑里的水很清，周圍卻寸草不生，也沒有魚，周圍人家養的雞鴨，沒有一隻下蛋。

七

青龍潭在解放前很荒涼，快到咱們前文書說的陰陽河了，一九五〇年動工，建成了風景宜人、碧波蕩漾的水上公園。清朝末年這地方風水可不行，只是一個大水坑。逃難來的兩口子，圖這水坑邊的房子便宜，住進去安了家。住進去後，卻常夢到一條生有頭角的大蛇，以為屋子裡埋了寶，後來挖出一個月亮門，拱形的門洞，實際是墓門，木質的門板已經朽爛為泥土。因為沒見過，認為是個月亮門，門中有一丈多長的巨槨，方知是遼金年間的古墓。

兩口子逃難在外，手頭窘迫，想來在家裡挖出寶貝許是天意，硬著頭皮揭開棺槨，想尋幾件陪葬的金珠寶玉換錢。那棺槨中的死人仰面朝天，好像還活著似的，身穿黑狐皮袍，腰繫金帶，懷揣玉印。一揭開棺蓋，眼看著面容塌陷，她讓憨哥丈夫扒下死人的皮袍，先拿皮袍去當錢，別的東西不敢動，因為金帶玉印不是一般大戶人家能有的東西，怕人看出是從老墳古墓中所得，沒想到還是讓當鋪掌櫃董小點兒看穿了。董小點兒威逼脅迫，用很低的價錢，把青龍潭下的棺槨據為已有。當鋪東家都不知此事，自始至終蒙在鼓裡。他從那開始發了大財，不再給老東家幹活兒了，自己出來開了家小點兒當鋪。他把收來的東西一一出手，陰沉木槨板讓給了白記棺材鋪老掌櫃。董小點兒眼賊，見識也是不俗，卻未識出這陰沉木吸盡了青龍潭的龍氣。白記棺材鋪的掌櫃得了寶，對外隻字不提，等到庚子年拆天津城，撿城磚蓋房，將陰沉木當了屋樑，要藉龍氣圖個大富大貴，可沒想到這東西妨人，他們家後人沒有好結果，傳到白四虎那輩兒打劫行凶，落得吃了黑棗兒。

至於董小點兒，倒賣金帶玉印發家，開了天津衛第一大的當鋪，卻因一場大火，燒去了大半家業，從此一蹶不振。當年「火燒小點兒當鋪」，死了十幾口人，也曾哄傳一時，這是董老頭祖上的事，所以他知道得一清二楚。

以上是糧房店胡同凶宅陰沉木的來歷，至於郭師傅、丁卯、張半仙等人後來怎麼樣了，在這本書裡不必說完，「河神」郭得友一輩子破過無數奇案，《河神》中的「陰陽河捉妖」及「糧房店胡同凶宅」，是其中的兩段，說到這也就結束了。

後記 「河神」的故事

凡有江河經過的城市，總是少不了浮屍。《河神》這本書，講的當然是「河神」郭得友，二十世紀五、六〇年代天津巡河隊的一位水上公安，撈了一輩子河漂子。書中的人物和事件，在過去的那個年代大多有原型，但在小說裡也不全是真人真事，加進去不少民間傳說、風物掌故以及失傳已久的奇聞怪事。

我很早以前就對「河神」破案的故事很感興趣，到處找人打聽，聽完了也給別人講過幾段，但是寫成長篇小說的難度太大。主要在於太零散，全是一段一段的故事，傳到如今那麼多年，有很多已經傳走樣兒了。那倒不要緊，好歹是段故事，但有很多故事傳得不完整，我覺得這是頂可恨的，比如你聽了個蹊蹺作怪的開頭，剛聽上癮，勾上腮幫子了，講的那位不講了，因為他也只聽過一個開頭，後邊怎麼回事全不知道。

因為上邊說的兩個原因，想把「河神」的故事寫成長篇小說真是難上加難。一部長篇小說，至少能自圓其說，要把前因後果全要寫明白了才行，所以我考慮了很久，只選了兩段有代表性的故事，第一個是「陰陽河捉妖」，第二個是「糧房店胡同凶宅」。

《河神》選用「陰陽河捉妖」和「糧房店胡同凶宅」兩個故事，是由於故事的特點非常突出。陰陽河是天津衛老時年間的傳說。天津的河流多次改道變遷，時移物換，乃至枯竭消失，上歲數的人來到那些地方，往往會告訴後生晚輩：這條馬路曾經是條大河，那是什麼什麼年間，發生過什麼什麼離奇的故事。據說陰陽河能通到陰間，平時看不見，如果發大水的時候有人掉到水裡，一旦落進陰陽河，那就去了陰間，這個人再也回不來了，挺嚇人的一個傳說。

再說「糧房店胡同凶宅」這個故事，則是我聽過最離奇的兇案。白四虎刨錛打劫，刨倒一個女子，那女子沒死，成了植物人。白四虎把「女屍」抱回家餵肉湯，每天跟這「女屍」在一塊睡覺，後來「女屍」的肚子大了，生孩子沒生出來，身體也開始發臭。白四虎怕鄰居聞到怪味，拿鹽將女屍醃起來，在他屋裡一放十年。這人在外邊一言不發，每天在家跟死人說話。破案捉拿白四虎的時候，才發現屋裡有個雪人般的女屍。多年往事，到如今幾乎失傳，我也只是聽上歲數的人說起，不知道當年是否真有這麼一件奇案，反正我聽完之後，身上都起雞皮疙瘩了，真是聳人聽聞。

我把這兩個故事作為這部長篇小說的主要線索，至於其餘的故事，只能今後找機會再說。

附錄 「河神」辭典

神怪

河神：一、龍王廟裡的神明。二、姓郭名得友，在五河水上警察隊當差，整天跟河漂子打交道，幾十年間破過無數駭人聽聞的奇案，天津人稱其為「河神」。

水猴子：長得像小孩，渾身是毛，屁股後頭有尾巴，偶爾也上岸，怕見光亮。在水裡頭力氣很大，拽住人腳脖子就不撒手，好多游泳的人都是這麼淹死的。

旱魃：老墳中得道的殭屍。

禿尾巴老李：相傳以前有個姓李的婦人生下一條小黑蛇，關門的時候把蛇尾巴夾斷了，這條小黑蛇本是河中黑龍投胎，也就是人們說的禿尾巴老李。這婦人死後黑龍也走了，每到陰曆六月二十八前後，禿尾巴老李總要回來給老娘哭墳。

河漂子：河裡來歷不明的浮屍，有落水喪命的，有被人謀殺的，有投河自盡的，也有說水鬼索命的。

馬猴：近似山魈或是山猿的靈長類，下半截臉奇長無比，在猿猴中也屬罕見。舊社會大人嚇唬小孩，總提這東西，說再不聽話，就讓老馬猴抓走吃了。

青蚨：相傳南方有這種飛蟲，古時也將青蚨比作金錢，畫成圖案一見發財。棺木上有青蚨水紋圖案是給子孫後代留財之意。傳說這種飛蟲分為子母，母不離子，子不離母，把母蟲和子蟲的血分別塗抹在銅錢上，賣東西時拿子錢給人家，半夜裡子錢必定會飛回母錢所在的地方，所以子母錢永遠用不盡。

鬼頭蟾蜍：喜歡躲在陰冷潮濕的泥穴中棲身，身上的五彩紋越鮮豔毒性越猛，可吐毒氣。蟾蜍背上有酥，活著取下酥來，再掏出五臟六腑，放太陽底下曬乾了，這蟾酥和蟾皮都是很值錢的東西，可以入藥。

化骨魚：長得奇醜無比，嘴裡有牙，吃了之後會讓人血肉毛髮化為膿血。

五鬼搬屍：魔古道妖術的一種，是開棺取寶的陣法，屬於旁門左道，清末以來已經銷聲匿跡。五鬼是指五個死人，相傳以前有盜墓賊白天挖開墳土，但使多大勁兒也撬不開棺槨，那是棺中殭屍要躲天雷地火的劫數，遇上這種情況有兩個辦法，一是擺五鬼搬屍陣，二是念開棺咒。

雙瞳：按面相的說法，一眉橫生加上目有雙瞳，屬於君臣不配，是短命小鬼的面相。

贔屭：龍生九子不成龍，分別是九種動物，當中有一種叫贔屭，力大無窮，壽命長，能負重，專門給帝王馱碑。

走屍：古書裡說文了也叫走影，頭髮、指甲比一般人長出不少，說明毛髮、指甲死後還繼續生長，據說這種殭屍有了道行，夜裡能出來走動。

陰陽河：魏家墳路口早前是一條河，河中能打到門板那麼大的魚，後來因地震，這條河不見了。相傳變成了一條陰陽河，在河裡淹死的水鬼，要從這兒去陰間，所以有官家立下塊石碑，上面刻著「惡狗村」三個字。從此到陰間的孤魂野鬼再也不能回來，那是因為有村中惡狗守著。

蛇仙：居住在陰陽河中，一老一少，為報恩而幻化成賣餛飩的老頭和小女孩。

活狸貓：一個飛賊的綽號，傳說中這飛賊好生了得。他從來沒有同夥，天大的案子也是一個人做，有一手撐竿上房的絕活兒，在房上高來高去，飛空走險，如履平地。

河魃：水鬼撞胎而生，連化青槍斃前吐出一口黑水，死後眼中雙瞳變成了單瞳，好似皮囊中躲著個鬼。連化青死後，河魃脫離軀殼，藉大雨遁走。

活屍：人死後並未腐臭，還能灌得下湯水，民間稱此為活屍或活死人，其實就是現在所說的植物人。

海蚊子：「海」是方言土語，是大的意思，海碗是大碗，海蚊子單指野地裡的大蚊子，黑白相間帶花翅兒，人被咬上一口好幾天不消腫。

怪蛇：河工挖洩洪河挖出一條怪蛇，尺許長，像小孩兒的臂膀一樣粗細，遍體赤紅，頭上有個肉疙瘩，奇怪的是這條蛇會叫，口中能出聲。有個膽大的河工，掄起鐵鍬拍死了怪蛇，血濺到周圍的人身上，被濺到的皮膚便開始潰爛流膿，為此死了兩三個人。

人皮紙：玄燈村自古是做皮影戲的藝人聚居地，為了做出別人沒有的絕活，有村民剝取活人的人皮，做成人皮紙。從那時開始，家家戶戶都做。路過玄燈村投宿的人，往往被村民害死做成了人皮紙。人皮紙陰氣重，放在木箱裡上百年即可成形。有一年演罷燈影戲，一時疏忽忘了封箱，人皮紙出來作祟，將村裡人全吃了。

民俗

天津衛：明朝那時候燕王朱棣掃北，後來登基成為明成祖，在天津設衛，跟當時的孝陵衛一樣屬於軍事單位，是駐兵的地方。大明皇帝把從安徽老家帶過來的子弟兵駐防於天津，負責拱衛京師，所以管這地方叫天津衛。

絕戶網：網眼格外細密的漁網，再小的魚也鑽不過去，所以叫絕戶網。

拴娃娃：如果兩口子結婚之後很長時間沒孩子，可以到天后宮媽祖廟裡許願求子，神壇上有很多相貌各異的泥塑娃娃，求子的夫妻交夠了香火錢，相中哪個泥娃娃，便拿紅繩拴上帶回家。

裱糊匠：即紮紙活兒的。以前那房屋頂棚裡面這層全是紙糊的，一般人家自己糊不了，非找裱糊匠來糊頂棚不可。匠人糊的時候還要念叨幾句「家宅平安、財氣進屋」之類的吉祥話兒。

信馬：古時大戶人家弔喪，要安排兩個小廝，讓兩小廝一個站在大門裡，一個站在二門外，這兩個小廝，並稱「信馬」。

起靈：出殯當天，要用棺材抬著死人遊四門，在一大早的哭喪聲中，槓夫們抬著大棺材離家，就叫起靈。

吃供尖兒：供品通常擺放成寶塔型，上邊和下邊的東西一樣，但是擺在頂上的供品叫「供尖兒」。按早年間的說法，吃供尖兒能添福。

腳行：即搬運工。清末天津衛劃分了九國租借，交通運輸進入了規模空前的鼎盛時期，搬運東西裝貨卸貨全需要人力，這就是腳行。起先由縣衙給四面城劃定地界，指定專人應差，俗稱「官腳行」。清末又出現了由混混兒、無賴、地頭蛇把持的「私腳行」。

把頭：專門吃腳行的無賴，平時也不幹活兒，平地摳餅，抄手拿傭，坐等著分錢。腳行採取當日分帳，幹完活兒就結錢，這筆錢一多半得給這些把頭，等於是交保護費，由把頭們保障這塊地盤，不讓外來的幫派勢力侵入。

遞帖子：就是遞名帖，說合親事過帖兒也近似交換名帖，不過那帖子上除了姓名還有生辰八字，兩家各自請算命先生來批。

龍鳳帖：舊時的結婚證，三媒六證全都得寫上姓名，證明這門親事合理合法。

亮轎：成親前一天要亮轎，只把空轎子抬到男方家門口，不僅是擺闊氣，也是為了驅邪，把邪氣全沖掉，免得將邪祟帶進家門。

邁火盆：有些地方寡婦再嫁，進屋之前要邁火盆。點上一盆炭火，新娘從上頭邁過去，這是擔心亡夫的鬼魂跟著進家。還有些地方去墳地之後要邁火盆，也是恐有孤魂野鬼跟回來。

念窮歌：要飯的都會說數來寶，也叫念窮歌，打著牛骨板觸景生情臨時編詞。

三河劉兒蛐蛐罐：頂頭的蛐蛐兒抵得過白銀萬兩，名蟲必須配名器，有好蛐蛐兒沒好罐子也讓人笑話，罐子又是傳輩兒的東西，反而比蛐蛐兒更值錢。頂有名的罐子叫三河劉，是三河一位劉姓師傅做的。

金尾蜈蚣形：形容一種風水地勢，猶如一條搖頭擺尾正要爬進聚寶盆裡的大蜈蚣。其首銜金，可助正財，其尾掛金，能勾偏財。

廟會會首：舊社會有大批跑江湖謀生的人，能把這些人聚集到一處的便是會首。會首必須是黑白兩道都能吃得開，他看哪裡開廟會有塊空地，先掏錢包下來，請人紮好一排排的席棚，然後把那些江湖上賣藝擺攤兒的人全聚來。

三級跳坑：形容舊社會的貧民窟。三級是三層的意思，由於住房破舊，且房屋不斷沉降，路面不斷加高，頭一層是馬路的地面比胡同的地面高，第二層是胡同的地面比院子的地面高，院子的地面比屋裡的地面高，這是第三層。

金磚：專為皇宮或寺廟殿堂燒製的細料方磚，顆粒細膩質地緊密，敲打可發出金石之聲，民間稱為金磚是打這兒來的。由於這種磚多在京師燒製，所以也叫京磚，傳來傳去，傳成了金磚。據說金磚的尺度和用料不比尋常，用料中有辰州所產的硃砂，故此可以打屍降妖。

門前不種石榴樹：老天津衛的人忌諱自己家門口有石榴樹，石榴一剝開裡頭全是子兒，也叫百子果，「百」字發音同「敗」，百子就是敗子，絕後的意思。

掛艾蒿：掛艾蒿的用意是驅除毒蟲，百姓們用艾蒿搓成繩子，曬乾後點燃了，可以趕蚊蟲驅邪祟，老話說得好，「端午不帶艾，死了變妖怪」。

看煙辨冤：用菸卷或燒黃紙符，反正是能燒出灰的東西，或是菸灰，或是紙灰，或是香灰，拿這個灰撒到死人身上，看菸灰能附上多少，附的多陰氣就重，陰氣重說明有冤情。

磨磚：即古磚。早年間天津衛磚窯多，而且多為官窯，燒出來的大磚用於造城。一九〇〇年八國聯軍逼迫清政府拆除天津的城牆城樓，有不少人撿拆城拆下來的城磚，拿車推回家蓋房。在當時稱舊城磚為一寶，有句俗話「爛磚頭壘牆牆不倒」。

燒紙忌諱燒一半：必須讓紙燒透了──並且在嘴裡念叨幾句：「燒紙帶烤手，鬥牌贏一斗；燒紙帶烤腳，摔倒撿個大元寶；燒紙帶烤臉，福祿壽喜全都來；燒紙帶烤腚，一年到頭不長病。」

紗帽翅：舊時房屋的一種格局，正房兩邊是耳房，有升官發財的意思。

美食

祥德齋蜜供：像江米條一樣的點心，一根根搭成寶塔形狀，搭好之後澆上蜜糖，專門用於供奉神佛。

藥糖：一般是在熬好的砂糖中加入各種藥材，比如砂仁、荳蔻、薄荷、鮮薑等，再切成小塊。小販脖子上挎個玻璃匣子沿街叫賣。

蒸餅兒：白麵裹著豆沙餡兒，放在籠屜上蒸熟，在路邊現蒸現賣。

高末：高級茶葉的渣子，喝不起那名貴茶葉，只能喝茶葉鋪裡賣完好茶葉剩的底子，混起來拿熱水一沖，別有一股濃郁的茶香。

八大碗：出殯當天的酒席，具體有哪八個菜，根據檔次不一樣，也是各有各的分別，但肯定有八個熱菜。《河神》中的八大碗是四清蒸、四紅燴，雞鴨魚肉、海參、干貝、大蝦。

餛飩挑子：也叫湯餅挑子，清湯寡水，餛飩餡兒小得幾乎找不著，兩三個大子兒一碗。稍好些的在早點鋪子裡賣，城裡城外隨處可見。再高檔的是飯莊裡做的餛飩，有錢人吃完酒席，再來上這麼一碗小餛飩，當成飯後的點心。那種餛飩的麵皮和餡兒料就比較講究了，做麵皮的麵粉裡加雞蛋，餡兒料三鮮蝦仁草菇之類的都有。

爆肚：所謂爆肚即是爆羊肚，東西簡單，平民百姓也吃得起，吃法卻講究，用羊肚加工成「板肚、肚葫蘆、肚散丹、肚蘑菇、肚仁」等。除了羊肚新鮮，功夫全出在一個「爆」字上，要爆得恰到好處，又香又脆，會吃的主兒吃爆肚，總要喝二兩。

砂鍋居白肉館：清朝祭神用整牲口，放在特大的砂鍋裡白煮，那叫祭神肉。乾隆年間這路手藝流傳到民間了，有位師傅在瓦缸市使用大砂鍋煮白肉，砂鍋最能保持肉的原味，而且上至達官顯貴，下到販夫走卒，無一例外地認為吃上一口祭神肉，是莫大的福氣，因此這家白肉館的砂鍋肉，每天做多少賣多少。

驢打滾兒：黃豆麵做的豆麵糕，稱為驢打滾也是很形象的比喻。這種中間裹豆餡兒的黏食，成形之後要在黃豆麵中滾一下，好比郊野中活驢打滾揚起灰塵一般，故而得名。

荷葉粥：過去老百姓夏天喜歡煮這種粥，先把米熬開了花，粥湯滑膩黏稠，將折去根莖的荷葉蓋在粥上，過一會兒，那熱氣騰騰的白粥，就變成了淺淺的綠色，荷葉的香氣隨之溢出。這時撤火端鍋，蓋上鍋蓋悶著，悶到荷葉的香氣全散到粥裡，那種特有的香醇，只要吃過一口，永遠也不會忘掉。

白水羊頭：馬回回，家傳六代，推車擺攤賣羊頭，手藝當真是一絕，人家做的白水羊頭肉，切得其薄如紙，撒上椒鹽麵屑，堪稱滋味無窮，夏天講究冰鎮，沒嚐到味道，光聽他那吆喝聲都能勾走人的魂兒。

楊村糕乾：天津楊村獨有的蒸食，選用上等小站稻米，用水浸泡後晾乾，碾成麵粉，過細籮篩出來，加糖和麵，使刀劃線成塊，上屜蒸熟。製成的糕乾，柔韌細膩，清甜爽口。糕乾有現蒸的熱糕乾，裡邊有豆餡兒，撒幾根青紅絲，也有不帶餡兒的涼糕乾。

烏豆：在天津是指煮熟的蠶豆。煮熟了蠶豆先不出鍋，扣著木蓋捂一段時間，將蠶豆捂得軟爛入味，故名捂豆。天津衛方言說話順音，說成了烏豆，實際是蠶豆。

鍋巴菜：天津衛特有的一種早點，以百年老號大福來的鍋巴菜為佳。綠豆磨麵攤成煎餅，涼透了切成小片，芝麻醬配上諸般佐料調成滷汁，吃的時候抓切好的鍋巴放進滷汁，盛到碗裡，澆麻醬、鹹料、腐乳、辣椒油，再放上點香菜，隔幾條街都能聞到這個香美氣味，賣相也好。

俗語

二他媽哭孩子——二死了

賣燒餅不帶乾糧——吃貨

狗掀簾子——光拿嘴對付

把不是東西放小車上——忒他媽不是東西

二他媽換房檁——頂到這兒了：形容某人的能耐到了極限。

鳥屁：天津衛老話，形容沒本事的人就說是鳥屁一個，可還有句老話——「鳥屁成精，氣死老鷹」。

逛衣：不務正業的社會閒散人員，再怎麼窮，也有套像模像樣的衣服，穿著出門叫開逛，也叫逛衣，全指這身行頭招搖撞騙。

幫短兒：說白了就是打短工，大多是泥瓦匠，哪家用人就到這兒來僱幫短兒的，工錢是一天一結。

荷蘭水：最原始的汽水，薄荷粉加蔗糖對涼開水，也有人往裡面放蘇打粉，是種極其簡單的清涼飲料。

有本兒：比方你說了什麼話，如果是有根有據，引的是哪本書哪本經，論的是哪段典故，你能把根據找出來，這叫「有本兒」。

扣兒：說書說扣兒，扣兒就是懸念。

電道：在以前那個年代，老百姓對電的理解，只有一個字——快，電報、電車、電話，凡是跟電有關的速度都快。電道是鋪好的柏油馬路，走車走人快捷穩當，所以人們就管馬路叫電道。

煤核兒：沒有完全燒盡燃透的煤球，用鐵棍把上面的煤渣打去，留下裡頭還可以燒的，這叫煤核兒。以前窮人冬天買不起煤，只好讓小孩撿人家燒剩下的煤核兒。

吃黑棗：即挨槍子兒。民國時沒有砍頭，死刑只有槍決，押到西關外的刑場正法，就叫「吃黑棗」。

沽：天津衛周邊有許多地名帶個「沽」字，號稱有七十二沽。你現在到那兒去看，完全沒有水，因為沽字分開來是「古水」，比如咱們一說古人，必是指活在以前的人。古水也是這個意思，專指那些以前有水的地方。

門蟲兒：以前有一路賊叫門蟲兒，專等夜深人靜雞不叫狗不咬都睡死了的時候，挨家挨戶地悄悄推門。誰家睡覺忘了頂門，賊就推開門，躡手躡腳摸著黑進屋，賊不走空，摸到什麼就偷什麼。有時也用刀伸進門縫裡撥門閂，撥開門閂再進屋。以前家中老人總是不忘囑咐小輩兒：「半夜睡覺千萬關緊了門戶，別讓門蟲兒溜進來！」

砸孤丁：又名刨錛打劫，在百餘年前已有，始於關外黑龍江。兇徒通常是半夜時分，選地僻人稀之處下手，趁前邊走路的人不備，從後快步跟上去，掄起刨錛朝那人後腦勺就是一下。刨錛鋒利沉重，砸到腦袋上非死即殘，連哼都來不及哼一聲便被撂倒了。

玩鬧：天津衛方言，指那些混社會的、喜歡起鬨架秧子的閒人。

掛臉兒：形容一個人正走背字兒，運氣不好，看臉色能看出來，不好的氣色全都在臉上了。

牆串子：蚰蜒，長得像蜈蚣，常躲在屋頂和牆縫裡，民間叫俗了叫「牆串子」，也說是「錢串子」。因為古代的銅錢要用麻繩穿成串，「串」字主財，在家宅中見到牆串子是有財運，但不是什麼時候看見都好。俗語有云「早串福，晚串財，不早不晚串禍害」。

「當當吃海貨，不算不會過」：天津衛一年到頭，只有從清明到立夏期間，才有海貨上市，每年趁著季節吃上幾頓，錯過就得等明年了。再怎麼窮的人，等到海貨上來的時候，也要把身上穿的衣服脫下來，拿到當舖裡當掉，換幾個錢買二斤海貨回家解饞。

高寶書版集團
gobooks.com.tw

DN 238
河神

作　　者　天下霸唱
特約編輯　梁曼嫻
助理編輯　陳柔含
封面設計　張閔涵、林政嘉
內頁排版　賴姵均
企　　劃　何嘉雯

發 行 人　朱凱蕾
出　　版　英屬維京群島商高寶國際有限公司台灣分公司
　　　　　Global Group Holdings, Ltd.
地　　址　台北市內湖區洲子街88號3樓
網　　址　gobooks.com.tw
電　　話　(02) 27992788
電　　郵　readers@gobooks.com.tw（讀者服務部）
　　　　　pr@gobooks.com.tw（公關諮詢部）
傳　　真　出版部 (02) 27990909　行銷部 (02) 27993088
郵政劃撥　19394552
戶　　名　英屬維京群島商高寶國際有限公司台灣分公司
發　　行　英屬維京群島商高寶國際有限公司台灣分公司
修訂一版　2020年 9 月

本著作繁體中文版由北京新華先鋒出版科技有限公司獨家授權出版。

國家圖書館出版品預行編目(CIP)資料

河神 / 天下霸唱著. -- 修訂一版. -- 臺北市：
高寶國際出版：高寶國際發行, 2020.09
面；　公分. --（戲非戲；DN238）

ISBN 978-986-361-896-6（平裝）

857.7　　109011287

凡本著作任何圖片、文字及其他內容，
未經本公司同意授權者，
均不得擅自重製、仿製或以其他方法加以侵害，
如一經查獲，必定追究到底，絕不寬貸。
版權所有　翻印必究

GOBOOKS
& SITAK
GROUP©